魔女の後悔

大沢在昌

Osawa Arimasa

文藝春秋

魔女の後悔

装幀　観野良太
写真　Getty Images

1

電話がかかってきたのは、スポーツジムで汗を流した私《あたし》が麻布台の事務所兼住居に戻ってきた、午後八時過ぎだった。

いつもならジムにいくのは事務所を閉めた午前五時過ぎなのだが、八月に入ってようやく梅雨が明けたとたんにひどい暑さが東京を襲い、エアコンを効かせた室内にいても頭がぼんやりしてくるほどで、これならいっそ大汗をかいてやろうと思ったのだ。

二十四時間開いているスポーツジムは私と同じことを考えたらしいメンバーでひどく混んでいた。ランニングマシンで汗を流しプールで泳いだが、ジムを一歩でると爽快感は消え失せた。湿気が体にからみつき、熱いゼリーの中を動いているようだ。

ほんの数分歩いただけでTシャツが背中にはりついた。五階まであがるエレベータの中で、私は後悔した。これならずっと部屋にいたほうがマシだった。

食欲はまるでない。おかげで二キロほど痩せて喜んでいたら、

「ババ臭い皺《しわ》が増えたんじゃない？　ほうれい線が深くなったような気がする」

星川《ほしかわ》にいわれ、落ちこんだ。

エアコンの風があたるソファにかけ、氷を大量に入れたアイスコーヒーを飲んだ。あっというまに水滴がコースターの表面にたまる。

携帯が鳴り、液晶に「浄景尼《じようけいに》」と表示された。京都鞍馬《くらま》の浄寂院《じようじやくいん》の庵主《あんじゆ》で、関西の極道には「鞍馬のおばはん」で通っている。二十数年前に得度するまでは、滋賀から京都にかけて広い縄張りをもつ、鳴神《なるがみ》一家の女組長だった。八十代半ば近くなるが、足腰は丈夫で、かけらも老いを感じさせない。

世話になりっぱなしだが、返しを求められたことは一度もなかった。

「ごぶさたしています」

耳にあてた私がいうと、

「暑うてかなわんな」

浄景尼はいった。

「鞍馬のほうは涼しいのじゃないですか、京都でも」

「あかん、あかん。今年は異常や。まったくどないなってんのやろ。春やら秋がのうなってしもて。あんのは冬と夏だけ。それもえらいさむいかあっついか、ゆう。もう、はよお迎えがきてほしいわ」

「いけません！　そんなことをおっしゃらないで下さい」

ふふふ、と浄景尼は笑った。

「あんたに愚痴いうても、しゃあないわ」

「暑い暑いという愚痴でしたら、いくらでもお聞きします。お迎えを待つというのは聞けません。

庵主さまがいなくなったら、あたしは誰を頼ればいいんです」

「そのあんたに今日は頼みがあるんや」

「おっしゃって下さい」

「会《お》うてほしい子がおんねん。十三歳の女の子や」

「庵主さまの仰せなら、いくらでも会います」

「そうか。それでな、もし、いっしょにいるんがいやでなかったら、その子を鞍馬まで連れてきてほしいんや。十三歳やから、もちろんひとりで電車には乗れる。けど、ひとりではさせたくないわけがあってな。だからいうて、ごっつい男衆つけるいうんは、かわいそうやろ」

「ボディガードをすればよろしいのですね」

「あんたにさすのは役不足や思うけど、女子《おなご》でそこまで信用できるんが他に思いつかん」

「庵主さまのお役に立てるなら、何でもやります」

「悪いな。本田由乃《ほんだゆの》、いう子や。その子の父親が浄寂院《う ち》の墓苑にいてる。夏休みなんで墓参りにきたい、いうとってな」

「わかりました。墓参りだけでよろしいのですか。それだったら日帰りは忙しいので、一泊二日くらいの日程になりますが」

「それでええ。宿はこっちで用意するから、あんたがその子を連れてきてくれるか。前に浄寂院《う ち》にきたんは納骨のときやったから、何も覚えてないと思う。母親は今入院しとってな」

「新幹線は使って大丈夫なのでしょうか、それとも車が無難ですか」

「新幹線で大丈夫や。あんたに頼むんは、万一のための用心や」

「命を狙われているとか」

「そこまで物騒な話やない。けど、さらいたい、いう人間はおるかもしれん」

十三歳の娘をさらってどうしようというのだろうと思ったが、それは口にしなかった。

私が理由を訊かずに動く人間だと考えたからこそ、浄景尼は依頼をしてきたのだ。

「わかりました」

「いつならいける？」

「来週なら、いつでも動けます」

スケジュールを思い浮かべ、私は答えた。

「わかった。その子に、あんたの携帯教えて連絡させる。ええか？」

「結構です」

「おおきに。会うの、楽しみにしてる」

浄景尼はいって電話を切った。

私は立ち上がり、スケジュール表を確認した。来週の月曜から木曜まで、何もないかあっても動かせる用事しか入っていない。

浄景尼からの頼まれごとだ。軽く考えず、星川と木崎《きざき》のスケジュールもおさえておこう。

木崎はほぼ大丈夫だとして問題は星川だ。

性転換手術をうけた元警察官で、今は調査員をやっている星川に最近恋人ができた。どこで知りあったのかは知らないが、ゲーム製作会社の作画監督をしているという男で、ひと目見ただけでかなりややこしい性格をしていると私にはわかった。

星川の話では、インテリで思いやりがあるがひどくシャイだという。年齢は星川より下で、たぶん三十代の半ばだろう。セックスは好きだが、並《い》みの相手ややりかたでは満足を得られない。

そこに星川が嵌まったようだ。

同棲まではいかないが、週の半分をいっしょに過しているらしい。男の住居は新宿御苑を見おろす高層マンションで、賃貸か分譲かは知らないが、ゲームの映像を作るだけでかなり稼ぎがあるようだ。

星川の携帯を呼びだした。

「はあい」

ご機嫌な星川の声が応えた。男といるにちがいない。妙に癇《かん》にさわる。

「来週だけど忙しい？」

そっけなく訊ねた。

「来週？　来週、何かあったっけ？」

男に訊ねている。返事は聞こえなかったが、星川はいった。

「大丈夫みたい」

「一泊二日の仕事を浄景尼に頼まれた。あんたも体を空けといて」

「遠出？」

「人をひとり鞍馬に連れていく。来週のいつになるかは、本人と相談してから連絡する」

「いい男？」

「十三歳の女の子」

「ベビーシッターね」

「そう。でも浄景尼の仕事だからしくじりたくない。わかるでしょ」

「了解」

「膝枕でもさせてやってるの？」

「いやだ、どうしてわかった？　テレビ電話？　これ」

私はため息を聞かせ、電話を切った。

一瞬後、携帯が鳴った。知らない十一桁の番号が表示されている。

「はい」

「あの、鳴神さんからこの番号を聞きました」

十三歳には聞こえない、大人びた声だった。男を知っているのかもしれない、と思った。近頃は、性経験をするのがやたら早いか遅いかのどちらかだという。

「水原《みずはら》よ。本田さん？」

「はい。あの――」

いって黙った。言葉を捜していたようだが、

「お世話になります」

とだけいった。

「大丈夫。行く前に一度会って相談しましょ。今、あなたはどこにいるの？」

「山梨です。学校の寮なんです。休みに入ったけど、いくところがなくて。明日、母の見舞いに清瀬の病院にいきます」

「そのあとは？」

「寮に戻ろうと思っていました。水原さんは来週がいいんですよね」

「京都にいくのはね。でも、その清瀬の病院を教えてくれたら、あなたが帰る時間にあわせて迎えにいき、寮でもどこでも好きなところに送る。そのときに話しましょ」

一瞬間が空いた。即答しないのは、私の申し出を検討する頭がある証拠だ。知らない大人に何かを求められたら、十三歳の娘なら即座にいうことを聞くか断わるかだ。どちらでもないのは、自分で物ごとを決める習慣を身につけているからだ。

「わかりました。そうします」

清瀬の病院の名前を聞いた。何時頃がいいか訊ねると、午後六時と本田由乃は答えた。

「わかった。六時に病院の外で待っている」

と私はいった。

2

調べると、本田由乃の母親が入院しているのは終末医療の専門病院だった。末期癌患者などをうけいれている。父親は死に、母親が末期癌という境遇にあるとすれば、大人びるのも当然だろう。

メルセデスのＳＵＶを運転して清瀬に向かった。病院は西武線の線路近くにあった。規模は決して大きくないがゆったりと敷地をとり、高級ホテルのような造りをしている。

駐車場には高級車ばかり止まっていた。医師の車だけではないだろうから、入院患者の身寄りは裕福な者が多いようだ。

車を止め、ガラスばりのエントランスに立った。間接照明に浮かびあがるロビーには、ゆったりとしたソファが並び、目隠しになる観葉植物がそこここに配置されている。

六時少し前、エントランスのガラス扉を押して制服姿の少女がでてきた。小柄な上に細く華奢な体つきだ。髪をうしろで結わえ、両手を握りしめていた。色が白く整った顔立ちだが、切れ長の目が赤い。

制服は野暮ったいセーラー服で、少女には似合わなかった。小さなリュックを背負っている。そのリュックを見たとたん胸を締めつけられ、私は動揺を感じた。他人に同情することなどない人間なのだ。父のいない十三歳の少女の母親が末期癌だとわかっても、特に感慨は抱いていなかった。

リュックにぶらさがった小さなミニオンのぬいぐるみにやられた。体の黄色が抜けてしまい、妙にけばだっている。ひとりぼっちの少女がそのミニオンを握りしめている様が容易に想像できた。

「本田さん？」

歩みよった私は目を合わせず、いった。

「水原さんですか」

私は頷き、

「もう、いいの？　ここをでられる？」

と訊ねた。

「はい」

「お腹《なか》は？　晩ご飯は食べた？」

「いえ。でもあまり空いてません」

「じゃあとりあえず山梨に向かって、どこか途中で何か食べましょう」

告げて、私は駐車場を示した。

「はい。ありがとうございます」

SUVの助手席に由乃を乗せた。

「学校の寮はどこにあるの？」

「甲府市です」

細かい住所を訊くと、由乃は制服のポケットから生徒手帳をだし、開いて答えた。カーナビゲーションに入力する。圏央道から中央高速を使って向かうルートが表示された。二時間はかからない。

SUVを発進させた。由乃は無言で前を見ている。

「今、中学一年生？」

「二年です。三月生まれなので」

「寮は、中学から？」

「小学校からです」

「じゃあ長いわね」

「三年生から今の学校です」

「編入したということ？」

「それまで地元の小学校にいってたのですけど、父が亡くなったので、今の学校に転校しました。伯父さんが、そのほうがいいだろうといって。母がもう癌だったので」

「そう」

間が空いた。

「水原さんは、何をしている人なんですか？」

「何でも屋。表向きはコンサルタントってことになっている。相談に乗ったり、人と人をつないだり」

「じゃあ鞍馬の庵主さんは、水原さんのお客さんなのですか」

「お客さんじゃない。ずっとあたしがお世話になっている。恩返しをしたいけれど、何もいらないっていうの」

「そうなんですか」

「庵主さまとは仲がいいの？」

「ときどき電話で話します。どうしてるとか、困ったことがあったらいいなさいって。やさしくしてくれます」

「お父さんかお母さんを知ってるのかしら」

「よく、わかりません」

とまどったような表情だった。

「そう」

答え、車を走らせた。圏央道に入り、八王子ジャンクションで中央高速に合流した。

「お腹、空いてきた？」

相模湖を過ぎたあたりで訊ねた。

「少し」

「じゃあ談合坂サービスエリアに入ろう」

口数の多い子ではない。打ち解けていないせいかもしれないが、もともとそういう子なのだろう。

サービスエリアの駐車場に車を止め、

「何が食べたい？」

と訊ねた。

「パンがいいです。サンドイッチかハンバーガー」

スターバックスがあった。コーヒーとサンドイッチを買い、奥のテーブルにすわった。

「あの、お金――」

「気にしなくていい」

「でも」

「あなたのお母さんはお金持かもしれないけれど、あなたは中学生。大人が払うといったら、そうすればいいの」

近くから由乃を見つめた。どこかで会ったことがあるような気がした。だがそんな筈はなかった。私の生活に、中学生の娘がかかわる余地はない。

「わかりました。ありがとうございます」

由乃はいって頭を下げた。

「部活は何をしているの？」

「陸上と読書です」

「読書？」

「読書部です。本が好きなので。母が本好きで、おもしろい本を教わっているうちに、わたしも好きになりました」

私は頷いた。

「お母さんは、あの病院に長いの？」

「あそこに移って半年です。その前は都心の病院でした。あそこに移ってからは、うつらうつらしていることが多いので、あまり話せません」

私は無言でアイスカフェラテを飲んだ。

「伯父さんの話では、今年いっぱいくらいだって……」

「伯父さんはお医者さんなの？」

「昔、そうだったって聞きました。今はちがう仕事をしています」

「お医者さんをやめて？」

由乃は頷いた。

「医療機器の会社みたいです」

「伯父さんは、母かた父かた、どっちの？」

「母の兄です」

サンドイッチを食べていると、

「水原さんは結婚しているんですか？」

と由乃が訊ねた。

「ずっと独身」

由乃は私を見つめた。きれいな白目をしている。だがそのせいで視線をきつく感じる。

「結婚したいと思った人はいなかったんですか」

意外に感じた。そういう立ち入った質問をする子には見えなかった。

「大昔はいたかもしれない」

「今いくつなんです？」

答えると驚いたのか、目をみはった。

「もっと若いと思いました。お母さんより年下だろうって。お母さんと同じ年です」

「お礼をいう場面？」

「本当のことです」

「いろいろお金をかけているから」

「それは男の人のためですか？」

「難しい質問ね。特定の誰かのためという意味ならちがう。いろんな男の人に魅力的だと思われたいという意味ではイエス」

「もてるため？」

「男の人にもてて損をすることはない。必ず得をするとはいえないけれど」

由乃は私を見つめている。

「クライアントを含め、会う男性に魅力的な女性だと思われるほうが、コンサルタントの仕事はうまくいく。それに鏡を見るたびに落ちこんでいたら、毎日が楽しくないでしょう」

「落ちこむんですか？　そんなにきれいなのに」

「きれいという意味でなら、あなたのほうがはるかにきれい。肌もきれいだし、顔立ちもあたしより整っている。化粧をして、よりきれいに見えるような服を選んでいるから、そう思えるだけ」

由乃は首をふった。

「わたしが水原さんの年になったら、絶対にそんなにきれいじゃない」

「きれいでいたいの？　ずっと」

訊ねると、由乃は黙りこんだ。やがて答えた。

「わからないです。でも、誰かのためにきれいでいたいとは思わない。きれいになるのは自分のため」

「それでいい。誰かのためにきれいでいたら、その誰かがいなくなったら、どうすることもできない。好きな人、いる？」

頷いた。

「でも今だけ、と思います」

「学校の人？」

「クラブの先輩です。全寮制なんで、どうしても、同じ学校の人を好きになる。だから本当かどうかわからない」

「本当に好きなのかどうかがわからない、という意味？」

「はい」

「冷静ね」

「よくいわれます。醒《さ》めてるって」

私は笑った。

「生意気ですか」

「あなたに醒めているっていった人が生意気。本当に醒めているかどうかなんて、簡単にはわからない」

「わたしもそういいました」

「醒めているといったのは、あなたが好きな人ね」

由乃は目をみひらいた。

「どうしてわかったんです？」

「わかるから。熱くなるときは必ずある。一生醒めて生きるなんてできない」

「水原さんはそう見えません。いつでも醒めている感じがします」

私は首をふった。

「それはさんざん燃えて、燃え尽きたからかもしれないわね」

「恋愛に、ですか」

「いっぱいあるわよ、他にも。食べなさい」

食べかけのサンドイッチを示した。

3

とりとめのない話をつづけ、由乃を学校の寮まで送り届けた。打ち解けたとまでは思わなかったが、不要な警戒心を抱かれたとも感じることなく別れた。月曜日の正午に東京駅で待ち合わせた。制服ではなく私服で、一、二泊する準備をしてくるように告げた。

東京に戻る道を走りながら、車載スピーカーにつないだ携帯で星川を呼びだした。由乃が通う学校と母親が入院する病院について調べるよう頼む。

話しただけの印象では、由乃の警護を浄景尼が求める理由がわからなかった。暴力団幹部や大物フィクサーの娘や孫ということであれば、関係者のボディガードがつく。

政治家や企業人の隠し子という可能性も同様に考えられなかった。

十代初めから半ばにかけての少女くらい、考えていることがわからない生きものはいない。無邪気にけらけら笑った次の瞬間に自殺を決めるような世代だ。強固な殻に閉じこもり、家族を含む他者を排除するくせに、会ったこともないアイドルや読んだ小説、マンガにあっさり人生を左右される。友だちに捨てられるのを何より恐れるが、捨てることは恐れない。

薄いガラスとダイヤモンドを貼り合わせたような心をしているのだ。ある部分はひどく脆いくせに、ある部分は冷酷なほど頑丈だ。大人びていても子供だが、子供扱いしたとたん心を閉ざす。

京都に送り届けるだけなのだから、心を閉ざされても一向にかまわない。なのにそれを覚悟できないのは、けばだったあのミニオンのぬいぐるみのせいだった。

私は十四のときに、血のつながる祖母の手で熊本県の八代《やつしろ》海に浮かぶ売春島に売られた。処女だった私は、その島で何千人という男の相手をさせられ、十年後に脱出した。

売られた直後、ことあるごとに握りしめ祈ったのが、くまのプーさんのぬいぐるみだった。あのミニオンと同じ黄色い布を貼られ、ぷっくりとふくらんだプーさんが、唯一、私が語りかけられる存在だった。

だがそれは、いつのまにか失くなった。どこでどんな風に失くしたのかも覚えていない。祈っても救われないと知り、自らの力で願いをかなえる他ないと悟ったときに、プーさんの存在は必要なくなったのだ。

由乃にそうなってほしいという気持と、なってほしくない気持が、相半ばしていた。

両親との縁は薄いかもしれないが、あの子が孤独だとは限らないし、誰かがあの子を傷つけようとしていると決まってもいない。

浄景尼は、命を狙われるほど物騒な話ではない、といった。だが拉致《らち》を考える人間はいるかもしれないという。

それは由乃が誰かに恨まれているのではなく、由乃に価値がある、ということだ。由乃の身とひきかえに何かが得られる。

誘拐は、警察が介入した時点で、必ず失敗する犯罪だ。交通網と銀行口座の監視により、簡単に犯人の所在が割りだされる。

誘拐が成功するのは、警察がその発生を知らない場合に限られる。被害者が捜査を望まず、秘密裡に身代金を支払いたいと願えば、犯人は逮捕を免れる。

それは被害者にもうしろ暗い事情があってのことだ。犯罪や大がかりな脱税、賄賂《わいろ》などの表にだせない金をもつ者やその身内は、誘拐の標的にされやすい。

父親が死亡し、母親が末期癌におかされている由乃にそうした身内がいるとすれば、元医師だという伯父くらいだが、よほどの犯罪に手を染めていない限り、浄景尼が拉致を警戒する筈がなかった。

談合坂で上り線の渋滞にひっかかっていると、星川から電話が入った。

「金持よ。学校も病院も、すごくお金がかかる。病院は、月六百万の個室から。上は三千万の部屋がある。学校も、生徒数は少ないけれど、べらぼうな学費がかかる。生徒の大半は、大物の隠し子とか閉じこめておくしかない金持の悪ガキばかりらしい。さらいたくなってもおかしくない子だった?」

「そうでもない。考えていることはわからなかったけど」

「あんたがわからないの?　女の子だとしても、珍しいわね」

「賢いの。変になついてもこないし、あからさまに敵視もしない」

「大人びているってこと？」

「そうならざるをえない事情があるのね」

「それが何だか、聞いた？」

「聞いていない。本田という名で、五年くらい前に死んだ男について調べてみて。十三歳の子が小学校三年生だったときに、父親が死んでいる。あと元医師で、医療機器を扱っている男。そっちは名前がわからない」

「儲けているの？」

「医者をやめるからには、よほどの儲けが見込めたか、やめざるをえない事情があったかだと思う」

「そっちは本田じゃないの？」

「母方の伯父だから、ちがうと思う」

「やってみる」

麻布台に帰り着いたのは、午後十時近くだった。

浄景尼に電話をした。

「会いました」

「どやった？　仲よくやれそうか」

「大丈夫です。月曜日にうかがいます。夕方近くになるかと思いますが。京都駅から電話します」

「そうして」

答えたあと一瞬沈黙し、浄景尼は訊ねた。

「何か話した？　あの子」

「いえ」

「賢い子やな」

「そう思います。自分のおかれた立場を理解している」

「他にどう思った？」

「どこかで会ったことがあるような気がしました。そんな筈はないのですが。母親を知っているのかもしれません」

「母親の名は、本田雪乃《ゆきの》や。知ってるか」

記憶になかった。私と同じ年だと由乃はいった。

「名前には覚えがありません」

「写真を見せてもらうといい。今の子やから、携帯にもっているやろ」

「あたしが知っていておかしくない人でしょうか」

探りを入れた。

「そうは思わんけどな。もしかしたら、どこぞで会うとるかもしれん。世の中は狭い」

「月曜日に会ったら、見せてもらいます」

「あんじょう頼むな」

「はい」

浄景尼は笑い声をたてた。

「あんたらしいわ。お任せ下さい、ともがんばります、ともいわん。ただ、はい、や。だから一番信用ができる」

　電話は切れた。

　翌日の夕方、外での用事をすませた私が戻るタイミングで、星川がやってきた。髪をボブにしてメッシュを入れている。

「何なの、その髪型。彼氏の趣味？」

　星川は口をへの字にした。

「ボブが好きなの。本当は紫にしてほしいといわれたんだけど、それはウィッグで勘弁してもらった。尾行も何もできなくなっちゃうから」

「尽したいタイプなのにね」

「うるさい」

　ソファに腰をおろし、ノートをバッグからとりだした。

「三年前から七年前まで調べたけど、本田という死んだ男で、それらしいのはいなかった。和歌山の金貸しで九十四歳というのがいるけど、さすがにちがうよね」

「どんな奴？」

「闇金の元ネタを回していたらしい。金貸しに金を貸していた。とんでもないごうつくばりで、極道からも容赦なく取りたてるんで、何回か命を狙われたこともあったみたい」

「死因は？」

「老衰」

　ちがう、という気がした。

「身内は？」

「大阪と和歌山にいる。息子があとを継いだけど、親父とちがってボンクラだって」

「息子って、いくつよ」

「ええと、今六十五かな。四人も五人も愛人を囲ってて、毎晩、新地やミナミで飲んでいるらしい」

私は首をふった。

「それじゃない」

「他にめぼしいのはいない。あと、医療機器を扱っている元医者というのは、漠然としすぎていて、絞りこむのにもう少しかかる」

「月曜までにできそう?」

「やれるだけやる。新幹線の切符は用意する?」

「『のぞみ』でお願い」

「三枚でいい?」

私は頷いた。万一を考え、木崎には私たちより先に車で東京を出発するようにいってあった。必要ならピックアップしてもらう。といっても『のぞみ』に乗ったら、京都の手前で降りられるのは品川、新横浜、名古屋の三駅しかない。

「道具はどうする?」

「拳銃はいらないと思うけど、丸腰は不安」

「スタンガン?　いつもの強力なやつ」

私は頷いた。

「それでいこう」

「あんたはその子と並びの席。あたしは斜めうしろの席にする」

「そうして。晩ご飯、食べにいく？」

「ごめん。今日は料理番なの」

あきれて星川を見つめた。

「料理なんてしたっけ？」

「彼が得意なの。それで教わった」

「何作るの？」

「ビーフシチュー」

「この暑いのに⁈」

「それが一番失敗しないから。バゲット買ってサラダも作る」

「あとは赤ワインてわけ？」

星川は頷いた。

「熱中症になりそうだけど」

「もうなってるじゃない」

何かをいいかけ、首をふった。

「まあね」

「せいぜい楽しみなさい」

星川は立ち上がった。

「そんなこといわれると心配になる」

「どうしてよ、素直な気持よ」

私を見つめ、

「彼から何か変なもの、感じたんじゃないの？　いや、いわなくていい。聞きたくない」

両手で耳を塞ぐ真似をした。

「感じたのは、ややこしい性格だということだけ。あんたを傷つけるとは思ってない」

星川は息を吐いた。

「よかった。それを聞くのがずっと恐かった」

「さっさと帰んな」

私は手で追い払った。

星川がでていき、私は由乃のことを考えた。

妙だった。男についてはよく考えるが、女、それも十三歳の子供のことをつい考えてしまう理由がわからない。子供好きではもちろんないし、考えたくなるほどあの子を知っているわけでもない。

携帯が鳴った。星川だ。

「何？　シチューやめた？」

「外にでて気づいた。あんたのとこ見張ってるのがいる。警察じゃないし極道にも見えない」

「じゃ何なの？」

「探偵かな。興信所くさい」

「女房もちにちょっかいだした覚えはない」

由乃と関わっているのだろうか。清瀬の病院や山梨の寮を監視する者がいたら、私の車からここをつきとめることは可能だ。

「調べる？」

「シチューはいいの？」

「熱中症になりたくないから、冷やし中華を買っていく」

「じゃあよろしく。手をださないで正体だけつきとめて」

「了解」

拉致を考えるような連中が探偵を使うとすれば、それなりに荒っぽいタイプを選ぶだろう。探偵にもいろいろいる。元警官、元極道、女の味方を自称する浮気調査専門。星川の口ぶりでは、荒っぽいのではなさそうだ。

星川が尾行しやすいように、外にでかけるのはやめ、中華料理の出前をとった。多少頭の回る探偵なら、出前先が私の部屋だとわかれば、今夜はでかけないと考える。

冷やし中華と春巻を食べ、調べものをしていると、星川からメールがきた。西新宿に事務所のある大手探偵社の調査員だったようだ。接触はしていないので、調査の理由まではわからない。

由乃に関係する者が雇ったのか。表面的な調査をまっとうな探偵社にやらせ、誘拐を別の人間にやらせるという可能性もないではないが、通常は調査も誘拐も同じ人間に任せるものだ。大手探偵社は誘拐など請け負わないし、調査対象者（この場合は私だ）が犯罪に巻きこまれたら警察に通報するだろう。

由乃に接触する人間を警戒し、調査させているが、誘拐までは考えていないということだ。

可能性があるとすれば弁護士だ。由乃が相続する財産の管理を任されている弁護士が、由乃の身辺を警戒している。死んだ父親か入院中の母親に頼まれて由乃を監視し、接触した私のことを調べた。そう考えるのが妥当だ。

私について知れば、弁護士は不安になるだろうが、それは弁護士の問題だ。

由乃は自分が監視されているのを知っているだろうか。

おそらく知っている。いろいろなことを知ったり感じていて、それらをすべて呑みこんで暮らしているような気がした。

午前二時、パソコンにメールが届いた。送ってきたのは、私と同じようなコンサルタントの仕事をしている白戸《しらと》という男だった。元自治省の役人で、何をまちがったか裏社会に入ってきた。統計などの数字を扱うのがうまく、信用調査の正確さで名前を売った。

極道ともつきあいはあるが、荒っぽいことは嫌う。外で動くことはほとんどせず、コンピュータを操るだけで調査の大半をこなしている。

以前、その調査のせいで出資を断わられたフロントに狙われているのを助けたことがあった。バックに組がいるとは誰も気づいていない内装業者で、大手不動産会社を顧客に手広くやっていた。その、小さな取引先だった観葉植物のリース業者から、暴力団のフロントであることを白戸は調べだした。出資を断わられたのも痛手だったが、フロントであるとつきとめられたことで、大手不動産会社とのつきあいを切られ、内装業者は白戸を排除しようと考えた。

事故を装って殺すか大怪我をさせようという計画に、たまたま私が気づいた。白戸とはただの知り合いというだけで、敵でも味方でもなかったが、排除を請け負った男と因縁があり、結果として白戸を救う結果になった。

メールには電話で話がしたいとあり、固定電話の番号が記されていた。

私はその番号に携帯からかけた。

「はい」

「水原」

「あ、水原さん。白戸です。その節はお世話になりました」

「大丈夫なの、この電話」

固定電話は盗聴されやすい。

「大丈夫です。週いちで、清掃業者を入れていて、それがきのうでしたから」

「そう」

「蟹江《かにえ》はその後どうしていますか？」

「服役中。あと二年はでてこられない」

蟹江というのが、白戸の排除に雇われた男だった。

「そうですか、あと二年」

白戸はつぶやいた。

「でてきたら、まっ先にあたしのところに乗りこんでくる。あなたのところにいくとしても、そのあと」

「そうなんですか。それで水原さんは大丈夫なんですか」

「まだ何もしていないのだから、心配してもしかたがない。それに恨みを晴らすにも、準備がいろいろいる。それをすればあたしに伝わってくる」

白戸は息を吐いた。

「水原さんは強いなあ」

「そんな話をしたかったの？」

「あ、ちがいます。これは信用に反することなんですが、あなたについて調べてほしいという依頼がありました」

私は思わず笑った。

「人気者だこと」

「え？」

「こっちの話。調査は誰に頼まれたの？」

「麻布十番にある『伊東交易』という商社の社長です」

「社長の名前は？」

「金村《かねむら》。たぶん金というのが本名です」

金という知り合いは何人かいたが、麻布の伊東交易は知らない。

「あたしを調べる理由は？」

「それは聞いていませんが、その金は、韓国国家情報院の元職員で、今でもつながっている可能性があります。国家情報院というのは韓国最大の情報機関で、元はＫＣＩＡだったところです」

「そうなの」

「そうなのって、水原さん、韓国政府と何かトラブルを抱えていませんか」

「まったく」

「まったく何です？」

「抱えてない」

「じゃあどうして金が水原さんのことを調べているのでしょう」

「あたしにわかるわけがない。その金はあたしのことを調べて、どうしようというわけ？」

「わかりません。まずは水原さんに知らせようと思って」

「ありがとう。だったら金の目的も調べて」

「え？」

「難しいことじゃない。あたしについて調べ、報告するといって訊きだせばいい」

「いいのですか」

「調べるのは仕事でしょう。それとも金の依頼を断わるつもりだったの」

「いえ、それは……」

白戸は口ごもった。

「あたしに知らせるだけ知らせて、調査はするつもりでいた。ちがう？」

「まあ、そうです」

「だったらそうして」

「わかりました。調べさせてもらいます」

「あたしも知らないことがわかったら教えて」

「えっ」

「冗談よ」

「ですよね。水原さんが知っているかどうかなんて、僕にわかるわけがない」

頭はいいが、コミュニケーション能力は決して高くない。

「いいんですね、水原さんのことを調べて」

「調べがいがあるわよ。秘密はいっぱいあるから」

「そうでしょうね。ちょっとどきどきしているんです」

「金はどこであなたのことを知ったの？」

「あの、紹介です。大手の不動産デベロッパーの幹部から、僕のことを聞いたといっていました」

私は息を吸いこんだ。

「そう。ありがとう」

電話を切り、壁を見つめた。白戸は幹部といった。トップではない。

西岡《にしおか》タカシは去年、その父親が一代で築いたウェストコースト興産という大手デベロッパーの社長に就任した。さまざまな因縁があり、タカシは何度か私を殺そうとした。最後に会ったとき、私はタカシの女を殺した。タカシと自分を救うためだった。

星川にいわせれば、私は年下のタカシに惚《ほ》れているらしい。自覚はない。成長をおもしろがり楽しみに思ってはいるが、タカシと寝たいと感じたことはないからだ。

本田由乃の件にタカシがかかわっているのだろうか。タカシだったら、人を使って調べさせるような、まだるこしいことはしない。直接私に会いにくる。会って、由乃とどんな関係か訊く筈だ。

タカシの父親は帰化した韓国人で、その点では金とつながりがあってもおかしくはない。白戸を金に紹介したのはウェストコースト興産の幹部かもしれないが、タカシではない筈だ。

タカシのことを考えると、わずかに胸が痛んだ。星川には決していえない。

むろん、由乃とはまったく無関係な理由で、新宿の探偵社や金が動いている可能性もある。私に恨みを抱いている者は少なくないし、利用しようと考えている者も負けず劣らずいる。そのどちらも、目的のために私のことを調べて不思議はない。

浄景尼に訊けば由乃について話してくれるかもしれないが、それをするのは浄景尼の期待を裏切るに等しい。

つまらない意地かもしれないが、これほど恩を受けている人を、少しでも失望させたくなかった。

体がべとついていた。シャワーを浴び、思いきり冷やしたシャンペンを飲むことにした。飲めばまた体が熱くなるのはわかっているが、氷のようなシャンペンが好物なのだ。

ショーツにTシャツ一枚でソファに寝そべり、シャンペンを飲んだ。気づくと寝こんでいた。

4

由乃はチェックのショートパンツに木綿のシャツ、薄いベストといういでたちで東京駅に現われた。丸みのあるボストンバッグをさげている。大荷物ではないことに安心した。

たいした荷物でもないのにキャリーバッグをごろごろひきずる子供に私はいらつく。自分では旅慣れているつもりかもしれないが、田舎者にしか見えない。

由乃は派手ではないが田舎者にも見えない。

「この人は星川さん。あたしたちといっしょにくる」

星川を紹介すると、由乃は小さく頷き、

「よろしくお願いします」

とだけいった。星川は由乃をじっと見つめた。

「よろしく」

その声を聞いて、由乃はわずかに目をみひらいた。

「うまく化けてるでしょう」

私は小声で由乃にいった。

「化けているのじゃないから。工事済みよ」

星川がいった。

「そう。工事済み。でも元が元だから、頼りになるの」

私はいった。

「元？」

由乃が訊き返した。

「こう見えて、元お巡りさんよ」

由乃は目を丸くした。

「すごい。そんなにスタイルいいのに」

「聞いた？」

勝ち誇ったように星川はいった。私は大きく息を吐いてやった。

「中学生なのに気配りなんかしないの」

由乃は首をふった。

「気配りなんかじゃありません」

星川は麻のパンツにTシャツ、麻のジャケットという格好だった。大きめのリュックを肩にかけている。リュックは麻のジャケットに皺を作るが、走ったり素早く動くためには、手提げというわけにはいかない。

「お腹は？」

「東京にくる電車の中でおにぎりを食べました」

由乃は答え、飲物だけを買って私たちは「のぞみ」のグリーン車に乗りこんだ。由乃を窓ぎわにすわらせ、私はその隣、斜め二席うしろの通路側が星川だ。

強烈な日射しが注ぎ、最高気温を更新しそうだと朝のニュースが報じていた。熱気のこもったホームからエアコンの入った列車内に入り、ほっとした。

「暑かったわね」

腰をおろして私がいうと、由乃は頷いた。

「でも山梨はもっと暑かったです」

「京都も暑いわよ、覚悟して」

「そうなんですか」

「夏暑くて冬寒い」

由乃は宙を見つめた。

「覚えてません。納骨のときにいった筈ですけど」

「お父さんはおいくつで亡くなったの？」

「六十歳です」

「遅い子だったのね」

「生まれたとき、父は五十一でした」

「ご病気？」

「脳梗塞だったそうです」

「のぞみ」が動きだした。話しながら同じ車輛に乗ってくる者を見ていた。怪しいと感じる者はいない。中国人の家族連れ、年齢差のあるカップル、一瞬気になったのはビジネスマンらしい二人組だ。席にすわるなり、パソコンを開き、キィボードを叩き始めた。

由乃は窓の外を見つめている。私は話しかけないことにした。

品川に着いた。品川からは新たな中国人の一団が乗ってきたが、満席になるほどではない。

「京都には何度かいった?」

「納骨以来です。母の具合がずっと悪かったので」

「そうか」

「水原さんは庵主さんのところによくいかれるんですか」

「たまに、かな。頼みごとをしにいくばかりで本当に申しわけなく思っているの。だからあなたを連れてきてといわれたときは恩返しできるチャンスだから、張りきっちゃった」

「お金になるわけじゃないんですか?」

「あなたを連れていくことで? お金以上。庵主さまの役に立つことなら、何でもやりたい」

由乃はほっと息を吐いた。

「よかったです。本当は迷惑なのじゃないかって思ってたので」

私は由乃を見やった。

「緊張はしてる」

「緊張?」

「あなたくらいの子と接したことがないの。何が嫌で何が楽しいのかがわからない。鞍馬までずっと口をきかないでいてもいいけど、苦しいじゃない」

由乃はまじまじと私を見つめ、私が笑うと吹きだした。

「びっくりしました。水原さんが緊張するなんてありえないと思ったんで」

「本当よ。あなたは大人っぽいから平気だけど、きゃあきゃあうるさい子供は苦手なの」

「きゃあきゃあ」

由乃は口に手をあて笑った。

「でもわかります。自分のことを教えたくないときや仲間に入れたくないとき、どうでもいい話をきゃあきゃあ話して、スキを作らないようにするときがわたしもあるので」

「女の子って残酷だからね」

「水原さんも同じでした？」

訊かれ、私は一瞬、言葉に詰まった。この子よりひとつ上の年のとき、私は祖母の手で売られた。売られた先は、熊本県の八代海に浮かぶ島だった。島すべてが売春業で成りたっていて、二十四でそこを抜けだすまで、何千人という客の相手をさせられた。

「ごめんなさい」

由乃がいった。傷ついた表情を浮かべている。

「よけいなことを訊きました」

私の沈黙を傷つけたからだと思い、そのことで自らも傷ついている。

「ちがう、ちがう。そういうことじゃない」

私は首をふった。

「あんまり笑わなかったのは事実だけど。でもそれはあなたも同じでしょ」

由乃は私を見つめた。

「でも笑えるときは思いきり笑うこと。そうじゃないと笑うのを忘れちゃうから」

「はい」

由乃は小さく頷いた。そして窓の外に目を向けた。よけいなことを訊いたと後悔しているにちがいなかった。私は否定したが、それが嘘であることも気づいている。

不意に、ガクンと列車が揺れた。立っていればよろめくほどの衝撃だった。車でいえば加速しようとギアを落としたのに、それに失敗したような動きだ。

それを証明するかのように速度が落ちた。

車窓を流れる景色が自動車ほどのスピードになり、それが自転車になり、やがて人が歩くほどになった。

多摩川を渡り、新横浜にじき着こうかというあたりだ。

列車は停止しかけ、また動く。エネルギーが止まっては供給されるのくり返しのようで、ガクンガクンと進んだ。何かが起こっていることは容易に想像がついた。

止まっては動くをくり返すうちに、停止する時間のほうが長くなり、アナウンスが流れた。

「お急ぎのところ、ご迷惑をおかけしております。ただいま連絡があり、送電にトラブルが発生したとのことです。詳しい情報が入りしだい、お知らせいたします」

由乃と顔を見合わせた。

「待つしかない」

私がいうと、こっくりと頷いた。私は携帯をとりだし、木崎にラインを打った。

『今どこ？』

少し間をおき、返信があった。

『御殿場の手前です』

『悪いけど戻ってくれる？　列車の具合がおかしい。もしかすると乗りかえることになるかもしれない。今は新横浜の手前』

『新横浜に向かいます』

『お願い』

その間も、まるでしゃっくりをくり返すように揺れながら列車は進んでいた。

アナウンスが流れた。

「ご迷惑をおかけしております。トラブルは変電所で起こったものと判明いたしました。ただいま別の変電所を経由して電力を供給する作業をおこなっております。お急ぎのところ、たいへん申しわけありませんが、もうしばらくお待ち下さい」

携帯にラインが届いた。星川だった。

『火事みたいよ。暑さで電線の被覆が溶けて、それで燃えた。熱海からこっちの列車は全部おかしいみたい』

『木崎を新横浜に呼んだ。万一の場合は乗りかえる』

『まさかこれがその子を狙って、ということはないよね』

『わからないけど注意して』

由乃が私を見ていた。

「ニュースを見ていたの。猛暑で電線が溶けちゃったみたいよ」

「じゃあ止まっちゃうんですか」

「可能性は高い。そうなったら車に乗りかえるかも」

無言で目をみひらいた。いたずらに騒がない。状況が把握できていないのもあるだろうが、腹がすわっている。

「知り合いが迎えにくる」

小声でいった。由乃は小さく頷いた。

アナウンスが流れた。

「間もなく新横浜に到着いたします。新横浜で停車し、送電の回復を待つ予定です。たいへんご迷惑をおかけいたしますが、何とぞご理解とご協力をたまわりますよう、お願いいたします」

列車がホームに入った。ホームに入ったとたん滑らかに動き、停止位置まで進んだ。

何人かの乗客が立ちあがった。新横浜が目的地なのにグリーン車を使う者は少ない筈だ。この運行状況に、列車を降りようと考えているのかもしれない。

扉が開き、プラットホームで流れているアナウンスが聞こえてきた。

「――のところ、いつ発車できるかはわかりません。たいへんご迷惑をおかけいたしますが、もうしばらくお待ち下さい」

降りていった客と入れちがいに、スーツにネクタイをしめた男が四人、前方から私たちの車輛に乗りこんできた。動かないとアナウンスしているのに乗ってくるのは妙だ。しかもシートのひとつひとつをのぞきこんでいる。

「いくわよ」

私はいって、立ち上がった。二人とも荷物は手にもっている。うしろの乗降口から降りるつもりだ。

私の背中で男たちの視線をさえぎり、由乃を通路にだした。腰に留めたスタンガンのケースのカバーを外す。斜めうしろにすわる星川に小さく頷いてみせた。

「まっすぐいって」

由乃は無言で通路を歩いていく。私はその場で動かず、入ってきた男たちの進路を塞いだ。

「ちょっと！　そこの女の子！」

ひとりが叫んだ。由乃が足を止めた。

「いきなさい」

私はいって、男たちをふりむいた。この暑いのに紺やグレイのスーツに白シャツ、ネクタイ。どこにでもいるサラリーマンのような服装だが、誰ひとり贅肉《ぜいにく》がない。極道ではない。むしろ兵士のようだ。

私と目の合った男は、髪もクルーカットにしている。その髪型に、日本人ではないかもしれないと思った。年齢は三十代のどこかだろう。ものを深く考えないタイプだ。今日やるべきことをやったら、明日のことは明日考える。一度決めたことをくつがえすのを好まず、目の前の作業に集中する。

仕事を離れれば、単純でつきあいやすい人物だろう。ただし敵対する相手には一片の容赦もない。

私は微笑《ほほえ》みかけた。一瞬、浅黒くのっぺりとした顔に動揺が浮かんだ。〝敵〟と認識している人間に笑いかけられて、どう対処すべきかのマニュアルがないのだ。

股間を蹴り上げた。言葉にならない叫びをあげ、うずくまる。その体がつづく者の進路を塞いだ。由乃のあとを追って走った。

パチパチパチという スタンガンの音が聞こえ、呻《うめ》き声がした。ふりむくと、うずくまった男をとびこえた仲間に、背後から星川がスタンガンを当てていた。

二人目も通路に倒れこみ、私は由乃につづいて車輛の扉をくぐった。

車輛後部には乗降口がなかった。車掌室なのだ。その扉が開き、受話器を耳にあてた白い制服姿が見えた。

星川が扉から走りでてきた。

「急いで！」

由乃と三人一列でうしろの車輛に入った。通路を走る。

「何者？」

走りながら私は訊いた。

「わかんない。でもいい体してた。インカムをつけてたし、素人じゃない」

星川が答えた。車輛の扉をくぐり、開いている乗降口が見えた。由乃がそっちに向かう。

「駄目、もう一輛先っ」

私は叫んだ。追ってくる者は、私たちがこの乗降口を使ったと考える。由乃は一瞬ふりむきかけ、無言で走った。次の車輛にとびこみ、通路を駆け抜ける。

「降りないで。待って」

由乃が乗降口にとりつくと私はいった。開いている扉からホームをうかがった。

四人が手前の車輛の乗降口からとびでてきた。ホームを見回し、ひとりが襟もとに固定したマイクに話しかけている。駅かその周辺に他の仲間がいるということだ。

「マズいな」

私はつぶやいた。列車が止まっていても、ホームを埋めつくすほどの人はいない。降りればすぐに見つかるだろう。

「あとは覚悟ね、あいつらの」

星川がいった。私は頷いた。白昼、人間がこれだけいるところで、男ばかりの集団が女ばかりの三人組をどうにかしようとすれば、嫌でも騒ぎになる。

「やるかな」

私は星川を見た。

「やるかもね。タマを潰され、スタンガンをくらったのだから、頭にくるさ、そりゃ」

「道具もってた？」

「わからない。もってるとしたら、うまく隠してる」

答え、星川は由乃に微笑んだ。

「ごめんね、走らせて。大丈夫だった？」

「陸上部なのよ、この子」

「オッケイ！　京都まで走るか」

男たちはホームで散開した。スタンガンをくらったひとりはベンチにすわりこみ、私が蹴った男もうずくまった。二人だけがホームの前後に分かれ、私たちを捜している。

「この子は大丈夫でもあたしらは無理」

私はいった。

「いっしょにしないで。何のためにジムに通ってると思ってるの」

「あら、最近はマット運動ばかりじゃない」

「未成年者の前で何てことというの」

ひとりが乗降口のすぐ外にきていた。

「やるよ」

私はいって、男の腕をつかみ扉の内側にひきずりこんだ。星川がスタンガンを首すじに押し当てる。パチパチという音とわずかな煙がたちのぼり、男の目が裏返った。ばたんと倒れないように支えながら、乗降口にしゃがませる。

「降りるよ」

男に目を奪われている由乃にいった。由乃は目をみひらき私を見た。

「大丈夫、死んでない。夢を見てるだけ」

「はい」

小声でいった。さすがに顔がひきつっている。

ホームにでて、後方の階段をめざした。つかのま星川が遅れ、何をしているのかとふりかえると、小型のオートマチックをパンツのウエストにさしこんでいた。

「もってた。びっくりよ、今どきショルダーホルスターなんだから」

階段を降りながら星川がいった。私は携帯で木崎を呼びだした。

「どこ？」

「あと四キロですが、混んでいます」

「どこだって？」

星川が訊いた。

「あと四キロだけど道が混んでる」

「どこからくるの？」

「東名。御殿場近くまでいっていたけれど、呼び戻した」

「だったら地下鉄に乗ろう。ブルーラインであざみ野方向にいけば、こっちから近づける」

星川がいい、私は木崎に告げた。

「こっちからそっちに地下鉄で向かう。ブルーラインよ。待機して」

「了解しました」

電話を切り、三人で階段を駆け降りた。

「新横に詳しいじゃない」

「サッカー見にくるの」

思わず足を止めた。

「えっ、サッカー？」

サッカー好きとは聞いたことがなかった。

「彼が好きなの」

私と目を合わさないようにして答えた。

「うまく逃げられたら、シチュー奢《おご》る」

改札口が見えてきた。

「縦一列。まん中がお嬢さん」

星川がいった。

「由乃です」

言葉にしたがいながら、由乃が小声でいった。

「由乃ね。了解。あたしが止まったら、止まって。ここからはゆっくり歩こう」

上のホームより改札口付近のほうが混んでいた。多くの者が立ったりしゃがんだりして、携帯を手にしている。中国人の団体客が通路を塞ぎ、汗だくのＪＲ職員が誘導していた。人いきれでエアコンが効かず、サウナだ。

「うしろ見て」

前方に注意を払いながら星川がいった。いわれなくてもそうしていた私は、

「今のところ大丈夫」

と答えた。

改札の外にも人ごみができていた。新幹線は止まっている、運転再開の目処はたっていない、というアナウンスがひっきりなしに流れ、暑さを助長していた。

「前にいた」

星川がいった。

「十時の方向よ」

改札をでて斜め左手に三人の男が立っていた。同じようなスーツを着てひとりが耳に片手をあてている。イヤフォンの音声をアナウンスにかき消されまいとしているのだ。

「強行突破するね」

由乃をふりかえり、星川はいった。由乃は無言で頷いた。追われているのが自分であることもその理由もわかっているようだ。

三人一列で改札をくぐった。三人組のひとりが私たちに気づいた。耳に手を当てている男に触れ、注意をうながす。距離にして十数メートルだが、そのあいだに何十人という人間がいた。

「地下鉄どっちかわかってる?」

「こっち」

「あいつらがいるほうじゃない」

「あたしがうしろに回る」

星川がいって、前後を私と交代した。右手をジャケットの内側に入れている。

三人は等間隔に広がった。こちらに近づいてくる。訓練をうけている動きだ。

「由乃ちゃん、大声だせる？」

星川が訊ねた。

「はい」

「合図したら、キャーッ助けてって叫んで。思いっきりよ」

「はい」

三人組はじょじょに距離を詰めてきた。地下鉄乗り場の案内が見えた。

「叫んだら走って。地下鉄の方向ね」

「わかりました」

「素敵。落ちついてるわ、この子」

三人組のひとりがマイクに話しかけている。距離は三メートルもない。

「今！」

星川がいい、由乃が悲鳴をあげた。

三人組が固まった。

「痴漢よ！　痴漢！」

私も叫び、男たちを指さした。ひとりの表情がかわった。こちらに飛びかかろうとして思いとどまった。星川が上着の下で握っている拳銃を見せたからだ。

「助けて下さーい、この人です、キャーッ」

由乃が男たちをさし、走りだした。私もあとを追い、わずかにおいて星川だ。男たちがとり囲まれるのが見えた。

ちがう、ちがう！　人ちがいだ、と叫んでいる。

パスモをかざし、地下鉄の改札をくぐった。あざみ野方面と表記されているホームに立つ。

次の駅は北新横浜《きたしんよこはま》だ。

「北新横浜の駅は近い？」

木崎にかけ、訊ねた。

「今、そちらの前です」

落ちついた口調で木崎が答え、ホームに列車が入ってきた。追ってくる者はおらず、私たちは地下鉄に乗りこんだ。

5

アルファードの中は涼しく、それだけで生き返る気分だった。

「やったね」

星川がいって、由乃に開いた片手を掲げた。由乃は一瞬とまどった顔をしたが、笑顔になり手を打ち合わせた。

「最高だったよ、あんたの悲鳴」

由乃は赤くなった。

「あんな声だしたの初めてです」

二人は後部シートに、私は木崎の斜めうしろにすわっている。

「このまま京都に向かってよろしいですか」

木崎が訊ねた。

「あいつらの人数にもよるけど、新幹線が止まってるから、必ず高速は見張る」

星川がいった。私は頷いた。

「新横浜だけで七人はいた。新宿の探偵じゃない」

「探偵だったら道具もってないし」

忘れていた。星川ははさんでいた拳銃を抜きだした。

「何の銃？」

「ワルサーやマカロフに似てるけど、ちょっとちがう」

星川はマガジンを抜きだした。

「中国製じゃないの？」

「どうかな。弾丸は九ミリだね。日本の機捜に配備しているシグの230は七・六五ミリだから、こっちのが威力がある」

薬室が空なのを確認した。

「でもショルダーホルスターってどうよ。昔の007じゃあるまいし。まあウエストに比べれば、前を開けていても見えないって利点はあるけど」

マガジンを戻し、腰にさしこんだ。

「とりあえず高速には乗らないで、このまま西に走って」

私は木崎にいった。

「日本の警察じゃない。もちろん探偵社の人間でもない。何者だかわかる？」

星川は由乃を見た。少し前に比べ、由乃の表情は硬い。

「わかりません。ごめんなさい」

星川は私を見た。私は小さく首をふった。今この子を問い詰めたら、これからが難しくなる。

「わかんないか、まあいいや。でも下道《したみち》で京都までってのはキツいわね」

私はいった。

「でも高速はインターチェンジを見張られたら一巻の終わりだからね。乗るのも降りるのも」

星川がつぶやき、つづけた。

「とりあえず浄景尼にメール打ったら。新幹線が止まっているから遅くなるって」

「西に向かう一般道ですが、大別すると、ここから近い国道２４６号と海沿いの国道１号がございます。どちらにいたします？」

「近くないほう。１号にしよう」

「承知いたしました」

「ごめんなさい」

由乃がいった。

「何が？　何もなしにあなたが京都にいけるなら、庵主さまはあたしに頼まない。あたしも星川さんも、ぜんぜん驚いてないし、迷惑とも思ってない。むしろ何もなかったら、庵主さまへの恩返しにならない」

由乃の顔は見ずに私はいった。由乃は無言だ。

しばらく誰も口をきかなかった。浄景尼へのメールは1号線に入ってから打つことにして、私はこの先どうすべきかを考えていた。

いくらつっ走ったとしても、一般道で京都鞍馬の浄寂院までは六、七時間、下手をするともっとかかる。それだけの時間があれば、追っ手はさまざまな手段で待ち伏せできるだろう。

しかも浄寂院に送り届けたところで、由乃の身が安全になるという保証はない。浄寂院にいる間は手だしができないかもしれないが、由乃には帰り道もあるのだ。

アルファードのスピードが落ちた。道が混んでいる。木崎がカーナビゲーションを操作し、いった。

「海沿いにでる道はどこも渋滞しています」

「忘れてた」

私は舌打ちした。この暑さで夏休みだ。海に向かう道は混んでいて当然だ。

「戻ろう」

「246号でいきますか」

「他にどんなルートがある？」

「大回りでしたら、相模原を抜けて北上し甲州街道に合流して西に向かうという方法があります。ただ高速を使わないと、たいへんな時間がかかります。相模湖周辺も行楽客で大渋滞していると思われますので」

「下道でいこうなんて考えたら、甲州街道に入る前に日が暮れる」

星川が携帯を操作しながらいった。

「じゃあどういうルートがいい？」

「八王子までは我慢して下道をいって、八王子から中央自動車道に乗る。岐阜まで走ったら、西に向かう道はいくらでもある。そのまま中央をいってもいいし、名神に合流する手もあるし、名古屋市内を抜けて東名阪から新名神というルートもあるわね」

星川が答えた。

「とりあえずそれでいこう。向こうは最短ルートであたしたちが京都にいくと考えるだろうから、急がない道をいく。でも渋滞はなるべく避けたい。見つかりやすくなるから」

「承知いたしました」

木崎がいい、アルファードを方向転換させた。海に向かう道よりはまだ流れがいい。

由乃が私を見ていた。

「高速に入ってから浄景尼にはメールする。どれくらい時間がかかるのか、見当がつかないもの」

私はいった。硬い表情で由乃は頷いた。

「もう一度いう。あたしも含めて、ここにいる三人は、あなたを京都に連れていくのが簡単な仕事だとは少しも考えてなかった。簡単だったら、浄景尼があたしたちに頼む筈ないから。ただ、相手の正体がわからないと、どんな手を使ってくるのか予測がつかない。たとえばの話、さっき新横浜駅に現われたのが追ってる人間の全部なら、ここから先は楽勝。でもあの何倍も人間がいて、車やバイク、下手するとヘリコプターまで飛ばせるとなったら、考えなけりゃならない。まちがえないでね。恐いとか面倒だとか思っているわけじゃない。どうすればあなたを無事京都まで送り届けられるか、そこに集中してる」

由乃の目を見てつづけた。

「もしお金で請け負ったのなら、なるべく簡単で楽なほうがいいに決まっている。でもお金じゃない。あたしという人間を助けてきてよかったと浄景尼に思ってもらいたい。それには簡単とか楽な方法はありえない。だからこそ浄景尼はあなたをあたしに預けてくれたし、その気持に応えたいの。だからあなたが気を使う必要はない」

由乃は苦しげな顔でうつむいた。

「わたしはただの荷物なんですね」

「いってみればそうね」

由乃は目を閉じた。泣くかと思ったが泣かなかった。

「荷物でいたくなかったら、何でもいいから情報をくれないかな」

明るい声で星川がいった。由乃は目をつむったまま黙っている。

「急がなくていい。何せ時間はたっぷりある。お腹が空いたのとトイレだけは早めに」

私はいった。

「飲物とサンドイッチはクーラーボックスに用意してあります」

木崎がいった。最後部にクーラーボックスがあり、保冷剤とともにペットボトルや食物が入っていた。冷えた飲物は嬉しい。

「飲む？」

由乃に訊ねると無言で頷いた。

「ダイエットコークは駄目よ。あたしが飲むんだから。若い子はふつうのコーラ飲みなさい」

星川がいった。

「じゃあコーラを」

星川はコーラを由乃に手渡し、私に炭酸水をよこした。

「今どのあたり？」

反対車線は激しく混んでいる。生活道路でもある下道に、高速の渋滞を嫌った行楽客の車が流れこんでいるようだ。

「もう少しで相模原市を抜けます。そこからバイパスに入れば、八王子インターまではすんなりいけると思います」

木崎が答え、

「中央高速は相模湖のところで何キロか渋滞してるけど、そこから先は流れてる」

携帯を見ていた星川がいった。私は時計を見た。午後二時四十分だ。中央高速に入れるのは、早くとも四時過ぎだろう。

「遅くなればなるほど下りは空《す》くのじゃない？」

私はいった。

「確かに。それに時間がたてばたつほど、ルートの選択肢が増えるから、追うのは難しくなる」

星川は答えて、由乃を見た。

「ひとつだけ教えて。あいつらはあなたが鞍馬にいくというのを知ってる？」

由乃は無言だった。答えたくないのではなく、考えているようだ。

「ごめんなさい、わかりません。嘘じゃないです。本当にわからないんです」

「そう」

「でも――」

いいかけ、黙った。

「でも、何？」

「父のお墓が京都にあることは知っているかもしれません。もしわたしがお墓参りにいくとわかったら――」

「京都に先回りできる」

由乃は頷いた。

「なるほど」

「浄寂院には入ってこられないでしょう」

星川がいった。

「『鞍馬のおばはん』を怒らせたらたいへんなことになるものね」

「庵主さまのことを知ってる？」

私は由乃に訊ねた。

「すごい方だと聞いています」

「お父さんの知り合いだったの？」

「わかりません。でも母の話では、どこのお寺も父のお骨《こつ》を預かってくれなくて、唯一、鳴神さんがうけ入れて下さった、と」

「お父さんは京都の出身？」

星川が訊ねた。

「よく知りません。母の話ではいろいろなところを転々としていて、一時はずっと韓国にいたそうです。向こうで会社をやってたこともあるって」

私は息を吸いこんだ。やはり韓国か。警告してくれた白戸の話では、韓国国家情報院にいた男が私について調べているという。

別件の可能性はゼロではないが、由乃が関係していると考えるのが妥当だろう。

「お父さんの名前は何とおっしゃるの？」

「本田陽一《よういち》です。太陽の陽に一と書きます」

聞いたことはなかった。

「小学校三年生のときに亡くなったのよね」

「はい」

私は星川を見た。携帯をいじっていた星川が首をふった。「本田陽一」に関する情報はないようだ。

「お腹すいてきたな」

星川がいった。

「サンドイッチもらえる？　カロリー高いけど食べちゃおう」

「ダイエットしてるんですか」

由乃がいった。

「そう。最近、彼氏ができて、嫌われたらたいへんだもの」

星川が答えた。

「尽すのよ、すごく」

私はいった。由乃が星川を見つめた。

「尽すってどんな風にって、今考えたでしょう」

星川がサンドイッチを手にしていった。由乃は無言で頷いた。

「まずは食べもの。おいしいものをとにかく食べさせる。作っても買ってきても」

「お料理するんですか」

「やもめが長かったからね。男だったとき。子供もいた」

由乃の口がぽかんと開いた。

「それってつまり……」

「お父さんだったってことよ」

私はいった。由乃は目をみひらいた。

「いろんな人生があるのよ。うちの子はあたしの生き方を理解してくれてる」

星川は微笑んだ。

「やっとよ。やっと自分のしたい生き方ができるようになった。だから今、すごく充実してる。あなたも今はちょっとつらいかもしれないけど、がんばっていけば、いずれしたい生き方ができるようになる」

私は鼻を鳴らした。

「やめてくれる。泣いちゃいそうだから」

「感じ悪い女」

由乃が笑った。

「あの、サンドイッチ食べていいですか」

「はい、どうぞ」

星川が渡した。

車のスピードがあがった。バイパスに入り、流れがよくなったのだ。

「順調にいけば三十分ほどで八王子インターです。中央高速の下りは流れているようです」

木崎がいった。

「尾行は？」

私は訊ねた。

「見える範囲内にはいません」

「まずはひと安心かな」

星川が息を吐いた。

「ねえ」

私は由乃にいった。

「追ってきてるの、韓国人じゃない？　それも政府関係者」

由乃がうつむいた。

「なぜそう思うの？」

星川が訊ねた。

「コ、コンサルの白戸覚えてる？」

「元役人の？」

「そう。彼があたしの調査を頼まれていることを知らせてくれた。依頼してきたのは麻布十番にある『伊東交易』の社長で、元韓国国家情報院の金村。白戸はあたしが韓国政府とトラブルを抱えてないかって」

「で？」

「心当たりはないっていった」

「西新宿の探偵か」

星川がつぶやいた。

「由乃ちゃんを監視していた探偵があんたのことを金村に教えた」

「そうだと思う。あたしと京都にいくことを誰かに話した？」

私は由乃に訊ねた。

「母には電話で伝えました。鳴神さんに紹介していただいた水原さんと墓参りにいくって」

「お母さんの写真ある？」

由乃は携帯をとりだした。

「父と三人で撮ったのがあります。わたしが小学校に入ったときのですけど」

写真館で撮ったものを携帯にとりこんでいる。

「お母さん、きれいね」

星川がいった。細面で、性格のきつそうな美人だ。父親は太っていて、人のよさげな顔をしているが、唇が薄く目に酷薄さがある。大きな嘘を平然とつくタイプだ。中央にランドセルを背負った由乃がいた。緊張しているが幸せそうだ。

「少し似てる、昔のあんたに」

星川がいった。私も同じことを思った。整形で顔立ちを丸くする前の私に、由乃の母親は似ていた。

「この写真、大好きなんです。家族全員で写ってるし」

由乃がつぶやいた。

「幸せそうだもの」

星川がいった。

「お母さんの旧姓は何とおっしゃるの？」

私は訊ねた。

「楠田《くすだ》です。楠田雪乃」

星川が私を見た。私は首をふった。

「水原さんのことを誰かが調べているんですか？」

由乃が訊ねた。

「初めてあなたに会ったときにたぶん尾行されたのだと思う。お母さんの病院かあなたの寮を見張ってたのね」

由乃は無表情になった。心当たりがあるようだ。星川も気づいた。

「いつも見張られてるってつらいね」

「母は気にするなっていいます。母が、いなくなったら消えるって。『わたしが生きているあいだは我慢しなさい』って」

由乃の声が涙をこらえるように低くなった。

私と星川は顔を見合わせた。

「見張られている理由は何なの？」

星川が訊ねた。

「ごめんなさい。わかりません。本当に知らないんです。たぶん父が……父のことに関係あると思うんですけど……」

由乃が切れ切れに答えた。

「お父さんが亡くなられてからずっとなの?」

「いえ。去年の夏頃からです。母の話では、ずっとわたしたちを捜していて、ようやく見つけたのだろうって」

「一年前に見つけて、今日さらおうとするのはなぜなの」

私は小声で星川にいった。星川は首を傾げた。

「チャンスがなかったか。監視しても目的が果たせないと考えたか」

「目的」

私はつぶやいた。新横浜に現われたのが韓国の政府関係者なら、あの髪型、ショルダーホルスターに吊るしたメーカー不明の拳銃の説明がつく。国家情報院か軍の工作員で、銃は韓国国産モデルだ。

警察ではない。由乃は犯罪者ではないし、たとえそうだとしても、韓国の警察官に日本国内での捜査権逮捕権はない。

連中が、非合法活動も辞さない工作員だとしよう。由乃を監視し、さらに拉致しようとする理由は何か。

「浄景尼からは何も聞いてないの?」

星川が小声で訊ね、私は首をふった。由乃と目を合わせ、いった。

「この話、つづけていい?」

由乃は無言で頷いた。

「これはあたしの考えだけど、追ってきている連中は、お父さんと関係があると思う。連中はあなたがもっているものが欲しい。それで監視していたのだけれど、隠し場所がわからないので、非常手段に訴えることにした。あなたをさらって手に入れる」

由乃は目を大きくみひらいた。

「わたしは何ももってません」

私は頷いた。

「もっているとわからなくて、もっているものもある」

由乃は首を傾げた。星川がいった。

「たとえば誰かの名前とか住所、連絡先かもしれない。つまり情報ね。お母さんは病院だから、動き回れるあなたを見張っていればその情報にたどりつけるとあいつらは考えた。でも一年見張っても見つけられなかったので、寮をでたあなたをさらうことにした」

由乃がいった。

「母がいっていたのは、見張っている連中は日本では何もできないのだから、びくびくしなくてもいいって。わたしたちは日本人で、日本人には手だしできない」

「なるほど。何人《なにじん》だと、お母さんはいってた？」

「韓国の人だって。父が韓国でしていた仕事に関係があるのだろうけど、わたしが気にする必要はない、と」

「つまりお母さんはいろいろ知っている」

由乃は頷いた。

「焦ったのかも」

星川がいった。

「由乃ちゃんは何も知らない。知っているのはお母さん。でもお母さんは――」

私の目を見て、小さく頷いた。

私は頷き返した。由乃を人質にすれば母親の口を開かせることができる。連中が求めている情報は母親がもっていて、由乃はもっていない。

その母親が亡くなれば、情報は失われる。一年監視をつづけ、由乃から情報を得るのが難しいと考えた連中が強硬手段に訴えた。母親に残された時間を考えると猶予はそうないからだ。母親がいなくなれば消える、という言葉もそれを裏付けている。

由乃は無言だった。勘づいているのだろう。だがそれをこの子が言葉にするのはつらい。

「でも浄景尼があんたを選んだのは納得ね。並みのボディガードじゃ逃げる相手よ」

星川が小声でいった。にやりと笑う。

「そういわれると燃えるでしょう」

「まあね」

私は笑い返した。由乃は理解できないように私たちを見比べている。

「ヘソ曲がりなの。強い奴をギャフンといわせたい」

私はいって携帯をとりだした。

「情報集めよっか」

「あいつ？」

星川の問いに頷いた。

「こういうときは使えるもんね」

星川は頷き返し、私は湯浅《ゆあさ》の携帯電話にかけた。

呼びだしはなく、いきなり留守番電話サービスにつながった。

「水原。急ぎよ」

伝言を残し、切った。

「まだ同じとこかな」

星川がいった。

「わからない」

初めて会ったとき湯浅は警視庁公安部に属する刑事だった。警察庁に異動になり、今は国家安全保障局にいる。いつでもどこでも誰に対してでも爽《さわ》やかな顔で嘘をつける才能を活かし、順調にキャリアを重ねているともいえる。互いに利用しあってきたが、私の貸しのほうが少し多い。湯浅がそれを感じているかどうかは疑問だが。

中央高速に入った。流れは決してよくないが、上り車線の大渋滞に比べればまだましだった。

「飛ばしますか」

木崎が訊ねた。

「ふつうでいい」

「了解です」

携帯が鳴った。湯浅だ。

「ごぶさたしています。水原さんからご連絡いただけるなんて嬉しいですね」

「調べてほしいことがある」

「当然、そうでしょう。利用できない私には何の用もないでしょうから」

「ひがみっぽいわね」

「暑いのが苦手なんです。こんな日に外回りは絶対嫌だ」

「あら、日焼けが好きだとばかり思ってた」

浅黒く焼いた肌にまっ白な歯を見せて笑う。出会った頃、寝てみようかと思ったが、今となっては、寝なくてよかった。

「キャラ作りです。本当はいきたくない日焼けサロンに通ったんです。今はいかなくてすんでほっとしています」

「本田陽一という人物について何か知ってる？」

「いいえ。知っておくべき人ですか」

「五年前に亡くなった。係累を韓国国家情報院の連中が追い回している」

「追い回しているのは現在の話ですか」

「そう。拳銃をぶら下げて、新横浜の駅で襲ってきた」

「その場に水原さんもいた？」

「いた。中学生の女の子よ」

「つまり助けたのですね」

「なぜ追い回されているのかを知りたい」

「もう一度父親の名を」

「本田陽一。母親は雪乃。母親の旧姓は楠田」

楠田という名を告げたとき、記憶の奥底で何かが反応した。何なのか思いだそうとしたが、できなかった。

「女の子の名は？」

「由乃」

「一時間いただけますか。各方面に当たるんで」

「いいわよ」

「それで水原さんは今もその女の子といるのですね」

「いる。どこかはいえないけど」

「了解です」

電話を切り、楠田に何の記憶が反応したのかを考えていた。

「調べてくれそう？　くれるわよね」

星川の問いに頷いた。由乃を見た。

「お母さんの出身はどこ？」

「九州の博多です」

「博多？」

「母親の親戚は皆、九州だって聞きました」

その瞬間、記憶がよみがえった。忘れようと決めていた。多くのことを忘れようと決め、実際そうしてきた。それができなかったら、私は生きていられない。

だがどうしても忘れられないできごとがある。そのうちのひとつに楠田という医師がかかわっていた。

「ねえ、伯父さんも楠田さんとおっしゃるの？」

由乃は無言で頷いた。

「お医者さんだったわね。何のお医者さん？」

「産婦人科です。母からわたしをとりあげたと聞いたことがあります。初めて聞いたとき、とりあげるの意味がわからなくて教えてもらいました」

「お医者さんをやっていたのは東京で？」

「いえ、九州です。わたしを生むために九州までいったと母はいっていました」

「珍しいわね。親ならともかく、お兄さんに分娩を任せるなんて」

星川がいった。由乃は頷いた。

「事情はあったみたいですけれど、教えてもらえませんでした」

「そう」

私は由乃から視線を外した。その伯父の病院だったとしても、偶然にちがいない。

「伯父さんて、いくつくらいなの？」

「伯父ですか？　母のひと回り上の辰年《たつどし》と聞いたことがあります」

つまり私の十二上ということだ。あの医師もそれくらいの年だった。

「なんか、母とはお母さんがちがうみたいです」

「そう」

星川が私を見つめていた。私の変化に気づいたのだ。私は小さく首をふった。

「伯父さんは今、どちらにいらっしゃるの？」

「よくわかりません。会社は九州みたいですけど、いろんなところに家があって、いつも旅行しているんです」

「お金持なのね」

「そうだと思います」

私は深々と息を吸い、車外に目を移した。浄景尼は知っていたのだろうか。

いや、その筈はない。

島抜けをしたとき、私は村野《むらの》皓一《こういち》の子供を妊娠していた。

村野は父親と経営していた会社が倒産し、父親は母親と心中した。債権者に渡すべき、なけなしの金を握って島にきたのだ。金がつづく限り連泊し、最後は帰りの船から身を投げるつもりだといった。

だから殺されてもかまわない。お前を〝島抜け〟させるために体を張る、と。

実際そうして、私は〝島抜け〟に成功した。

村野は自分の乳母《うば》だった女性の家を私に教え、追っ手があきらめるまでそこで身を隠せるようにはからってくれた。期間は半年でも一年でもいい、福岡の山奥の一軒家で父親と二人暮らしをしているから、誰にも見つかる心配はない、と。

妊娠していると気づいたのは、その乳母の家に隠れて二カ月がたったときだ。島にいたとき飲んでいたピルを、私は村野と過した最後の日々に止めていた。生理が遅れているのはそのせいだと思った。が、悪阻《つわり》が始まって、そうではないと気づいた。追っ手はまだ私を捜していて、山を降りるわけにはいかなかった。しかもかくまってくれていた乳母が妊娠に気づき、それが村野の子であるとわかると、ここで生めといった。生まれた子は孫のようなものだから自分たちが面倒をみる、と。

無理な話だった。ようやく島を抜け自由の身となったのに、子供を生めばそれは失われる。しかも村野は私を逃すために命を捨てたと、そのときは信じていた。

島の番人《いい》は、島抜けした女を永久に追う。たとえ所帯をもち子を生《な》していたとしても、亭主を殺し、女と子供を島に連れ帰る。これから生まれる子を、そんな目にあわせるわけにはいかない。

中絶しなければならなかった。が、隠れ家をでることはかなわず、日に日に私の腹はふくらんでいった。もはや人工中絶のできる時期を過ぎ、早産という形でしか処置のできない段階に入っていた。

乳母が町に買い物にでかけるという日、私は頼みこんで同行した。乳母の父親の運転する車で町まででると、トイレにいくといって、その場から逃げだした。申しわけない気持はあったが、他に方法はなかった。

逃げたその日に、いくつもの産婦人科を訪ねた。だが中絶をするには妊娠が進みすぎていると断わられ、育てるのが難しいなら出産して里子にだしてはどうかと勧められた。

それを考えなかったわけではない。が、子供を生んだとわかれば、島の番人はその子も捜しだす。

十四のとき、私は祖母の手で島に売られた。

一度入ったら死んでもでていくことのできない上に、生涯客を相手に仕事をしなければならない島だ。とれる限り客をとらされ、それができなくなったら下働きだ。

浪越《なみこし》島、通称地獄島は百年以上、その営みをつづけてきた。島には番人と呼ばれる男衆がいて、〝島抜け〟に目を光らせ、島の治安の維持につとめる。警察も極道も、島の自治を侵すことはできない。

〝島抜け〟はしたものの、ずっと逃げつづけられるとは、私も信じていなかった。番人に見つかる日は必ずくるだろう。

連れ戻されるくらいなら死ぬ覚悟だった。が、もし子を生んでいたら、その覚悟が鈍《にぶ》るだろう。たとえ里子にだしても、その子が気にならない筈はない。死ななければ島で一生を終えることになるし、子供も同じ運命をたどるかもしれない。

生んではならない子だった。村野は、初めて惚れた男だが、その子であっても生むわけにはいかないと思った。

妊娠したくてピルを止めたわけではない。〝島抜け〟の準備に忙しく、飲むのを忘れていた。その一方で、私のために命を捨てると決めた村野は、激しく体を求めてきた。

何軒めかの病院で、年配の看護師の女性が、「ここでは無理だが、処置をしてくれるかもしれないところがある」と私に教えたのが、楠田産婦人科病院だった。小倉で開業していると聞き、私はその足で向かった。

モグリの中絶医のような産院を想像していた私は、楠田産婦人科病院を見て絶望した。ま新しく大きな建物で、入院棟はホテルのようだ。とうてい私の希望をうけいれてくれるとは思えなかった。

が診察をうけ、〝若院長〟と呼ばれている医師に希望を告げると、難しいが事情があってどうしても、ということであればやりましょう、といってくれた。ただしどんな結果になっても責任を問わないという誓約書を書かされた。

高額の費用のほとんどを、村野からもたされた金で私は支払った。通常の処置ではないから、二週間ていどの入院が必要で、しかも個室でなければならない。担当する看護師も限られ、他の入院患者との接触も禁じられた。

自分の中で日々成長する命を断つことに、罪悪感は抱かなかった。そんな余裕はなかった。

私自身が生きのびられるかどうかの瀬戸際にいたのだ。生きのびられなければ、生まれた子は死ぬか、死ぬより過酷な運命にさらされる。

処置は成功し、退院した私はその日のうちに九州を離れ、大阪に向かった。これからの人生を、係累のいない土地ばかりで過すと決めていた。係累を頼れば、いつか必ず島の番人に見つかる日がくる。

〝若院長〟は当時四十くらいで、由乃の伯父と年齢が近い。顔もはっきりと覚えている。

医師としての倫理はとにかく、私にとっては救いの神だ。今もその気持はかわっていない。

彼がいなかったら、ここに私はいない。

伯父さんの写真ある？　と訊きそうになり、思いとどまった。なぜ顔を知りたいのか由乃に説明できない。

「伯父さんのお父さんも医者だった？」

かわりに訊ねた。由乃は頷いた。

「みたいです。伯父さんのお母さんと母のお母さんは別の人で、お医者さんをしていたお祖父ちゃんが恋人に生ませたのが母だと聞きました」

つまり妾腹ということなのだろう。

「親子でお医者さんだったのに、伯父さんはやめちゃったのね」

「よくわからないのですが、何か悪いことがあって、病院を畳んだそうです。その悪いことが何なのかまでは聞いていません」

由乃は答えた。

「そう」

私は頷くにとどめた。

携帯が鳴った。湯浅だった。

「わかった?」

「はい」

珍しく言葉少なに湯浅は答えた。

「何なの?」

「韓国で起きた尹《ユン》家詐欺事件というのをご存じですか?」

「知らない」

「朝鮮王朝時代の特権階級である両班《ヤンバン》の末裔《まつえい》を名乗る尹という男が、大日本帝国に強奪されまいと先祖が隠した莫大な資産がスイス銀行に凍結されている、解除に協力してくれたら、その資産を分配するといって二兆ウォンを政界や財界の人間から集めた詐欺事件で、日本のM資金詐欺を真似たものだといわれています」

「それで?」

「主犯の尹は逃亡し、集められた金の大部分の所在が不明なのですが、その尹は、在日韓国人でした。ただ在日韓国人であることは韓国国内でも秘密にされていて――」

「なぜ?」

「韓国人と日本人の混血、あるいは日本人という説もあって、被害者は、日本人に巨額の金をだましとられたのを公にしたくないからではないかと。日本人詐欺師に儲けさせたとあっては、社会的立場が危うくなる、と考えているのだと思われます。つまりそれだけ大物ばかりがひっかかったということです。尹の日本名が本田陽一です」

「そう」

由乃に感づかれないよう、私はそっけなく答えた。

「尹は手配直後から姿を消し、韓国国外に逃亡したと思われています。現在も、その所在は不明です」

「家族については何かわかっている？」

「釜山《プサン》に妻がいましたが、自殺しています。子供はいません。水原さんという女の子が本田陽一の娘なら、唯一の子供です」

「本田陽一は五年前に日本で亡くなった」

私は告げた。

「母親も、女の子といっしょですか？」

「いっしょじゃない。体を壊して入院している」

「韓国国家情報院が女の子を追う理由はおわかりですね。法的にはともかく、その子は尹の二兆ウォンを相続する立場です」

「その金額は確かなの？　被害者が額を多めにいっている可能性もあるのじゃない？」

「被害者の立場を考えると、むしろ少なめにいっていると思われます。実際はもっと巨額だったという説もあります。詐欺だったことが明らかになっても、被害者だと名乗れない人間も多くいたのではないかというのです」

二兆ウォンといえば、二千億円を超える。

韓国国家情報院でなくても、在りかを捜そうとするのは当然だ。十三歳の女の子がその鍵だとわかれば、日本の極道もじっとしてはいない。

「その子の保護を我々に任せていただけませんか」

「我々？」

「私の職場はかわっていません。我々が動けば、国家情報院も動きを控えると思うのですが」

そのかわり、外交チャンネルを通して二兆ウォンの返還を求めてくるだろう。矢面に立たされるのは由乃だ。

「できない」

湯浅は息を吐いた。

「そうおっしゃると思いました。ではひとつだけ教えて下さい。どこに向かわれようとしているのです？」

「京都の浄寂院。本田陽一の墓があるの」

「あ、あの浄寂院ですか」

呻《うめ》くように湯浅はいった。

「そう。この子を連れてくるように、浄景尼に頼まれた。断わるわけないでしょう」

「浄景尼は本田陽一の正体を知っているのですね」

「さあ。あたしは何も訊かなかったし、聞かされてもいない」

「水原さんが理屈では動かない方だというのはわかっています。ですが浄景尼の前身を考えると――」

私は電話を切った。ついでに電源も落とす。

由乃に目を向けた。不安げに私を見つめている。

「あなたはあなた、お父さんはお父さん」

私は告げた。由乃は目を伏せた。

「父のお金を、皆で捜していると母からは聞きました。母は知っているのかもしれませんが、わたしは何も知りません」

「いいのよ、それで」

由乃は深々と息を吸いこんだ。涙ぐんでいた。

「あの、父のお金は、悪いことで得たのでしょうか」

私は考え、答えた。

「まっとうな方法とはいえない。でもあなたにはどうすることもできない。そのお金がどこにあるのかをあなたは知らないし、たとえ知ったとしても、どうすればいいのかわからないでしょう」

由乃は目をそらした。

「母は、知っているのでしょうか」

「おそらく。あなたに教えなかったのは、あなたを守るため」

「母は、母を――」

いいかけ、由乃は黙った。由乃の母親をさらい、口を割らすことは誰もが考える。が、母親は死を目前にしている。拷問は恐れない。

「お母さんに何かあれば、そのお金はあなたにいくかもしれない。そのとき考えればいいのじゃない」

私はいった。由乃は無言で私を見ている。

「今ここで考えたって、決められることは何もない。ちがう?」

小さく頷いた。私は微笑んだ。

「だったら、今考えるべきことを考えましょ」

6

順調に流れていた中央高速だったが、甲府を過ぎ小淵沢《こぶちざわ》のインターあたりから怪しくなりだした。掲示板に「諏訪—岡谷ＪＣＴ10キロ渋滞40分」と表示されている。

「岡谷ジャンクションで長野自動車道と分岐します。その手前が混んでいるようです」

木崎がいった。時刻は六時前だ。

「下道はあるの？」

私は星川に訊ねた。地図アプリを検索していた星川は、

「甲州街道に降りても混んでいるだろうし、南アルプスがあって西に向かう道は林道しかない」

と答え、つづけた。

「林道をいく手はあるけど、カーナビにでていない道もあるし、落石とかで通行止になってたら、元に戻るしかなくなる。季節が季節だから、雪で通行止ということはないだろうけど」

「林道はやめよう」

「諏訪インターで降りて、国道で南下する方法もありますが、時間的にはこのまま進んだほうが早いかもしれません」

カーナビゲーションを操作していた木崎がいった。

「急ぐ旅じゃない。追っかけてくる連中に見つからないほうが大事」

私はいった。

「では国道を使いますか」

「そうしよう」

「了解いたしました」

「杖突峠《つえつきとうげ》を越えて秋葉街道にでる道ね。中央道と平行してるから、どこかで高速にも戻れる。ただ峠越えはけっこうな山道よ」

調べていた星川がいった。私は由乃を見た。

「乗物酔いは平気？」

由乃は頷いた。

「大丈夫だと思います」

「じゃあ国道でいこう」

「諏訪インターまで少しお待ち下さい」

諏訪インターを降りたときは、空に薄明りがあった。星川がいうように峠越えの道はカーブの連続でスピードがだせない。

日も暮れ、ようやく山道を抜けたと思《おぼ》しい右手に展望台が見えた。茶店もあるが閉まっている。広い駐車場に車が数台止まっていた。

「トイレいきたい」

星川がいった。

「止めよう」

私はいった。アルファードは展望台の駐車場に入った。

トイレを使い、でてくると、

「見て見て」

先にトイレをでた星川がいった。諏訪湖と湖畔の夜景が眼下に広がっている。

「きれいじゃない」

「きれいですね」

星川に寄り添った由乃がいった。由乃は私より星川に心を許しているようだ。それはそれでいい。子供の扱いは得意ではない。

「夜景いれて写真撮ろうよ」

星川は由乃と並び自撮りした。アルファードに戻った私は、カーナビゲーションを操作している木崎に話しかけた。

「このあとのルートは？」

「飯田までいってしまうと、また山道になるので、手前の伊那《いな》で高速に戻ります。そのまま中央道をいくと土岐《とき》ジャンクションで分岐します。そこがあるいは混むかもしれません」

土岐ジャンクションでは北、西、南と三本に高速が分岐していた。南北は東海環状自動車道、西が中央高速だ。その中央高速も小牧ジャンクションで東名に合流し、再び南北に分岐する。北側が名神高速で、南側のルートは名古屋市内を横断する名古屋高速と名古屋市を南に迂回する伊勢湾岸自動車道だ。この二本は四日市ジャンクションで合流する。

「早いのはまちがいなく中央から名神に入るルートですが……」

木崎は私を見た。高速道路で京都に向かうとなれば、東名、中央どちらを通ろうと、最後は名神を使うことになる。追っ手はまちがいなく名神高速を見張る。

「どこかで高速を離れなけりゃ駄目ね」

私はいった。

「一番の大回りはどういうルート？」

「土岐で東海環状の南行きを走り、そこから伊勢湾岸道に入るルートですが、東名高速と合流するので、そこは渋滞する可能性がありますし、東名を見張っている連中に見つかる危険もあります」

「じゃあ名古屋市を横断するルートね。大都市を抜けるルートは、急いでいる人間なら、まず使わないと考える」

木崎は頷いた。

「それならいっそ、小牧ジャンクションの手前で降り、一般道を使って名古屋市内を西に抜けましょう。ただ問題は、西に向かうためには木曽川、長良《ながら》川という大河川を渡らなければならず、下道でも橋は限られています」

「橋は厄介《やっかい》ね。見張りやすい」

私は考えこんだ。

「それを避けるとなると、岐阜県を横断し、琵琶《びわ》湖の北側にでて、西岸を京都に向かうというルートになります。さらに、これは明朝になってしまいますが渥美《あつみ》半島まで南下して、伊良湖《いらご》港からフェリーで三重県の鳥羽にいき、そこから北上するという手段もあります」

「追っ手の規模しだいね」

韓国国家情報院が由乃を追いかけているとなると、下請け業者も含め、かなりの人員を動員できる。あとは指揮をとる者の頭脳による。

「考えたんだけど――」

由乃と車内に戻ってきた星川がいった。

「携帯はヤバいね。位置情報とられたら終わり。あんたと由乃ちゃんの携帯番号は知られてると思ってまちがいない」

「電波をブロックするケースを積んでいます。お使いになりますか」

木崎がいった。特殊なアタッシェケースで、入れておけば基地局との交信を遮断できるのだと木崎は説明した。こうした小道具をこつこつ捜すのが、最近の木崎の趣味だ。

私と由乃は携帯をそのケースにしまった。連絡は今後星川の携帯あてにするよう、湯浅にメールする。

中央高速に復帰する前に、インターに向かうバイパス沿いの中華料理店に入った。広い駐車場があり、大型トラックが並んでいる。

車を止めると、星川と由乃、私と木崎とふた組に分かれ、時間を空けて入口をくぐった。新華僑の店で、従業員はすべて中国人だ。味は悪くなかった。

再び高速を走りだしたのは十時近くだった。

「寝ていいわよ」

星川が由乃にいった。ふりかえると、とろんとした目つきになっている。

「大丈夫です」

小さく首をふる。

「寝ておきなさい、今のうちに」

私はいった。

「はい。すみません」

由乃はいって目を閉じた。

長野から岐阜に入った。

「日本もこうして走ると広いわね。新幹線ならあっという間なのに」

星川がいった。私は自販機で買った缶コーヒーを飲みながら、星川の携帯で地図アプリを見ていた。

その携帯が振動した。湯浅からだった。

「役に立つ話でしょうね」

私はいった。

「新横浜で水原さんたちを襲撃した者たちの正体がわかりました。『ギサ《騎士》』という名の警備会社の者です。半官半民の企業で、大使館、領事館を除く、海外の韓国公的機関・施設の警備が、主な業務です」

「日本政府は武装を認めているわけ?」

「むろん違法です」

「社員は多いの?」

「千名ほどで、その大半が韓国人及び在日韓国人です。東京、大阪、福岡に支社があり、アフリカなどでは、民間軍事会社の性格が強いと思われます」

韓国には今も徴兵制がある。兵役をこなせば、銃器の扱いも覚えるだろう。

「その『ギサ』が私たちを追いかけているわけね」

「『ギサ』の日本支社は、車やバイクの他にヘリのチャーターもおこなっており、国家情報院とは恒常的に契約を結んでいるようです」

「今のところヘリはまだ見てない」

「車が特定できなければ、ヘリでの追跡は難しいと思います。ですが陣容を考えると、発見されるのは時間の問題です。やはり我々に保護させていただけませんか」

「無理ね」

「そうおっしゃると思いました。ですが今のままで援護は難しい状態です」

「頼んでない。『ギサ』のトップは何という奴？」

「日本支社のトップはホ《許》という男です。元韓国陸軍の大佐です。ホ・ユンホ」

「ホ・ユンホね」

由乃に何かあったら、交渉する相手になる。

「国家情報院でこの事案を担当している者を調査中です。母親の本田雪乃については、入院中の病院に警察官をおく手配をしました」

「気がきくわね。恩を売ろうとしてる？」

「売りたいのはやまやまですが、水原さんには無理です」

「そういう賢いところは好きよ」

「ひとつ心配なことがあります。高速道路の料金所カメラやNシステムは、ハッキングに脆弱です。国家情報院は、その手の作業に習熟しています。韓国国内から日本の高速道路管理システムに侵入して、そちらの車を見つけるかもしれません」

そこまでやられたら勝ち目はない。

「杞憂だといいのですが」

湯浅はつけ加えた。保護を求めさせるための威《おど》しかもしれない。

「保護を求めたとして、ＮＳＳは何を得るわけ？　お金？」

「二兆ウォンの半分でも回収できれば、韓国相手なら、どんな交渉もできます。お忘れですか。今の私の部署は寄り合い所帯です。外務省からきた連中なんか、涎《よだれ》をたらしていますよ」

「好きなだけたらすといい」

私はいって、電話を切った。

「とりあえず名古屋市内を抜ける道でいきましょ」

木崎に告げる。

「了解しました。でしたら小牧で一般道に降ります。下道で名古屋市内を抜けます」

木崎は答えた。星川が訊ねた。

「追っ手は多いの？」

「日本に社員が千人いる韓国の警備会社で、政府の下請けをやっているらしい」

「千人。多いな」

「湯浅はハッキングを心配してた。Nシステムや料金所のカメラに侵入したら、あたしらの動きが読まれるって」

「韓国はそういうのが日本より進んでるからね」

「なるべく高速を使わずにいくしかない。あとは橋よ」

「橋か。橋にも監視カメラは必ずあるな」

星川はつぶやいた。

「救いは、まだこちらの車種やナンバーが相手にバレてないことかな」

アルファードは、私や私の会社の名義ではなく、木崎の自家用車として登録している。

「時間との勝負だね。下道を通って見つからないように動けば動くほど時間がかかる。時間をかければそれだけ、相手にこっちの情報が増えていく」

星川の言葉に頷いた。

由乃を見た。本当に眠っているように見えた。その手がミニオンを握りしめている。リュックにつけていたのを、外してもってきたようだ。

「お守りらしい」

星川がいった。私は息を吸いこんだ。

「楠田産婦人科は、島抜けをしたあたしが村野の子を処理したところ」

低い声でいった。星川は無言で目をみひらいた。

「村野って、あんたを逃したあと番人になっていた男の？」

私は頷いた。

「中絶するには妊娠が進みすぎていて、早産で流産という形にするしかなかった。それをしてくれたのが、この子の伯父さんだった。ある意味、恩人よ」

「マジで……」

星川はつぶやいた。

「世の中、狭い」

私はいった。

「あたしらみたいな生き方をしている人間はそうなるよ。A地点からB地点にいく道は何通りもあるけど、最短距離をいけない。そうなると、あいつもこいつも同じ道を使ってた、なんてことになる。簡単にいえば蛇《じゃ》の道はヘビ」

星川がいったので、私はつっこんだ。

「それ、使い方としてはどうよ。蛇の道しか歩いてこなかったのは認めるけどさ」

「この子も、まだ十三なのにそんな道を歩いてる」

星川はつぶやき、私を見た。

「親の因果が子に報いって信じる？」

「信じない。親が善人でもひどい目にあう子はいるし、その逆もいた」

私は答えた。

「だよね」

車が長いトンネルに入った。恵那山《えなさん》トンネルだった。

「少し寝るわ」

星川がいった。

「そうして。あたしも寝る」

目を閉じたが眠れなかった。島抜けした直後のできごとが次々とよみがえってくる。忘れようと決め、ほとんどは成功していた。なのに、楠田産婦人科病院での、どうしても忘れられなかった、あのことがイモ蔓《づる》式に思いだされた。

後悔していない。それはまちがいない。妊娠は、私の不注意の結果だが、お腹の赤ん坊を始末しなければ、まちがいなく生きてはいけなかった。

ふたつの命を失くすより、ひとつですませる道を選んだのだ。

子供の父親は初めて惚れた男だった。が、それから十数年後、私を連れ戻しにやってきた。

私を連れ戻そうとした番人は二人いた。ひとりは引退まぢかの、私が島にいた頃からの番人で、六十を越えていたにもかかわらず三人のやくざを半死半生にして、私の部屋に押し入ってきた。

もうひとりが村野だった。

番人に名前はない。ただ番人と呼ばれ、そのうちのひとりだけが〝使者〟として、日本の七大暴力団の本家と直系の組長襲名に列席する。使者が出席しなければ、正式な襲名披露とは認められない。

村野はその使者になるために、私を連れ戻しにきた。

が、島はもうない。島を象徴する九《く》凱《がい》神社は燃え、使者の威信を裏づける存在は消えた。七大組織の庇護を受けていたからこそ、島は栄え、番人も生き長らえた。

村野は死んだ。私が殺したのだ。

これほど恨まれ、死を願われた私が、十数年前に消えた命ひとつにこだわってどうするのだ。

今ある命、すぐそこにいて守ってやらなければならない命のことを考えるべきだ。

私は何の咎《とが》もないのに島に売られ、そこで地獄の経験をした。地獄から戻り、作り上げた、この世界を守るためなら、何でもする。

その世界に、星川が、木崎が、浄景尼がいる。そして浄景尼から託された由乃も、今はそのひとりだ。

彼女が私のそばにいる限り、私は守る。そのことで何があろうと、決して後悔はしない。

7

一般道で名古屋市内に入ったのは午前零時半だった。市の中心部に近づくにつれ交通量が増えていく。

「なんかほっとするね。車が多くなると」

星川がいった。

「東京ナンバーは目立つけどね」

「木崎さん、休まなくて平気？」

星川は木崎に訊ねた。

「慣れております。お心づかいありがとうございます」

市の中心部を除けば、交通量は多くない。一時間もあれば名古屋市を横断できるだろう。

問題はその先だ。

「どこで河を渡ろうか」

私は木崎にいった。

「このままですと、どこかで国道1号に入り尾張大橋で木曽川を渡ることになります。その先は伊勢大橋で長良川を渡ります」

「一般道の橋は他にないの？」

星川が訊いた。

「南に下って名四バイパスの木曽川大橋と揖斐《いび》長良大橋を渡るルート、入るまでに多少入り組んでいますが北側の立田《たつた》大橋、長良川大橋、油島《あぶらじま》大橋と三つの橋を渡るルートです」

「なんで北側は橋が三つなの？」

「長良川と揖斐川が分かれているのです。南側だとこの二本の河が合流するため、幅は広くなりますが、渡る橋は二つですみます。一般道ではこの三本のルートで、あとは東名阪自動車道、伊勢湾岸自動車道の有料道路ルートです。名神高速近くまで北上すれば、東海大橋を渡るルートもありますが」

「名神高速には近づかない。見張られているのは確実だろうから」

私はいった。

「全部あわせたところで高速が三本、一般道が四本しかないってこと？」

星川が信じられないようにいった。

「岐阜を抜けるルートを選べば、選択肢は増えます。岐阜県までいけば、河幅もそれほどないので、小さな橋がいくつもあります」

木崎が答えた。

「そのルートかな」

星川が私を見た。私は地図アプリを調べていた。名神高速を北に越えれば、北の濃尾《のうび》大橋、さらに北の尾濃《びのう》大橋でも木曽川を渡れる。その北は岐阜稲沢線の木曽川橋だ。そこまで北上すると、木曽川、長良川、揖斐川は大きく離れている。橋はいくつもあるが、名古屋市内から向かうルートに比べれば交通量が少なく、品川ナンバーのアルファードは目立つにちがいなかった。

交通量は少ないが橋の多い北ルートをいくか、限られた橋を使うが交通量の多さにまぎれられる南ルートをいくか、の選択だ。

「三重から滋賀にかけての道は山が多くルートが限られます」

木崎がいった。アルファードを名古屋の繁華街の路上に止めた。周囲には路上駐車が多い。

「それは北でも南でもいっしょなの？」

「伊吹山《いぶきやま》がある関係で、北のほうが限られます。伊吹山の南側を通れば関ヶ原で名神高速と平行するルートになりますし、北側は福井に近くなるような大回りルートしか道がありません。南ですと、鈴鹿山地を抜けるルートですが、何本か選択肢はございます。伊賀か甲賀にでれば、京都に上がる道は多様ですから」

「本能寺の変のときに、徳川家康がそのルートを逆にいったのじゃなかったっけ？　服部半蔵に守られて」

星川がいった。

「家康の伊賀越えは京都ではなく堺からでございますが、おっしゃるとおり、滋賀、三重どちらも西に向かうには山地が障害となります」

木崎がいうと、星川は肩をすくめた。

「北で河を渡り、南で山越えをするのは？」

私はいった。

「それですと国道３０６号、４２１号、４７７号といったルートですが、どれもかなりの山道となります。比較的なだらかなのは、４２１号でしょうか」

木崎が答えた。

「そのルートでいって、どのくらいでつけそう？」

「渋滞の心配はございませんが、やはり四、五時間はかかるかと。あとは京都市の南から北の鞍馬にのぼるため、朝の渋滞にぶつかるかもしれません」

「京都市内で渋滞か。あたしらの行先が京都だとわかってたら、見つけるのは簡単だよ」

星川がいった。

「京都だと知っているかどうかはわからないけど、東海道新幹線を『ギサ』の連中は張っていた。少なくとも西に向かうとは知っている」

私はいった。

「無事に浄寂院に送り届けても、そのあとはどうするの？」

星川が訊ねた。

「浄景尼からは何もいわれていない。甲府まで送れといわれたら送る」

星川は息を吐いた。

「国家情報院は、この子が学校の寮をでるのを待ちかまえていた。寮まで乗りこんでさらったら大問題になるから。でも、これからはわからないわよ。甲府に帰しても、襲ってくるかもしれない」

私は首をふった。

「そうなったらこっちの手に負えない。湯浅に預ける他なくなる」

星川が唇に指をあてた。由乃が身じろぎしたのだ。目を開ける。

「聞こえちゃった？」

私は訊ねた。由乃は私を見つめ、

「ごめんなさい」

とだけいった。

「それはもういわないの」

「あの、携帯を見ていいですか。母のことがあるんで」

容態が悪化したら病院から連絡があるのだ、と由乃は説明した。

私と由乃はアタッシェケースから携帯をだした。携帯をチェックした由乃の表情がかわった。

「伯父さんからメールが入ってます」

「何だって？」

「電話をくれって」

私と星川は顔を見合わせた。

「いいですか?」

私は頷いた。由乃は携帯を操作し、耳にあてた。

「もしもし、由乃です。ええと、今ですか。今は寮じゃないです。あの、墓参りにいこうと思って――」

電話をおろし、

「どこですか、今」

と訊ねた。

「名古屋よ」

私が答えると、

「名古屋だそうです。ええ、ひとりじゃないです。鳴神さんに紹介していただいた人といっしょです。はい。女の人です」

由乃は私を見た。

「あの、伯父さんがお話をしたいと――」

私は息を吸いこんだ。

「いいわよ」

携帯を受けとった。

「もしもし。電話をかわりました。水原と申します」

楠田産婦人科に入院していたときは水原という名を使っていなかった。使っていたとしても十年以上も前の患者と結びつけはしないだろう。

「このたびは姪《めい》がご厄介をおかけしています」

落ちついた男の声がいった。わずかにかすれた太い声は、まちがいなく〝若院長〟のものだった。容貌は変化するが、声はかわらない。

「いいえ。お役に立てればよろしいのですが」

「水原さんは鳴神さんと近しいご関係なのですか？」

「以前からお世話になっていて、少しでもご恩返しをしたいと思っております。楠田さんも庵主さまをご存じですか」

「義弟の納骨のときにお世話になりました。それで姪は無事に京都に着けそうですか」

「正直に申しあげます。簡単ではないと思います」

「やはりそうですか。姪の電話がつながらないので、心配しておりました」

「楠田さんは今、どちらですか」

「私も今、そんなに遠くないところにおります。できれば、墓参りをいっしょにしたいと思ったものですから。ただ姪とちがって、私のことを捜している人間はそういないので、身軽には動けます」

居場所をはっきりとは口にせず、楠田はいった。

「実は少し前に妹の入院している病院から連絡がありました。何でも警察が妹の警護にきているというのです」

「その件でしたら了解しています。由乃ちゃんを守っていてもお母さんに何かあったら大変ですから」

「水原さんは警察関係にお勤めなのでしょうか」

「いえ。知人にそういう人がいて、便宜をはかってくれました」

「すると事情をご存じなのですね」

「韓国で起こった事件のことは聞きました」

「そうですか。姪は何も知らないのにかわいそうな話です。あのことについては、私もほとんど知りません。妹だけが亡くなった義弟から聞かされているようです」

「妹さんの具合はいかがなのでしょう」

「体力がすべてです。何かあって体力が落ちると危険です。今は風邪をひくような時期ではありませんから、まだいいのですが」

「ご心配ですね」

「いよいよ悪いということになったら、何か話してくれるかもしれませんが、そうなるまでは姪のためにも秘密を守る気のようです」

「そうですか」

「明日には浄寂院に着かれると考えてよろしいでしょうか」

「その予定でおります。あの、由乃ちゃんのこの電話ですが、GPSで捜されないように電波を遮断するケースに入れています。なので緊急の場合は、今から申しあげる番号にご連絡いただけますか」

　私は星川の携帯の番号を伝えた。番号を復唱し、

「了解いたしました。必要なときだけお電話をさしあげるようにします」

と告げて、楠田は電話を切った。

「お腹は？」

星川が由乃に訊ねた。

「大丈夫ですけど――」

「トイレ？」

由乃は小さく頷いた。

「この近くにファミリーレストランがございます。皆さまをお届けし、その間にガソリンを入れて参りたいと思います」

木崎がいい、私は頷いた。

二十四時間営業のファミリーレストランに入った。駐車場つきで、店内は意外に混んでいる。案内されたのは入口に近いテーブルだった。

トイレを使い、飲物をとった。ガソリンを補給したら、木崎は駐車場で待つといった。ただ、この時間に営業しているガソリンスタンドを捜すので時間がかかるかもしれない。

「伯父さんのほうから連絡がくるのは珍しいの？」

ココアを飲んでいる由乃に訊ねた。由乃は頷いた。

「はい。ひと月に一度あるかどうかなので、びっくりしてしまって」

「冷たくない？　お母さんのお兄さんなんでしょう」

星川がいった。

「母のいる病院とは、院長先生が知り合いなので、もっと連絡をとっているみたいです」

「じゃあ、伯父さんの紹介で今の病院にお母さんは入ったのね」

由乃は頷いた。

「お父さんの身内の人に会ったことはある？」

私は訊ねた。由乃は首をふった。

「一度もありません」

「一度も？　お葬式のときにも会わなかったの？」

星川が訊ねた。

「はい」

星川は私を見た。私は黙っていた。由乃の父親は韓国釜山に妻がいた。が、由乃はそのことを知らないようだ。韓国と日本で別人として生活していたのだろう。とすれば、親族に会ったことがなくても不思議はない。

韓国国家情報院は本田陽一の所在を追い、ようやく由乃と母親の存在にたどりついたのだ。二兆ウォンを回収するのが連中の目的だ。

星川の携帯が鳴った。木崎だった。

「申しわけございません。思ったより遠くまできてしまいました。今から戻ります」

待ってると答えて切った。

「父とはあまりいっしょにいた記憶がないんです。でもいるときは、すごくかわいがってくれました」

「いっしょにでかけたことは？」

由乃は首をふった。

「でかけるのはいつも母と二人で、父と三人ではご飯を食べにいったことくらいしかありません。遊園地やプールは、母とだけでした。でも帰ってくるとき父は、いつもすごい量のお土産でした。

多すぎて、ありがたみがなくなるって母にいわれてました」

「精いっぱい、あなたをかわいがっていたのね」

「だと思います」

「亡くなったときはいっしょにいた？」

「母と病院にいったことは覚えています。それ以上は……」

父親が亡くなったとき、この子は八歳だ。

「どこの病院？」

由乃は首を傾げた。

「東京だとは思います。でもどこかは覚えていません。いったら、父はもう亡くなっていて」

「その頃はどこに住んでいたの？」

「名古屋です。友だちがいっぱいいたんですけど、父が亡くなってすぐ引っ越しました。十回くらい、引っ越しをしています。母が入院するまでは」

「今は自宅はどこなの？」

「新宿御苑の近くです。ほとんどいませんけど」

「帰ってもひとりだものね」

星川がつぶやいた。

ファミリーレストランの入口をくぐって二人の男が入ってきた。スーツ姿だが、ひと目で筋者《すじもの》とわかった。二人は私たちとは離れた席に案内された。

星川を見た。星川も気づいていた。が、首をふった。おそらく無関係だろう。

二人は十分もたたないうちにでていった。嫌な予感がした。こちらを注視するようすはなかったが、この時間、中学生を含めた女の三人連れは目立つ。が、私たちを捜しているのは、韓国の警備会社で、極道ではない。「ギサ」が下請けにやくざを使っていれば話は別だが、日本に千人も社員がいるのだ。やくざを使う必要はない。

携帯が鳴った。

「ただ今下に到着しました」

木崎が告げた。

「先にいって。会計すませとく」

私は星川にいった。一刻も早くここを離れたほうがいい気がしていた。

星川は頷き、由乃を連れてでていった。会計をすませ扉を押すと、男たちに囲まれた。

さっきの二人とそれ以外に四人いる。星川と由乃の姿はなかった。

アルファードはファミリーレストランの駐車場ではなく、面した通りにハザードを点《とも》して止まっていた。

「お前が水原だな」

男たちのひとりがいった。四十くらいだろう。赤ら顔で、目が寄っている。弾けやすい性格だ。人前でも見境なく暴力をふるう。女子供にも平気で手をあげる。

「何なの」

私は男たちを見回した。

「いっしょにこい」

「どこの人間？　こっちは忙しい。場所をあらためてくれる」

「やかましい」

男が私に近づいた。上着の内側から抜いた拳銃を私の下腹に押しつけた。

「こんななかで道具使ったら、どこだか知らないけれど、あんたたちの組は潰れる」

男がもっているのは短銃身のリボルバーだった。命中率は低いが、作動不良は起きにくい。

「一、二発ぶちこんでもいいっていわれてるんだよ」

男の表情は本気だった。

「わかった。どうすればいいの」

男が顎《あご》をしゃくった。ファミリーレストランの駐車場に止まっていた車がライトを点した。シルバーのミニバンだ。極道がふだん使いするタイプの車ではない。防犯カメラを警戒し、用意した盗難車だろう。

私と男が後部席に乗ると、ミニバンは発進した。運転手はマスクを着けた坊主頭の男だ。

残りの連中は別の車で移動するようだ。

アルファードの前を横ぎった。木崎と、助手席に身をのりだした星川の姿が見え、私はほっとした。由乃はアルファードに乗っている。

この連中の目的は、由乃ではなく私だ。だがどうして名古屋なのだ。名古屋に私がいるのを知る者はいない。

唯一の可能性は私の携帯の位置情報だが、アタッシェケースからだしていたのはほんの短時間だ。

「バッグよこせ」

隣の男がいった。私は言葉にしたがった。

この男の組がなぜ動いているのかを知るまでは、無駄に逆らっても意味がない。下手な真似をすれば、怪我をさせられるだけだ。

男は私のバッグを探った。星川の携帯をとりだすと電源を切り、バッグに戻した。バッグの中に残っているのはハンカチと財布くらいだ。財布には現金以外入っていない。

二十分ほど走ったところでミニバンは停止した。運河のような護岸のほとりだった。

「降りろ」

別の車が止まっていた。グレイのワゴン車だ。スライドドアが中から開いた。後部にはマスクをつけた男二人がいる。

殺すだけならここまでの手間はかけない。

ミニバンの車内で撃つか、このまま山の中にでも連れていって撃てばすむ。

ワゴン車のシートに男たちにはさまれてすわった。どこかの飯場の車のようだ。すえた汗と土の臭いがこもっている。この車も借りたか盗んだにちがいなかった。

こうした〝仕事〟に慣れている。

ワゴン車は右左折をくりかえしながら、小一時間ほど走った。

「どうだ？」

私の右隣にすわっている男が初めて口を開いた。

「大丈夫です」

運転席の男がいった。マスクに眼鏡をかけている。

「じゃあ、向かえ」

「了解です」

尾行の有無を確認したのだとわかった。

「何がしたいの？」

私は訊ねた。誰も答えない。

「教えてくれないわけ？」

「何もされたくなければ黙ってろ」

左隣の男がいった。威しではなく、あくまで事実を告げている。拳銃をつきつけ、一、二発ぶちこんでもいいっていわれてるんだよといった言葉はどうやら嘘ではなかったようだ。

私はそっと息を吐きだした。まだ恐怖はそれほどない。理由は、こいつらが極道だからだ。

極道は、金以外の理由で人をさらわない。まれに恨みでさらうこともあるが、それなら私の知る人間がかかわっている。たとえば東山なら、この男たちを動かすことができる。

だが、東山本人はまだ刑務所の中だ。恨みを晴らすなら、出所後、自らの手でそれをしようとする。そうでなければ、とっくに私を襲わせている。

東山を除けば、私と極道の因縁は消えている。星稜会《せいりょう》が〝水に流す〟と決めたからだ。日本最大の組織の決定に、個人として逆らう者はいても、組織で動くことはありえない。

しかも名古屋は星稜会の支配地域だ。系列ではない小さな組もあるだろうが、これほど〝仕事〟に慣れた連中がいるとは思えない。

つまりこの男たちは星稜会につながっている。星稜会の次期トップ候補といわれている、柴田《しばた》と私は面識がある。これまでの経緯を水に流すという話し合いの相手だ。

が、柴田の名を安易にだすのは考えものだ。この男たちがただ雇われただけだとしても、いや、だからこそ不用意に柴田の名を口にすれば、危険を感じ私の口を塞ごうと考えるかもしれない。

どこかに埋め、なかったことにしてしまえば、次期トップ候補に咎められる心配はなくなる。

そんな馬鹿馬鹿しい理由で殺されたくなかった。

ワゴン車は二十分ほど走り、車の修理工場のような建物の前で止まった。運転手がシャッターを上げ、中に車を進め、再びシャッターを下げた。

私の左隣にいた男が車を降り、建物の照明を点した。

油染みのあるコンクリートの床が広がっていた。工具類が壁ぎわに積まれている他はがらんとしている。

「降りろ」

その男がいい、私はワゴン車を降りた。蒸し暑さに汗が吹きだした。

「写真だ」

右隣の男がいって、運転手が私に携帯を向けた。

「動くなよ」

カメラで私の写真を撮った。

「送れ」

命じられ、携帯を操作した。数分後、その携帯が信号音をたてた。メールかラインが届いたようだ。運転手は携帯を右隣にいた男に見せた。

男は私を見つめた。

「整形してるのか」

「いつの話？」

私は訊き返した。同時に、東山ではないという確信を得た。東山が知っている顔は、今の私だ。

再び携帯が音をたてた。画面を見て、男は息を吐いた。

「洋服を脱げ。上だけでいい。そのかわり全部脱ぐんだ」

「何がしたいの?」

「いいから」

男はいって、上着の下から拳銃を抜いた。小型のオートマチックだった。

「こいつは口径が小さいから、あまりでかい音がしないし、何発かぶちこんでも簡単には死なない。つまり痛い思いが長くつづくってことだ」

私の下半身に向けた。

「いうことを聞いてくれなけりゃ、膝《ひざ》を撃つ。皿が割れたら、残りの人生、苦労するぞ」

「殺さないってこと?」

「今は殺せといわれていない。だがあんたが素直じゃなかったら、何をしてもいいといわれている」

「あたしのことをどこまで知ってる?」

「何も知らないし、知りたくもない」

「星稜会、よね。いろいろとまずいことになる」

「悪いがそれ以上は喋らないでくれ。口を撃つと、喉に血が詰まって死んじまうことがあるんだ」

男はいって、銃口を私の顔に向けた。

「服を脱げ」

私はジャケットとシャツを脱いだ。

「ブラジャーもだ」

外した。

「右だっていったな」

私は息を吸いこんだ。右の乳房、乳首の少し上に黒子《ほくろ》がある。それを確かめようとしているようだ。

知っている人間はわずかしかいない。

「黒子？　あるわよ」

「送れ」

男が運転手にいった。運転手は歩み寄ってくると、私の右の乳房の写真を撮った。

やがて携帯が音をたてた。

「昔の名前は冬子《ふゆこ》でまちがいないな」

島にいたときの源氏名だった。その名を最後に聞いたのは、村野の口からだ。汗が流れているのに鳥肌が立った。

「常任理事の柴田さんに連絡して。とりかえしがつかなくなる前に」

男は瞬《また》きした。マスクで口もとが隠れていて、表情を読みとれない。

「雲の上の人だ。連絡なんかとれない」

「柴田さんとあたしはいろいろある。柴田さんに感謝されたくない？」

「こんな真似しといてか。あんたが本当に仲よしなら、指じゃすまない」

「指一本触れていない今なら平気。もしあたしを殺したら、きついことになる」

携帯が再び音をたてた。運転手が画面を男に見せた。男は黙っていたが、いった。

「あんたに携帯を返す。柴田さんでも誰でもいい。あんたの言葉を証明できる人間にかけろ」

運転手が私のバッグをとってきた。私は首をふった。

「この携帯はあたしのものじゃない。だから柴田さんにはかけられない」

男はあきれたように首をふった。

「みっともねえいいわけだな」

「本当の話」

「あんたの死体の写真を送れといわれた。悪いがそうさせてもらう」

「待って。ひとりなら、連絡できそうな人間の番号を覚えている。ただこんな時間だし、知らない番号からの電話にでてくれるかどうかわからないけど」

タカシの番号は覚えていた。森《もり》まなみの一件のあと、何度か電話で話した。事務所の固定電話からタカシの携帯にかけたので、記憶してしまった。

「もういいじゃないですか。弾《はじ》いちまえば終わりです。本当に柴田さんのツレだったとしても関係ないすよ」

左隣にいた男がいった。

「気にならねえか」

「え？」

「このまま殺って埋めるのは簡単だ。けど、あとから、実際はどうだったんだろうって、気になるだろう」

右隣の男がいった。

「何ですか、それ」

「博打《ばくち》の退けどきと同じだよ。もうちっと粘ったら勝てたのじゃねえかって、あとから気になるのが嫌なんだ。だから、とことんやる」

私は男の目を見つめた。おもしろがっているような色が浮かんでいた。同情しているのでもまためらっているのでもない。ただ小さな興味があり、それを確かめたいのだ。満たされれば、あっさり私を撃ち、一片の後悔もしない。

自分のやり方にこだわり、その点では完璧主義者ともいえる。

「あんたの電話じゃないのなら、誰の電話でもいいな」

男はいって、上着の中から携帯をだした。

「これでかけな」

「いいの？」

「どうせ処分する」

私は受けとった。時刻は午前三時近い。タカシがでる可能性は限りなく低かった。星川の携帯から湯浅にかける手もあったが、もう遅い。それに何者ともわからない湯浅の言葉をこの男たちが信じるとは思えない。湯浅はタカシとつながらなかったときの保険だ。

タカシの携帯の番号を呼びだした。二回、三回とコールがつづき、やはり無理だったと思ったとき、

「はい」

タカシの声が応えた。寝ていなかった声だ。

「あたし」

タカシは息を吐いた。

「姉さん。ずっと連絡がないと思ったら、何だよ、こんな時間に。しかも携帯、かえたの？」

「借りものよ。今、ちょっと困ったことになっていて、あたしと星稜会の関係を説明してくれる人間が必要なの」

タカシは、雄琴《おごと》温泉で開かれた、星稜会と私の話し合いに同席していた。柴田はタカシを〝坊《ぼん》〟と呼んだ。

「何それ。さらわれて埋められそうとか?」

笑いながらいった。

「まったくその通りなの。あたしと柴田さんの仲を誰かに説明してもらわないと、この場で撃たれる」

「マジかよ」

「電話貸せ」

男がいった。私は携帯を渡した。

「もしもし、電話をかわりました。失礼ですが、どちらさんですか? 西岡《にしおか》……タカシさん……」

男の目が大きくなった。

「ウェストコースト興産。はいはい。もちろん、存じあげております。それで、うちの人間を誰かご存じなので? いえ疑うわけではないのですが、いろいろと――」

タカシが男の言葉をさえぎり、話した。

「はい、はい。わかりました。お待ちしましょう。すぐ、ですか? はい。わかりました」

電話を切り、左隣にいた男に告げた。

「ウェストコースト興産の社長だってよ」

「まさか。フカシに決まってますよ。ウェストコースト興産といや、不動産の大手じゃないですか」

「柴田理事とも渡部《わたべ》さんとも長いつきあいだといってた」

「え？　渡部さんの名をだしたんですか」

渡部は、柴田のボディガードとして雄琴にきた男だ。本人もいい歳で、組ももっている。

「ああ、うちの人間に、この番号にかけさせてくるそうだ」

「それって、どうなんですか。ヤバくないですか」

「大丈夫」

私はいった。

「実際、指一本触れてないって話してあげる。そのかわり、着ていい？」

「ああ」

ブラジャーを着け、シャツをかぶった。ジャケットは手にもった。

男の携帯が鳴った。

「はい」

相手の声を聞き、目を閉じた。

「まさか……。事務局長ですか。あ、自分は――」

いいかけ、黙った。

「いえ、いえ……。今、おかわりします」

男は携帯を私にさしだした。

「水原さんか」

「そちらは」

「渡部だ」

「その節はどうも」

「何があったか知らんが、水に流してくれるか？」

「いきなりですね」

「そこにいるのが誰かは知らん。けど、あんたをさらったのは、おそらくシノギのためやろ。忘れてやってほしい」

「かまいません。ただ、誰がこの人たちにそれを頼んだのかは知りたい」

「それがわかったら、あんたはただじゃすまさんだろ」

「そうですね」

「難しいところだ。頼まれた人間の名をばらすのは、スジに悖《もと》る。その件は俺が預かって、後日あんたにこっそり教える、というのでどうだ？　そこにいる連中のメンツもある」

「けっこうです」

「恩に着る。電話を戻してくれ」

私は男に携帯を渡した。

「電話かわりました。はい、はいっ。承知しました。お心づかい、ありがとうございます。本当に感謝します」

電話を切り、マスクを外した。意外に若い。

「お詫びさせて下さい」

床に正座した。残りの二人もならった。

「大変、失礼をいたしました。穏便な処置に重々、感謝するようにと、渡部さんにいわれました」

「いいから。渡部さんはあんたの名前も訊かなかった。シノギでしたことだから、忘れてやってくれ、と。見た目は恐いけど、やさしい人ね」

実際は「親分」のためならどんな非道も平気な男だと知っていた。この男たちが土下座をしたのも、それを知るからだ。渡部の顔に泥を塗ったら、指ではすまないだろう。軽くても腕一本は失う。

「はい」

床に額を押しつけながら、男はいった。

「もういいから」

私はいった。男は顔を上げた。

「名前、何ていうの？」

「矢代《やしろ》といいます」

「あなたには感謝してる。あなたが気になるといわなかったら、あたしは死んでた。だから、渡部さんや柴田さんには、あなたのことを大切にするよう、いっておく。本当よ。組はどこ？」

「星和会です」

中部地区の星稜会の中核団体だ。

「星和会の矢代さん。で、誰があなたたちに頼んだの？」

矢代は目を伏せた。

「申しわけありません。今ここでそれをいうのは勘弁して下さい。姐《ねえ》さんを的にかけた失礼はお詫びしますが、それをいっちまったら、俺は生きてる価値のない人間になります」

「いえないってこと？　じゃあ、その携帯を貸して。あたしがそいつと直接話す」

渡部は調べて知らせるといったが、アテにはしていなかった。私に対する義理より組を守る気持のほうが当然、強い。

矢代は息を吐き、運転手をふりかえった。

「おい」

運転手が携帯を私に渡した。メールの文字が並んでいる。最後が、

「はっきり死体とわかる写真を送って下さい」

という文章だった。送り主は「タカイ」となっている。

「この『タカイ』の電話番号は？」

私が訊くと、運転手は首をふった。

「知ってるのはメアドだけです」

私は携帯を操作した。

『トラブルが起きました。直接、電話で説明したいので、番号を教えて下さい』

とメールで打った。返信がくるのを待つ。

五分ほど待った。返信はない。これまでのレスポンスの早さを考えれば、異常を察知したにちがいなかった。

「立っていいでしょうか」

矢代が訊ね、私は頷いた。そして、

「極道じゃないのね。それだけは教えて」

といった。矢代は無言で頷いた。

東山ではない、ということだ。とすれば村野しかいない。だが村野は、私がこの手で撃ち殺した。マカロフで目と目の間を撃ち、産廃処理場に埋められるのを見た。

携帯は静かだった。メールの返信はこない。

私は矢代に携帯をさしだした。

「いいんですか」

「そのかわり、こっちの携帯を渡して」

矢代は頷き、私のバッグをさしだした。

「ここはどこなの？」

「名古屋港の近くです」

「どうしてあたしが名古屋にいるとわかったの？」

「依頼人から聞きました。リアルタイムで居場所を知らされていました」

私は息を吸いこんだ。尾行はありえない。どこかに追跡装置を仕込まれたとしか考えられなかった。

「あたしをさらったファミレス、わかる？」

矢代は頷いた。

「そこまで送って」

8

ワゴン車の中から木崎の携帯にかけた。

「ご無事ですか?!」

「ぴんぴんしている。さっきのファミレスまで戻るから、迎えにきてくれる？」

「同じ場所でずっと待っておりました。かわります」

「ちょっと！　大丈夫なの」

星川が大声でいった。

「大丈夫よ」

「極道だった。どういうこと？」

「会ってから説明する。それより、アルファードにGPSの追跡装置がしかけられている」

「嘘！」

「居場所をつきとめられたからさらわれた」

星川は一瞬黙り、

「わかった。すぐに調べる」

といった。

ワゴンには矢代と運転手が乗っていた。電話を切り、矢代を見た。

「姐さんのいう通りですが、GPSをつけたのはうちの者じゃありません」

矢代がいった。勘のいい男だ。こちらのいいたいことを察している。

「わかってる。GPSをしかけるくらいなら、あたしのことを知ってた筈」

私は答えた。矢代は黙っていたが、口を開いた。

「さしでがましいことをいっていいですか」

「どうぞ」

「姐さんの身内に『タカイ』の仲間がいます」

私は答えなかった。が、木崎のアルファードのことを知る者は、ごくわずかしかいない。

木崎や星川である筈がない。だが私を含め、三人に近い人間だ。

「忠告ありがとう」

私はいった。

「いえ。何かあったらいつでも声をかけて下さい。恩返しをしたいんで」

頭の回る男だ。私に恩を売り、渡部や柴田に自分を売りこむつもりだろう。極道の世界ではそういう小賢《こざか》しさはときに重宝されるが、最後には敵を作る。

「じゃあ携帯の番号を教えて。処分する奴じゃなく、あなたの本当の」

矢代は番号を口にし、私は星川の携帯で呼びだした。矢代の懐《ふとこ》ろで振動音がした。

「あとであたしの携帯からもう一度かける。さっきいったように、これはあたしのじゃないから」

「わかりました」

「もしかしたら今日明日に頼みごとをするかもしれない」

「何なりとおっしゃって下さい」

ファミレスに着いた。アルファードは駐車場に止まっていた。

ワゴンを降り、アルファードに入った。由乃の目が赤い。星川が車内からワゴンをにらみながら訊ねた。

「どこなの」

「星和会」

「えっ、星なの？」

「そう。だから助かった」

星川の携帯が鳴った。

「ＧＰＳ、見つかった？」

「見つけた。電波が飛ばないように、アタッシェケースに入れた」

「一個だけ？」

「ふたつございました。申しわけございません」

木崎がいった。私は携帯を耳にあてた。

「もしもし」

「大丈夫だった？」

タカシが訊ねた。

「助かった。ありがとう。借りができたわね」

タカシは鼻を鳴らした。

「いったいどこの馬鹿が姉さんを埋めようとしたんだよ」

「何も知らないで雇われた連中」

「誰が雇ったの」

「わからないけどあたしの大昔を知ってる奴」

「姉さんの大昔。紫式部とか、そんな頃？」

「近いかも。昔すぎて忘れてたくらいだから」

答え、思いついた。

「ねえ、『ギサ』って知ってる？」

「韓国のＰＭＣ（民間軍事会社）？」

「つきあいがある？」

「ときどきね。海外支店の視察にいくとボディガードにつく連中がいて、それがそうだって聞いたことある。半官半民みたいなところでしょ。『ギサ』が関係あるの？」

「別の話」

「何だよ。だいたい姉さん、今どこにいるの？」

「その話をすると長くなる。また連絡する」

「次は奢ってもらうよ」

「もちろん」

いって電話を切った。星川に、

「タカシ」

と告げた。

「なんで？」

「あんたの携帯しかなくて、星と話をつけられる人間で、番号を覚えているのがタカシしかいなかった。タカシにかけたら、すぐ動いてくれた」

星川は首をふった。

「あんたに内緒で殺そうかと考えたことがあるけど、やらなくてよかった」

「ごめんなさい！」

由乃が叫んだ。

「わたしのせいで――」

「ちがう」

私は由乃の言葉をさえぎった。

「あいつらの狙いはあなたじゃなくてあたし。じゃなけりゃ、あなたをさらう筈でしょ」

由乃は目をみひらいた。

「お姉さんを――」

「聞いた？」

私は星川を見た。

「お姉さんていってくれたよ」

星川はしかめ面《つら》だ。

「そんなことで喜ばない」

由乃はわけがわからないでいる。

「おばさんていわれても怒れない年だから」

私はいった。由乃は首をふった。

「おばさんなんて絶対いいません。こんなにきれいなのに」

星川は鼻を鳴らした。

「昼間新幹線でいってたわよね。『中学生なのに気配りなんかしないの』って」

あっけにとられたように由乃は私と星川を見比べた。

「あの、ケンカしないで下さい」

「この人改造手術したでしょ。だからホルモンバランスの関係でときどき攻撃的になるの」

私はいった。うー、と星川が唸り声をたてた。

「あたしが許せないのはね、おばさんなのにお姉さんていわれて喜んでる、能天気な女。そんなことより、なんで星があんたをさらったのかよ。話がついていたのじゃなかったの？」

由乃がぱちぱちと瞬きした。私と星川の会話についていけなくなったのだ。私は由乃の手に触れた。

「心配しないで。あたしとこの人は、とことん腐《くさ》れ縁で、たとえ殺し合っても仲直りできるの」

由乃は目をみひらいた。

「そうなの。あたしには才能がある。どれだけひどいこといわれても、おいしいものを食べたら、忘れるって。京都でうんとおいしいもの食べようね。お姉さんの奢りで」

星川はいった。由乃の顔に笑みが戻った。

「いいな。わたしもそんな友だちが欲しい」

「あのさ、まちがえちゃ駄目よ。あたしがこの人とつきあってるのは、友だちが他にいない、かわいそうな人だから」

星川は首をふった。

「友だちなんて捜さなくても、本当にウマの合う人は自然に現われる。無理に友だちでいようとしたって、駄目な人とは駄目になるからね」

由乃が頷くのを見て、星川は私に目を向けた。

「で、星があんたをさらったわけは？」

「雇われたから」

「誰に？」

「それがわからない。でも雇った奴は、あたしの昔の名前を知っていた上におっぱいにある黒子を確認させた」

星川は眉をひそめた。

「昔の名って――」

「冬子。奴らがあたしの写メを送ると、整形したのかって」

「そりゃまた、ずいぶん昔の話だ」

「誰だかまるで見当がつかないけど、恨みを晴らしたくて、あいつらを雇ったみたい。はっきり死体とわかる写真を送れってメールで指示してた」

星川は黙り、首をふった。

「間一髪よ。中のひとりが、あたしの話を気にしてタカシに電話をかけさせてくれた。それがなかったら死んでた」

「そいつの名前は？」

「『タカイ』といってたけど、心当たりはない」

タカイ、と星川はつぶやいた。

「どんな筋から、あいつらに話をもっていったの？」

「それは渡部が調べて後日教えてくれることになってる。シノギでやったことだから水に流してやってくれって」

「殺されそうになって？　ふざけるな」

「そうだけど、いえる状況じゃなかった。渡部を怒らせたら、いいから殺しちまえって話になったかもしれない」

星川は口をすぼめた。

「じゃ渡部の調べはアテにできないね」

「たぶん。あそこにいた矢代ってのが、もしかすると喋る」

思いだし、私はアタッシェケースから自分の携帯をだすと、矢代にかけた。

「はい」

「水原よ。これがあたしの携帯。覚えておいて」

「了解です」

周囲に人がいるようだ。私は電話を切った。

「出発してよろしいでしょうか」

木崎がいった。午前四時を過ぎ、あたりは明るくなり始めていた。

「お願い」

私は告げた。

9

北ルートを選んだ。国道22号を走って新木曽川大橋を渡り、岐阜市内で進路を西にとり大垣市を縦断して三重県に入ったのは、午前六時過ぎだった。

四日市市郊外の道の駅で休憩をとった。滋賀県を横断すれば京都府に入る。

尾行はついておらず、沿道に見張りと思しい人や車もなかった。夜が明け、互いを見つけやすくなっていた。

「まけたかな」

用を足すためにアルファードを二人で降りると、星川がいった。由乃は眠っている。

「今のところはうまくいってるみたいね」

「あたしが『ギサ』なら、監視を分散するのはやめて、京都に入る道に集中する」

「京都が目的地だと、あいつらは知ってる?」

私の問いに星川は頷いた。

「きっとね。浄寂院に着く前かでた後に由乃ちゃんを狙ってくるよ」

私も同じことを考えていた。

「問題は、どこまでいったらあの子が安全かってことよ」

星川はいった。

「どこまでいっても安全じゃない。二兆ウォンのありかがわからない限り」

私が答えると星川は息を吐いた。

「だよね。だからってあたしらが一生あの子を守っていくのは無理」

「庵主さまならいい知恵があるかも」

星川は首をふり、訊ねた。

「で、その『タカイ』てのが何者だか見当ついた?」

「村野しかいない。でも村野は死んだ」

「まちがいない?」

私は息を吸いこんだ。村野がもっていた古いリボルバーに一発だけ弾丸を残し、渡した。自分でカタをつけたい、といったからだ。が、弾丸か銃が古すぎたのか不発だった。口を開け、銃口をさしこんだまま村野は今にも泣きそうだった。その顔を見ていられず、もっていたマカロフで私は眉間を撃った。

「撃ったあと産廃の下敷きにされるのも見た。絶対に生きてない」

「地獄島の番人は不死身なのじゃないの」

「もし生きかえったのなら、自分で殺しにくる。極道なんて使うわけない」

「そうか。でもあんたの昔の名前と顔を知ってる奴なんだよね」

「昔しか知らない、ともいえる。東山とかなら、写メを見てあたしだとすぐにわかるだろうから。わざわざ胸の黒子を確認するまでもない」

「あいつか。まだ入ってるよね」

「あと五年はでられない」

星川は照りつけ始めた太陽を見上げ、息を吐いた。

「くるときはいっぺんにくるね、厄介ごとって奴は」


琵琶湖東岸から南岸を回りこむ形で京都市内に入ったのは午前十時過ぎだった。

浄寂院のある鞍馬は京都市北部の左京区にある。峠道を下り、鞍馬寺の山道に入った。浄寂院は鞍馬街道にある。

見張りもおらず、邪魔する者もいない。

「どうなってるんだろ。ここにくるって、『ギサ』の連中は知らなかったのかな」

星川がつぶやいた。浄寂院の山門が見えた。

あたりにはまったく人けがない。道路が狭いこともあり、止まっている車はすぐにわかる。

「どういたします?」

木崎が訊ね、

「一度通りすぎて」

私はいって、アタッシェケースから自分の携帯をとりだし浄景尼の携帯にかけた。

「はいはい」

浄景尼が応えた。

「無事に着いた？」

「車で近くにおります」

「すまんかったな。連れておいで」

「そちらはおかわりありませんか」

「何もないよ。静かなもんや。昼にその子の伯父さんがくることになっておって、貴船《きふね》の料理屋を予約してある。いっしょに食べようか」

「いえ、京都にきたついでに、ひとつ片づけようと思っている用事がありますので」

会えば、由乃の伯父は私のことを思いだすかもしれない。

「あら、残念やな」

「で、お訊きしたいのは、由乃ちゃんの帰りのことなのですが」

「それは大丈夫や。伯父さんが送ることになってる」

大丈夫なのでしょうか、という問いを私は呑みこんだ。他人が口をはさむことではない。

由乃は目をさまし、無言でやりとりを聞いている。

「承知しました。あと十分ほどで着くと思います」

私は電話を切り、由乃に告げた。

「伯父さんがくるそうよ」

「お姉さんたちは？」

「あたしたちは失礼する。このあと用事があるの」

由乃を見ずに私は答えた。

「そうなんですか」

由乃の声が小さくなった。

「帰りは伯父さんが送ってくれるみたい」

「じゃあ、これでお別れなんですね」

「そうなるわね」

「ありがとうございました」

由乃の声が震えた。

「どうしたの。これきり会えないわけじゃあるまいし」

星川がいった。

「すごく楽しかったんです。恐いこともあったけど」

泣き声まじりで由乃がいい、私は息を吸いこんだ。自分でも驚くほど、別れるのがつらかった。

「またいつでも会えるじゃない。ねえ」

星川の言葉に無言で頷くのが精一杯だった。

「遊びにいく、甲府に」

息を吐き、いった。

「本当ですか⁈」

由乃の声のトーンが跳《は》ね上がった。

「いつ？」

「あなたが戻ったら、いつでも。夏休み中がいいわね」

「約束」

「もちろん」

「心配しなくていいって。いったでしょ、この人友だちいないのだから。せっかく仲よくなった由乃ちゃんのことを忘れるわけない」

星川がいった。

「おいしいもの食べにいこ。今回のこれじゃファミレスくらいしかいけなかったから」

私は顔をそむけたままいった。由乃の顔を見られない。

「はい！」

「浄寂院にいって」

木崎に告げた。

アルファードが山門の前に止まると、由乃と降りた。前を向いたまま由乃の手を握った。

由乃が驚いたように私を見た。が、すぐに強い力で握り返してきた。

「お疲れさんやったね」

作務衣《さむえ》姿の浄景尼が参道に立っていた。由乃を見ると目をみはった。

「大きうなって。立派なお嬢さんや」

「ごぶさたしています」

由乃が頭を下げた。浄景尼は私の目を見た。

「無事連れてきてくれて、ありがとう。あんたに頼んで正解やった。すぐ、いくんか？」

私は無言で頷いた。

「ほな積もる話は、またにしよか」

「はい」

私と由乃の握りあった手を見やり、浄景尼は笑った。

「仲ようなったね。思った通りや」

「また会う約束をしました」

由乃の手を離した。由乃が私を見た。

「ありがとうございました。星川さんにも木崎さんにも、お世話になりました」

私は頷いた。

「おいで」

浄景尼が由乃の肩を抱いた。

「失礼します」

私は頭を下げ、
由乃に告げた。

「いつでも電話してきなさい」

由乃の目に涙がふくれあがった。

「はい」

「じゃ、またね」

浄景尼に会釈し、背を向けた。山門をくぐり、アルファードに乗りこんだ。

息を吐くと、喉の奥が震えた。

「あたしら、洗われたね」

星川が微笑み、私は無言で頷いた。

「東京に戻りますか」

木崎が訊ねた。

「休もう。ホテル、とる」

私は京都にくると使っているホテルのひとつに電話をかけた。中心部からは外れていて、外国人観光客もいない。急だったが、ツイン一部屋とシングル一部屋がとれた。木崎を休ませたかった。

早いチェックインも大丈夫だという。

ホテルに向かうよう、木崎に命じた。

10

星川と交代でシャワーを浴び、ひと眠りした。目が覚めたのは、午後五時すぎだった。まだ日は高く、蟬《せみ》が盛大に鳴いている。

星川が窓辺のソファにすわり、ミネラルウォーターを飲んでいた。

「寝なかったの？」

体を起こし、私は訊ねた。

「寝た。でもすぐ目が覚めちゃった」

「年寄りだからね」

「あんたのイビキがうるさかったのよ」

「それは失礼」

ベッドを降り、用を足して私もミネラルウォーターを冷蔵庫からだした。星川の向かいにすわる。

「妙なんだよね。タカイは今のあんたの顔を知らないのに、あたしらについて詳しい。じゃなきゃアルファードにＧＰＳをしかけられる筈がない」

星川がいった。

「だね。周りに誰かいる。つながっている奴が。矢代もいってた」

「矢代？」

「あたしをさらった星の男」

「さっき電話かけてた奴？」

私は頷いた。

「アルファードにＧＰＳをしかけたのは星の人間じゃない。タカイの側の人間。それなのに、今のあたしの顔を知らない」

「ＧＰＳをしかけたのはタカイ本人じゃないってことだよ」

星川はいって、ミネラルウォーターを飲んだ。歯が痛むような顔をしている。

「誰だか心当たりあるの？」

「ない。けど近くにスパイがいるとしたら、またあんたを狙うのは簡単だ」

「簡単かな。極道使っても難しいとなったら、けっこう悩むんじゃない」

「ひとりごとみたいにいわない。狙われてるのはあんただよ」

「そうだけどさ」

私はいって、床においてあったアタッシェケースから携帯をだした。

「あの子のこととは別だよね」

星川がつぶやいた。

「タカイと由乃？　別でしょう」

「じゃあなんでこのタイミングであんたをさらったの」

「東京よりやりやすかったからじゃない？」

「それだけじゃないよ」

星川は考えていたが、いった。

「その矢代ってのは、名古屋？」

「たぶん。東京の人間だったら、あたしのことを少しは知ってた筈」

「つまりタカイも東京の人間じゃない」

「わかんないよ。東京の極道はあたしにかかわるのを嫌がると考えて、矢代に頼んだのかもしれない」

「その矢代って使えそうな奴なの？」

「一流とはいえないけど、馬鹿でもない。はしっこいタイプね。でもいっしょにいるあいだ、由乃のことは何もいわなかった。あいつは純粋に、あたしを埋める仕事をうけおっただけだと思う」

「それが純粋に嫌なの。あたしらが東京を離れて、たまたま名古屋にいるときにさらいにくるなんて、気持悪すぎる」

「偶然じゃないってこと？」

「あんたの昔と由乃ちゃんがつながっている話をしてたわね。昨夜伯父さんと話してどうだった？」

「声でわかった。そうだった。村野の子を処理した医者」

星川は宙をにらんだ。

「向こうは気づいていた？」

「気づいていないと思う。あのときは水原って名は使っていなかった」

「本名？」

私は首をふった。

「保険証ももってないのだから、本名なんて使うわけがない」

「高かったわね、じゃあ」

「五百万くらいだったな」

「その金はどうしたの？」

「村野がもたしてくれた。債権者に払う筈だった金よ」

「村野は死ぬつもりで、あんたにありったけの金を渡し、島に残った。だけど死なずに島の番人になった」

「そう。あたしがいた頃の番人が最初にあたしを連れ戻しにきた。そいつを殺したら、次にきたのが村野だった」

「島抜けしたあと、どこにいたの？」

「福岡の山奥。村野の乳母だった人の家にかくまわれてた。二カ月隠れていたら、お腹が大きくなってきた。生めといわれたけど逃げだし、病院を捜した。中絶には遅すぎるといろんなところで断わられ、ようやく見つけたのが由乃の伯父さんの病院だった」

星川は顔をしかめた。

「きつい話だね」

「私にとってあの子の伯父さんは恩人。会ってお礼はいえないけど」

星川は窓の外を見た。西日がさらに蝉を勢いづかせている。

「村野は死んでいる。でもタカイは村野に近い人間」

「それはまちがいないと思う」

「あんたが逃げたあと、村野は何年島にいたの？」

「十年ちょっと、かな」

「そのあいだにタカイと知り合ったとは考えられない？」

「それは充分あると思うけど、そいつが金を使ってまであたしを殺そうとする理由は何？」

星川は外を眺めたまま考えていた。やがて首をふった。

「わかんない」

「でしょ」

「ねえ、その乳母さんの家がどこだか覚えている？」

私は頷いた。

「今も生きているかどうかわからないけど」

「あたしいってくるわ。村野のことを調べたい」

星川はいった。何かを気にしている。何なのかはわからないが、村野について調べたいのはそれが理由だろう。

「これから？」

「東京に戻って飛行機に乗るより、京都から新幹線乗っちゃったほうが早い」

私が頷くと、星川はライティングテーブルのメモ用紙とペンをとり、私にさしだした。

「その家と村野のこと、思いだせる限り書いて」

「いいけどご飯食べてからにしない？」

星川は頷いた。木崎は寝かせておくことにした。起きているかもしれないが、好きなものを好きな時間に食べたいだろう。

身仕度を整えていると私の携帯が鳴った。湯浅だった。

「やっとつながりました」

「心配かけた？」

「無事に浄寂院に着かれたのですね」

私の問いには答えず湯浅はいった。

「着いた。今はもう別々よ」

「帰りは？」

「あたしの仕事じゃない」

そっけなくいった。

「ではもう情報は必要ありませんか」

「何かあるの？」

「韓国大使館が外務省を通してうちに接触を求めてきました」

「うちって国家安全保障局？」

「そうです」

「まだしばらくそこにいるの？」

「帰れるのは定年直前になりそうです。韓国大使館はうちに協力を求められないか打診してくるものと思われます」

「何の協力？　二兆ウォン？」

「とりあえずは本田雪乃、由乃母子の情報でしょうね。当然、行動を共にした水原さんについても」

「拳銃もった工作員を日本国内で動かしたことを追及してやったら？」

「それをすればうちと水原さんにつながりがあることを向こうも知ります」

「なるほど」

「今は知らんふりがいいと思います。『ギサ』に関するカードは伏せておいて」

「いいわね、その腹黒さ」

「水原さんは、今どこに？」

「ホテル。ひと休みしてこれからご飯を食べにいくところ」

「ハモですか、季節柄」

「おいしいところ知ってるの？」

「水原さんのお口に合うかどうか」

「どうせ一見《いちげん》じゃ入れないようなところでしょ」

「ごいっしょさせていただけますか」

「あら」

「水原さんのことが心配で京都に駆けつけたんです」

「嘘でも嬉しい。奢ってくれるなら尚《なお》さら嬉しい」

「ホテルを教えて下さい。迎えにあがります」

三十分ほどで湯浅は到着した。生成《きな》りの麻のスーツを着こなしている。

「格好いい。老舗の二代目って感じね」

星川がほめた。

「星川さんもあいかわらずおきれいです」

湯浅は白い歯を見せた。

「それがなけりゃもっといい男なのに」

星川は首をふった。

「えっ。本音をいっちゃ駄目ですか」

「何をいっても真実には聞こえないの、あんたは」

私はいった。

「ひどいな。たまには本音をいいます」

湯浅が口を尖らすと、

「今じゃないでしょ」

星川はいった。

「今です」

「嬉しい。お礼にその口、縫ってあげようか」

三人でタクシーに乗った。湯浅が口にしたのは、中心部から南に外れた住所だった。細い路地に面し、古びた町家で看板もでていない。紅殻格子《べんがらごうし》のかたわらの引き戸を湯浅は開けた。玄関には誰もいない。土間にだしのいい香りが漂っている。

「ごめん下さい」

湯浅が声をかけた。

「へい」

着物に前掛けをつけた老女が姿を現わした。

「湯浅です」

「あ、おいでやす」

老女は上がり框《がまち》に膝をついた。

「急で申しわけなかったです」

「いえいえ、お上がりやす」

私たちは靴を脱いだ。案内されるまま細い家の奥へと進み、和室にテーブルをおいた部屋へと案内された。寒いほどエアコンがきき、窓からは中庭が見える。

テーブルと椅子は畳が傷《いた》まないよう、カーペットの上におかれている。

家の中は静かだ。老女が訊ねた。

「お飲みものは何にしまひょ。ワインやったら、シャブリのええのんがございますが」

「そのええのんをいただくわ」

私はいった。湯浅が一瞬うらめしげな表情になったのは、かなりの値段をとるからにちがいない。

「あ、僕はビールを」

湯浅がいった。ワインの消費を少しでもおさえようという、涙ぐましい作戦だ。

酒と通しが届き、乾杯した。湯引きのあとはハモしゃぶだという。それで部屋を冷やしていたのだ。

「おいしい！」

湯引きを食べた星川が声を上げた。確かに並みの湯引きとは異なる。脂《あぶら》と甘みがあった。

「しかし水原さんが十三の女の子のお守りとは意外でした」

湯浅がいった。

「すごくいい子だった。二兆ウォンのことはたぶん知らない。父親が韓国で結婚していたのも知らない」

「すると母親が秘密を守っている」

「死ぬまで打ち明けない。死んだら遺書で伝えるのじゃない」

星川がいった。

「でも自分を狙う集団がいることは理解している。パニックも起こさず、冷静だった」

私はいった。湯浅は目を丸くした。

「すごいですね」

「並みの子じゃない。母親がもうじき死ぬこともわかっている。強い子はたいてい頑《かたくな》だけど、そういうところもない」

「あたしら、あの子に夢中なの」

星川がつけ加えた。

「でも帰りはいっしょじゃないのですね」

「庵主さまに考えがあるのじゃない」

「なるほど。でも二兆ウォンを手に入れたい連中にとっては、本田由乃が唯一のカードです」

「伯父さんがいる」

「楠田洋祐《ようすけ》ですね。小倉で父親と産婦人科病院をやっていましたが、父親の死後少しして病院を畳み、その後所在が不明になっています」

「父親が死んだのはいつ？」

「五年前です。その翌年に尹《ユン》家詐欺事件が韓国で発覚しました。詐欺じたいは、それより二年以上前から行われていたと考えられます。尹家詐欺事件の発覚と楠田産婦人科病院の廃業に関連があるかどうかは不明です」

「義理の弟が二兆ウォンをもって姿をくらませているとなったら、病院なんてやっていられないでしょう。まして小倉と韓国は近い」

私はいった。

「被害者が押しかけてくると？」

湯浅が訊ねた。

「押しかけてくるのは被害者だけとは限らない。九州には韓国とつながりの深い極道も多い。韓国と九州のやくざが、二兆ウォンを狙って楠田をさらう可能性もある」

「だとしたら、楠田にはひどい迷惑じゃない。妹と家族の縁を切っておかしくない」

星川がいった。

「縁を切ったなんてセリフが、二兆ウォンを追っかけている奴に通じる筈がない。だったら殺して、葬式に本田陽一がやってくるのを待ちかまえるでしょうね」

私はいった。星川は頷いた。

「確かに。九州の極道は、やりくちがえげつないからね」

「楠田は結婚してるの？」

私は湯浅に訊ねた。

「いえ。小倉にいたときは独身でした」

「ゲイ？」

星川がいった。私を見る。

「そんな感じした？」

「あのときはそんな余裕はなかった――」

私は答え、思いだそうとした。楠田とは、最初の診察を除けば、手術のときにしか会っていない。麻酔ですぐに意識を失くした。

入院しているあいだ、私の世話をしたのは看護師だった。

「たぶん、楠田とは二、三回くらいしか会っていない。一番長く話したのは初診のときだけど――」

「水原さん、楠田をご存じなのですか」

湯浅が驚いたようにいった。

「大昔、楠田産婦人科病院にかかったことがある。たぶんそのときあたしを診たのが、楠田洋祐だった」

「え、それは――」

「十年以上前の話。楠田とはきのう電話で話したけど、それはいってない」

「世間は狭いですね。ですが行方をくらましたあとも、楠田は妹や姪と連絡をとっているというわけですね」

「妹が入院している病院も定期的に訪ねているみたいよ」

「病状はどうなのですか」

「今日明日ということはないだろうけど、体力が落ちたら危ないといってた。由乃が何も知らされていないというのは、楠田の口からも聞いた。楠田は、自分も妹から聞かされていない。いよいよ悪いということになったら話してくれるかもしれない、と」

「信じられますか」

「半々ね。二兆ウォンに関してまったく知らないということはないだろうけど、確実に在りかを知っているわけではなさそう。雪乃にしてみれば、自分がいなくなったあと娘の世話ができるのは兄の楠田しかいない。あるていどは教えていると思う」

「妹が死ねば、二兆ウォンが手に入る。今はひたすらいい伯父さんでいるのじゃない？」

星川がいった。

「雪乃は、今の病院に楠田の紹介で入った。でも由乃の話では、楠田は由乃とも距離をおいていて、連絡は月に一度あるかどうかだと。本田陽一の親族にはひとりも会ったことがないらしい」

「それはしかたないでしょうね。本田は釜山に妻がいましたから。子供はいなかったようですが」

湯浅がいった。

「だからこそひとつぶ種の由乃ちゃんをかわいがった。本田の死因は何なの？　日本で死んだのでしょう」

星川が訊ねた。

「不明です」

「不明？」

「本田陽一の死体は、五年前の九月に岐阜県の山中で発見されました。目立った外傷もなく身許のわかる所持品もなかったことから、行旅死亡人として扱われていたのですが、本田雪乃からの届出が死体の特徴と一致したため、確認をさせたところ、本人と判明しました」

「まちがいなく本田陽一だったの？」

私は訊ねた。別の死体を用意し、本田雪乃が夫だと証言すれば、本田陽一の死を偽装できる。

「それは何とも。ですが本田陽一が生存しているのなら、雪乃や由乃に何らかの形で接触していて不思議はないと思います」

「あの子は嘘をついてない」

星川がきっぱりといった。

「父親が死んだと信じている」

私も頷いた。

「あたしも同じ意見」

「本田陽一が生きているなら、妻や娘をスケープゴートにして逃げていることになる。それは雪乃が許さないのじゃない？　陽一が生きているってバラすでしょう」

星川がいった。私は湯浅を見た。

「本田陽一がどんな人間だったかの情報はある？」

「詐欺師だよ。どんな人間にだって化ける」

星川が首をふった。

「韓国で逮捕された詐欺グループのメンバーによれば、責任感が強く、グループをひっぱるリーダーシップがあったようです。ありがちな話ですが、心酔しているメンバーが多かったと。ですが、リーダーが在日韓国人であることを知るメンバーはわずかでした。大半は尹を全羅南道光州市の出身だと信じていたそうです」

「仲間もだましていたってわけね」

ハモしゃぶが運ばれてきた。私たちはしばらく食事に没頭した。それほどおいしかった。

シャブリの一本目はまたたく間に空いた。

が二本目は頼まなかった。湯浅の懐ろを心配したわけではない。睡眠不足の頭にワインの酔いは重い。

「次、どうする?」

空いたボトルを手に訊ねた星川に、

「冷たいビール」

と私は答えた。

「いいね。乗る」

気がかわらないうちに注文しようと思ったのか、湯浅は急ぎ足で部屋をでていった。

「タカイのこと、話す?」

星川が訊いた。

「それを考えてた。話すと面倒になるけど、情報は楽に集まる」

「話したほうがいい。あたしもしばらくあんたから離れるし」

星川は真剣な表情でいった。

「あいつらが由乃ちゃんの件とまったく関係ないと、まだ決まったわけじゃない」

湯浅が戻ってきた。

ビールを届けにきた老女が訊ねた。

「締めはおうどんかおじやになりますが、どちらにしまひょ」

「おじやがお勧めです」

湯浅がいった。

「じゃ、おじやで」

「ほな、一度下げさせてもらいます」

前掛けで鍋をつかみ、老女はでていった。

「すっごくおいしかった。ハモなんて、京都のものを何でもありがたがる通ぶった連中が騒いでいるだけだと思ってた」

星川がいった。

「そういうハモも少なくありませんが、ここのは本当においしいです。鍋に入れる京野菜もすべて地物です。夏は野菜の鮮度が落ちやすいですからね。朝採れのものを使っているそうです」

湯浅は答えた。

「日本中の、こういう店を知っているの？　もしそうなら、いっしょに旅行して回りたい」

星川がうっとりした顔で見つめた。

「とんでもない。知っている店のほとんどにお二人をお連れしました」

「それは信用できない」

私はいった。

「絞れば絞るほど、あんたからはいろいろでてくる筈」

「本田陽一の話に戻りますが、姿を消すまで、グループの手下は本田を信じていたようです。それが、稼いだ金の大半とともに消えてしまった」

「つまり追いかけているのは、韓国の司法機関だけじゃない」

私の言葉に湯浅は頷いた。

「逮捕された詐欺グループのメンバーの中には、有罪になりすでに服役を終えた者もいます。当然、金を追っていると思われます」

「本田が死んだことは伝わっているの？」

「尹こと本田陽一の死体が見つかったというニュースは韓国でも流れました。そのとき初めて、尹が在日韓国人であったことが明らかになったそうです。報道があってからは韓国国家情報院は、詐欺グループの主要メンバーだった人間への監視を強めました」

「本田が持ち逃げした二兆ウォンを日本に捜しにいくと考えたのね」

「それだけじゃない。本当は本田が生きていて、手下と連絡をとるかもしれないとも考えた」

星川がいった。湯浅は頷いた。

「それもあると思います」

「実際、主要メンバーは日本にきたの？」

「去年、申《シン》という男が来日しています。全《チョン》という男とともに、尹のすぐ下にいた人間のようです。全はまだ服役中です」

「二人の写真はある？」

星川が訊ねた。湯浅は首をふった。

「いえ。必要ならとり寄せますが、本田由乃のお守りは終わったのではないのですか」

私と星川は顔を見合わせた。

「ちょっと気になることがあったの」

星川がいった。

「気になること？」

おじやが運ばれてきた。口の中を火傷《やけど》しながら食べた。

「名古屋でこの人をさらった極道がいた」

おじやを食べ終えると、星川がいった。湯浅が怪訝《けげん》そうに私を見た。

「トイレ休憩にファミレスに寄ったの。午前二時近くだった。でてきたときに拳銃をつきつけられた。あたしひとり車に乗せられ、車の修理工場のようなところに連れていかれた。そこで殺す手筈だったみたい」

湯浅は目をみひらいた。

「水原さんをさらって殺そうとしたと？　どこの人間です」

「星和会」

「星和会？　星稜会の中心組織ですよね。星と水原さんとは話がついていたのじゃなかったのですか」

「あたしのことを知らなかった。金で雇われてた」

湯浅は理解できないという表情だ。

「金で雇われた星の殺し屋が水原さんをさらって埋めようとした、と？」

「雇ったのはタカイと名乗る男だったらしいけど、知り合いにはいない。タカイは、さらった女があたしかどうかを確認するために、おっぱいにある黒子を写メで送れと殺し屋に命じた。顔では確かめられなかったから」

私がいうと、湯浅は息を吸いこんだ。

「整形されたのはいつです？」

「十年近く前」

「つまりその前の恨みで殺し屋を雇ったというのですか」

「そうなる」

「あたしたちの乗っていた車には発信器がしかけられていて、ＧＰＳで追える仕組になっていた。それで名古屋のファミレスで待ち伏せできたらしい」

星川がつけ足した。

「待って下さい。水原さんの今の顔を知らない人間が、どうやって水原さんたちの車にＧＰＳをとりつけたのです？」

「そこに気づくのはさすが。そうなの。それがわからない」

星川が頷いた。

「仮りにＧＰＳをとりつけたのが星の人間なら、その過程で水原さんについて知って殺しの依頼は断わるでしょう。それとも水原さんだとわかっても狙うほどの理由があったのでしょうか」

「それはない」

私は首をふった。

「ＧＰＳをとりつけたのは、星じゃなくてあたしの近くにいる人間。たぶんタカイに雇われたのだと思う」

「誰かがそういったのですか」

「あたしを殺しそこねた、星和会の奴。そいつが妙な興味をもったおかげで、あたしは助かった」

「妙な興味?」

「星の上と親しいといったの。そいつ以外は信じなくて、さっさと消そうとしていたけど、一本だけ電話をかけさせてくれて、それで命拾いした」

雄琴温泉の旅館でもった、星稜会との手打ちに湯浅も出席していた。

「柴田か渡部にかけたのですか」

「二人の番号はわからなかったから、タカシにかけた」

「西岡タカシですか」

「他に携帯の番号を覚えている人間がいなかった。自分の携帯がなかったの。タカシが渡部に連絡して、間一髪で助かった」

湯浅は深々と息を吸いこんだ。

「そんなことがあったとは」

「教訓よ。気を抜けば、いつ殺されてもおかしくない」

星川がいった。湯浅は星川を見た。

「星川さんもあわてたのですか」

星川は小さく頷いた。

「見た目で極道とわかったから、この人なら何とかするだろうとは思っていたけど、由乃ちゃんもいっしょだったから追っかけるわけにもいかず、正直、焦った。あとから話を聞いて、タカシに感謝した」

「渡部がその場に連絡をしてきて、助けるかわりに水に流せ、といわれた。選択の余地はなかった。嫌だといったら、それが理由で殺された。依頼人について調べると渡部はいってたけど、信用できない。たぶんうやむやにされる」

湯浅は頷いた。

「極道が殺しの依頼人をうたったら終わりですからね。タカイという名はどこから？」

「あたしを助けた、星和会の奴。名前しか知らず、メールでやりとりをしていたといってた。たぶん本当だと思う」

「愛知県警にひっぱらせますか」

私は首をふった。

「そいつはまだ使える。放《ほ》っておいて」

「わかりました」

「あたしが心配しているのは、名古屋でこの人がさらわれたのが偶然かどうかわからない、という点」

星川がいった。

「本田陽一の件と関係しているといわれるのですか」

「これが東京だったら、よほどの金を積むか義理がない限り、この人に手をだす極道はいない。名古屋の極道だからこの人のことを知らず、さらわれる羽目になった。じゃあなぜ、名古屋の極道を雇ったのか。あたしらが西に向かうことを前もって知っていなけりゃ手配はできない」

星川の言葉を聞いて、湯浅は深刻な表情になった。

「確かに星川さんのおっしゃる通りです。ですが、十年前の水原さんに恨みをもつ者が本田陽一とどこでつながったのでしょうか」

「考えられるのは楠田洋祐、由乃の伯父」

湯浅は小さく頷いた。訊かれたら楠田産婦人科病院で何があったのかを話すつもりだった。が、
湯浅は訊かなかった。

「タカイは、あたしが島にいた頃の名前を知っていた」

湯浅は無言で私を見つめた。

「気味の悪い話でしょう。考えると吐きけがしてくる」

星川がいった。

老女がスイカとほうじ茶を運んできた。スイカは種なしで甘い。

「こんなおいしいもの食べて、吐きたくない。楠田洋祐のこと、調べてよ」

星川の言葉に湯浅は頷いた。

「楠田はあの子をひきとりに京都にくるそうよ。帰りは楠田がいっしょみたい」

私はいった。

「明日、浄寂院にうかがってみます。それとは別で楠田についても調べます」

湯浅はいってつづけた。

「そのかわり二兆ウォンのことがもし何かわかったら、お知らせ願えますか」

「当然そうくるよね。こんなおいしいもの、奢ってもらったのだから」

星川がいった。

「由乃の損にならない限りは協力する」

私は頷いた。

11

ハモしゃぶ屋で湯浅と別れ、ホテルに戻った。疲れと酔いで体が重い。明りを暗くしてベッドに横になったが、寝つけなかった。

村野は死んだ。それはまちがいない。だがタカイが村野とつながっているような気が私にはしていて、それが嫌だった。

天井を見つめていると、隣のベッドの星川がいった。

「あんたが抜けだしてからの島の十年を知りたい。誰かいる？」

「九凱神社が焼けた今は、たぶん誰も残ってない」

「女を買いにくる客もいないの？」

「そういう時代じゃない。家やホテルに簡単に呼べる」

「だよね。村野に兄弟はいた？」

「ひとりっ子よ」

星川が息を吐いた。私は体を起こした。思いだしたことがあった。

「いたかもしれない」

「兄弟が？」

「父親が愛人に子供を生ませたっていってたような気がする。母親に内緒で一度だけ会ったことがあるって」

「その子供に？」

「そう」

「いくつくらいなの？」

私は考えた。村野の父親の事業がうまくいっていた時代の話だから、二十年以上前の話だ。

「たぶん、三十くらいかな。少なくとも二十《はたち》は過ぎている」

「男？　女？」

村野はいっていただろうか。いや、「親父の妾《めかけ》の子に一度だけ会った」としかいわなかった。

「聞いてない。ひどく嫌そうで、汚らわしいといった口ぶりだった」

「自分の弟か妹なのに？」

「父親を嫌いだった。横暴ですぐに手を上げたらしい。だから両親が心中したあと事業再建の資金をもち逃げした」

私はいった。

「でも誰かが村野に会っている。じゃなけりゃあんたの名前や黒子のことを知っている筈がない。その上で村野の敵《かたき》を討とうとしている」

星川がいった。

「その通り。つまりそいつは浪越島にいって、番人になってからの村野に会った」

「そういうこと。だから島にいきたいの」

「あたしは二度といきたくない」

「わかってる。つきあわせたりしないから心配しないで」

「ありがとう」

「明日、先にでるから。ゆっくり寝てな」

私は息を吐いた。

「わかった」

「おやすみ」

「おやすみ」

朝方、星川が身仕度を整える気配に目覚めたが、私は寝たフリをした。星川が部屋をでていき、時計を見ると午前五時だった。

もうひと眠りし、目が覚めたのは七時半だ。

朝食を摂り、木崎の携帯にかけた。

「おはようございます。いつでも出発できます」

「悪いけど、ひとりで帰ってくれる。あたしは新幹線で帰る。そのほうが早いから」

「承知いたしました。お気をつけて」

のぞみで東京に向かった。車内で伊東交易について調べた。白戸から、私について調べていると聞いた金村の会社だ。白戸の信用のために触らないつもりだったが、そうはいかなくなった。

東京駅からタクシーで麻布台に戻った。京都に比べれば東京はまだ涼しい。

シャワーを浴び服を着替えた。スタンガンをもち、麻布十番の伊東交易に向かった。「伊東交易」は、新一の橋の交差点に近いビルの五階にあった。エレベータで五階に上がると「伊東交易」と記された扉の前から代表番号に電話をかけた。

「伊東交易でございます」

女の声が応えた。

「ウェストコースト興産本社営業本部の飯田《いいだ》と申します。金村社長はおいでてでしょうか」

「お待ち下さいませ」

八十日間世界一周のメロディが流れた。

「お電話かわりました。金村でございます」

私は電話を切り、伊東交易の扉を押した。

カモフラージュにしては、そこそこの大きさのあるオフィスだった。受付台の向こうにデスクが並び、その奥にも部屋がある。

「いらっしゃいませ」

受付台にいた女が目をみひらき、いった。予定外の来客などめったにないのだろう。女は化粧が濃く、かすかに韓国訛《なまり》があった。

「金村社長にとりついで下さる？　たった今電話した飯田です」

女は私を見つめ、受付台の内線電話をとった。デスクには二人の男がつき、パソコンのモニターに向かっていた。

女が受話器に韓国語を告げた。相手の返事を聞き、

「もう一度、お名前をお願いします」

と私を見た。

「ウェストコースト興産本社営業本部の飯田というのは嘘で、水原といえばわかる」

デスクについていた男たちが同時に腰を浮かせた。

二人ともいい体をしていた。上着を脱いでいるので銃を身に着けていないとわかった。

二人はデスクを回りこみ、私の前に立った。

「どうしたの？　水原と聞いてあわてる理由があるわけね」

女がミズハラという言葉を口にした。相手の返事を聞き、受話器をおろした。

「ご案内します」

立ちあがり、奥にある扉へと私を誘った。ノックし、

「水原様です」

と告げた。男の社員より落ちついている。

「どうぞ」

扉の向こうから返事があり、女は私に道を譲った。

扉を押し開いた。パソコンのモニターが二台並んでいる。その向こうに色白で細面《ほそおもて》の男がすわっていた。

想像していたより若い。おそらく四十を少しでたくらいだろう。切れ長で一重《ひとえ》の目は、酷薄な男を好む女には魅力的にちがいない。

口もとに色気がある。両刀だろう。女とも男とも寝る。が、本気で惚れることはない。ナルシシストだ。だが頭は切れる。

男は目をみひらき、モニターとモニターのあいだから私を見つめた。その性格を知らなければ気があるともとれる表情だ。珍しい生きものが現われたと思っているに過ぎない。

「まさか、こんなに早くお会いできるとは」

いって、立ち上がった。足をひきずりながら移動し、手前におかれたソファを示した。

「どうぞ、おかけ下さい。コーヒー、お茶、どちらがよろしいですか。冷たいものがいいですね」

ひとりで喋っている。訛はない。

「おかまいなく」

答え、私はソファにかけた。

「じゃあコーラにしましょう。ダイエットコークをふたつ」

右脚の膝に手を添え、前にのばしながらソファにかけた。女が姿を消した。

「北のテロにあいましてね。義足なんです」

「それで国家情報院をやめたわけね」

「いえいえ。金持になりたかったからです。足一本、国家には尽しました。残りの人生は自分に尽したい」

崩れた前髪をかきあげ微笑んだ。たいした色気だった。義足とこの笑みに転がされる女は多い筈だ。

「『ギサ』の連中を動かしているのはあなたなの？」

「無関係ですといっても信じないでしょう。といって、彼らを止める力は私にはありません」

笑みを消さず、答えた。

「あなたの役割は？」

「水原さんがどこまで尹とかかわっているかをつきとめたい」

「尹と会ったことはない。彼が韓国で起こした詐欺事件については何も知らなかった」

「では本田由乃とどこで知り合ったのです？」

「ある人に、由乃を京都の、父親が眠っている寺まで連れていくよう頼まれた。それを果たした今は、由乃とは何の関係もない。その人のことはいえない」

金村は頷いた。

「信じます」

「あなたの話を聞かせて」

ナルシシストは自分の話をするのが好きだ。

扉がノックされ、女がコーラをもって現われた。封を切っていないペットボトル二本を手にしている。

「このほうがお好みだと思いまして」

いって、私と金村の前にペットボトルをおいた。

「優秀ね。それに度胸もある」

女を見ていった。にこりともせず、部屋をでていった。

「私の監視役ですよ。私の仕事を逐一、情報院に報告しています。冷たいうちにどうぞ」

ペットボトルのキャップをひねり、金村はいった。私は言葉にしたがった。

「もし二兆ウォンを回収できれば、韓日間の大きな金銭問題が解決します。日本政府はその存在を認めない問題ですが」

「そんな大前提のために動いているの?」

「大前提は必要です。特にメンツを気にする人間がかかわっているときは」

「なるほど」

「水原さんも韓国とかかわりが深い。『林英美《はやしえみ》』という名前で、海雲台《ヘウンデ》にしばらくいらしたことがある」

私は息を吸いこんだ。浪越島で起こった殺人と爆破の主犯として手配された私が、一時期釜山の犯罪組織にかくまわれていたのを知っている。

「朴《パク》といいましたか。『新世紀』の会長のビジネスパートナーだった。九州要道会《ようどうかい》の菅原《すがわら》といっしょに撃たれて死にました。その現場にあなたもいたが姿を消し、仁川空港から上海に飛んでいたことが確認されています」

「韓国の警察はあたしを追っているの？」

金村は首をふった。

「追っていたら、あなたを引き渡すよう、とっくに日本政府に要求しています。あなたはその後、上海から日本に戻り、日本警察に逮捕されることもなく、暮らしている。よほどのコネクションが日本政府にあるのですね」

「誤解がとけただけ」

金村は笑みを消さず、私を見つめた。

「日本、韓国、中国でいろいろなことがあった。三つの国の犯罪組織と警察に追われながら、あなたは殺されず、逮捕されることもなく、生きのびた。いったいどんな人だろうと想像していました。こんなに魅力的な女性だとは思ってもいなかった」

「物知りの上にお世辞もうまいのね」

「そんな水原さんが、尹の娘と接触した。何もない筈がありません」

「その気持はわかる。でも由乃は消えた二兆ウォンについては何も知らない。だからあたしが二兆ウォンの在りかを探していると考えているとしたら、大きなまちがいよ」

金村は無言で私を見つめた。

「『ギサ』を使って、あの子をさらおうとしたでしょう？」

「私の指示ではありません。ああいうやり方は嫌いです。ですが、尹の娘を押さえれば、被害金がどこにあるのかをつきとめることが可能になります」

「なぜそう思うの？」

金村は顔をしかめ首をふった。

「当然の話です。尹は韓国の妻とのあいだに子供がいなかった。自分の子供に財産を残したいと考え、日本の愛人にその所在地を教えた」

「だったら由乃ではなく母親に訊いたら？」

「本田雪乃と由乃の二人を、ずっと監視してきました。雪乃は癌で、そう長くは生きられません。母親に訊問するのは、生命の危険を招きますし、おそらく答は得られないでしょう。死を覚悟している上に、自分の子を思う母親の気持を考えれば、すぐにわかります」

「そうなの？　子供がいないからわからない」

「娘に二兆ウォンが渡るのを駄目にする母親がいますか？　自分が死にかけているのに」

ぼろぼろのミニオンを思いだした。私は奥歯をかみしめた。由乃に手をだすな、と叫びたくなる気持を抑えた。

「母親の口を開かせるために由乃を使いたいのね」

「それが最も合理的です。娘が死ねば、母親は生きつづける理由を失う」

私は金村を見返した。

「由乃がいなくなったら、母親は二兆ウォンの在りかを誰にもいわず死んでいく」

「そうでしょうか。何もかもなげやりになって、口を開くかもしれません」

「それがあなたの方針？」

「私の古巣の選択肢のひとつです。十三の女の子が死ぬのは心が痛みますが、尹家詐欺事件の被害者は何人も自殺しています。尹の血をひく者が死んだとしても、悲しむ者は少ないでしょう」

私はそっと息を吐きだした。感情的になれば、必ずつけこんでくるタイプの相手だ。

「まずは由乃をさらって、母親に圧力をかける。殺すのは最後の手段じゃないの？」

「おっしゃる通りです」

「勝手にすれば。あたしが今日ここにきたのは、由乃とはもう関係がないことを知ってもらいたいからよ」

「それはごていねいに、ありがとうございます」

「それともうひとつ。タカイの件」

カードを隠さないことにした。

「タカイ？」

無表情に金村はくり返した。

「名古屋で、あたしをさらおうとしたやくざがいた。星稜会の人間よ。タカイという人物に頼まれたらしい。あなたやその周辺の人間でしょう？」

「まったく心当たりがありません。『ギサ』は、皆さんの動きを完全に見失っていました。あいつらには筋肉しかありません。もし私が現場にいたら、即刻、契約を切っています」

「信じられない」

金村は身をのりだした。

「現在の情報院は、『ギサ』のような連中を使い、現地の人間を使わない。私なら、あんな兵隊ではなく、まさに星稜会のような犯罪組織を使って、本田由乃を追跡させました。彼らにはネットワークがあり、情報収集能力が高い。そして日本の韓国人社会ともつながりがあります。アフリカでアサルトライフルをふり回しているような連中にはできないことが、たくさんできます」

真剣な表情でいった。

「『ギサ』以外に保険をかけたと思ったのだけど？」

「星稜会にコネクションをつけられるような人間は、今の情報院にはいません。いい大学をでて留学し、英語を完璧に話せるが、それ以外は何もできない馬鹿ばかりです」

「あなたこそエリートだと思っていた」

「エリートじゃないから辞めたんです。たとえ足を一本捧げても、奴らの上には決して立てない。学歴をひけらかして威張る他は何もできない奴らに、一生使われるのは嫌です」

「見直した」

金村はにっこり笑った。

「嬉しい。これからも仲よくできますか？」

「あなたしだいね」

金村はつかのま考え、いった。

「私はもう情報院に忠誠を誓ってはいません。国家より自分の利益を優先して動いています。その点で、水原さんと協力できることがある筈です」

「二兆ウォンを手に入れたい？」

「全部とはいいません。そんなことをしたら、それこそ『ギサ』が私をほっておかない。回収の手伝いをして手数料をもらいたいだけです。水原さんに知恵を貸していただければ、当然報酬が発生します」

「あなたに似た知り合いがいる。二枚目で頭が切れて、どんなときも平気で嘘がつける。エリートじゃないのも同じ」

「ジェラシィを感じます。水原さんと仲がいいのですね」

「そうね。互いに利用しあってきた」

金村は私を見つめた。女たらしという点では、湯浅よりこの金村のほうが上かもしれない。

「私も利用して下さい」

「そのいいかた、セクシーね」

答えて、私は立ち上がった。

「とりあえず伝えたいことは伝えたから、今日は帰るわ」

「そうですね。晩御飯をごいっしょするにはまだ早い」

残念そうに金村はいった。そして、

「水原さんの携帯に、今後ご連絡してよろしいですか」

と訊ねた。

「番号は知っているのね」

にっこり笑って頷いた。

「いいわよ。ひとつだけ、いっておく。本田由乃に何かあったら、国家情報院は大きな代償を払うことになる。それをするのはあたしじゃない。二兆ウォンとは別の理由で、あの子を守ろうという力が働いている。それを古巣の仲間に教えてやりなさい」

いわずにはいられなかった。金村は笑みを消し、頷いた。

12

麻布台に戻った。もう一度シャワーを浴び、ソファで寝そべっていると携帯が鳴った。

浄景尼だった。

「墓参りが無事すんだて教えとこう思うて」

「もう帰ったのですか」

「さっき伯父さんがきて連れてったわ」

「あの子を捜している人間がたくさんいます」

「知ってるよ。その理由も。だから信用できる者《もん》が少ない」

「わかります。誰かが守らなければ、強引な手段に訴えるかもしれません」

「あの子の伯父さんには九州の極道がついてる。詳しうは知らんけど、伯父さんの父親がずっと極道の治療をしてやってたらしい」

銃や刃物で傷を負った患者を、警察に通報する義務が医師にはある。それをしなければ感謝され、法外な治療費が入ってくる。

楠田産婦人科病院が近代的で立派な建物だったのは、初代院長の裏の稼ぎがあったからだとわかった。先代への恩義を返すため、楠田についているのか。

「甲府まで二人を守るのですか」

「せやろな。ごっつい車何台もできて、高速をつっ走って帰るようや」

「それは――」

「目立つわ。あんまり賢《かしこ》うない」

「だったら帰りも任せていただければよかったのに」

「身内が連れていくいうのを、あかんとはいえんやろ。我慢強い子やな。たった十三で、世の中のことをわかってる」

「はい」

「あんたらに懐いたようや」

「周りにはいない珍しいタイプでしょうから」

「あのくらいの女の子の心を開かすのは大変や。あんたもあんたの相棒も、あの子のことがようわかってんのやな」

「わかってあげても、どうすることもできません。母親の口を開かせるために、あの子を梃子《てこ》に使おうという連中がいます」

「おるやろな。あの子に罪はないけど、親は選べんさかいな」

「金額が大きすぎます」

「二千億円て、聞いたわ」

「あの、本田はなぜ庵主さまのところに――」

「両親が眠っているからや。死んだら浄寂院に埋めてくれ、て嫁に頼んでたそうや」

「嫁というのは、あの子の母親ですね」

「そうや。大阪の新地で知りおうたらしい」

「水商売をしていたのですか」

「売れっ子のホステスやったそうや。水揚げして、一年もせんうちに子供ができた。それがあの子や」

大阪にはキタとミナミという盛り場がある。

新地はキタの代名詞となる飲み屋街で、東京の銀座にたとえられ、高級クラブも多い。

「九州の病院の娘なのに、新地で働いていたのですか」

「本妻の子やないし、父親と地元の極道が仲ようしとったら、不思議やない」

そうかもしれない。

「本田の身内はどうなんでしょうか。由乃は父親の親族にあったことがないようですが」

「父親はひとりっ子やったらしい。両親は阪神淡路大震災で亡くなったんや。それで本田は親族を頼って韓国に渡った。日本には他の身寄りがおらんかったようや」

「向こうでも結婚していたと聞きました。由乃は知らないようでしたが」

「それは知らんな。本田の両親がうちの墓に入ったのは、先代の庵主との縁やったそうで、あたしにはわからんのよ」

「そうですか」

「あの子のことを気にかけてんのか」

「はい」

「珍しいな。あんたが子供をかわいがるいうんは。子供は嫌いやと思うてた」

「苦手です。でもあの子は子供じゃありません。十三ですが、立派な大人です」

「だとしたら不憫《ふびん》な話や」

「これからも無事でいられるかが心配です。母親が亡くなれば、否応なくお金の在りかがあの子には伝わる。そうなったら――」

「守りきれんな」

浄景尼は息を吐いた。

「お金はありすぎてもようないな。あんたなら守ってやれるか」

「日本では無理だと思います。アメリカかヨーロッパにでもいかせない限り」

「その話、母親にしてやったらどうや」

「あたしからですか」

「そやな。あんたにさせるんは、筋がちがうか」

「できるとすれば庵主さまだけです」

浄景尼は息を吐いた。

「この暑《あつ》い京都からでられるんやったら、それも悪うない」

「お願いします」

ふふふ、と浄景尼は笑った。

「あんたが、な。そんな気持になるんやね」

私は黙っていた。もしかすると浄景尼は、本田雪乃がいなくなったあとのことを考え、由乃と私をひきあわせたのかもしれない。

そういう絵図を描く人だ。それにまんまとはまった。

「また、連絡する」

浄景尼はいって、電話を切った。

その日は、たまっていたコンサルタントの報告書を仕上げ、クライアントにメールで送った。

星川からはまだ何の連絡もこない。

午前零時になろうという時間に携帯が鳴った。知らない番号だ。

「はい」

「星川さんという方から、この番号をお聞きしました。私は楠田と申します」

由乃の伯父だった。由乃の携帯で話したときには星川の携帯の番号を教えたのを思いだした。

それが、星川から私の番号を聞いて、かけてきている。

悪い予感がした。

「水原です。由乃ちゃんに何か?」

「行方がわからなくなりました」

楠田はいった。とり乱しているようすはない。

「どういうことです?」

「浄寂院で由乃をひきとり、車で甲府に向かっておりました。途中、高速のパーキングエリアで休憩をとっていたところ、トイレにいくといったきり姿が見えなくなりました」

「誰もついていかなかったのですか」

「それが、男ばかりだったものですから」

「楠田さんの他にも何人かいたのですよね」

「ええ。父親の代からつきあいのある九州の人間がおりました」

「そんなにいたのに、行方がわからなくなったのですか」

「女子トイレの中まではついていけません」

「詳しく教えて下さい」

浄景尼から聞いた通り、由乃は楠田と大型のSUVに乗せられ、高速道路で甲府に向かった。

同じ車種、色の三台で連らなって名神高速から中央自動車道に入り、岐阜県の屏風山《びょうぶざん》パーキングエリアでトイレ休憩をとった。

女子トイレの入口まで、四人の極道がつき添い、由乃が用を足すのを待った。が、いつまでたってても由乃はでてこず、意を決した二人が女子トイレの内部に入った。個室をくまなく探したが、由乃の姿はなかった。

「私も近くにおりました。いったい何が起こったのか、まるでわかりません」

「由乃ちゃんは携帯をもっていましたか」

「肩かけバッグの中に入れていました。かけましたが、つながりません」

私は黙った。

「お恥ずかしい話ですが、水原さんなら何かご助言をいただけるかと思って、ご連絡をしたしだいです。警察には知らせておりません。知らせれば、浄寂院さんや水原さんにも迷惑が及びかねないと思いまして」

「今、どちらですか」

「恵那《えな》におります。パーキングエリアの最寄りのインターチェンジで降りて。パーキングエリアには四人残りましたが、暗くなってから見つけるのは難しいかと」

トイレで由乃をさらったのだとすれば、待ち伏せていたことになる。

「トイレ休憩を決めたのは誰です？　由乃ちゃんのリクエストですか」

「いえ。運転手の判断です。パーキングエリアをでたあとは一気に甲府まで走る予定でした」

「その運転手は今どこに？」

「屏風山パーキングエリアに残っています」

「その運転手が何か知っている筈です。由乃ちゃんがさらわれたのだとすれば、女子トイレで待ち伏せされていたとしか思えません」

「ただちに連絡をとってみます。何かわかったら、またご連絡してかまわないでしょうか」

「もちろんです」

電話を切った私は立ち上がった。じっとしていられない。

由乃がすぐに殺されることはない、と自分にいい聞かせた。まずは圧力の道具、それで結果がでなければ殺す、と金村もいっていた。

由乃をさらったのは「ギサ」なのか。「ギサ」だとしても、甲府までの移動の情報を知らせた者がいる。

携帯が鳴った。星川だった。

「楠田から電話があって、あんたの番号教えてくれっていわれたんだけど、由乃ちゃんに何かあった？」

「中央道のパーキングエリアでさらわれたらしい」

「いつ？」

「夕方。岐阜に入ったところにある屛風山パーキングエリアでトイレ休憩をとった。いっしょにいたのは男ばかりで、女子トイレの中までついていく者がいなかった」

「そこでさらわれたのね」

「そう」

「休憩を決めたのは誰？」

「乗っていた車の運転手。そいつが怪しいとあたしもいった」

「何者なの」

「九州の極道。楠田の父親は裏で極道の治療をやっていた。それを恩義に感じている連中が、由乃のボディガードを買ってでた」

携帯にキャッチホンが入った。

「キャッチが入った。待ってて」

切りかえた。楠田だった。

「運転手の行方がわからなくなりました。その男だけ、パーキングエリアからいなくなったようです」

私は息を吐いた。

「その運転手は、由乃ちゃんをさらった人間とつながっています。組の人間に調べさせて下さい」

「わかりました」

電話を切りかえ、

「運転手も姿を消した」

と星川に告げた。

「やっぱり。『ギサ』かな」

「ギサ」なら、金村に何らかの情報が入っているかもしれない。そう考え、気づいた。金村は私の携帯の番号を知っているが、私は金村のそれを知らない。ミスだ。由乃を殺す可能性をちらつかされ、頭に血が昇った。

「調べてみる」

電話を切り、白戸にかけた。金村の「伊東交易」から私の調査を頼まれたと知らせてくれたコンサルタントだ。

幸い、すぐにつながった。

「水原さん。先ほど、金村社長から連絡がありました」

「ごめんなさい。あなたの名はだしていないけれど、事情があって金村さんの会社を訪ねた」

「いえ。金村社長にはむしろ感謝されました。水原さんにお会いしたかったので、誰かに紹介してもらう手間が省けて助かった、と」

「会ったときに、携帯の番号を訊くのを忘れたの。教えてもらえる？　向こうはあたしの携帯の番号を知っているといっていたけど」

「お教えしても、たぶん大丈夫だと思います」

いって、白戸は十一桁の番号を口にした。

礼をいい、電話を切った。

すぐに金村にかけようとして、思いとどまった。まだ血が昇っている。仮りに由乃をさらったのが「ギサ」の人間だとして、金村がそれをすんなり認めるとは限らず、ましてや今どこにいるのかを教える筈がない。熱くなればなるほど、足もとを見すかされる。

金村のことを考え、湯浅を思いだした。ここは湯浅を頼る他ない。

だが湯浅の携帯はつながらなかった。京都に残り、今頃は祇園か先斗町《ぽんとちょう》あたりで機嫌よくやっているのかもしれない。

留守番電話に、聞いたらすぐ連絡をくれるよう吹きこんだ。

金村に電話をかけたいのをこらえた。まだ早い。

かわりに楠田の携帯を呼びだした。

「何かわかりましたか?」

「いなくなった運転手は平井《ひらい》という名前だそうです。平井正史《まさし》。三十八歳で、九州白央会《はくおう》の組員です」

白央会は、博徒《ばくと》系の福岡の老舗組織だ。

「他の人間も皆、同じ白央会ですか」

「はい。今の会長の野田《のだ》さんが、若い頃、私の父に命を助けられた恩義を感じて下さって、今回の相談にのって下さいました。平井は運転がうまいということで選ばれたのだそうです」

「楠田さんは以前に平井に会ったことはありますか」

「いえ。今日が初対面です。会長は何としても平井と由乃を見つけるとおっしゃっています」

「由乃ちゃんをさらったのは平井ひとりではありません。平井はおそらく手引きをしただけです」

「ではいったい誰が――」

「韓国に本社のある民間軍事会社が動いています。由乃ちゃんをさらったのがその連中かどうかはわかりませんが。楠田さんに心当たりはありませんか」

「多過ぎて、わからないくらいです。義弟のことでは、韓国だけでなく日本のマスコミからも一時、追い回されました」

「でしょうね。その平井という運転手ですが、在日韓国人かどうかわかりますか」

「ちがう筈です。万一を考え、韓国系の組員は外してくれるよう会長には頼んでありました」

「そうですか」

「由乃を連れていったのは、水原さんのいわれる韓国の民間軍事会社でしょうか」

「その可能性は高いと思います。『ギサ』という会社で、韓国国家情報院の指示をうけて動いているようです」

「目的はやはり、義弟の――」

「ご病気の妹さんをさらって強引な真似はできない。だから由乃ちゃんを使って、口を割らせようとしているんです」

「由乃は何も知りません。私も知らない。知っているとすれば、妹だけです」

「妹さんに何かあったときはどうなります？」

「詳しくは知らないのですが、弁護士が妹の遺言状を保管しているようです。その開示が、由乃と後見人の私にされることになります」

「そこに財産に関する情報があるのですね」

「おそらくそうだと思います。本来は被害者に返還されるべきお金かもしれません。しかし義弟があのような亡くなり方をしたので、妹も姪もたいへんな苦労をしました。もし韓国にも義弟の子がいれば、状況はまったくちがっていたと思います。義弟は由乃をかわいがっていました。財産がどれだけあるのかは知りませんが、由乃に遺したいと考えていた筈です」

「そのことについて、あたしは何もいえません。ご一家の問題ですから」

「ご理解いただき、感謝します。ご存じかどうか、妹は、私とは母親がちがいます。そのせいで子供の頃からいじめられ、早くに九州を離れ、大阪で義弟と知り合ったようです。韓国でのことはわかりませんが、義弟は妹にはたいへんやさしい夫でした。といっても、私は何回かしか、会ったことはないのですが。韓国で何をやったのかを知ったのも、亡くなったあとです」

「立ち入ったことをお訊きしますが、九州でやっていらした病院を閉められたのもそれが理由でしょうか」

「由乃から聞いたのですか。ええ、そうです。義弟の死後、マスコミ関係者や得体の知れない人間が押しかけてくるようになって、うちは女性の患者さんばかりなので恐がられ、畳まざるをえなくなりました」

「それはご苦労されましたね」

「いえ。正直なところ少子化で、産科医も決して楽ではありませんでしたから。父の代からの古いナースが定年を迎えたタイミングで閉めることにしたんです」

楠田はすらすらと喋った。

「そうだったのですか」

「それで水原さんは、このあと私はどうすべきだとお考えになりますか」

「妹さんのおそばにいて下さい。由乃ちゃんをさらった人間は、必ず妹さんに連絡をしてきます」

「なるほど。その通りだ。わかりました。では清瀬に向かいます」

「由乃ちゃんに関して何か情報が入ったら、あたしにもお知らせ下さい」

「いいのでしょうか。この上、ご迷惑をおかけして。浄寂院さんからは、水原さんには何のおもさしあげていないとうかがっていますが」

「信じて下さいといっても難しいかもしれませんが、どうかご心配なさらないで下さい。浄寂院の庵主さまのお役に立てれば、あたしはそれで十分です。あとは由乃ちゃんが大好きなので」

「由乃もあなたとご友人の星川さんにたいへん懐《なつ》いているようです。途中の車の中では、お二人の話をずっとしていました。あの子が母親以外の誰かの話をするのを聞いたのは初めてです」

私は歯をくいしばった。

「すごく嬉しい」

「ではまたご連絡します」

告げて、楠田は電話を切った。

落ちつこうと深呼吸すると、喉の奥が震えた。他人のためにこんな気持になったのは、いったいいつ以来だろう。

冷蔵庫から冷えた炭酸水をだした。ワインやシャンペンの気分ではない。パソコンで中部地方の地図をだした。

由乃がさらわれた屏風山パーキングエリアは岐阜県瑞浪《みずなみ》市の外れにあった。最寄りのインターチェンジは、楠田のいった通り、恵那だ。恵那、中津川《なかつがわ》、園原《そのはら》、飯田《いいだ》山本《やまもと》と、山の中を中央道は走っている。どのインターで降りても、夜間は人も車も少ない地域だ。

由乃がどんな手段で女子トイレから連れだされたにせよ、車に乗せられていることはまちがいない。その車は、外から車内がのぞけないバンタイプだ。

誘拐の成功に備え、由乃をおくためのアジトを犯人は用意する。不特定多数の車や人の出入りが目につかない一軒家だろう。

地図を見つめ、息を吐いた。岐阜から長野にかけ、そんな場所はいくらでもある。別荘やペンション、保養所といった建物も多い。

まずはそこに由乃を連れこみ、訊問するだろう。父親の遺産について知っていることはないか問い詰める。母親に連絡するのはそれからだ。

さらった奴らに一分一秒を争う必要はない。ひと晩は放置する。特に母親には不安を与えるため、すぐには連絡をとらない。何日も連絡をせず、プレッシャーを高めることで、口を開くまでの時間を短縮する。

母親の気持を考えると、吐きけがした。残された時間が限られているのに、娘をさらわれた。炭酸水を飲んだ。私は母親ではない。母親と同じ気持になっていたら、決して由乃は救えない。だがそれで、やるべきことが見えた。母親に、怯える必要はないと知らせてやる。連絡がないのはプレッシャーをかける手段であって、由乃に危害が及んでいるわけではない、と。

明日、母親のいる清瀬の病院に向かおうと決めた。楠田ともそこで会うことになるだろう。

楠田は私を覚えているだろうか。おそらく覚えてはいない。整形手術も受けているし、十年以上前のことだ。もし楠田が思いだすとすれば、私の下半身を見たときかもしれない。産科医は患者の顔は覚えないが、局所は覚えている、という冗談のような話を聞いたことがあった。

楠田の言葉がどこまで信用できるか、電話で話しただけでは判断がつかなかった。親の代からやっていた病院を畳むのには相当の覚悟が必要だった筈だ。少なくとも私が入院した十数年前は、ま新しいホテルのような入院棟を備えていた。経営状態が悪かったという印象はない。

病院を畳んだのには、何か別の理由があったのではないか。

たとえば姪が相続する二兆ウォン。自らいったように、楠田が由乃の後見人をつとめるとすれば、由乃が成人するまで金の管理を任される可能性もある。

楠田と妹の関係がどうなのかは、本人や由乃の言葉からは判断ができなかった。知る限り母子の唯一の身寄りなのだ。よほどの理由がない限り関係を断つことは難しい。

携帯が鳴った。湯浅だ。

「覚えてくれていてうれしいわ。祇園か先斗町の芸妓に囲まれて忘れられたと思ってた」

思いきり厭味《いやみ》をいってても受けとめてくれるという意味では、貴重な男かもしれない。だからといってやさしくするつもりは毛頭ない。

「ひどいな。浄寂院さんにうかがっていたんですよ。どうせなら猪鍋を食べていけといわれて、お断わりするわけにもいかず今までおつきあいしていたんです」

「庵主さまがあなたを気に入ったの？」

「こんな僕でも、若い男はいいもんや、とおっしゃって下さって」

「精気を吸われた？」

「勘弁して下さい。浄景尼さんは、本田陽一の件についてははは知ってはいてもかかわるつもりはなかったようです。ただ――」

「ただ何？」

「本田雪乃がそう長くないので、そのあと本田由乃が頼れる人間を世話してやりたいと思ってはいた、とおっしゃっていました」

「やっぱり」

私はつぶやいた。きっちり浄景尼の絵図にはまったというわけだ。

「やっぱりとは？」

「そんなことはどうでもいい。由乃がさらわれた」

「九州白央会がついていると聞きましたが」

「その中に裏切り者がいた。由乃と楠田を乗せた車の運転手。トイレ休憩をとったパーキングエリアで由乃の行方がわからなくなった。そのパーキングエリアで止まると決めたのは運転手の平井という男で、そこで由乃を捜しているうちに、平井も姿を消した」

「九州白央会の会長は、野田という武闘派です」

「若い頃、楠田の父親に命を助けられたという理由で、由乃のガードを買ってでたらしい。野田もからんでいるのか、平井が単独で裏切ったのかはわからない」

「二兆ウォンが手に入るとなれば、親兄弟でも関係ないと思う極道は多いでしょう。もしその平井という運転手の単独犯なら、生きてはいられないでしょうが」

「平井が『ギサ』の手引きをしたとは考えられない？　パーキングエリアの女子トイレで『ギサ』の女に待ち伏せさせた」

「平井は日本人ですか」

「楠田の話では、由乃の移送チームに在日韓国人は加わっていなかった」

「なるほど」

「楠田について何かわかった？」

「それに関しては、別の人間に調査を頼んでいて、答待ちです」

「由乃をさらったのが『ギサ』にしろ、そうでない連中にしろ、プロよ。だとすれば、母親に最大限のプレッシャーをかけてくる」

「すぐに連絡はしてこない、ということですね」

「そう。それに由乃は携帯をもっている。可能性は低いけど、GPSで捜してみて」

由乃の携帯の番号を教えた。

「水原さんがおっしゃるようにプロなら、携帯はまっ先に処分するでしょう」

湯浅はいった。

「でも、本田雪乃への連絡に由乃の携帯を使える」

「そうか。さらったのが自分たちだという証明にはなりますね」

「平井を手配できる？」

「被害届けなしでは限界があります」

「ニュースになるのを楠田は避けたい筈」

「誘拐捜査ですから、隠密でやれるとは思います。ただ、岐阜県警単独ではおそらく無理でしょう。長野県警や警視庁も巻きこんでとなると、どこかで情報が洩れても不思議はありません」

「あなたのところでハンドリングできない？」

湯浅はつかのま沈黙した。

「十三歳の少女が誘拐されたのは由々しき事態ではありますが、国家規模の危機とはいえません」

「日本国内に隠されているかもしれない二兆ウォンがもちだされるというのは、国家規模の危機ではないの？」

「そういう説得はありだと思います」

「じゃあやって」

「承知しました」

「あと、韓国側の人間で、使える可能性がある男がいる。あなたによく似た、二枚目の嘘つき」

「心外です。水原さんほど、私が誠実に接している方はいません」

無視していった。

「金村という男よ。元国家情報院。現在は麻布十番の『伊東交易』の社長」

「裏では古巣とつながっている？」

「おそらく。今は愛国心より金《かね》を優先していると思う。『ギサ』には無骨な実戦部隊しかいないだろうから、金村が知恵をつけている可能性は高い」

「監視するなら金村ということですね」

「頭は切れるから、簡単に尻尾《しっぽ》をつかませないだろうけど」

由乃が閉じこめられている場所に、のこのこ金村がいくとは思えなかった。だが最悪の場合、金村の口を割らせるという選択肢はある。無事なほうの脚を潰すと威せば折れるだろう。ヒロイズムで動く男ではない。

そこが湯浅とは少しちがう。湯浅の中には、自分でも気づいていないヒロイズムがある。嘘つきでも、私が彼を信用する理由だ。ヒロイズムをまるでもたない男は、女よりタチが悪い。女は裏切ってもそれを忘れるだけだが、男は裏切りを歪《いびつ》な快感にかえられる。そんな男は殺す他ない。

金村がそうなのかどうかは、一度会ったきりなのでわからなかった。

「とりあえず情報を集めてみます」

「お願い」

「浄寂院さんからとてもいいお話をうかがったので、水原さんのお役に立ちたいんです」

「庵主さまから何をいわれたの？」

「水原さんは僕を信用してくれている、と」

「庵主さまとあなたの話をしたことなんてあったかしら」

「それはわかりません。でも水原さんにベッドに誘われたことが一度もありませんと申し上げたら、『あんたのことが好きなんや』と。天にも昇る心地でした」

「馬鹿ね。そうやって喜ばせて、上手に人を操るのよ」

「わかっています。あの人は人たらしの天才です。水原さんや僕の上をいく」

「そのうち膝枕ならしてあげる」

「本当ですか。星川さんに刺されませんか」

「もう切る」

電話を切り、他にできることはないか考えた。

いてもたってもいられない気持を抑えようと横になり天井を見上げた。

どんな状況だろうと、由乃は泣き叫んだりしない。だからこそ助けたい。

子供、まして女の子に自分がこんな気持になるとは夢にも思わなかった。男の子になら、浄景尼ではないが、いずれ自分も不純な興味をもつだろうとは思っていた。若い男の体が好きなのは自覚している。

由乃は道具なのだ。さらった連中の目的は、由乃の母親がもつ情報で、由乃を苦しめたところでそれは得られない。由乃を痛めつけるとすれば、母親との交渉が可能になってからだ。

時間は、今のところ交渉の梃子でしかない。焦る必要はない。

同じことを何度も自分にいい聞かせ、朝を待った。

13

疲れていた筈なのにたびたび目覚め、眠ったという実感のないまま朝を迎えた。木崎は戻っていたが、自分で運転して清瀬の本田雪乃が入院している病院に向かった。

駐車場に車を止め、以前由乃がでてきたガラス扉を押した。豪華だがどこか無機質なエントランスをくぐり、ロビーに入った。時刻は午前九時になったところだ。

受付には制服のようなワンピースを着た女が二人すわっていた。首にスカーフを巻いている。

私が口を開く前に、

「ご面会ですか」

女のひとりが訊ねた。私は頷き、

「本田雪乃さんにお会いしたいのですが」

と答えた。

「お名前は？」

「水原です」

女の手がカウンターの内側におかれたキィボードを叩いた。

「楠田さまからご連絡をいただいております。これをおつけになって、二階のラウンジAでお待ち下さい」

ビニールに入った不織布のマスクをさしだし、女はいった。

「エレベータで二階に上がられて、手前右の扉です」

「ありがとう」

受付の奥にエレベータがあった。ストレッチャーが入る大きさのエレベータだった。速度は遅い。マスクをつけた。

二階は、廊下の左右に扉が並んでいる。一番手前の右に「ラウンジA」と書かれた扉があった。扉を押すと、窓のない部屋の片方の壁に沿ってソファが並んでいた。もう片方には何もない。中はエアコンがあまりきいていない。

「水原さま」

不意にどこからか呼びかけられた。天井に設置されたスピーカーからだ。かたわらに監視カメラがある。

「本田さまのご準備が整うまで少しお待ち下さい」

「わかりました」

向こうに聞こえるかどうかはわからないがそう答えた。

ソファに腰をおろすと、携帯が振動した。楠田だ。

「水原です」

「もしかしたら清瀬にこられるかと思い、今朝早く病院に伝えておいたのですが――」

「はい。今、ラウンジAというところで、妹さんをお待ちしています」

「そうですか」

「楠田さんはどちらに？」

「それが、まだ恵那におります」

「何か由乃ちゃんに関する情報が入ったのでしょうか」

「いえ。そうではなくて、白央会の野田会長が責任を感じられて、昨夜のうちに岐阜にこられたものですから」

私は息を吐いた。

「それは大変でしたね」

「その場にいた全員の指を詰めさせるとおっしゃって。止めるのに苦労しました」

「平井の行方はまだつかめませんか」

「はい。野田会長は、平井の実家にも人をさし向けているようですが」

「平井に家族はいるのですか」

「母親と弟がいるそうです。むごいことはしないでくれとお願いしたのですが、二人は白央会の本部に連れていかれたようです」

母親はともかく、弟は無事ではすまないかもしれない。私が黙っていると楠田はいった。

「そんなこんなで、清瀬にいけるのは夜になってしまいそうです」

「わかりました。何か雪乃さんにお伝えすることはありますか」

「いいえ。妹とは昨夜のうちに電話で話しました。ただ、体が体ですから、できることは何もないでしょうが」

聞きようによってはひどく冷淡な言葉を楠田は口にした。医者だからかもしれない。

「またご連絡します。そちらでお迎えできず、申しわけありません」

「お気になさらず」

電話は切れた。

やがて天井から声がした。

「本田さまは、今おみえになります。マスクをお忘れになりませんよう」

数分後、扉が開いた。車椅子に乗ったパジャマ姿の女が現われた。受付と同じワンピースを着てマスクをつけた女が押している。

似ていない。本田雪乃を見て、まず私は思った。本田雪乃は由乃とちがい、顎の張った顔立ちをしている。病気で痩せているせいもあるだろうが、顔が角ばって見える。マスクはつけていなかった。私は立ちあがり、

「おはようございます。水原です」

といった。雪乃は頷いた。生気はなく、瞳が黒い穴のようだ。

「由乃がお世話になりました」

声はしっかりしていた。由乃と似ている部分があるとすれば、切れ長の目くらいか。

「いえ。とんでもない」

雪乃はワンピースの女をふりかえった。

「ごめんなさい。二人で話をします」

「承知しました」

ワンピースの女は、車椅子を何もおかれていない側の壁まで押し、私に向けた。

「何かお飲物をおもちしますか」

私は首をふった。

「大丈夫です」

「では失礼します。お話が終わられたら、ご連絡下さい」

雪乃は頷いた。車椅子の肘おきにとりつけられた端末を示した。

「青いボタンを押します」

赤、青、黄のボタンが並んでいる。

「よろしくお願いします」

ワンピースの女はいって、部屋をでていった。扉が閉まると、私はいった。

「先ほど、お兄さまから電話をいただきました。こちらにこられるのは、夜になるそうです」

雪乃は無表情に頷いた。

「由乃ちゃんのことが心配でしょうが、さらった連中の目的は、由乃ちゃんを傷つけることではありません」

「わかっています」

雪乃の目は私を見ていなかった。すわっている私の頭より上の壁に向けられている。そのせいか、感情がこもっていないように聞こえた。

「由乃をいくら問い詰めても、欲しいものは手に入らない」

私は頷いた。

「あなたにまず連絡がくる筈です。まだないとすれば、それは不安をあおるため、わざと時間を空けているんです」

「でしょうね」

他人ごとに聞こえる口調で雪乃は答えた。

「まだ誰も何もいってきません。いってきても、どうにもならないけど」

私は雪乃を見つめた。

「どうにもならない、とは？」

「お金は手に入れられない」

雪乃はいった。私が無言でいるとつづけた。

「由乃は何も知らないの」

「そうでしょう。由乃ちゃんを傷つけたくなかったら渡せ、と向こうはいってくる筈です」

「そんな脅し――」

いいかけて言葉を止め、私の顔を見た。

「脅しよね？」

「今は何とも。さらったのはおそらく、韓国国家情報院につながる民間軍事会社で、日本人やくざが手引きをしました。からんでいる人間が多ければ多いほど、思ってもいないようなことになります。二兆ウォンというお金には、それだけの力がある」

「二兆ウォン」

雪乃は歌うようにくり返した。

「どこからそんな金額がでてきたの？」

「由乃ちゃんのお父さんがもって消えたといわれているお金です」

「そう」

雪乃は再び、私の頭上に目を向けた。

「その在りかは、あなたしか知らないとお兄さんはおっしゃっていました」

ふっと雪乃は笑った。

「兄がね。そういったの？」

「ちがうのですか」

「ちがわない。兄のことを皆が知っていたから、兄には預けられなかった」

「お兄さんは、あなたがどこかに隠していると。あなたに何かあるまで、その場所はわからないとおっしゃって」

「そうね。わたしが死ねば、お金は兄のものになる」

「本来は由乃ちゃんのものです」

私はいった。雪乃は再び私を見た。

「本来は？　本来は、あの人にだまされた韓国人のものよ。何百、何千人という。でも今さらどうにもならない。あなたは、お金がその人たちに返ると思う？　由乃と引きかえに渡したとして」

「それはあたしにはわかりません」

「そうよね。返るのだったら渡してあげてもいいけど、どこかで誰かの懐ろに消えてしまうかもしれない。そうなら渡すわけにはいかない」

「大切なのは、由乃ちゃんの無事です。髪の毛一本傷つけず、とり返さないと」

「ありがとう。そんな風に由乃のことを思ってくれて」

黒い穴の中に、わずかに光が宿ったような気がした。

「あなただけね。由乃のことを心配してくれているのは」

私は首をふった。

「そんなことはありません。お兄さんも心配なさっています」

「兄が心配なのは由乃じゃない。もしわたしが由乃と引きかえにお金を渡したら、さぞがっかりするでしょうね」

私は無言で雪乃を見つめた。

「わたしたちのせいで、兄は父の代からあった病院を閉める羽目になった。お金が手に入らなかったら、どうするかしら。まずわたしをここから叩きだす」

「こちらの費用はお兄さんが？」

「そう。由乃の学費も。あの人が遺したお金にわたしはさわれない。さわれば、お金を捜している奴らに知られてしまうから。あなたもお金の在りかを知りたい？」

「お金は好きですが、由乃ちゃんのことはもっと好きです」

私は雪乃の瞳を見ていった。

「じゃあ、由乃をとり返してくれる？　でも無理よね。あなたは二兆ウォンもっていない」

「お金と引きかえでなく、由乃ちゃんをとり返す方法を探すつもりです」

「人が死ぬわね」

また歌うようにいった。

「場合によっては」

「しかたないわね。もともと人の命がからんでいた。あのお金のために何人が死んだか」

雪乃は目をそらした。私はいった。

「ある種の人間にとって、お金とはそういうものです。額が大きくなればなるほど、命を落とす人間も増える」

「おもしろい。それはどんな種類の人間？」

「日の当たる場所を歩けない人間です」

雪乃の目が私に戻った。

「あなたもそうなの？」

私は無言で微笑んだ。

「だから由乃はなついたのね。あの子の体にもそういう血が流れている」

「由乃ちゃんは日向《ひなた》を歩ける人間です。あたしとはちがう」

「親の因果が子に報い、ということもあるでしょう？」

「あたしは信じません。親がまっ当でもひどい目にあう子もいれば、悪人の子でも何ごともなく大人になった者もいます」

「いろんな人を知っているのね」

私は頷いた。

「もし由乃をつかまえた人たちから連絡がきたらどうすればいい？」

「それはあなたが決めることです。ただ――」

「ただ？」

「すぐお金を渡したからといって、由乃ちゃんが返ってくるとは限りません」

感情を抑え、いった。

「返ってこないかもしれない？」

「由乃ちゃんは、犯人の顔を見ている筈です。警察や白央会の報復を避けようと思えば……」

それ以上はいえなかった。

「由乃を殺す？」

私は大きく息を吸い、頷いた。

「でも由乃が死んだら、お金は手に入らない」

「由乃ちゃんが死ぬことで、あなたが自暴自棄になるかもしれないと考えている人間はいます」

「そうなってどうするの？　お金の在りかを喋る？」

「ええ」

「それくらいなら、どこかに寄付する」

雪乃は笑った。おぞましい笑いだった。娘の死を材料に笑っている。仮定ではすまされない死なのに。

ずっと疑っていたが、まちがいないと思った。この女は壊れている。

もともと壊れていたわけではないだろう。金にまつわる過酷なできごとと病気が、この女の心を壊したのだ。

由乃はそれに気づいていたにちがいない。だがそしらぬフリをして母親に接していた。

それを思うと涙がでそうだ。

「由乃ちゃんをとり返しましょう。もし誰かから連絡があったら、あたしに知らせて下さい」

私は仕事で使っている名刺をさしだした。事務所と携帯の両方の番号が入っている。

「わかった」

雪乃はパジャマの胸ポケットにそれを入れた。

車椅子の肘おきにとりつけられた端末のボタンを雪乃は押した。ワンピースの女が現われた。

「何かあれば、いつでもその番号に連絡を下さい。何時でもかまいません」

私はいった。雪乃は無言で頷き、前を向いた。ワンピースの女がいった。

「よろしいですか」

雪乃は私に横顔を向けたまま頷いた。私への関心をすっかり失ったように見える。

ひとりになった私は息を吐いた。空っぽのこの部屋に、雪乃が残していった〝毒〟が残っている。

「ラウンジA」をでると、エレベータで一階に降りた。

「お疲れさまでした。気をつけてお帰り下さい」

受付に並ぶ女のひとりがいった。もうひとりが、

「マスクはどうぞ、そのままおもち下さい」

といい、私はマスクをつけていたことを思いだした。

「お世話になりました」

と告げ、ロビーをでた。建物の外にでるとマスクを外した。背中がむずむずする。建物の中から私を見ている人間がいるのだ。

雪乃かもしれない。ちがうかもしれない。

ふりかえることはせず、車に乗りこんだ。

14

麻布台に戻る途中、渋滞に巻きこまれ、木崎の車でこなかったことを後悔した。十分足らずの面会のために、帰りは二時間近くかかった。

起きてからミネラルウォーター以外口にしていなかったが、空腹は感じない。リビングのソファに私は寝そべった。

かすかに頭痛がする。雪乃の〝毒〟のせいだと思い、ただの睡眠不足だと考え直した。

額に手首をのせ、天井を見つめた。由乃をさらった連中から連絡がきたとして、雪乃はそれに応じるだろうか。

娘を案じ、とり乱す姿を期待していたわけではない。とはいえ、まるでひとごとのように、「お金は手に入れられない」といった雪乃の言葉が耳に残っている。

「脅しよね？」と私に訊き、だがそれが脅しでなかったときの話はしなかった。自分が死ねば、金は兄の楠田のものになるといっただけだ。

「あなただけね。由乃のことを心配してくれているのは」

そう雪乃がいったとき、私は「自分以外に」という意味だと思った。が、こうして落ちついて考えると、その言葉通りだったかもしれないと気づいた。

つまり雪乃は由乃の身を案じていない。

そんなわけはない。いくら自分の余命が限られているとしても、娘への愛情まで失う筈はない。

二兆ウォンの在りかは雪乃しか知らない。

もし由乃を無事にとり戻したければ、雪乃はそれを教えるにちがいない。

だが二兆ウォンが失われれば、雪乃はあそこにいられなくなる。残り少ない人生を、優雅には過せない。それと引きかえに、娘を犠牲にするだろうか。

鼓動が速まるのを感じた。あの女なら、そうするかもしれない。

自分の人生への関心を失った者にとって、自分以外の誰かの人生など、もっとどうでもいい。

たとえそれが我が子であっても。

由乃をさらった連中が雪乃に連絡をするのが恐くなった。由乃を殺すと脅しても、好きにすればとあの女ならいうかもしれない。

もちろん、それであっさり殺すほど単純な連中ではない。

まずは由乃を傷つけ、その映像を送りつけてくるだろう。

考えるだけでおぞましく、私は目を閉じた。

少女を傷つける方法などいくらでもある。

いくら我慢強い由乃でも耐えられない手段を、奴らは選ぶにちがいない。そんな目にあって由乃の心が壊れるのは、絶対に防がなければならない。そうなってから由乃をとり返しても遅いのだ。

どれほどの苦痛であっても、体の傷は癒える。だが心の傷が癒えることは決してない。

だからこそ、金村の無事なほうの脚を潰すという脅しも生きるのだ。

携帯が鳴り、私は体を起こした。知らない番号からの着信だった。

「はい」

「水原さんか。渡部だ」

星稜会の幹部、渡部だった。なぜ電話をかけてきたのかを考え、名古屋でのできごとがよみがえった。由乃のことですっかり忘れていた。もう何年も前のような気がする。

「その節は助かりました。ありがとうございました」

私はいった。西岡タカシの連絡をうけた渡部が動いてくれなければ、私は名古屋の運河に沈められていた。

「あれからは無事かね」

「はい。あたしは無事です」

「そうか。あのときした約束を果たさなけりゃならんと思ってな。いろいろ調べさせた」

「ありがとうございます」

タカイという人物に雇われた、と星稜会系星和会の組員である矢代はいった。

「星和会の人間を雇ったのは、タカイという。本名かどうかも、男か女かもわからん。あんたに昔の恨みがあって、それを晴らしたかったらしい」

「昔の恨みですか」

「メールで、そう告げたらしい。いつのどんな恨みなのかはわからん」

「タカイという名に心当たりはありません」

「そういわれてもな」

渡部は黙った。渡部が口にした話は矢代から得た情報と大差ない。

「そのタカイは、どうやって星和会とコネをつけたのでしょうか。カタギが人を殺してほしいと頼んでも、ふつうは受けないと思うのですが」

「確かにそうだ」

「理由があるのですね」

渡部は答えなかった。私は無言で待った。

やがて渡部は息を吐いた。

「九凱神社というのを知っているかね。九州の八代海に浮かぶ島にあった神社だ。火事で焼けて、なくなってしまった」

知っているどころではない。めまいと吐きけを同時に感じた。燃やしたのは釜山の韓国マフィアだが、そうするように頼んだのはこの私だ。

「知っているも何も――」

「そうだ。あんたはあの島におったのだったな」

「はい」

よけいなことはいわず、ただ答えた。

「あんたは知っているかどうか、燃えてしまうまで、九凱神社は日本の極道にとって特別な意味をもっておった」

日本の七大組織のトップがかわるとき、その襲名の儀式に九凱神社の〝使者〟が出席しなければ、正式な後継者とは認められない。その九凱神社が存在するゆえに、あの島は全国の極道が侵してはならない〝聖域〟だった。

九凱神社が焼けて消えたことで、島は〝聖域〟ではなくなった。

「そういう話を聞いたことはあります」

「神社が焼け、前のような意味はなくなった。が、神主はまだ生きている」

九凱神社は、日本の神社本庁には属さない独立した神社だ。

「生きているって――」

「もちろん年寄りで、今はあの島ではなく福岡にいる。細かいことは知らんが、タカイはその紹介状をもって星和会を訪ねたらしい」

「九凱神社の神主の紹介状ですか」

「そうだ。うちに限らず、主だった組の親分衆は、誰でも襲名にあたって九凱神社の〝使者〟を招待している。だから九凱神社の神主の紹介状をもっている人間を門前払いにはできない」

「それは理解できます。でもなぜタカイは神主の紹介状をもっていたのでしょうか」

「さあ、そこまではわからんな。あの島の人間なのか、神主の縁者なのか」

「神主は福岡にいるとおっしゃいましたね」

「ああ。福岡の高齢者施設に入っているそうだ。名前を知りたいか」

「ぜひお願いします」

「『帝国桜会』というところだ」

名前は知っている。入所にあたって最低一億は積まなければならない、超高級老人ホームだ。全国に施設があり、入所者は希望すれば一年おきに、施設を移ることができる。その土地の景色と美食を、死ぬまで楽しめるのが〝売り〟だ。

「『帝国桜会』の福岡施設ですね」

「そうだ」

神主の名は聞くまでもなかった。間垣《まがき》だ。間垣家は、本家が熊本の大金持で島を所有しており、分家筆頭が九凱神社の神主をつとめてきた。

「ありがとうございます」

「いや。だいぶ没落したとはいえ、あの家はいまだに九州では力をもっている。調べるなら慎重にな」

その言葉の意味はわかった。

「もちろん、どこから情報が入ったのかは決して洩れないようにします」

「すまないな。これ以上はあんたの役に立てない」

「十分です。ありがとうございました」

電話を切り、息を吐いた。星川の携帯を呼びだした。でるなり、訊ねた。

「今、どこ？」

「車で福岡に戻る途中。村野の身内のことが少しわかった」

「もう一件、そっちで調べてほしいことがある」

「何？」

「タカイは、九凱神社の神主の紹介状をもって、星和会にあたしを消すよう頼みにきた。九凱神社ってのは、あの島にあった神社」

「覚えてる。極道の襲名にお墨付きを与えてるところでしょ」

「そう。でも神社が燃えて、神主は福岡の老人ホームに入っている」

「タカイはそこを訪ねていったってことね」

「『帝国桜会』という超高級老人ホームよ」

「聞いたことある。すごい入所料とるところじゃない？」

「そう。そのぶんセキュリティも厳しいかもしれないけれど、当たってくれる？」

「了解。由乃ちゃんのこと何かわかった？」

「さっき母親に会ってきたけど、朝の段階では、さらった連中からの接触はないみたい」

「母親のようすは？」

「落ちついてる。ただ金を全部犯人に渡したら、今いるホスピスを追いだされるだろうといっていた。入院費用もあの子の学費も全部楠田がだしていて、それはいずれ後見人として二兆ウォンを受けとることになるからだって」

「何それ。兄貴とは仲よくないの？」

「誰とも仲がよくないのじゃない」

「由乃ちゃんがかわいそう」

「白央会の会長が動いていて、裏切った運転手の平井の母親と弟をさらったみたい」

「あーあ」

星川はつぶやいた。

「とんでもないことになるとわかっていて、どうしてそんな真似したんだろう」

「目先の金に目がくらんだか。断われない理由があったのか」

金村なら何か知っているかもしれない。あまり早くは使いたくないカードだが、由乃がむごい目にあってからでは遅い。

「『帝国桜会』に回ってから、連絡する」

星川はいって電話を切った。

こういうとき尻を叩けるのは湯浅しかいない。きのうの今日で、早いとはわかっていたが我慢できず、湯浅の携帯を呼びだした。

「東京に戻ってきた?」

湯浅がでるなり、私は訊ねた。

「さきほど戻りました」

「何か新しい情報は?」

「金村とギサの日本支社に、きのうのうちに監視をつけましたが、今のところ動きはありません」

「金村を脅しにいく。由乃をさらった白央会の運転手とは何らかのつながりがある筈だから」

「手引きをしたのが運転手だとしても、今はもういっしょにいないと思いますが」

湯浅はいった。

「消した?」

「この段階で殺人はないでしょう。金を払ってどこかに閉じこめているのじゃないでしょうか」

確かに平井を殺す理由はない。万一失敗すれば、組に戻れない平井は警察に駆けこむだろう。そうなればかえって事態が大きくなる。韓国国家情報院が求めているのは尹家詐欺事件の被害金の〝回収〟だ。雪乃のいう通り、その金が被害者の懐に戻るとは限らないが。

「さっき母親に会ってきた」

「どんなようすでした?」

「落ちついてる。落ちつきすぎてるくらい。今朝の段階で、犯人からの連絡はない」

「ひとつ気になっているのですが、その少女をさらったのは国家情報院でしょうか。少女の素性を知っている運転手の犯行とは考えられませんか」

湯浅はいい、私は息を吸いこんだ。

その可能性は考えていた。そしてそのほうが、はるかに厄介だ。国家情報院は組織として動いている。必要がなければ由乃を傷つけることはない。が、チンピラが何人かの仲間と企てた誘拐なら、弾みで何が起きてもおかしくない。

「そうでないといいと願ってる」

「でしょうね。不測の事態が生じかねません。ただその場合は、白央会が少女を連れ戻せる可能性もあります」

「国家情報院がかかわっているかどうか、金村に確かめる」

「水原さんがでですか？」

「他に誰が動くの。ＮＳＳが人をだす？」

「それは難しいかと」

「じゃあ、あたしがいく。金村は今どこにいる？」

「麻布十番の会社です」

あきらめたように湯浅はいった。

「ありがとう。じゃあね」

私はいって電話を切った。木崎にかけ、

「道具をもって迎えにきて」

と頼んだ。

丈の短いスカートと胸の線がはっきりでるサマーニットを着た。ただしピンヒールははかない。大きめのショルダーバッグを用意して、木崎を待った。

木崎のアルファードが到着した。バックシートの物入れに拳銃が入っていた。マカロフの中国製輸出モデルだ。マガジンには七発の弾丸が詰まっている。スライドを引き、一発目をチャンバーに装塡して安全装置をかけた。

金村の口を割らせるためには見せるだけでは足りないし、体格のいい社員もいる。撃ってみせる必要があるだろう。

「どちらまで参りますか」

「新一の橋の交差点までいって」

「了解いたしました」

木崎はアルファードをスタートさせた。

「道具はそれで足りますか」

「他にもあるの？」

「名古屋のことがあったので、散弾銃を用意いたしております」

「まさかそれをもっては歩けないわね」

「練習用のゴルフバッグに入れてありますが」

「今はいい」

ゴルフバッグを肩に「伊東交易」に入っていけば、いかに血の巡りの悪い者でも中身は武器だと気づくだろう。

新一の橋の交差点が近づくと「伊東交易」の入ったビルの前にアルファードを止めさせた。

「ここで待っていて」

「承知いたしました」

アルファードを降りた。ビルの入口に湯浅が立っていた。

「何してるの」

「NSSは人をだせませんが、私個人は時間が空いていたので。それに私に似ているという金村に会ってみたくなりました」

「気が合うかどうかはわからない」

湯浅は肩をすくめた。惚れ惚れするほどそういう仕草が似合う男だ。

「まあ、男性の友人を増やしたいわけではないので」

「わかった。邪魔はしないでね」

「私はお役に立ちたい一心です」

鼻を鳴らし、携帯をとりだした。金村の携帯を呼びだす。

「金村です」

「水原よ。今から会いにいく」

「今からですか」

「そう。もう下にいる」

わざわざ教えたのは、向こうのでかたを見るためだ。由乃をさらったのが国家情報院なら、私を警戒する筈だ。

「上がっていくわね」

返事を待たずに切った。湯浅を見る。湯浅はわざとらしく息を吐き、上着のボタンを外した。

「もってるの？」

「水原さんも丸腰じゃないでしょう。あ、お答えにならなくて結構です。知らなかったことにしておきたいので」

「いいわよ。あなたはあたしと偶然ここで会い、ついてきただけ」

「ご配慮、いたみいります」

二人でエレベータに乗った。「伊東交易」の扉が開いていた。金村が受付台にもたれかかり、待っていた。特に警戒しているようすはない。

女の受付はすわったまま内線電話で話をしている。

金村は湯浅に目を向け、ほんのわずかだが眉をひそめた。

「こんにちは、水原さん。こちらは？」

「湯浅と申します。たった今、ばったり下で水原さんとお会いしまして。貿易関係の仕事をしているものですから、金村さんをご紹介いただきたいと無理をお願いして、連れてきていただいたんです」

「それはそれは。『伊東交易』の金村です。どうぞよろしくお願いします」

二人は満面の笑みを浮かべ、握手した。

「どうぞ、中に入って。今日も暑いです。冷たいものでもいかがですか」

金村はいって、私たちを招き入れた。男の社員は今日はひとりだ。パソコンに向かっている。

奥の部屋のソファに、湯浅と並んで腰かけた。受付の女がコーラのペットボトルを運んできた。

「ありがとうございます。ちょうどコーラが飲みたかった」

湯浅は笑みを浮かべ、女に告げた。女は口もとだけで微笑んでみせた。それでも私よりは愛想がいい。

金村はおもしろがっているようにそれを見ていた。女がでていくと、湯浅から私に目を移した。訊ねるような視線に、

「彼がそう」

私がいうと、金村は首をふった。

「私などとてもかなわないほど洗練されています」

湯浅が目を丸くした。

「洗練？　私のことですか。そんな風にほめられたのは初めてです」

「謙遜も、過ぎるといやみになります。こんな方に似ているとおっしゃっていただいて、水原さんのことがますます好きになりました」

笑みを浮かべ金村がいった。

「待って下さい。そこは譲れません。水原さんのことを考えているという点では、誰にも負けない」

「そんなに仲よくしたいのなら、あたしはでていく。二人きりになって乳くりあえば？」

「乳くりあうなんて言葉、ひさしぶりに聞きましたよ」

嬉しそうに湯浅がいった。

「湯浅さんのような方と近づきになれるのはこの上ない光栄ですが、水原さんがお越しになった理由をまず聞かせて下さい。晩御飯をごいっしょできるのですか」

「ごいっしょできるかどうかは、あなたしだいよ」

金村はわざとらしく眉をひそめた。

「何か、問題でも？」

「あなたはもう情報院に忠誠を誓っていないといったわね。国家より自分の利益を優先する、と」

「その通りです。だからこそ水原さんと協力しあえる」

「由乃をとり返せる？」

金村の表情はまったくかわらなかった。

「本田由乃がどこにいるのかをご存じなら」

「わからないから、ここにきた」

「私には何の情報も入っていません」

私は拳銃をバッグからだした。

「言葉遊びをする余裕はないの。無事なほうの膝を撃つ」

金村は無言で息を吸いこんだ。オフィスとの境の扉が不意に開いた。コーラを運んできた女が、拳銃を手に扉の前に立った。背後には男の社員がいる。湯浅が腰を浮かせた。

「ええと、撃ち合いはやめませんか」

女が韓国語で何かをいい、金村が首をふった。

「その通りですよ、水原さん。ここで撃ち合っても、何の利益もありません。あなたの威しには、心底、震え上がっていますが」

女が拳銃を私に向けた。

「あ、あ」

湯浅がいって、拳銃を抜いた。

「女性を撃つのは嫌なんです。銃をおろして下さい。水原さんも」

「そうしましょう。互いに恨みもないのに撃ち合うなんて馬鹿げています」

金村がいった。

「由乃が傷ついたら、ただの恨みじゃすまない」

「金村さん。私は水原さんとは長いつきあいだ。私だったら、どんなことがあっても水原さんの恨みを買いたくない」

湯浅がいった。

「死ねば恨めない」

銃口を私に向けた女が日本語でいった。

「その通りです。ですがこの中で最初に死ぬのはあなただ。一番若くて、これからいくらでも人生を楽しめるあなたを死なせたくありません」

湯浅が銃口を女の額に向け、いった。女の顔に動揺が浮かんだ。

「本当の話をします！」

金村が大きな声でいった。

「ですから、全員、銃をおろして」

私は金村を見つめた。

「本当の話だと、どう証明するの？」

金村は息を吐いた。

「もし私が嘘をついたとわかったら、どうぞもう一本の脚をもっていって下さい」

私は湯浅を見た。

「どう？　信用する？」

「信用はできませんが、このままでは一歩も先に進めません」

私は金村と銃を握った女を見比べた。女はかなり緊張している。最初に引き金をひくとすればこの女で、おそらく弾丸は私を外れるだろうが、湯浅はこの女を撃ち殺す。

「わかった」

私は銃をテーブルにおいた。

「こちらに渡せ」

女がいった。

「もういい」

金村がいった。

「ここからは話し合いだ」

湯浅が銃をおろした。女が銃口を湯浅に向けた。

「ソネ！」

金村が鋭い声で叫んだ。女の名のようだ。女が怒りのこもった口調でいい返した。金村が首をふり、扉の外を指さした。

女はようやく銃口をおろした。部屋をでていく。扉が閉まると、金村は湯浅に告げた。

「経験の浅い人間を挑発してはいけません。とても危険です」

湯浅は頷き、

「助かりました」

といった。

「ここをでて話しましょう」

金村がいって、立ち上がった。この部屋での会話は、隣に筒抜けなのだろう。私も立ち、三人で「伊東交易」をでた。

「どこで話しましょうか」

ビルをでてくると金村が私を見た。落ちついた表情だ。

「あたしの車の中は？」

ハザードを点しているアルファードを私は示した。金村は頷いた。

私は運転席に合図を送った。アルファードに三人で乗りこむと、

「このあたりを適当に走って」

と木崎に告げた。

「承知いたしました」

私は金村と並んですわった。湯浅はうしろの席だ。

アルファードが発進した。「伊東交易」の入るビルから体格のいいスーツ姿の男が走りでてきた。携帯を耳にあてている。

金村がそれを窓ごしに見ていた。

「社長思いの部下ね」

「とんでもない。私がよけいなことをお二人に喋るのじゃないかと心配しているんです」

金村は首をふった。

「あなたの部下は借りものってこと？　情報院からの」

「社員に給料を払えるほど儲かってはいないので。湯浅さんのところがうらやましいです」

「どこだか知ってるの？」

私が訊くと金村は答えた。

「警視庁公安部からこられたのでしょう」

「それは古い情報です。今は出向しています」

湯浅は首をふった。

「寄り合い所帯なので、出る杭はすぐ打たれます」

「するとNSSですか」

「水原さん担当をしています」

「それはうらやましい」

「馬鹿いわないで」

「よろしくお願いします」

湯浅と金村はいいあって、シートの背もたれごしに握手をした。似た者どうし反発するかと思っていたが、予想が外れた。とはいえ局面がかわれば、この二人はあっさり相手を裏切り、場合によっては殺すだろう。

15

「改めて確認したい。本田由乃をさらったのは、韓国側の人間じゃないの？」

私は金村を見つめた。

「『ギサ』が追っていたのは事実です。しかし彼らはやっていません」

「情報院の指示を受けた別の人間ということは考えられませんか」

湯浅が訊ねた。金村の表情が真剣になった。

「この件に関して、『ギサ』以外のエージェントを動かしているという話は聞いていません」

「あなたが知らないところで動かしていた可能性はないの？」

「百パーセントない、とは断言できません。本田由乃がどのようにいなくなったのかを話していただけませんか。私に入ってきているのは、本田由乃がいなくなったらしい、という情報だけです」

「それはどこから？」

金村は躊躇した。

「金村さん、水原さんは正直な相手には正直に接する人です」

湯浅がいった。金村は考えていたが、やがて答えた。

「本田雪乃を監視している人間です」

「清瀬の病院？」

私の言葉に小さく頷いた。私はシートに体を預けた。私と雪乃とのやりとりを盗み聞きし、報告した者がいたのだ。

「由乃は、中央高速のパーキングエリアのトイレでいなくなった。九州白央会の人間が由乃を運んでいて、そのパーキングエリアでトイレ休憩をすると決めた運転手の行方もわからなくなっている」

「それはいつですか」

「きのうの夕方」

金村は首をふった。

「情報院の仕事ではありません。そんなに手際のいい人間は、少なくとも日本にはいません。それに本田由乃の身柄を押さえたら、ただちに母親との接触を開始する筈です。病院からの報告では、今日、水原さん以外に母親と話した外部の人間はいません。電話もかかってきていない」

私は息を吐いた。

「嫌な展開になりましたね」

湯浅がつぶやいた。

「それはどういう意味ですか」

金村が訊ねた。湯浅がいった。

「私から説明していいですか」

「任せる」

私が答えると、うしろから湯浅が身をのりだした。

「本田由乃さんが、尹家詐欺事件の主犯の娘であることを知る者が、回収されていない二兆ウォンを目的に誘拐した。本田由乃さんをさらったのが韓国国家情報院なら、不必要な流血は避けるでしょう。しかし金目当ての犯罪者の場合、母親を動揺させるためにいきなり由乃さんに暴力をふるう可能性があります。交渉が長びけば長びくほど、本田由乃さんが虐待をうける可能性は高くなります」

金村は無言だ。

「水原さんはそれを危惧しています。消えない傷を心に負うかもしれない」

「いなくなった運転手は何者です?」

金村が訊ねた。私は答えた。

「平井という、九州白央会の構成員」

「在日韓国人ではありませんか」

「おそらくちがう。白央会は由乃の移送チームに在日韓国人の組員は加えなかったと聞いている。平井には母親と弟がいて、白央会が身柄を押さえたらしい」

「白央会が本田由乃の移送を請け負った理由は何です？　金で雇われたのですか」

「本田由乃の祖父は、かつて九州で病院を経営していて、白央会の組員は治療をうけていた。通報の義務があるような傷も、こっそり治療してやったらしい。その恩義を感じている会長が、由乃の伯父に申しでた」

「するとその白央会から、本田由乃に関する情報が流れた可能性がありますね」

金村がいうと、

「九州白央会の会長は血の気が多いことで知られています。もし組員が誘拐の手引きをしたとわかったら、どこへ逃げても的にかけられ、楽な死にかたもさせてもらえないと、組員はわかっている筈です」

湯浅が答えた。

「でも実際に、運転手の組員が手引きをしたわけですよね」

「何も知らされていなかったがために抱きこまれたという可能性はあります。まさか十三歳の少女を運ぶのに、会長のメンツがかかっているとは知らなかった」

湯浅がいい、そちらの可能性が高いと私も思った。由乃の〝価値〟を移送チームに会長が教えるとも思えない。

「だとしても、情報が流れていなければ運転手を抱きこむことはできません」

湯浅は黙った。私はいった。

「九州白央会と由乃の祖父の関係を知る人間なら、移送に関する情報を前もって得ることができたかもしれない」

「そうなると、犯人は地元の人間である可能性が高くなりますね」

湯浅がいい、

「それは九州という意味ですか」

と金村が訊ねた。湯浅は頷いた。

「だとすれば、本田由乃を誘拐した犯人は、韓国側ではなく由乃の母親サイドの人間ということになります。本田由乃と九州をつなぐのは、母親の家系です」

金村がいった。

「そうですね」

湯浅がつぶやいた。私は大きく息を吸いこんだ。

「ここにくる前、星稜会の渡部から電話をもらった。名古屋で私を襲った星和会の組員を雇った人間に関する情報がある、といった。その人間は、タカイといって、本名かどうかも男か女かもわからない。あたしに昔の恨みがあって、それを晴らすために雇ったのだという」

「そのお話は前にいらしたとき少しだけ聞きました。私には心当たりがまるでなかったのですが」

金村がいった。私はつづけた。

「問題は、タカイがどうやって星和会とコネをつけたか、という点。人を殺してくれなどという見ず知らずのカタギの依頼を、極道が簡単にうける筈はない」

「おっしゃる通りです」

湯浅がいった。私は湯浅をふりかえり、いった。

「タカイは九凱神社の神主の紹介状をもっていた」

湯浅は目をみひらいた。

「九凱神社はまだあるのですか」

私は首をふった。

「燃えてしまった。でも神主は福岡の超高級老人ホームにいるそうよ。タカイはそこを訪ね、紹介状をもらった」

「つまり九州が深くかかわっているということですね」

「申しわけないのですが、そのクガイ神社というのは何なのかを、教えていただけませんか」

金村がいい、湯浅が私を見た。私は頷いた。湯浅が説明した。

「九凱神社というのは、かつて九州の八代海に浮かぶ島にあった独立宗教法人です。百年以上も前から、日本の七大暴力団とそれにつらなる組織の組長の襲名に、使者を送ってきました。九凱神社の使者の臨席がない襲名披露は、正式なものとは認められなかったのです」

「そんな神社があるのですか」

「火事で燃えてしまった。私が海雲台《ヘウンデ》に住む直前のことよ」

私はいった。金村は私を見つめた。

「あの事件……。『新世紀』のビジネスパートナーだった朴《パク》と九州要道会の菅原が釜山で撃たれた」

私は頷いた。

「九凱神社を燃やしたのは朴のボディガードの金《キム》」

金村は手で口もとをおおった。

「何という因縁だ」

「いずれにしても、九凱神社の神主の紹介状をもって現われた人間を無下にはできず、星和会は水原さんの襲撃に雇われた」

湯浅がいった。

「ということはつまり、本田由乃さんを誘拐した人間は、水原さん、あなたに恨みがあるとも考えられます」

金村がいったので、私は首をふった。

「それはちがう。タカイがあたしに恨みをもつとしても、由乃とは関係がない。星和会があたしを襲ったのは、たまたまそのとき名古屋にいたからよ」

湯浅が息を吐いた。

「果たしてそうでしょうか」

「あなたまで?」

私は湯浅を見つめた。

「水原さんをとり巻くできごとに偶然などない、というのが私の考えです。水原さんと知り合ってから起こった、さまざまな事件を考えると、タカイによる襲撃と本田由乃さんの誘拐のあいだにも、必ず関係があります」

私は首をふった。私に対する恨みでさらわれたのだとすれば、何としても由乃をとり返さなければならない。

私の携帯が鳴った。「非通知」の表示がでている。

「はい」

「フユコだな」

ボイスチェンジャーを使っていると思しい声がいった。

「誰の話？」

「浪越島にいたときのお前の名だ。冬子」

「タカイ？」

私は訊ねた。湯浅と金村が同時に私を見た。

「そうだ」

「あたしに何の恨みがあるの？　会って訊きたい」

「お前が死ぬときに教えてやる」

「じゃあ何のために電話をかけてきたの」

「本田由乃を助けたいか？」

タカイは訊ねた。

私は大きく息を吸いこんだ。

「あんたとどんな関係がある？」

「二兆ウォンと引きかえに、本田由乃を渡す」

タカイはいった。

「いう相手がちがうのじゃない？　あたしは金のことは何も知らない」

「お前が金を手に入れろ」

「馬鹿なことをいわないで。あたしにそんな真似ができるわけないでしょう。母親にいいなさい」

「教えてやる。本田由乃の母親は本田雪乃ではない。お前だ」

「はあ?」

「お前は十三年前、楠田産婦人科病院で腹の子をおろした。執刀したのは本田由乃の伯父、楠田洋祐だ。同じ時期、出産のために本田雪乃も楠田産婦人科病院に入院していた。が、胎盤の早期剝離のため流産した。だが本田雪乃は、何としても本田陽一の子供を生まなければならなかった。お前は妊娠二十三週で、妊娠中絶のできる時期を過ぎていた。そこで楠田は、早産という形でお前の子供をとりあげ、死んだ本田陽一の子供とすりかえたんだ」

私は言葉がでなかった。私の妊娠が中絶のできない段階まで進んでいたのも、早産という方法で胎児の処置をしたのも事実だった。

「わかったろう。本田由乃は、お前の娘だ」

タカイはいった。

「ありえない」

ようやく、私はいった。それ以外の言葉を思いつけなかった。

「楠田洋祐を問いつめれば認める」

「いったいあんたは誰なの。どうしてそんなことを知っている?」

「お前のことを調べ上げたからだ。お前を殺すために」

私は大きく息を吸いこんだ。湯浅が眉をひそめ、私を見ている。

「それなら由乃は関係ない。たとえ今の話が本当だとしても——」

声がかすれた。

「お前が何を思おうと関係ない。二兆ウォンを渡さなければ、本田由乃は死ぬ。死ぬ前に、昔のお前のような目にあわせてな」

「ふざけるな」

私は歯をくいしばり、いった。

「そんな真似をしたら、地獄の底まで追いつめてやる」

「地獄に落ちるのはお前で、本田由乃はその巻き添えをくうんだ」

「あたしが何をした？」

「忘れたのか」

「忘れるわけない。全部、覚えている」

「だったらわかる筈だ」

「村野は死んだ」

私はいった。タカイは答えなかった。それで私は少し落ちつきをとり戻した。

「あんたが由乃をおさえているという証拠はあるの？」

「教えてやる。一度電話を切るぞ」

電話は切れた。

「どうしました？」

湯浅が訊ね、

「顔がまっ青です」

金村がいった。私は答えなかった。携帯が鳴った。由乃の携帯の番号が表示されていた。

「嘘でしょ」

つぶやき、耳にあてた。

「これでわかったろう」

タカイはいった。

「二兆ウォンを手に入れろ」

電話は切れた。

私は口もとをおさえた。頭がまるで働かない。誰かに相談したい。だがその相手は、湯浅や金村ではない。この二人に、由乃が私の子供かもしれないという話はできない。

「誘拐犯からですね」

湯浅がいって携帯をとりだした。

「水原さんの携帯にかけた電話を調べさせます。よろしいですね」

私は小さく頷いた。

「水原さん」

金村が私の腕に掌《てのひら》をのせた。私は、湯浅がどこかに電話をしているのをぼんやりと見ていた。

話せるのは星川しかいない。

「大丈夫ですか」

金村が私の顔をのぞきこんだ。

「ごめんなさい」

私はいった。

「悪いけど、車を降りてくれない？　急いで考えなけりゃいけないことができた」

「私でよければ、お役に立ちます」

金村がいった。私は首をふった。

「木崎、止めて」

木崎がハザードを点し、アルファードを止めた。

「水原さん」

電話を終えた湯浅が私を見つめた。

「ごめん。今は何も話せないし、話したくない。改めて連絡するから」

湯浅と金村は顔を見合わせた。

「わかりました」

湯浅は頷いた。

「必ず、ご連絡を。お待ちしていますので」

金村もいった。二人がアルファードを降りると、

「麻布台に戻って」

私は木崎に告げた。

「了解しました」

歩道に二人を残し、アルファードは発進した。私は星川の携帯を呼びだした。

つながらず、留守番電話になった。

「どこにいるの？　すぐ戻ってきて」

涙声になった。私は強く目をつぶった。

16

リビングのソファに横たわり、天井を見つめていた。エアコンを入れていないのに寒けがした。

ありえない話ではない。

私は処置した子供を見ていない。本田雪乃の妊娠が、私と同じレベルだったら、流産した子供の身代わりにされた可能性はある。

楠田洋祐を問いつめれば認める、とタカイはいった。

本田陽一は死に、その〝遺産〟が由乃に遺された今なら認める、ということか。

由乃が私の子供。

まるで実感はなかった。子供が欲しいと思ったことは一度もない。だが由乃のような子が自分の子供だったら、幸福だろうとは思う。

本田雪乃は知っているのだろうか。

知っているかもしれない。由乃に対する冷静さを考えると、そんな気がした。

——日の当たる場所を歩けない人間です。

——あなたもそうなの？　だから由乃はなついたのね。あの子の体にもそういう血が流れている。

——由乃ちゃんは日向を歩ける人間です。あたしとはちがう。

——親の因果が子に報い、ということもあるでしょう？

涙が不意に溢《あふ》れた。

「ごめん、ごめんなさい」

思わず言葉が口を突いた。もし本当に由乃が私の子なら、あの子を不幸にしたのは私だ。何としても、助けださなければならない。

テーブルにおいた携帯が鳴った。

電話にでると星川が早口でいった。

「羽田についた。留守電聞いた。何があったの？　まさか――」

「大丈夫。由乃は、まだ、たぶん生きてる。あたしは家にいる。すぐきて」

「わかった」

切れた携帯を床におき、私は両手で顔をおおった。星川が到着するまで、ずっとそうしていた。


「何？　どうしたの？　顔がまっ青だよ。それにこの部屋、すごく暑い！」

あがってくるなり、星川はいった。エアコンのスイッチを入れ、キッチンから勝手に飲みものをとってきた。

「あんたも飲みな」

アイスコーヒーの入ったグラスを私の手に押しつけた。

「何かわかった？」

私が訊くと、

「その前に。何があった？」

じれたように星川はいった。私は息を吐いた。喉の奥が震えた。

「タカイから電話があった。由乃を返してほしければ二兆ウォンを手に入れろといわれた」

「さらったのは韓国の連中じゃなかったの？」

私は頷いた。

「証拠はある？　タカイが由乃ちゃんをおさえているという」

「そういったら、由乃の携帯からかけてきた」

「でもなんであんたなの？　母親を直接脅せばいいじゃない」

「あたしが母親なの」

「は？」

「あたしがお腹の子を処置するために楠田産婦人科に入っていたとき、本田雪乃もいた。雪乃は流産し、本田陽一の子供が必要だった楠田は、あたしの子供とすりかえた、とタカイはいった」

星川は大きく目をみひらいた。

「まさか」

「わからない。あたしは処置のあと、自分の子供を見ていない。生まないですんだことにほっとしていた」

涙が溢れ、それ以上言葉がでなくなった。両手で顔をおおった。

ただ、由乃に申しわけないと思った。あの子が私の子でなかったら、すりかえられることもなく、こんな目にもあわなかったろう。

望まれた子として生まれ、もっといい人生を歩んだにちがいない。

「金を渡さなかったら、由乃を昔のあたしと同じような目にあわせてから殺してやる、とタカイはいった」

「絶対にそんなことはさせない」

星川がいった。

「さあ、大きく息を吸って。ショックなのはわかるけど、今は落ちつこう。あんたがパニクっていたら、あたしらは前に進めない」

私は顔をおおったまま頷いた。星川が立つ気配があって、タオルが押しつけられた。

タオルで顔をぬぐった。

「あたしはしかたがない。生きるために、ありとあらゆることをした。覚えてないくらい、たくさん人を殺した。天国なんて信じていないけど、いけっこない。でもあの子はちがう。あたしのお腹に宿ってしまったというだけで、こんな目にあっちゃいけない」

私はいった。

「いわなくたってわかってる。あの子はあたしらとはちがう。大丈夫、あたしらが助ければ、幸せになれる」

星川が私をのぞきこみ、いった。私はアイスコーヒーを飲んだ。

「あんたの頭はまだ回らないようだから、あたしの話からするね。村野の腹ちがいの兄弟は女だった。名前は畑岡《はたおか》みずき。生きていれば、現在の年齢は三十になる。母親は中洲《なかす》のスナックのホステスで、村野の父親の愛人になり、娘を生んだあと、自分の店をもった。店の名は『ヒマワリ』、土建業界の客が多く一時は繁盛したけど、十年ほどで左前になった。母親が体を壊したこともあって、店を畳み、親子で生活保護をうけるようになった。村野の父親の商売がうまくいかなくなったのもその頃よ。福岡市の外れにある団地に親子で住み、母親は酒びたりだったらしい。畑岡みずきが十五歳のときに、母親は肝硬変で亡くなった。みずきは団地をでていき、その後の消息はわからない」

「村野の、他の親戚は？」

「生き残っていない。両親はあんたのいうように心中している。村野が事業の再建資金をもち逃げしたあとに、ね。前じゃなく」

村野は、両親が心中したので、逃げたといった。どうせ借金とりに押さえられる。だったら、自分の思うように使ってやろうと、浪越島にきた、と。

「そうね。再建資金があれば心中する必要なんてなかった」

私はつぶやいた。星川は頷いた。

「村野の父親は、息子が必ず金を届けてくれると信じて、ずっと待っていたらしい。その金は、あちこちに頼んでかき集めた金だったらしい。債権者に囲まれ、動けない父親にかわって、村野がとりにいったの。でも村野は帰ってこなかった。その金をもって消えた」

「金を使いきったら自分も死ぬ、と村野はいっていた。あたしを貸しきりにして、ずっと店にとどまってた」

それがかわったのは、三日めか四日め、初めて私の身の上話を聞いたときだった。私を身請けするといい、島でそれは許されないと聞くと、今度は私を島抜けさせる、といいだしたのだ。

そのときは、両親が心中したことも知っていた。

『ひとつくらい、いいことをしたと思って死にたいんだ。お前を島抜けさせられたら、そう思える』

無理に決まっている、と私はいった。

『大丈夫だ。泳ぎには自信がある。水泳でインターハイにもでた。お前をひっぱって十キロでも二十キロでも泳げる』

船で島を逃げだすのは不可能だった。島を出入りする船は厳重な管理をされていて、たとえ手こぎの和船であろうと、もちだすのは不可能だ。

『お前は親に捨てられ、俺は親を捨てた。だから俺がお前を助けるのは罪滅ぼしになる』

村野はそういった。

夜明け前に、島の裏側にある磯から私たちは泳ぎだした。海流を考え、八キロほど離れた島に泳ぎ渡る。そこで漁師に金を渡し、本土まで運んでもらう計画だった。私はカナヅチではなかったが、八キロも泳ぐ体力など到底なかった。

村野の言葉通り、半分背負われるように泳ぎつづけた。

が、半分を過ぎたあたりから、村野のようすがおかしくなった。足が攣《つ》ったのだ。

それでもがんばって村野は泳ぎつづけ、やがて限界がきた。

『お前だけでも逃げろ。じゃなけりゃ、ここまできた甲斐がない』

水を呑みながら、村野がいい、私は自分のためというよりは村野のために必死に泳いだ。

気づくと、めざした島にたどりついていた。

海草採りをしていた子供が私を見つけ、親に知らせた。

潮が大きくひく、大潮の朝だったのが幸いした。あと十メートルも泳ぐことはできなかったろう。もう駄目だと思った瞬間に、足が海底についていた。よろめくように歩き、磯場に倒れこんだ。

そこに私を助けた子供たちがいたのだ。

「村野は溺れ死んだとばかり思ってた」

私はいった。

「あたしを助けるために死んだ。だから村野のぶんまで生きなければならない、と」

「でも死んでなかった。じゃなけりゃ番人になってない」

星川がいった。

「島に残っていた年寄りから話を聞いた。村野を助けたのは、あんたたちを捜しにでた島の船だったらしい。村野は、あんたは溺れ、自分だけで泳いでいたといった。島に連れ帰られ、殺されるか島の下僕になるかを選べと迫られ下僕になる道を選んだ」

私は頷いた。島にはそんな男が何人もいた。

いく場所をもたず、死ぬつもりで島に流れつき、だが死ぬ勇気もなく、島で下働きをする。人の嫌がる仕事ばかりをさせられ、食事と寝る場所をあてがわれる。そんな最低の暮らしをしながらも、逃げだそうともしなかった。

楽なのだ、といった年寄りの男がいた。

これ以上もこれ以下もない。何も考えず、いわれたことさえやってりゃいい。きたないともみじめだとも思わない。楽なんだ。

死ねば、島の共同墓地に葬られる。死んだ娼婦もそこに葬られている。何百年も前から使われている共同墓地で、半年に一度、島の人間が総出の合同慰霊祭が開かれる。

「よく、そんな話を聞けたわね」

「残っていた年寄りは、皆、下僕だった。その上、サオがないのばかり。あたしが性転換してるとわかると、親切にしてくれた」

「サオがないのは、切られたから。下僕が島の女に手をだすのは法度《はっと》で、破ったら去勢されるのが決まりだった。なのに、手をだすのは必ずいた。そりゃそうだよね。あの島に流れつく男なんて、女好きに決まってる。禁止されたって、毎日、客が女とやっているのを見ていたら、やりたくなる」

私はぼんやりといった。

「女に罰はないの？」

星川が訊いた。

「ない。女を傷つけたら商売にならないし、どうせ一生、島からは逃げだせない。だから面白半分で下僕にちょっかいをだすのもいた。わざとむらむらさせて、のっからせ、あとから密告する。それで去勢されて泣きわめく姿を笑いものにする」

「最低だね」

「最低の場所だからね。自分より下の奴を何とか見つけ、自分を保とうとするんだ」

そんなことばかりをやっている女がいた。

夏美《なつみ》という源氏名だった。三人の下僕を誘惑し、うちひとりは去勢されたあと自殺した。ある日、島外れで見つかった。口に汚物を詰めこまれ、窒息して死んだのだった。名主らによる厳しい詮議がおこなわれ、自分がやったと名乗りでたのは、楽なのだと私に話した年寄りだった。本当の年齢は知らないが、九十を過ぎているのではないかと思えるくらい、よぼよぼに見えた。

お前の筈はない、という名主に、自分だとその年寄りはいいはった。

女を傷つけたり殺したら、共同墓地に生き埋めの刑にあう。覚悟はできている、と年寄りはいった。

名主は、下僕に穴を掘らせた。掘った下僕の中には、夏美を殺した本当の犯人もいた。夏美に手をだし、去勢された男だ。それを知っていたのは、夏美を島外れに呼びだしたのが私だったからだ。

夏美は、新入りの娘をいじめるのでも有名だった。とにかく、常に誰かを標的にしていなければ気がすまない、とことん性根の腐った女だった。

呼びだし、きつく責め、聞かなければ顔を傷つけてやろうとカミソリをもっていた。だが、島外れにいくと、私の呼びだしを聞きつけた下僕が先にいた。

「姐さん、ここはあたしに任せてもらえませんか」

「夏美に仕返しするの？」

下僕は頷いた。

「どんな目にあうか、わかっていってる？」

「もちろんです。覚悟はしております」

「わかった」

「他言は無用に願います」

「もちろん。あたしだって折檻《せっかん》はうけたくない」

殴る蹴るはされないかわりに、閉じこめられ食事を抜かれるのが、女への罰だ。

「わかった。あんたは隠れてて。夏美がきたら、でてくればいい」

下僕は頷いた。手にした袋から悪臭が漂っている。

「何それ？」

「夏美さんに辱《はずかし》めをうけた者たちの恨みを詰めました」

それをどう使うかは訊かなかった。

やがて夏美が現われた。酔っぱらい、ふらついている。

「何なの？　冬子姐さん。こんなとこに呼びだしてさ」

「あんたに文句をいおうと思ってたけど――」

「はあ？　何いっちゃってるわけ」

「あたしよりもっと、あんたに文句をいいたいのがいたから、かわることにした」

「わかんねえ。何いってんだよ」

夏美は目を細めた。垂れ目の夏美がそれをやると、とたんに陰険な、性格そのものを表わす顔になる。

「俺だよ」

下僕が隠れていた木の陰から現われ、いった。

夏美はそれで察した。目をみひらき、その場から走って逃げようとした。私は素早く手首をつかんだ。

「放せ！　放せってんだよ！」

私は放さなかった。下僕が走りより、右手に握った石で夏美の額を殴った。悲鳴をあげ、夏美はうずくまった。

「お前ら、わかってんのかよ。売りものの顔を傷つけたら、生きていかれねえぞ！」

金切り声をあげた。

「やかましい」

下僕が夏美をつき倒した。仰向《あおむ》けにし、馬乗りになる。

「何だよ！　まだやりたいのか。ちょん切られた体で、やれるのかよ！」

夏美が目をぎらつかせ、いった。

下僕が左手にもっていた袋を掲げた。口を広げると、夏美の顔にかぶせた。悪臭が漂い、夏美がくぐもった叫びをたてた。袋の中身を下僕は夏美の鼻と口に押しこんだ。夏美の体がのたうち、両脚をバタつかせても、袋を顔に押しつけ、力をゆるめなかった。

夏美の死体はその日のうちに見つかった。

犯人だと名乗りでた下僕は、皆が見守る中、共同墓地で生き埋めにされた。深さ二メートル、巾一メートルほどの穴の底で正座させられる。下僕は胸の前で両手を合わせ、穴の外を見上げると、

「お世話になりました。先に地獄で待っております」

といった。穴をとり囲んだ下僕が、名主の号令のもと、土をかぶせた。真犯人の下僕もその中にいたが、表情ひとつかえることなくシャベルをふるった。

穴の底の下僕と真犯人の下僕の目が合うのを、私は見た。穴の底の下僕が小さく頷いた。

真犯人の下僕は鬼の形相になった。土が膝に、肩に、顔にかかる。穴の底の下僕は目を閉じ、念仏を唱え始めた。

その声は、穴がすっかり埋まったあともつづいているような気がして、その晩、私はひどい熱をだした。


話を聞き終えた星川は無言で首をふり、立ち上がった。キッチンからグラスをとってくると、

「ウィスキーある？」

と訊ねた。私は場所を教えた。ストレートで注いだウィスキーを星川は飲んだ。

「何だろう。あたしの中の男が反応した」

つぶやいた。

「それで犯人の下僕はどうなった？」

「海に飛びこんで死んだ。ひと月後くらいかな。毎日のように、生き埋めにした下僕のところに通って、酒や煙草をそなえていたけど」

「生きのびたのはあんただけ？」

私は頷いた。星川は息を吐き、ウィスキーをなめた。

「あたしは好きでサオもタマもとったけど、むりやりとられた男のことは想像したくない」

「人間がかわる。めちゃくちゃ卑屈になるか、どうしようもない下種《げす》になるか。その両方か」

星川はグラスをおき、両手で耳をおさえた。

「聞きたくない」

「村野の乳母のことはわかった？」

私は話をかえた。

「あちこち訊ね回って、ようやく住んでいた家は見つけた。といってもボロボロの廃屋だったけど。〇〇ってとこじゃない？　今でも山奥の」

「わからない。そうだったかもしれない。島抜けして半年くらいの間は、いろんなことがありすぎて、はっきり覚えてない。とにかく追っ手につかまりたくない、逃げなけりゃいけないで、転々としてたから」

「乳母の名はチエっていってたよね」

私は頷いた。姓までは覚えていないが、村野が話の中で何度も「チエ」と呼ぶのを聞いていた。

横暴な父親と逆らえない母親から自分をかばってくれた乳母だと。

「たぶん筑野《ちくの》チエだと思う。地元の中学を卒業して福岡市内に働きにで、十七から三十八まで村野家で子守り兼家政婦として雇われてた。村野家には、多いときは家政婦二人に運転手ひとりが住みこみでいた。もうひとりの家政婦だったお婆ちゃんが北九州市にいるのを見つけて、話を聞けた。筑野チエは、村野家が左前になってクビになると実家に戻った。実家には父親がひとりでいて、その世話をしながら一昨年《おととし》まで生きていた。一昨年父親が死んで、それから半年もたたないうちにチエも亡くなった。これがその家」

星川は携帯に写した写真をだした。かなり荒れてはいるが、記憶にある建物と一致した。

私は頷いた。

「ここよ」

「もう誰も住んでいなくて、朽ちてくままになってた。一番近くの、人が住んでる家まで二キロくらい離れてる。そこにいって訊いたけど、親戚もいないみたい」

「生きていたら、まだ七十にはなってないと思うけど」

「父親は九十くらいまで生きたみたいなのにね。母親はチエを生んですぐに亡くなって、ずっと二人暮らしをしてたそうよ。働きにでたのは、父親がそうしろといったからで、本人は父親のそばにいたがったらしい」

「確かに父親と仲がよかった」

私は頷いた。

「畑岡みずきのことは、そのもうひとりの家政婦から聞いたの。そっちはもう少し年上で、村野の母親と仲がよかった。亭主が愛人に子供を生ませたことも知っていて、よく愚痴を聞かされたって。ただ畑岡みずきが今どうしているのかは知らなかった。タカイが畑岡みずきだとは考えられない？」

「可能性はあると思う」

「畑岡みずきだとしても、あんたの話を、たとえばおっぱいにホクロがあるとかを誰から聞いたの。腹ちがいの兄貴？」

「しかいない」

「でも村野はずっと島にいた。てことはつまり――」

私と星川は目を見合わせた。

「畑岡みずきも島にいたってこと？」

星川がつぶやいた。

「わからない。三十だとしたら、島にいたとしても、もうだいぶさびれてからだと思う」

私は答えた。

「因果だよね。もしそうだったら。兄貴が下僕になっている島に商売女として流れつくなんて」

星川は息を吐いた。私は黙っていた。村野は下僕から番人になった。

下僕は最底辺の仕事だが人を傷つけることはない。番人はちがう。使われている男衆の中では最も立場は上だが、逃げた女を連れ戻したり、場合によっては殺すのが仕事だ。

下僕に落ちた者でも、番人にはなりたがらないのがふつうだった。

村野はなぜ番人になったのだろう。

最初に私を連れ戻そうとやってきたのは、私が島にいた頃から番人をしていた年寄りだった。年寄りだったが私を連れ戻そうと、素手で三人のやくざを死傷させた。私はそいつを撃ち殺した。

「村野は下僕から番人になった。ふつうは、島で生まれた男の子が仕込まれて番人になるのだけど」

「前に島のことを聞いたとき、番人は四人いるって、あんたいってたよね」

星川の言葉に私は頷いた。

「番人はふだん何もしてないけど、島の外に女たちがでるとき見張りでついていく。あとは島にきた客が暴れたりしたときの対処。客だから殺すまではしないけど、腕の骨くらいは平気で折ってた。七大組織の襲名があると、『九凱神社』の使者として、その披露にいくのも選ばれた番人の仕事」

「四人のうち誰がいくのかは決まってるの?」

「『九凱神社』の神主である島主《しまぬし》が、番人の中からひとりをとりたてるの」

「下僕から番人になるってことは、村野はよほど島主に気に入られていたのね。どんな男だった?」

星川が訊いた。

「甘ちゃん。父親に反発していたくせに、父親のもとからでていけなかった」

「でも惚れたんだろ」

「強がったあと、すごく寂しそうな目をする。それにやられた」

「まあでも、あんたが今ここにこうしていられるのは、村野が逃がしてくれたおかげだものね」

私は頷いた。

「『帝国桜会』にもいってみたけど、神主には会えなかった。体調が悪くて面会謝絶だって。少し前に脳梗塞をやって寝たきりらしい」

星川はいった。

「村野は妹がいるのは知っていたけど、一度しか会っていない。それが島で再会したのだとしたら――」

私はいって黙った。

「あたしが妹なら、まちがいなく責めるね。父親の事業再建資金をもち逃げしたあげく女に使い果たし、その島で暮らしているなんて」

星川がつぶやいた。

「そしてめぐりめぐって恨みの矛先はあんたに向かう。あんたと出会わなければ、兄貴の人生も自分の人生も狂うことはなかった、と」

「そこは責められてもしかたがない。でも畑岡みずきはなぜ、楠田産婦人科病院で起こったことを知ってるの？」

「それに答えられるのは楠田だけだよ」

私は頷いた。由乃が本当に私の子かどうかも含め、楠田に確かめなければならないことはいくつもある。

「少しマシになったね。ここに入ってきたときは、見たこともないほどひどい顔をしてた」

星川がいい、私は携帯を手にとった。楠田の番号を呼びだす。

応答はなく、留守番電話サービスになった。

「水原です。その後どうなったのかを知りたくてご連絡をしました。できればご連絡を下さい」

吹きこみ、切った。

「畑岡みずきがタカイなら、ボイスチェンジャーを使っている理由も納得できる。女だというのを知られたくない」

私はいった。

「そうだとしても、畑岡みずきがひとりで全部をやったとは思えない。パーキングエリアで由乃ちゃんをさらったことも含めて、単独では無理よ」

星川が答えた。

「もちろん仲間はいる。仲間の目的は二兆ウォン」

「整理しよう。あんたが島から逃げだしたのが十四年前。そのとき溺れ死にかけた村野は島に連れ戻され、下僕になった」

星川がいい、私は頷いた。

「それから何年かして村野は番人になり、あたしを連れ戻しにきた。最初にきた番人の失敗をうけて」

「そのあとはこなかったのでしょ。四人いるなら、あと二人残っている。なぜこなかったの?」

「たぶん、島にはもうそこまでの余裕がなかったのだと思う。客が減り活気もなくなって、それでさらにさびれた。ああいうところは、はやっているほど人がいきたがる」

私が答えると星川は訊ねた。

「そもそも番人はなぜ四人なの?」

「島には十軒の娼家があったけど、老舗で大店の三軒、羽織《はおり》屋、襟《えり》屋、身頃《みごろ》屋に若くて値の高い女がいた。そのひとつ下に帯《おび》屋というのがあって、その四軒が、自分のところの男衆から代表をひとりだし番人にしていた。なぜ四人になったのかは知らない。ほとんどの番人は島で生まれた男の子で、母親から引き離され、大店三軒の経営者である名主や番人に育てられる」

「そういう意味ではエリートってことね」

「島がさびれだし、働く女や男が減れば、新しい番人も生まれない。だから、最初にきた番人が年寄りだったのだろうね。後継ぎがいないから現役でいるしかなかった。逆に村野はそのおかげで番人に〝昇格〟できた」

「そこへ腹ちがいの妹が流れてきたってこと？」

「観光であの島にいく女はいない。高校中退後、いろいろあったあげく、島に売られたのだと思う」

「売られるといっても、島にいったのは自分の意志だよね。昔の話じゃないのだから」

「島にくる女の多くは、たいがい大きな借金を抱えていた。島にいれば、買いものやホストで無駄遣いをする心配もない。家賃もかからないから、短期間で金が貯まる。死ぬ以外、女は島をでられないという島の掟も、その頃はかわっていたと思う。二年か三年いて、稼いで島をでていく、そういうつもりだったのかもしれない。もちろん、かつてのあたしみたいに、さらわれて売られてきた子は、死ぬまででられないだろうけど」

私はいった。

「村野と畑岡みずきが島で会い、互いの素性を知った。驚いただろうな」

驚いただろうし、その後私を連れ戻しにいった村野が帰ってこないので、さらに恨みをつのらせたのだろう。

「あたしの体のことは、たぶんそのときに村野から聞いたんだね。そのあと島を離れて、あたしへの恨みを晴らす方法を探していたんだと思う」

「でもそれがどこで由乃ちゃんとつながったの？　病院でのすりかえが本当だとしても、どうしてそれを知った?」

星川がいい、私は首をふった。

「わからない。どこかで二兆ウォンを狙っている奴らと知り合い、それがたまたまあたしと重なったのか」

「そんな都合のいい話ってある?」

私の携帯が鳴った。

「すみません。ちょっと電話にでられない状況だったものですから」

楠田だった。

「何かあったのでしょうか」

「由乃をさらう手助けをしたという女を、白央会の人が見つけたものですから」

「どんな女です?」

「五十過ぎの、どこにでもいそうな女でした。大阪で雇われて、パーキングエリアの女子トイレで待ち伏せろといわれたそうです。大型のトランクをトイレにもちこみ、もうひとりの女と由乃に薬を嗅がせて運びだしたと白状しました」

「もうひとりの女?」

「ええ。三十くらいの若い女で、大阪で接触してきたのがその女だったようです。トランクは、その女が、パーキングエリアにいた別の車に積んで走りさったと」

「他に仲間はいなかったのですか」

「運転手の男が別にいたそうですが、顔とかはわからないそうです」

「それで楠田さんは今、どちらに?」

「まだ岐阜におりますが、今夜のうちに新幹線で東京に向かおうかと思っております」

「妹さんのところですか」

「ええ。先ほど病院から連絡がありまして、体調が悪化したというものですから」

私は息を吸いこんだ。

「あたしと会ったのがよくなかったのでしょうか」

「それはわかりませんが、もともと体力がありませんので、いったん悪くなると心配です」

「楠田さん。あたしもお会いしてお訊きしたいことがいくつかあります」

「妹のところにきていただけるならお話はできると思います。場合によってはずっと病院を離れられないかもしれません」

楠田がいったので私は息を吸いこんだ。

「妹さんの具合はそんなに悪いのですか」

「いってみなければわかりませんが、数値を聞く限りでは、よくはないようです」

「わかりました。何時頃病院にうかがえばよろしいでしょうか」

私は訊ねた。

「そうですね……」

一拍おいて楠田は答えた。

「午後十時では遅いですか」

「大丈夫です」

「では十時に病院でお待ちしています」

告げて楠田は電話を切った。

「雪乃の具合が悪くなった」

見ていた星川にいった。

「死にそう?」

「わからない。でも医者の楠田が会いにいくといっているのだから、かなり悪いのは確か」

「雪乃が死んだらお金はどうなるの」

「楠田のところにいく」

「楠田は待ってるね」

私は無言だった。雪乃と楠田の関係を、私は見抜けなかった。楠田にどんな感情を抱いているのか、雪乃と話しても私にはわからなかった。

由乃に対する感情も同じだ。

雪乃は、由乃が自分の子供ではないと知っていたのだろうか。

「何考えてるの」

星川が訊いた。

「雪乃のこと」

「由乃ちゃんのことを知ってるかどうか?」

私は頷いた。

「楠田は教えたかな」

「教えるよ。自分の子かどうかは気づくだろうから」

「でも病院でとりちがえた子をずっと育てたケースもある」

私がいうと星川は考えこんだ。

「あんたはどう思った？　話したんでしょ、雪乃と」

「壊れてる。由乃が殺されたらお金はどこかに寄付すると笑っていた」

星川は眉をひそめた。

「ヤバいね」

「つらい目にあいすぎたのだと思う。その上病気になって。全部、他人ごとのように見ている」

「楠田はそれをわかってるの？」

「自分たちのせいで、楠田は父親の代からの病院を閉めることになり、しかも雪乃の入院費用や由乃の学費も負担している。もし金が手に入らないとわかったら、叩きだすだろうと雪乃はいっていた」

「なるほど。ないとはいいきれないね」

いって星川は私を見つめた。

「で、楠田に会ったら確かめる？　由乃が自分の子なのか」

「そうするしかない」

「じゃあ訊くけど、由乃があんたの子じゃなかったら助けない？」

「そんな筈ないでしょ。どっちだろうと助ける」

私は星川をにらんだ。

「だったら今確かめることに何の意味がある？」

「えっ」

私は意表をつかれた。

「だってそうでしょう。あんたのお腹の子と流産した雪乃の子をとりかえたのは楠田で、それが本当なら、由乃には二兆ウォンの遺産を受けとる資格はない。楠田は端《はな》から二兆ウォンを狙っていたことになる。それが妹のためか自分のためか、両方のためだとしても。そんな楠田が、あんたに問い詰められて、はい、由乃はあなたの子供ですって認めると思う？　今までやってきたことが全部ぶち壊しでしょ」

「確かにそうだ」

「もし由乃が雪乃の子じゃないと楠田が認めるときがくるとしたら、二兆ウォンを手に入れ、誰にも奪われる心配がないと確信してから。でも韓国国家情報院が動いている限り、そんな日は永遠にこない」

私は頷いた。

「いいかえれば由乃ちゃんに二兆ウォンを渡したいなら、この話は絶対にだしてはいけない。由乃ちゃんにもしちゃ駄目ってことだよ。知ったら、あの子は悩むし、お金を受けとれないといいだすかもしれない」

その通りだ。私は目を閉じ、大きく息を吐いた。

「あんたがいてくれてよかった」

星川は鼻を鳴らした。

「パニック起こしてるあんたなんて見たくなかったからよ。落ちついたのならそれでいい」

17

清瀬には、星川の運転するメルセデスのＳＵＶで向かった。

十時十分前に病院の駐車場に車を止め、楠田の携帯を呼びだす。

「水原です。今、病院の駐車場におります。雪乃さんの具合はいかがでしょう」

応えた楠田に告げた。

「小康状態といったところです。今すぐどうこうということはないでしょうが、この一日二日で、もち直すかどうかでしょうね」

落ちついた声で楠田は答えた。そして、

「時間外ですが、二階のラウンジを使わせてもらえることになりました。あがってすぐの『ラウンジA』においでいただけますか」

といった。雪乃と話した部屋だ。

「承知しました」

私は電話を切り、SUVを降りた。星川もいっしょだ。ついてきてくれと頼んだのだ。ひとりでは、必要な情報を楠田からひきだせる自信がなかった。

エントランスの扉は開いており、前回は制服の女がいた受付には警備員がすわっていた。

「水原です」

名乗ると警備員はマスクを二つ、カウンターにおいた。

「これをつけて二階にあがって下さい。ラウンジの場所はおわかりですか」

「前にもうかがったのでわかります」

建物の中は静かだった。マスクをつけ、二人でエレベータに乗った。

「ラウンジA」の扉を押した。

白い麻のスーツを着た男がソファにすわっていた。長身で、白髪の混じった髪をオールバックになでつけ、マスクをつけている。かつての〝若院長〟だった。

かたわらに相撲とりのような体つきをした角刈りの男がかけている。ひと目で極道と知れた。白央会の人間だろう。

私たちが入っていくと二人は立ち上がった。

「水原です。こちらはアシスタントを頼んでいる星川です」

私は告げた。楠田は腰をかがめた。

「お世話になっております。楠田です。この方は――」

「北《きた》といいます。野田会長にいわれて、楠田さんのそばにいさせてもらいます」

相撲とりのような体をした男がいった。図体に似合わず、頭の切れる目をしている。ボディガードというより監視役なのだろう。

「野田会長というのは白央会の？」

北は頷いた。

「自分のことは無視して下さい。何も聞かんし何も喋らんつもりですから」

「そういわれても――」

私はいって楠田を見た。楠田は小さく頷いた。

「北さん、申しわけないが、ここは席を外してもらえませんか」

「わかりました。部屋の外におります。終わったら声をかけて下さい」

北は素直に答えて、部屋をでていった。

「申しわけありません。会長がどうしてもといって聞かないものですから」

扉が閉まると楠田はいった。私は病院での記憶がよみがえるのを感じた。十三年前もマスクごしのこの声を聞いた。

「大丈夫です。その後、由乃ちゃんのことは何かわかりましたか」

「いえ。何も。雇われていた女は、本当に何も知らないようだということしか」

「その女を雇ったという若い女についてはどうですか」

「由乃を入れたトランクを、大阪ナンバーのワゴン車に乗せたということはわかりました」

答えて、楠田は私に訊ねた。

「その女も誰かに雇われているのでしょうか」

星川が口を開いた。

「理由は申しあげられないのですが、畑岡みずきという女性に心当たりはありませんか」

「畑岡みずき……」

楠田はつぶやき、首を傾げた。

「さあ。いくつくらいの人でしょう?」

「三十前後です」

「いえ。心当たりはありません」

「いなくなった運転手について、その後何か情報はありませんか」

「平井ですか。白央会がけんめいに探しているようですが、今のところは何もありません」

「楠田さんは、平井というその男について何もご存じありませんか」

「まったく。京都で会ったのが初対面でした。平井も金で雇われたのでしょうか」

「もし金で雇われたとしたら、相当の額を積まれた筈です。白央会に追われるし、つかまればただではすまないことをしたわけですから」

星川がいうと楠田は頷いた。

「確かにおっしゃる通りです。韓国の人間ではないようなのですが、なぜあんなことをしたのか」

「由乃ちゃんを京都にお連れするときは、韓国の人間が動いていました。韓国国家情報院につながる半官半民の警備会社の連中です。ですが、由乃ちゃんをさらったのは彼らではないようです」

私はいった。星川が私を見た。よけいなことを喋るなといいたいのだ。

「韓国ではない?」

意外そうに楠田がいった。

「ではいったい誰がさらったのです?」

「それを知りたいとあたしたちも思っています。由乃ちゃんが受けとることになっているお金の話を知っている人間がどれくらい、いるのか」

楠田は小さく首をふった。

「ほとんどいない筈です」

「由乃ちゃんが生まれたのは日本ですか、それとも韓国ですか」

星川が訊ねた。

「私の病院です。私がとりあげました」

「その場に、由乃ちゃんのお父さんもいましたか?」

「いえ。韓国にいて、翌日きた記憶があります。すごく喜んで、ずいぶん感謝されました」

「失礼ですが、そのとき、お父さんが何者であるか、楠田さんや雪乃さんはご存じでしたか」

「本田陽一といって日本人と韓国人のハーフで貿易会社をやっている、と私や父は雪乃から聞かされていました」

「本当のことはいつ？」

「本田陽一の遺体が見つかったときに教えられました」

楠田は目を伏せ、答えた。

「誰からです？」

「雪乃からです。本田は韓国で起きた大きな詐欺事件の主犯で、被害金の大半が見つかっていない、と」

「それはいつですか」

「五年前です。その少し前から雪乃や由乃と連絡がとれなくなり、心配していました。突然連絡があって、本田が亡くなった、助けてほしい、と。雪乃は名古屋にいました。警察の人から、本田が何をしたのかを聞かされ呆然としていました。お金がどこにあるのか知らないかと、刑事さんにも厳しく調べられたといっていました」

「それで？」

「途方に暮れている雪乃と由乃を連れて福岡に戻りました。その後、大騒ぎとなり、病院は閉めざるをえなくなりました」

「失礼ですが、楠田さんはご結婚は？」

「しておりません」

いわれて、私は楠田の顔を改めて見た。少しわかった。ゲイではない。他人に愛情をもてないのだ。本気で人を好きになれない人間だ。

「本田さんの遺産のことは、どうして知ったのです？」

「弁護士から雪乃に連絡がきたんです。本田の依頼をうけ、由乃が二十になったら相続する財産を管理している。本田がその前に亡くなったら雪乃が信託人となるということでした」

「楠田さんもその弁護士にお会いになったのでしょうか」

「いえ」

楠田は首をふった。

「会ったのは雪乃ひとりです」

「日本の弁護士ですか、それとも韓国の？」

「日本の弁護士だったそうです」

「名前は？」

「聞いておりません。その弁護士のアドバイスで、雪乃は私に教えませんでした。雪乃が癌を発症し、それを弁護士に伝えたところ、私が後見人に指定されていると教えてくれたそうです」

「それはどういう内容なのでしょう？」

「具体的には何も知りません。雪乃が亡くなったとき、弁護士から私あてに連絡が入るということしか知らされておりません」

楠田は答えた。嘘はついていない、と思った。まちがっているかもしれない。楠田に対しては、記憶が邪魔をして、見抜いているという自信がない。

「それは雪乃さんにそういわれたのですか」

楠田は頷いた。とまどったように訊ねた。

「それが、由乃の行方を見つけることと何か関係があるのでしょうか」

「由乃ちゃんをさらった犯人の狙いは、由乃ちゃんが将来受けとる、お父さんの遺産です。それはつまり、雪乃さんや楠田さんの現状も知っているということです」

「はい、それはわかります」

「由乃ちゃんが車で京都から山梨に戻ることも知っていた。でなければ、前もってパーキングエリアで待ち伏せることもできません」

星川がいうと楠田は目をみひらいた。

「犯人は私たちの近くにいる人間なのですか」

「その可能性は高いと思います。由乃ちゃんをとりあげたのが楠田さんであることも知っていたのではないでしょうか」

星川はうまく話を誘導していた。

「由乃ちゃんが生まれたときに楠田さんの病院に勤めていて、今も連絡のある人はいますか?」

「それは……。まったくいないわけではありません。ドクターや看護師など、何人かはいます」

「その中に、由乃ちゃんのお父さんのことを知っている人間はいますか」

「ほぼすべてが知っています。本田が亡くなったとき、マスコミが大騒ぎをしましたから。中には週刊誌の取材をうけて、うちの病院で由乃が生まれたことを喋った者もおります。韓国からも調べにきた人がたくさんいましたし。その人たちには、私や雪乃は共犯扱いをうけました」

「遺産については話さなかったのですね」

「雪乃と由乃がどんな目にあわされるかわかりません。雪乃と話し合い、絶対に黙っていよう、と。どれほど訊かれても、お金のことは知らぬ存ぜぬを通しました。マスコミはそれでひきましたが、韓国側は信用しなかったと思います。ずっと見張られていると雪乃はいっていましたから。それで私は雪乃のそばにおいていてはまずいと思い、由乃を転校させせました。全寮制の学校で部外者は入れないため、安全だと考えていたのですが……」

楠田は低い声でいった。その目だけでは、由乃のことを本気で心配しているかどうかが読みとれない。

「由乃ちゃんに万一のことがあったら、お金はどうなるのでしょう?」

星川が訊くと楠田は首をふった。

「わかりません。たぶん雪乃のところにいくと思いますが……」

雪乃が死ねば、楠田のものになるということだ。

それがわかっていても、楠田は由乃を殺さなかった。人を愛せない人間ではあっても悪人とは限らない。だからなのか、由乃の死後雪乃がどうでるかわからず、ようすを見ていたのか。

「雪乃さんが癌だとわかったのはいつですか?」

「由乃を転校させる少し前です。三十代の発症であることを考えると、よくもっています」

私は息を吐いた。五年間、由乃はずっと怯えてきたのだ。

「かつて楠田さんの病院にいて、由乃ちゃんの誘拐にかかわっていると疑わしい人はいませんか?」

星川が楠田を見つめた。

「それは……」

楠田が何かをいいかけ、黙った。

「いないことはないのですが、私が疑わしいと思うだけでは……」

「あたしたちは警察ではありません。調べるだけで、まちがっていても、その人の信用が傷つくことはないと思います」

星川がいった。楠田は小さく頷いた。

「うちの病院に、父親の代からいる看護師がいました。婦長だったのですが、その息子だという男を二年ほど、事務とか雑用の仕事で使っていました。いろいろと問題が多くて結局辞めてもらったのですが……」

「どういう問題があったのですか」

「一番は薬です。痛み止めなどがなくなり、その男が疑わしいことがくりかえしありました。他に、のぞかれているようだという訴えが患者さんからあったり……。白衣を着て、医者のフリをして病室に出入りしていたのです」

「確かに問題があった人のようですね」

「ええ。婦長の話では、高校時代にグレて家出をして、三十を過ぎてから突然、戻ってきたというんです。それまでどこで何をしていたのか、一切話してくれなかった。ただ体に大きな傷を負って帰ってきた、と」

「大きな傷？」

「性器を切除されていた。それも女性性を求めた結果の切除ではない、と」

「性転換のための切除ではなかった？」

「ええ」

頷き、気まずそうに楠田は星川を見た。

「大丈夫です。あたしは自ら望んで手術を受けましたから。望まないのにそんな体になったというのはなぜでしょう」

「わかりません。不憫がった婦長から聞いただけなので。何かの事故なのか、事件に巻きこまれたのか。ただ専門医に診せても、事後処置が悪くて、再生手術も難しいだろうといわれたという話でした」

「名前は何といいますか」

「大貫《おおぬき》……、大貫総一《そういち》といったと思います」

星川が字を訊ねると楠田は説明した。

「大貫総一ですね。現在の年齢はいくつくらいでしょう」

「病院で働いていたのが三十四、五の頃ですから、今はもう五十近いと思います」

「顔とかは覚えていらっしゃいますか」

楠田は首をふった。

「それはさすがに」

いってから、あ、とつぶやいた。

「左手の甲にケロイド様のひきつれがありました。火傷なのか下手な縫合の跡なのかはわかりませんでしたが。性器の傷といい、劣悪な医療環境下におかれていた経験があるのだろうと思っていました。おそらく日本ではないのではないかと」

「どこなのかを本人はいいませんでしたか」

「いえ。口の重い男で、喋っているのをほとんど見たことがありませんでした。何かをいいたいときは、婦長にだけぼそぼそ話しかけ、それを婦長が代弁するといった調子で」

「婦長さんはお元気ですか」

楠田は首をふった。

「一昨年ですか、亡くなりました。葬儀にもいきましたが寂しいものでした。うちで同僚だった者以外は、その息子とあと何人かしかいなくて」

「そこに三十前後の女はいました？」

星川が訊ねた。

「三十前後の女ですか」

楠田は首を傾げた。

「先ほどお訊ねした畑岡みずきという女と大貫総一はつきあいがあった筈なんです」

「そうなんですか。申しわけありません。思いだせません」

楠田は答え、息を吐いた。私を見る。

「犯人の目的はお金だといわれましたね」

私は頷いた。

「雪乃が生きている間は、財産を管理している弁護士と私は話ができません。犯人から連絡があれば、それを伝えることができるのですが、今のところ何もいってきません。犯人は待っているのでしょうか」

「何をでしょう」

「雪乃が亡くなるのを」

「その可能性はないとはいえませんが、雪乃さんの病状が悪化したのはきのう今日の話です」

「確かにそうです。だとすれば、雪乃を威すつもりだったのか。雪乃に直接連絡をしていた可能性はありますね。本人がいわなかっただけで」

「雪乃さんがいわなかったとすれば、どういう理由でしょう」

星川が訊ねた。

「それは……」

いって楠田は息を吐いた。

「妹ではありますが、客観的にいって雪乃の精神状態は安定しているとはいえません。それは当然です。死期が近いと知らされているわけですから」

「ひどく立ち入ったことをうかがいますが、由乃ちゃんとお母さんの関係はうまくいっていたのでしょうか」

「私はそばにいなかったので、何とも。小さなときは別として、由乃ももう中学生ですし。ただ片親でしかも余命が短いということもあり、反発したくても我慢していたと思います」

「雪乃さんのほうはどうだったのでしょうか」

「それがよくわからないのです。愛情を注いでいると感じるときもありましたが、むしろ憎んでいるのじゃないかと思うくらい、言葉で由乃を追いつめることもあって」

「それはなぜです?」

「さあ。親子のことなので……」

楠田はいって口をつぐんだ。考えていたが、口を開いた。

「先ほどうかがった、畑岡みずきという女性と、うちにいた大貫総一ですが、由乃の誘拐にかかわっているというのはまちがいないのでしょうか」

「可能性は高いと思います」

星川が答えた。

「でしたら、思いきった方法ではありますが、白央会の野田会長にお願いして探してもらうというのはどうでしょうか」

星川が私を見た。

「二人を見つけても傷つけないというのが絶対条件です。二人が共犯で、しかも他に仲間がいたら、全員を同時におさえない限り、由乃ちゃんの身が危険になります」

私はいった。楠田は頷いた。

「なるほど。白央会の人間はそこまで考えないかもしれませんね」

「ですから犯人から連絡があるとか、何か状況がかわるまでは、それは待ったほうがいいと思います。まずこちらのやりかたで二人を探します」

「わかりました。よろしくお願いします」

楠田は頭を下げた。

「雪乃の意識がはっきりするようなことがあれば、犯人から連絡がなかったかを訊いてみます」

「何かあれば、いつでも連絡を下さい。お待ちしています」

私は告げ、立ち上がった。楠田をその場に残し、病院の建物をでた。

ＳＵＶに乗りこむと、私たちは顔を見合わせた。

「大貫にあんたは会ったことないの？」

星川が訊ねた。

「わからない。下僕の名前なんて訊かないし、いつのまにか増えたり減ったりしてたし」

「でも女に手をだして、サオを切られてる」

「やった女なら知ってるだろうけど。むしろ今も島に残っている年寄りなら覚えているのじゃない？」

私は星川を見た。星川は息を吐いた。

「もう一回、九州にいくか。飛行機なら日帰りできるだろうし」

「あたしは湯浅に連絡してみる。大貫が島で下僕をしていたのなら、その前に警察の厄介になるようなことをしでかしていたにちがいないから」

「金村は使えない?」

「二人のうちのどちらかが在日韓国人なら、情報があるかもしれないけど」

「今のところ、そういう話はでてないよね」

私は頷いた。大貫が二兆ウォンのことを知ったのは、母親から聞いたからにちがいない。

「とりあえず戻ろう」

私はいってSUVのエンジンをかけた。

18

翌朝、星川は朝一番の飛行機で九州に飛んだ。

私は湯浅に電話をした。

「水原さん、ずっと心配していました。きのう、あまりにようすが変だったので」

「ごめんね」

「水原さん!　私にあやまるなんて、本当に大丈夫ですか」

湯浅がいったので、思わず笑った。

「あたし、あんたにそんなにつらく当たってた?」

「つらくあたられたなんて一度も思ったことはありません。優しい言葉をかけられたのが珍しかったんです」

「同じことじゃない」

「水原さんが厳しいのは、心を許した相手にだけです」

「それは知らなかった」

「いいんです。私が勝手に思っていることですから。それよりきのう、水原さんの携帯にかけてきた電話のことがわかりました」

タカイの電話だ。

「大阪の業者が売った、トバシの携帯で、所有者の登録はありません。その業者は逮捕されているのですが、主に特殊詐欺の犯行グループを顧客にしていました」

「今は刑務所？」

「いえ。大阪を離れ、神奈川の川崎で換金ショップをやっています」

「川崎のどこ？」

「ご案内します」

「仕事はいいの？　あたしにかまってばかりいて」

「本田由乃が誘拐されたことで、情報収集と韓国国家情報院との連絡調整が私の任務になりました。金村氏をご紹介していただいたおかげです」

得意げに湯浅はいった。

「だったら頼みたいことがある。大貫総一という男について調べて。出身はたぶん九州で現在の年齢は五十歳前後。由乃の誘拐に関係している可能性が高い」

名前の字を教えた。

「すぐに手配します。お迎えは十一時でよろしいでしょうか。換金ショップが開くのが十二時なので」

「よろしく。木崎にいっておく」

「二人でドライブを期待したのですが」

「由乃が見つかったら、いくらでもつきあってあげる」

「約束ですよ」

いって湯浅は電話を切った。私は木崎にかけた。

「十一時に湯浅がくる。川崎にいく」

「川崎のどちらでしょう」

私は息を吐いた。頭が回っていない。

「ごめん、聞いてなかった」

「大丈夫です。十時半に麻布台に参ります」

十時になると仕度をした。まだ今日も暑く、拳銃を隠すためのジャケットを着る気にはなれない。薄手のパンツに麻のシャツ、スニーカーで、拳銃はバッグに入れた。

頭が回らないのは睡眠不足が理由ではない。由乃のことばかりを考えているからだ。

確かに星川がいうように、由乃が私の子だろうとそうでなかろうと、私がすべきことにちがいはない。由乃を助ける。

問題はそのあとのことだ。もし本当に由乃が私の子なら、それを告げるべきかどうか。

あの子のためには告げるべきではない。

だが雪乃がいなくなっても、身内がいると知れば、心強いのではないか。

とはいえ、二兆ウォンをあの子が受けとるまでは、名乗りをあげるべきではないとも思う。

今考えても結論はでない。すべては由乃を助けてからだ。私は迷いを頭からしめだした。

湯浅は十一時きっかりにやってきてアルファードに乗りこむと、換金ショップの住所を木崎に告げた。京急川崎駅の東でソープ街のある堀之内に近い。

「業者は山内《やまうち》という男です。今はなくなった奈良の小さな組の準構でしたが、組が潰れてからは、トバシの携帯や銀行口座、偽の身分証などを専門に扱う商売を始め、一時は羽振りもよかったそうです。ところが昨年つかまった特殊詐欺の主犯が検察との取引にのっかって、商売道具の仕入れ先をうたった。それが山内でした。詐欺師はふつう出所したあとのことも考えて、取引先のことは吐かないものですが、そいつはちがいました。山内は逮捕され、執行猶予はついたものの、大阪で商売ができなくなった。それで川崎に流れてきたようです」

「うたった奴はどうなった?」

「服役中です」

「山内の年は?」

「五十七です」

換金ショップはソープ街とは一本道をへだてたマンションの一階にあった。

「金・プラチナ買います」「ブランド製バッグ・腕時計お売り下さい」といった幟《のぼり》がガードレールに固定され、はためいている。ガラス扉には、新幹線の回数券の料金表が貼られていた。

「ひとりでいく」

湯浅にいって、私はガラス扉を引いた。髪を金髪に染めた化粧の濃い娘がカウンターの内側にいた。二十《はたち》になったかどうかだ。

「らっしゃい」

携帯をいじりながら、こちらも見ずにいった。つけマツゲを二枚貼っていて、お世辞にもかわいいとはいえない。

「社長いる？」

「いますよ。社長ぅ」

娘は奥に声をかけた。カウンターの奥、スクリーンで仕切られた部屋から、

「おう」

と返事があって、太った男が現われた。花柄のアロハシャツに同じ柄のショートパンツをはいている。薄い髪がテカテカになるほどポマードを塗りつけ、その匂いがこちらにまで漂ってきた。

小さい目が丸まっちい鼻梁に寄っていて、損になることは決してしない人間だと知れた。恨みを忘れず、仕返せるときにはねちねちといたぶるのが大好きだ。そのくせセックスではいたぶられるのを好む。

「山内さん？」

「ああ？　誰や」

私はバッグから拳銃をだし、山内の顔に向けた。娘がひっと息を呑んだ。

「ちょ、ちょ、何すんねん」

「覚悟はできてるわね」

「何の話や、おい。姐さん、まちがえてへんか、相手を」

山内は娘の陰に隠れ、両手をつきだした。

「まちがえてない。あんたの売った携帯が人殺しに使われている」

「待ってや！　いったい、いつの話や。携帯なんて売ってへんで」

「大阪にあんたがいたとき」

「ちょっ、それ、何年前の話や。そんなん今いわれても困るわ」

「誰に売ったのかを教えたら死なずにすむ」

「覚えてるわけないやろ」

「あんたは覚えている。顧客の身許があんたの保険でしょ。さもなけりゃ、密告《う》られても殺されても文句はいえない」

「けどな、携帯なんてなんぼでも転売できるで。最初に売ったのがわいでも、今、誰が使《つこ》てるかなんぞ、わかるかい」

「じゃああんたを撃って、クライアントにそう伝える」

「勘弁してくれや」

「どうするの。教える？　死ぬ？」

「わかったわ！」

山内は叫んだ。盾にしていた娘に、

「おい、奥から小さい金庫もってこい」

と命じた。娘はふくれっ面で山内を押しのけると、スクリーンの奥に入った。動き回っていたが、

「どの金庫よ」

と叫んだ。

「とってに黄色いテープが巻いてある奴や。赤や青やないで」

「これ？」

スクリーンの内側から手さげ金庫を娘はつきだした。

「そうや。貸し！」

山内はひったくるとカウンターにおき、ダイヤル錠の番号を合わせた。

中から使いこんだ大学ノートをだした。四、五冊ある。

「番号は何番や」

私は湯浅の携帯を呼びだした。

「番号を教えて」

タカイが私にかけてきたときは「非通知」だった。

湯浅が番号を告げた。私は復唱した。山内は首から吊るしていた老眼鏡をかけると、一冊を選んだ。番号順に名簿を作っているようだ。指をなめ、ページをくった。

「もう一回、いうてや」

私は番号を告げた。山内の顔がこわばった。

「あかんわ」

ノートから顔を上げ、いった。

「何が駄目なの」

「その携帯、買《こ》うた奴は死んでもうた。一昨年の暮れに岐阜で撃たれよってん」

私は息を吸いこんだ。

「撃たれた奴の名前は？」

「布池《ぬのいけ》。布池マサル。しゃぶの売人やったんが、どっかともめて、撃たれたんや」

「どっかってどこ？」

「そんなん知らんわ」

私は首をふり、銃口を山内の顔に向けた。

「もういい。痛くないように、一発で片をつけてあげる」

「本物か、それ」

余裕が生まれたのか、山内は銃口をのぞきこむようにして訊ねた。私はカウンターに銃を向け、引き金をひいた。電卓が粉々に砕け、スクリーンの向こうで娘が悲鳴をあげた。

「わかった、わかった！　堪忍や」

山内は両手をつきだして叫んだ。

「もめとったんは星印や。星の縄張り荒して、ハジかれたいう話や」

「しゃぶの縄張り争いくらいで、人を殺してたら割にあわない。別の理由があった筈」

「そんなん知らんわ。柳ヶ瀬に止めた車の中で死んどったらしい。携帯とか商売道具は、皆もっていかれとったいう話や」

「殺した奴がもっていったの？」

「それ以外、考えられんやろ。姐さん、誰に頼まれて、ここにきたんや」

「そんな話をする馬鹿いる？　あ、いたか。いたから、大阪にいられなくなったんだものね」

山内の目に怒りが浮かんだ。

「あのクソガキ、出所《で》てきたらいてもうたる」

「知り合いに頼んで、刑務所の中で消させてあげてもいいわよ。ちょっと高くつくけど」

山内は瞬きした。考えているようだ。

「やめとくわ。姐さん、上乗せするやろ」

「当然でしょ」

私は鼻先で笑った。

「もうええわ。聞くこと聞いたんやから、でてってくれや」

山内はすねたように口を尖らせた。意外に憎めない。ベッドでいたぶられるのが好きなだけあって、いじり甲斐がある。

「クライアントが納得してくれたら、もうこない。ちがったら、またくる」

「説得してえな。ほんまの話、したんやから」

「別にそこまでする義理はない」

「恩に着るで。ホンマや」

山内は手を合わせた。

「その言葉、忘れないで」

いって、店をでた。アルファードのドアが開いていた。湯浅が不安げにこちらを見ている。

「銃声が聞こえました」

「本物かって訊かれたから、教えてやったの」

アルファードに乗りこんだ私は、膝にのせたバッグを示した。湯浅は息を吐き、訊ねた。

「携帯を買った人物の情報は得られましたか？」

「死人だった」

「死人？」

「一昨年の暮れに岐阜で撃ち殺されたしゃぶの売人に売ったのだそうよ。死体は柳ヶ瀬に止めた車の中で発見され、商売道具がすべてなくなっていた。問題の携帯もそのひとつで、山内の話では星の縄張りを荒したせいで殺されたと」

私が告げると湯浅は首を傾げた。

「しゃぶの密売より殺人のほうがはるかに罪が重い。たかが縄張り荒しくらいで殺しますかね」

「あたしも同じことをいった。でも山内はそれくらいしか心当たりがないようだった」

「星が殺《や》ったのなら、何か別の理由があった筈です。拳銃を使った殺人ほど、暴力団が厳しく調べられる事件はありませんから」

私は頷き、携帯をだした。

「岐阜と名古屋は近いわよね」

「隣りです」

星和会の矢代の携帯を呼びだした。名古屋のファミリーレストランの外で私をさらった星稜会系の組員だ。利に聡《さと》く、勘がいい。

「矢代です」

最初の呼びだしで矢代は電話にでた。

「水原」

「もちろんわかってます。あのあと、本部の方から連絡をもらいました。姐さんを殺らんでよかった、と。名前を覚えておく、といわれました。ありがとうございました」

「それはお互いさま。今日電話したのは別の件。今、話せる？」

「プールサイドで寝転がっているだけですから、まったく大丈夫です」

「優雅ね」

「こう暑いと、昼は何もしたくありませんから」

「一昨年の暮れに柳ヶ瀬で撃たれて死んだ布池マサルという男を知らない?」

矢代は黙った。やがて、

「どういうことですか」

と、押し殺した声で訊ねた。

「どういうこと、とは?」

「姐さんは、そういうやりかたするんですか」

声が尖《とが》っている。

気づいた。布池を撃ったのは、矢代かその仲間だ。私が探りを入れていると思ったのだ。

「勘ちがいしないで。タカイが使っている携帯電話は、布池がもっていたものなの。どうしてタカイに渡ったのかをあたしは知りたいだけだから」

矢代は再び黙った。間をおき、

「俺、タワケですわ。姐さんに、喋らんでもいい話をしてまった」

と吐きだした。

「聞かなかったことにする。布池がもってた携帯はどうなったの?」

「一時間で調べます」

わかったと私がいうと、矢代は電話を切った。

「東京に戻って」

私は木崎に告げた。山内は嘘をついていなかったようだ。

「今のは誰です?」

「名古屋であたしをさらった星和会の人間。使えそうだから連絡先を聞いておいた」

「それがまさかのビンゴですか」

「どうやらそうみたい。撃った本人かどうかはわからないけど、かかわっていたのはまちがいない。売人がもっていた携帯がどうなったのかを調べてくれる」

「いずれにしてもタカイは、星稜会にコネがある」

「星稜会だけじゃない。『九凱神社』の神主にもコネがある。神主の紹介状をもって星和会を訪ねたから、矢代たちが動いた」

「それもうかがいました。嫌な感じがしませんか。由乃さんをさらった犯人は水原さんに深い恨みをもっている」

　湯浅がいった。

「タカイは、由乃を返して欲しかったら、二兆ウォンを渡せとあたしにいった。もしそうしなかったら、由乃を昔のあたしと同じ目にあわせる」

「水原さんが金を捜すということですか」

「そう。あたしへの復讐だと思う」

「何の復讐です？」

　私は湯浅を見た。

「島からあたしを逃してくれた男がいた。元は客だったけど、あたしを逃したあとつかまり、島で働かされ、最後は〝番人〟と呼ばれる男衆になった。島抜けしたあたしを連れ戻すのも番人の仕事だった」

　湯浅は目をみひらいた。

「その番人の名は何というんです？」

「村野。もう生きてないけど」

「まちがいありませんか」

「まちがいない。あたしがこの手で殺し、死体は埋められた」

湯浅は目をそらし、息を吸いこんだ。

「じゃあ、誰が……」

「かもしれない」

「村野には腹ちがいの妹がいる」

「その妹がタカイなのですか」

「先ほどうかがった大貫総一というのは？」

「妹とつるんでいる可能性のある男。楠田の病院で働いていたことがあり、その前に島にいた」

「なぜ島にいたとわかるんです？　会ったことがあるのですか」

私は首をふった。

「島の掟を破って処罰された傷がある」

「傷？」

「去勢されるの」

湯浅は何かをいいかけ、口を閉じた。考えていたが、携帯をとりだし操作した。

「湯浅です。頼んでいた件、どうなりました？」

相手の返事を聞き、

「それじゃ遅い。一時間以内にお願いします」

と告げた。携帯をおろし、私に、

「大貫総一の件を頼んだ人間です。最近の公安《ハム》はことが国内となると動きが遅くて。過激派が暴れなくなったからでしょうね」

「過激派？」

「極左暴力集団てやつです。ネーミングを考えた人は頭がいい。活動家をテロリストに仕立てたのだから」

「そうなの？」

「最近は市民運動家と称している活動家もいるようですが。昔のように堂々と革命家と名乗ってもらいたいものです」

私は横目で湯浅を見た。

「いつの昔よ」

「私が生まれた頃です。華やかなりし七〇年代」

私は首をふった。湯浅の携帯が鳴った。画面を見て、

「ほら。パソコン叩くだけなのにもったいぶっている奴なんですよ」

といい、耳にあてた。

「湯浅です」

私は車外に目をやった。アルファードは首都高速を走っていた。空港の手前に運河が見える。

「わかりました」

通話を終えた湯浅がいった。

「恐喝と傷害の逮捕歴があり、傷害では二年服役しています。南条会《なんじょうかい》という、なくなった大阪の小さい組に属していたことがあるようです。南条会は縄張りを星稜会に食われ、消滅しました。

組員の一部は星稜会に吸収されましたが、大貫は足を洗ったようです」

「それがいつ？」

「大貫が二十八のときです。現在の年齢は四十七です」

「足を洗って、島に流れついたのね」

「足を洗った極道が暮らせる土地はそうないですからね」

足を洗ってから何年で島に流れついたのだろう。私は計算した。

由乃が生まれたとき、大貫は楠田の病院に勤めていた。それが十三年前だ。そのときにはもう、島で去勢されたあとだった。

つまり、私と大貫が島にいた時期は重なっている。

下僕の中に三十過ぎの男などいただろうか。

私は目を閉じ、記憶の底をさらった。

ひとりいたかもしれない。長身だが猫背で、いつもうつむいていた男だ。口をきくのを見たことがなく、たまに目が合うと妙に粘っこい視線を向けてきた。女には好かれないタイプだ。

大貫が島をでたのは、私より先か同じ頃だろう。そうでなければ、楠田の病院に勤められない。が、そう考えると辻褄が合わないことがある。畑岡みずきとの関係だ。

私と星川は、畑岡みずきが島にいたことがある、と考えていた。その理由は、私の乳房にある黒子の情報だ。教えられるのは村野しかいない。

下僕はもちろん、番人であっても島からでることはほとんどない。番人が島をでるとしたら、「九凱神社」の使者に選ばれて大組織の襲名披露に赴くか、島外にでる女たちについていくときくらいだ。そんな限られたタイミングで村野が島外にいた腹ちがいの妹と出会うだろうか。

畑岡みずきが島に流れつき、村野と出会ったと考えるのが自然だ。

だが畑岡みずきは私が島から逃げだした十四年前、十六歳だ。私のように売られたのでない限りは、十代で島に流れつく女はいない。少なくとも私が島抜けしたとき、島に十代の女はいなかった。

となると、大貫は病院をクビになったあと、どこかで畑岡みずきと知り合ったのだ。そのどこかが、島だった可能性は高い。

掟を破った下僕として去勢されたにもかかわらず、島に舞い戻ったのか。

性器を失いながらも性を売る島で暮らそうなどと考えるだろうか。

大貫の気持は理解できない。が、そう仮定すれば、村野、大貫、畑岡みずきの関係がしっくりくる。

島に戻った大貫は、下僕から番人にとりたてられたかもしれない。番人の数は四人と決まっていて、欠員がでれば島の男衆の中から〝補充〟される。

「九凱神社」が全焼したのをきっかけに、島はさびれたと聞いている。わざわざ船に乗ってまで快楽を得たいと考える客も、今は少ないだろう。「九凱神社」が燃えなくても、島は滅びる運命だった。

島にあった十軒の娼家がいつ廃業したのかは知らないが、最近のことにちがいない。

いつかはわからないが、島に戻った大貫は番人にとりたてられ、つとめを果たすうちに畑岡みずきと知り合ったのだ。

私は考えを湯浅に話した。

「村野が死んだのはいつです?」

湯浅は訊ねた。

「『九凱神社』が火事で焼けた年。五年前」

「するとそれより前に、大貫は島に戻ったのでしょうね。村野が島にいたからこそ、大貫と畑岡みずきはつながり、水原さんへの復讐を企《くわだ》てた」

湯浅の言葉に私は頷いた。

「あたしを連れ戻しにいった最初の番人が帰ってこないので、村野にその仕事があてがわれた。その村野も帰ってこず、死んだと二人は気づいた筈」

「島は今、どうなっているのです?」

「さびれている。『九凱神社』がなくなり、組織の庇護もうけられなくなり、時代もかわった。店は皆、閉めたと聞いてる」

「すると二人とも島にはいられませんね」

「女は稼げないし、男衆を食わせてやることも、もちろんできない」

「そこで水原さんへの復讐と、尹家詐欺事件の被害金の回収を思いついたというわけですか」

湯浅は合点したようにいった。由乃が私の子かもしれないという話をする気はなかった。

「老人ホームにいる『九凱神社』の元神主に、星稜会への紹介状をもらいにいったのは大貫ね。番人だった人間にならら、紹介状くらい書くでしょう」

私はいった。

「タカイは最初、星和会の人間に水原さんを殺させようとしたのではありませんか」

湯浅の問いに私は頷いた。

「方針をかえたのはなぜです?」

「由乃とあたしが行動を共にしていることをそのとき知ったからじゃないかな。殺すだけだったら一文にもならない」

湯浅は私を見つめた。

「それで、どうするんです？」

「どうするとは？」

「二兆ウォンを回収しますか」

「金なんかどうでもいい。由乃を助ける」

私がいうと、湯浅は頷いた。考えていたが、口を開いた。

「二人だけで描いた絵図でしょうか」

私は湯浅を見返した。

「大貫とみずきの二人で、ここまでの計画がたてられるとは思えません」

「私も同じ意見」

アルファードが飯倉インターで首都高速を降りた。

私の携帯が鳴った。矢代だった。

「はい」

「お待たせしました。布池の道具がどうなったのかがわかりました。処分したのは川平《かわひら》という男です」

「星の人間なの？」

「いいえ。東海地区のプッシャーの元締めです。ご存じの通り、うちはクスリにさわるのは法度なので。とはいっても、場所を提供したり、シマうちで売るのを目こぼししてやったりして上前はハネています」

「つまり星の人間じゃないけど、金は納めている」

「そうです。元はといえば、この川平が布池とひと悶着あり、うちに片づけてほしいといってきたんです」

「上前をハネているから、サービスで殺したというの？」

「まさか。殺しをサービスなんかしません。別料金でオファーしてきたんです」

見えてきた。矢代は、星和会の中で、殺しを担当しているのだ。組を窓口にして、契約殺人を請けおっている。

「お宅はシノギに関係のない仕事もするということ？」

「こういうご時世です。仕事をシノギにするということもあるとわかっていただけると助かります。姐さんのときもそういうことでした。もちろん、何のつきあいもない素人に頼まれたって受けませんが、それなりの手続きを踏んだクライアントの仕事は請けおいます」

「星の本家はそれを知っているの？」

「もちろん知りません。ですがシノギに困って似たようなことは、どこの組でもやっています。直接手は下さなくても、別のプロとかにつないで仲介料をとったりしているのもいますし」

「ずいぶん厳しいのね。以前は中国人とかにアウトソーシングしていたのじゃない？」

「中国人も金持になりましたからね。安く殺しを請けおうようなのがほとんどいなくなりました」

矢代はいって息を吐いた。

「それで川平は、布池の携帯をどうしたのかしら」

「顧客の番号が入ったメモリだけ抜いて廃棄したといっています。川平が嘘をついているのか、廃棄を任せた奴が売りとばしたのか」

「調べられる?」

「ちょっと時間がかかります」

「どれくらい?」

「本人に会って威しを入れる必要がありますんで、全速でやっても二、三日」

「お願い。これはあたしへの貸しにしていい」

矢代は沈黙し、

「わかりました」

と答えた。

電話を切り、湯浅に説明した。

「星がフリーの殺し屋みたいな真似を始めてるんですか」

あきれたように湯浅はいった。

「星だからこそじゃない。警察の締めつけが一番厳しいのも、日本最大の組織だから」

「ちょっと前なら殺しは外国人にやらせるくらいの余裕があったのに」

「もしかしたら今でも組がらみの殺しはアウトソーシングしているかもしれない。シノギのためだからって組員にやらせたら、すぐにアシがつく」

湯浅は首をふった。

「おかしな時代ですね。組のための殺しは外に頼み、商売として他の殺しを請けおう」

「殺し屋として消したのなら、被害者と組のあいだに関係は存在しない。警察も星を疑うことがない」

私がいうと、

「なるほど」

と答えて湯浅は黙りこんだ。

「由乃をさらった犯人グループに大貫とみずき以外の人間がいるのなら、川平の線から辿《たど》れるかもしれない」

「そうですね」

湯浅は頷き、私を見つめた。

「何よ」

「まだ私に話して下さってないことがあるのじゃないかと思って」

「あるとしたら話せないことだから」

私はいって正面を見た。アルファードは麻布台に到着していた。

「いろいろありがとう」

湯浅は首をふり、無言でアルファードを降りていった。

19

星川が戻ってきたのは夜の十時過ぎだった。

「お願い、先にシャワー貸して」

そういってバスルームを使い、でてくると冷蔵庫から炭酸水をだした。

「ビールもあるよ」

私《あたし》がいうと首をふった。

「このあと彼と会うの。ずっとほったらかしだったからすね気味で。酔っていったら怒られそう」

「いろいろ面倒かけるわね」

「いいの。若い男のヤキモチなんて、おいしくて、いくらでも食べたい」

幸せそうに星川はいった。

「それで大貫のこと、わかった?」

「大貫は、島に残った最後の番人二人のうちのひとりだった」

「やっぱりそうか」

「四人のうち二人、昔からいた天城《あまぎ》という大男と村野が島の外にいって戻ってこず、それまでいた中国人が死んだので大貫と河上《かわかみ》という男が島の最後の番人になった。二人の補充は年の始めにおこなわれるしきたりだったけど、前の年の暮れに『九凱神社』が火事になり、それどころじゃなくなった」

「もうひとりの番人は河上といったの?」

星川は頷いた。

「本名かどうか怪しいけど。大貫は十五年くらい前、下僕のときに島をでていって、四年後に戻ってきた。そのときにはもう島の男は少なくなっていて、戻って二年で番人にとりたてられたらしいわ。一度でていったのに戻ってくる男は珍しいと、あたしに話してくれた爺さんもいってた」

「なんで戻ってきたのか、その人は知っていた?」

「根っからの女好きなんだと。サオを切られても、女の匂いがする場所にいたいと、島に戻ってきたのだそうよ。変態なのかもしれない」

思いだした。女の下着がなくなることが島であいついであった。下僕の誰かが盗んだのはまちがいなく、全員の住居を番人が調べたが、犯人は見つからなかった。

「あたしならつらくていられない。女ばかりでいくらむらむらしても、できないのだから」

星川は首をふった。

「できないからこそ際限がなくなるってこともある。指や舌、道具を使って延々と女の体をなぶりつづける。そういう客もいた」

私はいった。

「女もそれがいいならいいけど、金で買われてされるのは最悪ね」

私は目を閉じた。

「感じなけりゃ感じないで責めたてられ、感じるフリをすればしたで、またしつこくされる」

そういう客はひとりではなかった。年をとってできなくなったのもいれば、若いのに病気で駄目になったのもいて、体力があるぶん、むしろそちらのほうがキツかった。

星川は息を吐いた。

「ごめん、嫌なこと思いださせて」

私は首をふった。

「それより河上という、もうひとりの番人が今どこで何しているかわかる?」

「それね。きっと訊かれると思った。河上はもともと静岡の出で、名古屋にいたことがあったらしい。背中に入れ墨《スミ》が入ってて、おそらく元極道だろうと。ただ島に流れてきたいきさつなんかは訊かないのがルールだったから、あたしに話してくれた人も知らない、と」

「年は？」

「四人のうち天城が最年長で、村野と大貫が同じ年くらい。河上が一番若くて、生きているとすれば三十代半ばくらいだそうよ」

だとすれば私は会っていない。私が島をでたとき二十そこそこだ。そんな男衆はいなかった。

「いつ番人になったの？」

『九凱神社』が燃えた年の初めに、大貫を訪ねて島にやってきたのが居ついて、そのまま番人になったのだと。体が大きくて腕っぷしもあったらしい。河上も、もしかすると大貫や畑岡みずきの仲間かもしれない」

私は頷いた。

「タカイがあたしにかけてきた携帯の番号を湯浅が調べてくれて、もち主を辿った。もともとは岐阜で撃ち殺された布池という売人が仕事で使っていた。殺したのは、金で請けおった星の組員。布池の商売道具は殺しを依頼した川平という売人の元締めに渡った。川平は処分したといっているけど、タカイが今使っている」

「川平も星印？」

私は首をふった。

「星は上前をハネているだけ。川平本人はフリーということね。配下に何人か売人をかかえているのじゃない」

「プッシャーの元締めなんて最低だよ。あいつらどんな嘘でもつくし、売れるものは何でも売りとばす」

星川は吐きだし、つづけた。

「もしかするとその川平ってのも一枚噛んでいるのかもしれないね。だとしたら最悪。由乃ちゃんが心配」

「でも殺させた奴の携帯を使い回したりはしないでしょ。殺しにかかわってたって白状するようなもの」

「確かにそうだ。じゃあ売ったのかな」

「今、調べてもらってる」

「誰に？」

「名古屋であたしをさらった極道。どうやらそいつと仲間が布池を殺《や》ったらしい。星和会だけど、契約殺人をシノギにしていると白状した」

「何それ。星の組員がフリーの殺し屋をやってるってこと？」

「それだけ追い詰められてるのもいるってことじゃない。大組織はどこも、トップ連中は過去の財産で食っていけるけど、下はシノギが難しい」

「難しいっていうより、ない、だね。グレーゾーンだったシノギは全部できなくなり、残ってるのはクスリや詐欺、恐喝みたいな、はっきりクロの商売だけ。極道だって、いつパクられるかわからないような生活は送りたくない。できりゃ、枕を高くして寝たいからね。けど、今できるのはさわったらもっていかれるとわかってるシノギしかない。だったらいっそ殺しもやるかってことね。ギャラは大きいだろうし」

私は首をふった。

「大きいかどうかはわからないよ。特殊詐欺の元締めのほうが稼げる上に、罪も軽い」

「そういうのはさ、半グレの専売特許。極道が元手や道具を提供してやらせてるのもあるけど、大半はネットに強くて、手っとり早く稼ぎたいっていうタチの悪いカタギばかり。極道なんて時代遅れの恐竜みたいなもんだと考えていて、それはそれで半分当たってる」

「詳しいじゃない」

「彼氏の受け売り。ＩＴ系で働いていると、周りにそういうのもいるんだって。コンピュータの扱いは天才的だけど、企業に入ったらただの歯車でしかない。だったら詐欺のソフトを作って稼ぐ、みたいな。盗みや威しは直接人とかかわる。けどネットでひっかけるのは人に会わないから、罪の意識がまるでないらしいの。ひっかかるほうが馬鹿だって考えね。見た目はごくふつうの、むしろおたくっぽいのが詐欺で大儲けしているのだから、極道の出番なんかないってわけよ」

私は頷いた。プロの犯罪者の世界では、危険を伴う仕事ほど、実入りは少ない。人を威したり傷つけるのは、やくざでも末端のチンピラの仕事だ。たかだか数万か数十万の手間賃と引きかえにやらされ、つかまれば何年という懲役をくらうし、下手を打てば反撃されて病院送りになる。そうなっても補償はなく、逆に使えない奴だと罵《ののし》られる。

上にいけば、逮捕も怪我も恐れずに稼げる仕事にありつける、そうなるために体を張れといわれるが、大半は使い捨てにされる運命だ。

カタギと同様、いやそれ以上に、犯罪者は格差社会にいる。浮かばれない人間は、前科と傷が増えるだけで、一生浮かばれない。

昔は十代でいきがるチンピラは、やくざにリクルートされ、そういう下積みを強要された。今は十代でもそんな馬鹿は少ない。

下が補充されなければ、矢代のような中堅は、危ない橋を渡らざるを得なくなる。といって逃げだしたところで、元極道がやりなおせるほど世の中は甘くない。

河上のような男が島に流れてきたのも、そういういきさつだったのだろう。

「大貫と河上がその後どこでどうしているかの情報は？」

私が訊ねると星川は首をふった。

「まるでなし。二人とも『九凱神社』が焼けた翌年に島をでていったって。残ってもどうにもならないとわかったのじゃない」

「河上の下の名前は？」

「トオル。もちろん本名かどうかはわからない」

湯浅にメールを打った。大貫とつるんでいる可能性がある、もうひとりの番人が河上トオルという名を使っていたことを伝える。

「じゃ、あたしいくね」

星川がいった。

「たっぷり楽しんで」

私がいうと、へへっと舌をだした。

ひとりになり、ソファに横たわった。

少しずつだが、手がかりが増えている。

畑岡みずき、大貫総一、河上トオル。その三人がどこで布池の携帯を入手したのか。やはり川平が鍵だ。

由乃の誘拐に川平もかかわっているとして、どうして大貫や畑岡みずきとつながったのか。

接点があるとすれば、まずクスリだ。大貫が楠田の病院にいたとき、痛み止めなどがなくなっていたという話を思いだした。自分で使っていたのかもしれないが、売って金にかえていた可能性も否定できない。

ただ楠田の病院は北九州で、川平の売人としての縄張りは岐阜や名古屋などの東海地区だ。離れすぎている。大貫がどこかで川平と知り合い、アシがつかないように離れた土地の川平にくすねた薬品を売ったとも考えられるが、その程度の量をわざわざ取引するだろうか。大貫が楠田の病院に勤めていたのはわずか二年だ。その間に大量の薬品を盗めば、ただのクビではすまなかった筈だ。大貫と川平の関係が薬品の売買だったという可能性は捨てていいような気がした。

次は、大貫が大阪の組にいたときに、売人の元締めである川平とつきあいがあったという可能性だ。

大阪と名古屋なら、北九州よりはるかに距離は近い。大貫の所属していたのは、その後星稜会に吸収された小さな組だった。つまりクスリを仕入れるのも、星稜会の力が大きい地元大阪では難しかったと考えられる。

星稜会に限らず大組織はどこも、組員にクスリにさわることを禁じている。その一番の理由は、覚せい剤のフラッシュバックが無差別の暴力につながることだ。無関係な通行人を刺したり、被害妄想から同じ組の人間を撃ったりする。

覚せい剤の売買じたいは手っとり早く金を生む。製造原価が五十円、百円の代物が五千円、一万円になるのだ。製造者から運び屋、仕入れ元、元締め、売人とラインを下るにつれ、それぞれの利益が上乗せされる。扱えばぼろ儲けはまちがいない〝商品〟だ。

が、クスリを買う中毒者の多くはカタギで、つかまれば入手先を簡単にうたう。それゆえ売人までは警察も簡単に辿ることができる。だが売人は中毒者の数だけいる。自分のクスリ代を浮かすために、中毒者が周囲の者にクスリを教え、売人に早変わりすることなど日常茶飯事だ。つかまっても罪は軽く、再犯でもあっという間にしゃばにでてこられる。

だから警察も元締め・仕入れ元といった上を狙う。が、そこまでいけばプロの犯罪者なので簡単には口を割らない。割れば、でてきたあと商売ができなくなるからだ。

映画などでは、つかまった売人が元締めや仕入れ元の情報を洩らさないように殺されるという話があるが、クスリと殺人では罪の重さがちがう。プロの犯罪者である元締めや仕入れ元は、裏切った売人をいちいち消したりはしない。クスリを卸さなければ、自然に干上がるだけだ。

クスリを禁じている大組織でも、末端の組員はその売買にかかわっていることが多い。上納金作りに、背に腹はかえられず、利益率の高いクスリの密売に手をだすのだ。

法度と上納金と、どちらが大事なのかといえば上納金に決まっている。上も見て見ぬフリをして、クスリで作った上納金を受けとる。

したがって南条会のあった大阪では、星稜会以外の組がクスリを仕入れるのは容易ではなく、大貫が名古屋や岐阜までいって仕入れていたことは十分に考えられる。

星川の話では、最後の番人となった河上トオルは、大貫を訪ねて島に現われたという。つまり二人のあいだには、島にくる前からのつきあいがあったわけだ。

携帯にメールが届いた。湯浅だった。

大貫が所属していた南条会に、河上トオルという組員の登録はなく、準構にもそういう名の人間はいない、とあった。

とすれば、河上が名前をかえていたか、南条会以外の場で大貫と知り合ったのだ。

湯浅のメールにはつづきがあった。

『いただいた、売人の元締めである川平という名前についても、現在、情報を集めさせていますす』

『そこは気をつけて。あたしと警察のつながりが、星和会に伝わる危険がある』

私は返した。すぐに返信があった。

『地元警察以外の筋で情報を収集します』

警察以外のどういう筋を使うのかはわからない。

『他に何か、お役に立てることはあるでしょうか』

『二兆ウォン』

私は送った。

『それには一番人手を割いています。ですが今のところ進展はありません。本田陽一が日本国内に隠したとしても、韓国紙幣でもちこんだとは思われず、ドルか円か、あるいは金《きん》などにかえている可能性が高いのではないでしょうか』

『本田雪乃に接触してきた日本人の弁護士がそれについては情報をもっている。ただ、何という弁護士かはわからない』

『たとえ弁護士でも、犯罪の被害金であると判明している財産を管理するのは違法です。それを知った上で、接触してきたのでしょうか』

『わからないけれど、知っている可能性は高いと思う。楠田には自分のことを教えないよう、雪乃に口止めしたらしいから』

『本田雪乃が亡くなったらどうなるのです?』

『由乃の後見人に指定されている楠田のところに、その弁護士から連絡がいく。おそらく由乃が成年に達するまでは、楠田がその金を管理するのじゃない』

『本田雪乃の余命はどれくらいあるのです？』

『それもわからない。今現在、状況はあまりよくないみたい』

『犯人はそれを知っているのでしょうか』

『あたしにかけてきた電話では、そういう話はでなかった。知っているとすれば、本田雪乃を監視していることになる。韓国国家情報院並みの情報収集力ね』

『犯人グループが国家情報院から情報をひいている可能性は否定できません。双方向の情報交換ではなく、一方的な情報の流出ということになるでしょうが』

『犯人グループのメンバーだとわかっているのは、畑岡みずき、大貫総一、あとは可能性として河上トオル、川平。川平については星和会の矢代という組員に情報を集めるよう、頼んでいる。これはあたしの推測だけど、大貫が大阪の組にいたとき、川平と取引があったのかもしれない。河上トオルは、そのとき大貫と知り合い、その後、島に大貫を訪ねて現われた』

間が空いた。電話がかかってきた。湯浅だ。メールのやりとりではまだるこしくなったのだろう。いきなり訊ねた。

「訪ねてきた、というのは？」

「星川が、今も島にいる年寄りから聞いてきたの。河上は島にきたときは三十そこそこで、最後の番人になった。体が大きく入《ス》れ墨《ミ》をしょっていたそうよ」

「元極道ですか」

「そうね。でも南条会にはそういう組員はいなかったのでしょう」

「偽名を使っていたかもしれません」

「そうかもしれない」

「川平の下の名前は何というのです?」

「わからない」

「矢代は信用できますか」

「今は。金で布池を消したことをあたしに話したくらいだから。でもそっちの調査のやりかたしだいで、もう一度あたしを殺そうと考えるかもしれない。互いに弱みを握りあっている感じね」

「昼間にうかがった話から判断して、その矢代という男は、星和会の組員というよりはプロの殺し屋としての意識が強いのではないでしょうか」

「可能性はある」

「そういう人間は、自分の正体を知る者を長く生かしておきたがらない。危なくありませんか?」

「今さらいう?」

私がいうと、湯浅は息を吐いた。

「愚問でした。ただ、その矢代には、ふつうの極道ではない危険さがあると思います」

「確かにそうね。もしこじれたら、あたしがいくら星のトップを知っているといっても、容赦なくくるかもしれない」

「でしょう。最近は大企業のサラリーマンでも牙や爪を隠しているのもいます。気をつけて下さい」

簡単に抱きこめると考えるのは、確かに危険だろう。「姐さんは、そういうやりかたするんですか」といった声にはすごみがあった。

ああいう男に、組織の理屈は通用しない。上辺ではしたがうフリをしながら、裏ではきっちり自分のしたいことをする。しようと決めたら、兄貴分や親分筋にもためらいなく刃を向けるにちがいない。

かといって、今さらかかわりを断つわけにはいかない。とことん利用しあい、最後はどちらか片方が消える。

湯浅との電話を終え、私は冷やしたシャブリをだした。

二兆ウォンを手に入れタカイに渡すという考えはない。まして本田雪乃が危篤状態の今、金のことで動くのは無理だ。

とらえられているあいだに雪乃が死んだら、由乃はどれほど悲しむだろうか。五年間、母を失う恐怖に怯え、しかもそのときをどこかに閉じこめられて迎える。自分の運命と母親の命と。由乃はこの瞬間も、ふたつの恐怖に耐えているのだ。

それを考えると、ワイングラスを噛み砕きそうになった。

私への復讐なら、由乃を巻きこまないでくれ。たとえ由乃が私の子だとしても、あの子は十分すぎるほどつらい思いをしている。

ワイングラスをおき、深呼吸した。いてもたってもいられない気持をおさえようと努力した。

こんなに自分の感情がコントロールできないのは何年ぶりだろう。

やはり由乃が私の子だからだろうか。初めて会った瞬間からあの子が気になってしかたがなかったのは、血を分けた相手だったからではないか。

落ちつけ。たとえそうであろうとなかろうと、私が冷静さを失ったら何も解決しない。

由乃が私の本当の子供であるかどうかは、無事に戻ってくればいくらでも調べることができる。できればそれは雪乃の死後であったほうがいい。雪乃が生きているあいだに、本当の母親は私だと名乗りをあげても、あの子は混乱するだけだ。

ただこれだけはいえる。私は十代の女に対して好意をもたない。十四で島に売られ、悩みも含め謳歌できた筈の青春のなかった私は、むしろその世代の娘には嫌悪すら感じる。

それなのに、リュックにぶらさがったぼろぼろのミニオンを見たとき、息が止まるほどの愛おしさを由乃に感じた。あの瞬間から、私はあの子を大好きになった。

それは血がつながっているからなのか。

ちがう。血がつながっていても、憎み合う親子はいくらでもいる。

親子だから、決して縁が切れないから、相手を許せず、殺し合いに発展することだってある。

ひと目見て好きになったのは親子だからなどというのは、まるで理由にならない。

私は人としてあの子が好きなのだ。つらい境遇にあっても、決してひねこびず正面から人生に向き合おうとしているあの子が好きなのだ。

そのあの子が、実は異なるかもしれない父親の遺産をめぐる争いに巻きこまれ、さらに私への恨みのはけ口にされかねない状況にある。

もしあの子が本田陽一、雪乃の娘でないとしても、私の娘として苛酷な目にあう。

そんなことは絶対に許せない。

再び感情の波に押し流されそうになり、私は息を吸いこんだ。

あの子を助けられるのは私だけだ。誰よりも落ちつき、誰よりも冷酷にならなければ。

携帯が鳴った。西岡タカシからだ。

迷うことなく耳にあてた。

「もしもし」

「暑いね。姉さん、何してる？」

タカシの明るい声に、ほっと気持がやわらいだ。星川のいう通り、私はタカシに〝惚れて〟いるのかもしれない。

「何も。家でワイン飲んでる」

「マジ？　俺にもご馳走してよ」

「いいわよ」

「やった。今、西麻布なんだけど、そっちいっていい？」

「かまわない」

「十分くらいでつく」

電話は切れた。新たなワイングラスと生ハム、チーズを用意した。

十分もしないうちにタカシは現われた。

「自分で運転してきたの？」

サマーニットに明るいブルーのパンツをはいている。ハンサムというほどではないが、生まれたときから金に困ったことのない優雅さが備わっていて、それが女にもてる理由だろう。

「いや、運転手。下で帰したけど」

タカシが大手不動産デベロッパーの社長であることを忘れていた。

「その節はありがとう。助かった」

タカシが向かいのソファにすわると私はいった。ワイングラスを合わせる。

「どうしたの。急に電話してくるなんて」

「何となく姉さんの顔が見たくなって」

私は思わず笑った。

「血がつながっているのは、あんたかもね」

「えっ、何それ」

「あんたが会いにきてくれて嬉しいってこと」

初めてタカシに会ったのは、タカシがまだ大学生のときだ。十年はたっていない。茶髪のチャラいガキだったのが、髪も黒くし、少し男の顔になった。

若くして社長になったのは、創業者である父親が撃たれ障害を負ったからだ。撃ったのは中国人の殺し屋だが、そう仕向けたのは私だった。中国、韓国、日本をまたぐ民族マフィアのネットワークが生まれようとしていて、それを食い止めたい中国と日本の司法機関が私を利用したのだ。

その事件の直後、タカシは私を殺そうと拳銃を手にこの部屋の前で待ちかまえていた。

そのときから私はタカシを気に入った。ただの腐れガキだと思っていたが、父親の敵を討つ根性を見せた。

その後もいろいろあった。タカシがひっかかった、とてつもなく危険な女を私は撃ち殺した。

「珍しいな。さては姉さん、今、キツいね」

「そうね。けっこうキツいかも」

「名古屋で埋められそうになったのも、その件？」

「そうよ。お腹は？」

「焼肉、たらふく食ったから」

いってタカシはリコッタチーズをつまんだ。

「これで充分。役に立つかどうかわかんないけど、俺に話してみない？」

私はタカシを見つめた。タカシは在日韓国人三世で、商売柄、顔が広い。

「尹《ユン》家詐欺事件というのを知ってる？」

「聞いたことある。主犯は在日で、そいつが死んだあと、被害金が行方不明なのじゃなかった？」

「日本名は本田陽一。日本人妻とのあいだに由乃という十三歳になる娘がいる。その子がさらわれ、犯人はあたしに、被害金の二兆ウォンを渡せといってきた」

「なんで姉さんにそんなことをいうんだよ。母親も死んだの？」

「生きているけど癌で余命がいくばくもない。金のありかはその母親しか知らず、死ねば、娘が成人するまで、母親の兄が管理することになっている」

「わかんねえ」

タカシは首をふった。

「ますます姉さんとは関係のない話じゃん」

「あたしは由乃をめちゃくちゃ気に入っていて、養子にしてもいいくらいに思ってる。由乃をさらった犯人は、あたしをひどく恨んでいて、復讐と二兆ウォンを両立させようとしてるの」

タカシは考えていたが、訊ねた。

「恨まれる覚えあるの？」

「あたしが考えている奴なら、ある」

「『ギサ』のこと訊いてたよね。関係ある？」

「犯人には関係していない。由乃を追っかけているから、最初は関係を疑ったけど、どうやらかかわってない」

「かかわってないとどうしてわかった?」

「『伊東交易』の金村。そういえば、会うためにあんたの会社の名前を使った」

タカシは笑い声をたてた。

「そりゃ傑作。金村ね。義足で女を口説く奴」

「そうなの?」

「狙っている女に、『見たいか』って訊くみたいよ。『ベッドの上でしか外さない』って」

「いいそうね」

「絶対、姉さんのこと、タイプだと思うよ。『見たいか』って訊かれなかった?」

「まだね」

タカシは首をふった。

「姉さんがあいつと寝たらショックだな」

「男前だし、頭も切れる。根っからの嘘吐きってところも嫌いじゃない」

「悪趣味！　だったら俺でもいいじゃん」

私はタカシを見つめた。タカシの口もとから笑みが消えた。

「あんたのことは大好きよ。でも弟とはできない」

「そっちかよ！」

タカシは口を尖らせた。一瞬、危険水域に入ったことを二人とも感じていた。それを抜けでて、タカシもほっとしている。

タカシは空になった自分のグラスをふった。

「なんかもっとさっぱりしてるのがいいな。泡ある？」

「ベルエポックでいい？」

「いいね。甘口は姉さんぽくないけど」

タカシはにやりと笑った。

花の絵のあしらわれたボトルが好きなのだ。

シャンペンを開け、フルートグラスに注いだ。タカシはグラスをもちあげた。

「いただきます。姉さん家《ち》でベルエポックなんて、高くつきそう」

「何してもらおうか」

「二兆ウォン探しは？」

『ギサ』を動かすの？」

「戦争ごっこしか能のない奴らには無理。もっと頭の切れる奴を知ってる」

「信用できる？　頭の切れと信用は反比例するものよ」

「確かに。ただそいつは、俺に捨てられると行き場がないんだ。元北の工作員で、『ギサ』の賞金首だったのを、拾ってやったの。まなみの件があったんで、調査のプロをひとり飼っておこうと思って」

森まなみというのが、タカシがひっかかり、私が殺した女の名だ。

「賢明ね」

「そいつを動かしていい？」

「いいわよ」

「姉さんのことは話さない。あくまで俺の指示で探させる」

私は頷いた。

そのあとはとりとめのない話をしながら飲んだ。新しい女のこと、その女にやらせているラウンジと焼肉屋がえらく儲かっていること、中国事業からは撤退したこと。

気づくと私は眠りこみ、タカシはいなくなっていた。

メモが残っていた。

「襲わなかったこと、ひとつ貸しね。デキのいい弟」

20

本田雪乃の容態に変化はなかった。ずっと病院にいるわけにもいかないので、池袋のホテルに部屋をとったと昼前に楠田からショートメールが届いた。池袋なら病院のある清瀬まで一本でいける。

私は楠田の携帯を呼びだした。

「メール拝見しました。今日明日、ということはないと考えていいのですか?」

「まったくないとはいえませんが、おそらく大丈夫だということです。ただ話をするのは難しい、と」

楠田は落ちついた声でいった。

「その後、犯人から何か連絡はありましたか?」

私は訊ねた。タカイが金を入手しろと私に求めてきたことは、今はまだ話さずにおく。

「ありません。白央会の会長からは何度も連絡がありましたが」

「何かつきとめたのでしょうか」

「平井は白央会に入る前は中洲のソープで働いていたそうです」

私は息を吸いこんだ。

「ひとつ、おうかがいしたいことがあります。由乃ちゃんのお父さんの遺体が見つかったとき、ずっと連絡のなかった雪乃さんが名古屋から楠田さんに助けを求めてきたとおっしゃいましたね」

「ええ」

「名古屋で何をされていたのでしょう」

「喫茶店と画廊がくっついたような店のママのようなことをしていました」

「そのお店は自分で経営されていたのですか？」

「いえ。人に任されていたのだと思います」

「お店の名は何といったか覚えてらっしゃいますか」

「覚えています。『ドガ』です。『踊り子』が、ガラスの壁に印刷されていました」

「その頃、雪乃さんが名古屋で交流のあった方をご存じですか」

「まったく知りません。名古屋にいたのも驚きでした。なぜ名古屋にいったのか、話してくれませんでしたし」

「失礼ですが、本田陽一さんとの結婚を、楠田さんやお父さまは快く思っていらっしゃらなかったのでしょうか」

「面食らったのは事実です。突然、結婚するといいだして。しかもお腹の中にその人の子供がいる、と。ただ本田さんがハーフであることや韓国で仕事をしているという理由では、父も私も反対はしませんでした。北九州にはもともと朝鮮半島の人が多いですから、そういう反感のようなものはありません。その後、本田さんが行方不明になり、雪乃も由乃を連れて福岡から引っ越しました」

「本田さんに呼ばれて名古屋にいったとは考えられませんか」

「その可能性はあると思います。雪乃は最初から本田さんの正体を知っていたのではないかと、今は思っています」

あなたもそうではないのですか、と訊きたいのをこらえた。雪乃が流産したとすれば、楠田の協力なくして子供のすりかえはできない。

「その『ドガ』は、本田さんの経営する店だったのではないでしょうか」

「わかりません。でもそうなら、雪乃も私には話してくれた筈です」

「本田さんでないとすれば、どうしてお店を任されるようになったのでしょう」

「さあ。名古屋に以前から知り合いがいるというような話は聞いたことはありませんでした。博多で働いていたときに知り合った人がいたのかもしれませんが……」

「由乃ちゃんを生んだあとは、しばらく九州にいたのですよね」

「由乃が三、四歳になるまではいました。それがあるとき九州を離れるという連絡があり、携帯もつながらなくなって心配していました。その後突然名古屋から連絡があって、本田さんの死体が見つかった、と」

その話は前も聞いていた。

「本田さんの死体はどこで見つかったのです?」

「名古屋の隣の岐阜の山の中だそうです。所持品もなく、身許不明で扱われていたのが、雪乃の届出と特徴が一致し、確認にきてくれと警察に呼ばれ、見にいったらそうだったと」

「楠田さんは死体をご覧になったのですか」

「いえ。私が名古屋まで迎えにいったときは、もう荼毘《だび》に付されていました。外傷もなく、病死だと判断されたそうです」

「本当に本田陽一さんだったのでしょうか」

楠田は黙った。

「失礼かもしれませんが、雪乃さんと本田さんが共謀して、本田さんが亡くなったことにしたとは考えられませんか」

「それは私も考えたことがあります。ですがもしそうなら、岐阜で見つかった死体に所持品がなかったというのは矛盾しませんか。むしろ本田さんだとわかる品をもたせ、それで連絡をうけた雪乃に確認させたほうが早かった筈です」

「確かにそうです」

「同じことを刑事さんにいわれたんです。本田さんの事件を聞いて、刑事さんも疑っていたようです。ですが、死んだことにするのなら、本田さんだとわかる品をおいただろう、と。行旅死亡人として扱われていたら、身許の判明はいつになるかわからない。それに――」

「それに何でしょう」

「雪乃のようすは演技には見えませんでした。憔悴していて、亡くなったショックもあったのでしょうが、お金を探す人たちがいっせいに自分のところにくるのではないかと怯えていました。私に助けを求めたのも、経済的な理由ではなく、由乃とふたりで隠れたいからというものでした」

「雪乃さんはお金の在りかを知っていたのですか」

「はっきりとはいいませんでしたが、知ってはいるようでした。ただ、自分には手をつけられない、由乃にすべていく、といっていて、それは雪乃に連絡してきた弁護士も同じことをいったそうです」

前に聞いた話と矛盾はない。

「楠田さんは本田さんの事件についてご存じでしたか」

「いえ。雪乃から聞くまではまったく知りませんでした」

「わかりました」

真実を追及したとしても認めるとは思えないし、それをするのは今ではない。無事に由乃をとり戻すのが先だ。

「水原さんには何か情報が入っていますか」

楠田が訊ねた。

「まだお伝えできるほどのことは何も。ただ雪乃さんとお話しできれば、手がかりになるかもしれないと思うことはあります」

「それはどんなことでしょう」

楠田がそう訊くのは予想していた。

「まずはお金のことです。由乃ちゃんをさらった人間の目的は、やはり本田さんが隠したお金だと思うんです」

「それなら、私にでも金を渡せという連絡がきていいように思いますが」

「ですが今、実際にきても楠田さんはどうしようもない。ひどいことをいうようですが、雪乃さんが亡くなられて初めて、楠田さんはお金に関する情報を得るわけです」

「犯人はそこまで知っている、ということですか」

楠田はいったが、声に驚きはなかった。

「由乃ちゃんのことを調べ上げ、白央会の運転手まで抱きこんでいるわけですから、そうであっても不思議はないと思います」

私は答えた。楠田は低く唸った。

「雪乃が亡くなれば、犯人にもそれが伝わると？」

「病院に監視をおけばすぐにわかることです」

「そんな大がかりなグループなのでしょうか」

「行方不明になっている金額を考えれば、不思議ではありません」

私が告げると楠田は黙った。やがて、

「なぜ今なのでしょう」

とつぶやいた。

「雪乃が発症したのは何年も前のことです。お金を手に入れたいのなら、雪乃が元気なときに何かをしたと思うのですが」

私がからんでいるからだ。が、それをいうわけにはいかない。楠田に今はまだ、私が知っていることを知らせるわけにはいかない。

「雪乃さんひとりを脅してもどうにもならないと犯人は知っていたのではないでしょうか。お金は最終的には由乃ちゃんのところにいく、と雪乃さんからあたしもうかがいました」

「そんなことまで知っているというのですか」

楠田は驚いたようにいった。

「ええ。犯人には、韓国側の情報も伝わっていると思います」

「韓国側というと？」

「韓国国家情報院が、雪乃さんと由乃ちゃん親子をずっと監視していたのではないでしょうか。お金が動いたら、そのタイミングでとり戻そうと」

「そうか。そうですね。お金はもともと韓国の人たちからでたものですから、韓国政府がとり戻そうと考えても不思議はありませんね」

楠田は息を吐いた。

「とり戻したとしても、それが被害者に返されるかどうかはわかりません」

私はいった。

「どういうことです？」

「出どころをつきとめられない大金は、情報機関にとって大きな利用価値があるでしょうから」

「自分たちのものにしてしまうといわれるのですか」

「ありえないことではないと思います」

「いったいどれだけの人がかかわっているのでしょう」

「わかりません。ですがもしお金が見つかったとでもいうことになったら、とんでもない数の人間が現れるかもしれません」

「そうなっても日本の警察はあてにできないということですか」

「由乃ちゃんや楠田さんの身の安全に関しては、あてにできると思います。お金については何ともいえません。ですが、日本政府が韓国政府と交渉する、というようなことにはならないのではないでしょうか。お金のもとがもとだけに、公にはかかわりたがらないでしょう」

「そうですね」

間が空いた。

「もしお金が見つかったら、楠田さんはどうしたいとお考えですか」

私は訊ねた。

「私は――」

答えかけ、楠田は黙った。

「正直、よくわかりません。雪乃が亡くなった場合は、由乃が成人するまで私がそのお金を管理することになるとは聞かされていますが、それも雪乃の言葉だけで、実際はどうなのかわかりません。私自身は、今お金に困ってはいませんし、欲しいと思ってもいません」

「由乃ちゃんには何と？」

「雪乃がどう伝えているかです。私からは何もいっていません。いずれにせよ、今の由乃に、何かを決めることはできません。雪乃が生きていますし、由乃が成人するのも先のことです」

「確かにそうですね」

「そう考えれば、さらわれた由乃が殺されてしまうようなことはない、と思えてきます」

「ええ。由乃ちゃんを傷つけても、犯人に得はありませんし、多くの人間が関係している以上、軽はずみな真似はしない、とあたしも思います」

私はいった。そう願っている。私への恨みを由乃にぶつけるのだけはやめてくれ。

「そう聞いて少し安心しました。ただ、犯人から何の連絡もないのが心配です」

探るように楠田はいった。

「接触してくるとしたら楠田さんしかいない、とあたしも思います」

「犯人は何かを待っているのでしょうか」

「わかりません」

待っているとしたら、私が二兆ウォンを見つけだすことだ。

だがその手がかりはまるでない。

「ひとつ気がかりなことがあります」

私はいった。

「何でしょう」

「雪乃さんに連絡をしてきた弁護士のことです。その弁護士が由乃ちゃんをさらった犯人とつながっている可能性を、あたしは心配しています」

「なるほど。もしそうなら、お金に関する情報が犯人に伝わりますね」

「そうなんです。雪乃さんからその弁護士について訊きだすことはできないでしょうか」

「容体が落ちついている今なら、少し話せるかもしれません。もし面会が許されるようであれば、訊いてみます」

「お願いします」

「あの、うかがってもよろしいでしょうか。水原さんはどうしてそこまで親身になって下さるのですか。ぶしつけなことをいうようですが、やはり謝礼をご用意したほうがよろしいのですか」

「謝礼などまったくお考えにならなくてけっこうです。由乃ちゃんをあたしに紹介して下さった浄景尼さんには、大きな恩がありますし、何より由乃ちゃんのためなら、何でもするつもりですから」

「なぜ、そこまで由乃にして下さるのでしょう」

「わかりません」

答えたとき、不意に涙がこぼれそうになった。

「理由なんてないんです。ただあたしが由乃ちゃんを大好きだというだけで」

涙声にならないよう、歯をくいしばっていった。

「ありがとうございます」

「いえ。ご連絡をお待ちしています」

通話を終えたとたん、着信があった。

「はい」

「金村です。あのあと、大丈夫でしたか。ご連絡をいただけないものですから心配になってしまって」

湯浅と「伊東交易」を訪ね三人でアルファードの車内で話している最中に、タカイから電話があり、由乃を私の子だと告げられたことを思いだした。

さすがに何も考えられなくなり、金村をアルファードから降ろした。

「あのときはごめんなさい。予想外のことが起きたものだから」

「そうだったんですか。実はひとつ、水原さんのお役に立てそうな情報を入手したのですが」

「何？」

「先日の話のつづきなのですが、本田雪乃を監視している情報院の人間について調べてみたところ、ひとり九州に縁のある人間がいたのです」

「九州に縁がある?」

「親族が福岡にいるのです。こちらでいうところの在日韓国人です。本人はソウル生まれのソウル育ちですが、子供の頃から福岡に何度も来ています。その親族の中に、覚せい剤取締法違反で愛知県警に逮捕された者がいます」

「福岡なのに愛知県警に逮捕されたの?」

「逮捕されたときは名古屋に住んでいたようです。名前は川平春男」

「何て?」

「川平春男です」

私は息を吸いこんだ。矢代に売人の布池マサル殺しを依頼した〝東海地区のプッシャーの元締め〟が川平という名の男だった。タカイが私にかけてきた携帯電話は、矢代が布池から奪い、川平に渡したものだ。

「心当たりがあるのですか」

金村が訊ねた。

「あるといえばある。川平と親戚の情報院の人間は何というの?」

「今ここで名前を教えるのはちょっと。もし水原さんがお話をされたいのなら手配はできます」

「ぜひお願い」

「わかりました。ただし水原さんおひとりで願います。他の方はちょっと」

「もちろん。ひとりでいく」

「ご協力感謝します。ご連絡します」

電話を切った私は矢代の携帯を呼びだした。

「姐さん、申しわけない。川平の居どころがつかめんもんで。追われとるいう話もないのに、雲隠れしてるみたいだわ」

電話にでるなり、矢代はいった。

「川平の下の名は何というの？」

「警察《サツ》を動かすんか」

矢代の声が尖った。

「まさか。そんな権力ない。クスリ関係に強いのから話を聞いてみようと思って」

川平がつかまれば、殺しを依頼された自分たちにも累が及ぶ。それを警戒したにちがいない。

「ならええわ。春男です」

「出身は名古屋？」

「元は西だそうです。関西よりもっと西で、四国か九州て、聞きました」

「ありがとう。何かわかったら知らせて」

材料がそろってきた。

21

東麻布の個室ステーキ店で星川と待ちあわせた。猛烈に空腹だったわけではないが、つらいときは無理にでも馬力がつくものを食べることにしている。

二人ともシャトーブリアンの三百グラムを頼んだ。私はレアで、星川はウェルダンが好みだ。

「畑岡みずき、大貫総一、河上トオル、川平春男。この四人が犯人グループと考えていい」

ワインを二人で一本だけと決めてマルゴーを抜いた。すぐに焼きあがった私の肉を星川は気味悪そうに見つめた。

「よくそんな生が食べられるわね。血がにじんでるじゃない」

「身も心も女になりたいのなら血には強くならないと」

「自分の体に入るのじゃなけりゃ平気」

塩とコショウだけでいくらでも食べられる。食べるそばから、栄養になっていくような気がする。

「川平は姿をくらましている。矢代が見つけられないというのは、地元の東海地区を離れている可能性が高い」

私はいった。

「由乃ちゃんがさらわれたのは岐阜だったわね」

「中央高速の屏風山パーキングエリア」

高速道路図をスマホで見た星川は唸った。

「名古屋からすぐのところじゃない」

「だからいろいろ手配がしやすかった。だけどいつまでも地元にいたら、白央会に見つかる可能性がある」

「蛇の道は蛇だものね。実際こうやって、グループのメンツがどんどん明らかになってきている」

「あたしらはともかく、白央会は手段を選ばない。地元を離れたのよ」

「だけどワルって世間が狭いからね。極道でも縄張りの外じゃ大きな顔ができないし。土地勘のないところにいくかな」

「もともとの地元は、大貫が大阪で河上が九州、川平は九州から東海地区。畑岡みずきが島をでたあと、どこにいたのかはわからない」

私はいった。

「風俗をつづけるにしても水商売に鞍替えするにしても、それなりの都会ね。福岡、大阪、名古屋……」

「東京」

私はいった。星川は目をみひらいた。

「由乃ちゃんは東京にいるかもしれない?!」

「雪乃も楠田も今は東京にいる。あたしも」

「確かに東京なら、星だろうが白央会だろうが、簡単には見つけられないけど、まったく土地勘がなけりゃ連れてこないでしょう」

「島をでたあとのみずきが東京にいたとしたら？　風俗なら吉原や川崎があるし、水商売をやるにしたって新宿、銀座、六本木、いくらでもある」

「風俗から水商売にいく？」

「風俗の前が水商売でなかったら難しい」

私は首をふった。売り掛けがたまりどうにもならなくなったホステスがソープなどで短期間働いて借金を返すことは、間々ある。

その後、水商売に戻る者もいて、ソープで働いていたことはおくびにもださない。が、衣裳だ髪のセットだが馬鹿ばかしくなり、ソープにいつづける者も多い。

風俗での仕事に慣れると、上辺を飾ったり客をおだてるのが嫌になるのだ。金のある客に気のあるフリをして、飲みたくもないワインやシャンペンを空けさせるのが虚しくなる。風俗の客の目的ははっきりしているし、ゴマをする必要もない。金持だろうが貧乏人だろうが、客が一回に払う金額は決まっている。

水商売のような曖昧な部分はなく、ある意味、客と女の関係は対等ともいえる。だから風俗をあがった女がホステスになっても長つづきしないことが多い。嘘ばかりの会話や、服装や化粧を気にする毎日に嫌けがさすのだ。

「吉原や堀之内を捜せば――」

いいかけ、星川は、

「無理ね」

と息を吐いた。私は頷いた。風俗で働く女が、本名や出身地を告げることはまずない。店には届けをだすことが求められ、それは未成年者の雇用を防ぐためでもあるが、確認後はたいてい破棄される。それをいつまでもとっておくような店で働きたがる女はいない。

「風俗で働く女は、まず出身地ではやらない。同級生や友だちの親とかに当たったら最悪だから。畑岡みずきは福岡の出身だから、島をでたあとは九州を離れた筈」

ホステスとちがってソープ嬢は長くは働かない。ほとんどの者が十年かせいぜい十五年でアガる。アガったあとは洋服屋や雑貨店などをやるか、スナックや喫茶店を経営する。ホステスはできなくても、ママなら何とかなる。

「じゃあ東にきた可能性はあるね。でも仙台や薄野《すすきの》はどう？」

「仙台はそこまで風俗街が大きくないし、薄野は遠すぎる。飛行機に由乃を乗せるわけにはいかないし、車でつっ走るにしても限度がある」

「だから東京？」

星川はつぶやき、ワインを飲んだ。

「白央会の地元である九州はありえないし、屏風山パーキングエリアに近い名古屋にいつまでもいられない」

私はいった。

「大阪は？」

「パーキングエリアのトイレで誘拐を手伝った女は大阪で雇われた。大阪に白央会の調べが及ぶことを考えたら、大阪には逃げない」

「するとやっぱり東京か」

私は頷いた。由乃をさらった連中も必死の筈だ。白央会につかまれば生きてはいられない。由乃を連れ、どう逃げてどこに隠れるか、知恵を絞っている。

「屏風山パーキングエリアからなら、そのまま中央高速をつっ走って東京に向かってもいいし、いったん下に降りて東海環状自動車道を使って東名高速に入ることもできる」

スマホの道路図を見ていた星川がいった。

個室を離れていたシェフがノックのあと顔をのぞかせた。

「シメのガーリックライスはいかがなされますか？」

「お米はやめとく」

星川がいい、私は頷いた。

「あたしも」

「ではデザートはいかがいたしましょう。自家製のアイスクリーム三点盛りかフルーツになりますが」

「アイスクリーム！」

私と星川の声がそろった。

「承知いたしました」

個室の扉が閉まると、私の携帯が鳴った。金村だ。

「話していただく段取りがつきました。申しわけありませんが、これから当社までご足労願えますか」

「いくわ」

告げて、電話を切った。

「金村？」

訊ねた星川に頷いた。

「新一の橋の会社にきてくれって。いってくる」

「ひとりでいくつもり？」

星川は眉を吊り上げた。

「それが条件なの。あんたは湯浅に連絡をとってくれる？　四人めの犯人が川平だと判明したことを伝えてほしい」

「ここに呼べばよかったのに」

「食事のたびに声をかけていたら、つけあがるでしょ」

「あら、わざとそうさせているのと思ってた」

「そういうところもなくはないけど」

星川は笑った。

「信用できない奴ではあるけど、あんたには本気よ。あんまり邪険にしたらかわいそう」

アイスクリームを食べてから、タクシーで新一の橋の「伊東交易」に向かった。

エレベータで上がる。

「伊東交易」の扉をノックし、開いた。受付には誰もいない。私に拳銃を向けた女はいなかった。

「どうぞ。奥の部屋です」

金村の声がした。

私は奥の部屋に入った。

奥のデスクに金村がすわり、手前のソファにスーツ姿の男がいた。細身の長身で、顎の尖った顔は三十代半ばに見えた。頭が切れ、自信をもっている。が、今は不安を感じ、それを隠そうとしていた。

「夜遅くに申しわけありません。彼がご紹介したかった人物です。名前は――そうですね、テイ君ということにでもしておきましょうか。本名はちょっと申しあげられないので」

「テイさん。日本語は？」

「大丈夫です」

男は頷いた。訛りはない。

「あなたの親戚の川平について話してくれる？」

私は向かいに腰をおろし、いった。テイは金村に目を向けた。

「全部話しなさい。話したほうが君のためになる。君の話は、この人を通して日本政府側にも伝わる。結果として、情報院の立場を守ることにもつながる」

金村がいい、テイは私を見た。

「本当ですか」

「あたしは日本政府の人間じゃない。だから何の約束もできない。ただ知り合いはいて、あなたから聞いた話を伝えることはできる」

テイは瞬きし、考えていた。

「反逆罪に問われることはないし、情報院をクビにもならないよう私から働きかけてやる。ただ、日本にはいられなくなる」

金村がいうと、テイは目をみひらいた。

「恋人がいます」

「日本人？」

私が訊くと頷いた。

「チュンナムヒョンに紹介してもらったんです」

「チュンナムヒョン？」

私が訊き返すと、

「春男の向こう読みです。ヒョンは兄さん」

金村が答えた。

私は息を吸いこんだ。

「川平春男とあなたはかなり親しいのね」

「小さい頃から遊んでいました。私が福岡にいったらチュンナムヒョンがあちこちに連れていってくれ、チュンナムヒョンがソウルにきたら私が案内した」

「年が近いの？」

「チュンナムがふたつ上です。だからヒョンと呼んでいます」

私は金村に目を移した。金村は無言で私を見返した。

「川平が何の仕事をしていたのかは知ってる？」

テイは頷いた。

「ヒョンは苦労して日本のいい大学をでて大企業に入ったのに、いじめられ二年で辞めたんです。そのときに覚醒剤を覚えた。売人に金を吸い上げられるのは馬鹿馬鹿しいからと、すぐに自分で売るようになりました。頭のいいヒョンは客や仲間を増やして、地元で一番になったんです」

「今どこにいるのか知ってる？」

テイは首をふった。

「知りません。いつも向こうから連絡がきます。公衆電話だったり、ネットカフェからのメールだったりで、こちらから連絡することはできません」

「それはチュンナムが売人をやっているからか」

金村が訊ねた。

「自分の命を狙ってる奴がたくさんいる、だから携帯電話はしょっちゅう替える、といっていました。居場所を見つけられたら殺し屋が襲ってくる」

「あなたが本田由乃を監視していることを川平はどうして知ったの？」

「私が山梨にいるときにヒョンから電話がかかってきて、山梨にいるといったら、偶然ヒョンも甲府にいて会ったんです。そのとき、任務のことを話しました」

テイはうつむいた。

「規則違反だとわかっていて話したのか」

金村がいった。

「私は、すごく退屈していました。中学生の娘を監視する仕事なんて馬鹿らしくて、もっと重要な任務につきたかったんです」

「中学生の娘の正体も話したの」

私は訊ねた。

「日本で育ったヒョンは、尹家詐欺事件のことを何も知りませんでした。だから話すと、そんなことがあったのかと驚いていました」

「最後に連絡があったのはいつだ？」

金村が訊ねた。

「七月の終わりです。夏休みに入った本田由乃が母親の病院を訪ねるのを尾行していたときです」

「携帯に電話があったの？」

私が訊くと、

「ショートメールです」

テイは答えた。

「川平はあなたの携帯電話の番号を知っている。あなたの携帯の位置情報から由乃がどこにいるのか、おおまかな情報をつかむことができた筈」

私がいうとテイは私を見返した。

「はい。でも今は、私は任務を外されています。新幹線での尾行に失敗したので」

「情報院は由乃が今どこにいるのかをつかんでいるの？」

テイは首をふった。

「本田由乃の携帯電話の位置情報は途絶えています。破壊されたか、電波を遮断されています」

「本田由乃に何が起こったのか、聞いている？」

「正体不明のグループに拉致されたようです。情報院はそれに関係していません」

「『ギサ』は？」

テイの顔に嫌悪の表情が浮かんだ。

「あいつらはただの傭兵です。インテリジェンスのことなど何もわかっていません」

「川平に紹介された恋人というのはどんな人？」

テイは私から目をそらした。

「いいたくありません」

「日本人？」

テイは小さく頷いた。

「どこかで働いているの？」

「いえません。彼女を不幸にしたくない」

「水原さんに協力しなかったら君が不幸になる。その結果、彼女にも不幸が及ぶぞ」

金村がいった。テイは表情を硬くした。

「今は何もしていません」

やがて低い声でいった。

「前は何をしていたの？」

テイは無言だ。唇をひき結んでいる。

「内緒にしたいようなところで働いていた」

私はいった。テイは無言で目をみひらいた。

「どうなんだ」

金村が訊ねた。テイは目を伏せた。

「彼女は、それをずっと秘密にしていました。なぜ知っているんです」

「あなたにも秘密にしていたの？」

私は訊ねた。テイは小さく頷いた。

「ヒョンに紹介されたときは何もしていませんでした。つきあいだして半年たったとき、打ち明けられました。黙っているのはつらいから、と」

「お互い、本気だったのね」

「はい。私は結婚を考えていました。日本人との結婚は、情報院での将来を考えるとマイナスです。でも、彼女といたいと思った」

「打ち明けられて、気持はかわった？」

「ショックでした。彼女は当然だといいました。私のようなエリートがつきあう女じゃない、と。でもそういわれて、私の気持はかえって強くなった。彼女を大切にしたい」

「いったいどこで働いていたんだ？」

金村が訊ねた。

「ソープランドです。親の借金を返すために四年働いていた、と」

親の借金を返すというのは、風俗嬢が最も多く使う「身の上話」だ。そのほとんどは自分の借金で、男に貢いだり、買いもので作られている。

「どこにあったソープランド？」

私が訊くと、

「東京の吉原にいたそうです」

とテイは答えた。

「紹介されたのはいつ？」

「一年前です」

「年齢はいくつ？」

「二十六です」

「本当に？」

テイは頷いた。

「運転免許証を見ました」

だとすれば畑岡みずきではない。みずきは三十になる。

が、川平が紹介したのだとすれば、畑岡みずきとつながっている可能性は高い。

「畑岡みずきという名を聞いたことはない？」

金村に知られてしまうが、私は訊ねた。テイは首をふった。嘘ではないようだ。

「大貫総一は？」

「知りません」

私は金村を見た。金村は無表情だ。何者ですかとも訊かない。

「知っている?」

「いいえ。知っているべき名前でしょうか」

金村は訊き返した。

「畑岡みずきと大貫総一は、本田由乃を拉致した犯人。どちらかはタカイという偽名を使っている」

金村は口もとをほころばせた。

「よろしいのですか」

「あなたへのお礼であり、本田由乃を無事とり戻すためでもある」

テイに目を戻し、告げた。

「情報院に提供してもかまわない。いっておくけど、本田由乃は二兆ウォンのことは何も知らない」

テイは頷いた。

「それは知っています。ずっと監視していましたから。本田由乃は、ふつうの娘です。いいのですか、本当に」

テイの目に輝きがあった。

「現場に復帰できる?」

「わかりませんが、多分」

「そのかわり本田由乃の安否について何かわかったら、彼を通じて知らせて」

私は金村を示した。

「これは取引よ」

テイは深く頷いた。私は金村を見た。

「改めてお礼をいう。役に立った」

「何よりです」

金村は嬉しそうに答えた。

「あたしが先にでる。少し時間を空けてでたほうがいいわね」

「お心づかい、痛みいります」

金村はいった。湯浅と同じで、礼儀正しく、一ミリも真心はない。

「伊東交易」をでてエレベータに乗り、ビルの一階に降りた。

外にでてタクシーを拾おうと歩きだしたとたん、囲まれた。

ノータイでスーツを着た男二人とパンツスーツ姿の女ひとりだ。

「声をたてたりしないで、我々といっしょにきて下さい」

女がいった。「伊東交易」で働いていた女だ。金村はソネと呼んでいた。

「何なの？」

私は女から男たちに目を移した。ひとりが上着の前を広げた。拳銃を吊るしている。

男は二人とも髪を短く刈っていた。私はソネに目を戻した。

「金村は知ってるの？　それとも情報院から『ギサ』に鞍替えしたとか」

「黙れ！」

女は声を荒らげた。

「逆らうと怪我をする」

「ここであたしを撃つ？　韓国大使館のすぐそばよ」

ソネがバッグからとりだしたものを私に見せた。注射器だ。

「あとでひどく頭が痛くなってもいいのか。嫌なら車に乗れ」

かたわらに止まっているワンボックスを示した。

「あたしからは何も聞きだせないわよ」

ソネはこれみよがしに、注射器の針にかぶせたキャップを外した。

「おねえさーん！」

場ちがいに能天気な声がした。ふりむくと、西岡タカシがいた。ブランド物のスウェットに派手なスニーカーをはき、ジーンズにTシャツを着た小柄な中年男と並んでいる。

ソネという男のひとりが私の腕をつかんだ。

「知り合いか」

「そうよ」

「追い払え」

小声でいった。私は腕をふり払い、近づいてくるタカシに告げた。

「追い払えって、あんたのこと」

タカシがにっと笑った。隣にいた男が跳んだ。常人とは思えないスピードでかたわらまでくると、体を低くして地面に片手をつき、右足を旋回させた。私の腕をつかんでいた男が仰向けに倒れこんだ。

もうひとりの男が声をあげ、上着の中に右手をさしこんだ。タカシの連れの男は低い位置から男の顔に頭突きを見舞った。鈍い音がして、銃を抜く間もなく男は昏倒した。

最初の男があわてて立ちあがると身構えた。が、風車のように回転するタカシの連れの男の爪先が側頭部に命中した。瞬間、男の目が裏返り、地面に転がった。

「何なの」

ソネが目をみひらいた。私はその手から注射器をひったくった。ソネはされまいとしたが、私のほうが早かった。

ソネがあとじさった。

「あたしをどこに連れていくつもりだったの?」

「いえない」

「そう。じゃあ頭が痛くなるのはあなたね」

タカシの連れの男がしゃがんで、倒れている男たちから拳銃を奪った。

一瞬のできごとで、あたりに見ていた人間はいない。

タカシの連れはしゃがんだまま拳銃をタカシに見せた。

「デーウー。こいつら、南の工作員です」

タカシが頷くと、男は二挺の拳銃から弾を抜き、二人のかたわらに投げ捨てた。ひとりは呻き声をたて、もうひとりはぴくりとも動かない。

私はソネに目を戻した。

「これを試そうか」

ソネの腕をつかみ、注射器をかざした。

「『ギサ』の支社。本田由乃がどこにいるのか、お前の口を割らせる」

ソネが早口でいった。

「あたしが知っていると思ってるわけ?」

「お前が京都に連れていったあと、本田由乃は行方不明になった。お前が指図したにちがいない」

「『ギサ』」

タカシの連れの男がつぶやき、首をふった。

「殺しましょう。生かしておくと面倒です」

ソネが息を呑んだ。

「駄目だって。あんたはすぐ殺すっていう。それじゃ何もわからないだろう」

タカシがあきれたようにいった。男は無言だ。

タカシは私を見た。

「どうする？　このお姐さん、連れていってもう少しいろいろ訊く？　ただ、このおじさんに任せるとひどいことになるけど。北ってさ、拷問が大好きみたいだね。いろんなやり方知ってる」

ソネの顔が血の気を失った。母国語で何か口走る。タカシの連れはのっぺりとした目立たない顔をし、目にはまったく表情がない。

虫も人間も、まったく同じように殺せるタイプだ。

「その必要はない」

私はいって注射針をソネの手首につき立てた。プランジャーを押しこむと、数秒でソネの膝が崩れた。

「いこう」

タカシに告げた。

22

男がハンドルを握る、ベントレーのＳＵＶに乗りこんだ。タカシは助手席だ。

「この人が、あんたのいってた調査のプロ？」

後部席にすわった私は訊ねた。

「そう、テイさん。テイさん、この人は俺の姉さんで、すごく大切な水原さん」

タカシがいったので、私は笑った。

「何笑ってるの？」

「今晩、二人めのテイさんよ」

「本名ではないです」

テイがいった。さっきのテイに比べると訛りがある。

「ひとりめのテイさんも本名じゃないといってた」

「よくある名前です。どこいきますか」

「東京タワー」

タカシがいった。

「東京タワー。了解です」

「会員制のバーがあるんだ。車も止められるし」

タカシは私を見ていった。

タカシのいう「バー」は、ガレージを改造したような造りをしていて、高級車ばかりが止まっていた。

テイはベントレーを、アストンマーチンとマセラティのあいだに止めた。運転技術と格闘技は本物だ。

ガレージの奥に、一九五〇年代のアメリカをイメージしたようなダイナーがあった。客の大半はカップルだ。

私たちは仕切りの奥にあるボックス席にすわった。テイがこちらに背を向けるようにして、仕切りのかたわらに立った。

「背中向けていても、話は聞こえます。誰かが聞くと困りますから」

タカシは頷き、テーブルの上におかれた端末を手にとった。

「何飲む？　泡？」

「冷たいビール。ギネスとのハーフアンドハーフがいい」

「じゃ俺は残ったギネスでブラックベルベットだ。テイさんは？」

「クリームソーダ、下さい」

「姉さん、飯は？　ここホットドッグうまいよ」

「さっきステーキ食べたところ」

「ずるいね、ひとりで」

タカシはいって端末を操作した。ほどなく、私のビールと、ギネスとシャンペンを割ったカクテル、クリームソーダとポップコーンが届けられた。

乾杯し、私はいった。

「グッドタイミングだったわね。何をしてたの？」

「あの近くに、テイさんの知り合いがいて、何かおもしろい話はないか訊きにいってた。ついでに『伊東交易』がここだよってテイさんに教えてたら、姉さんがでてきてあいつらに囲まれた」

タカシは答えた。

「助かったわ。連れていかれても、何もあいつらの役に立つ話はできなかったろうけど」

「あの姐さん、『ギサ』の人間？」

『伊東交易』で働いている。金村の監視役らしい。情報院だと思っていたけど『ギサ』に鞍替えしたみたい」

「たぶんフリーのエージェントですね。ギャラの多いところにつきます」

背中を向け、クリームソーダを飲んでいたテイがいった。

「フリーなの」

「このところ多いらしいよ。情報院とかで少し働いたあと、フリーになって稼ぐのが。キャリアアップって奴？」

タカシがいった。

「テイさんの知り合いというのは情報屋？」

私が訊ねるとタカシは頷いた。

「ピンポン！　北と南の両方に情報を捌《さば》いている老舗だって。どっちにも利用価値があるんで、殺されないでいる」

「何かわかった？」

「尹家詐欺事件に北は関与していません」

テイがいった。

「それだけ？」

「それだけでも大きいよ。プレイヤーが多いと厄介でしょ」

「確かにね。ほかには？」

「このあいだの今日だよ。そんなにいっぱいはわからないよ」

私はテイの背中に目配せした。タカシは肩をすくめた。

「姉さんの話はしないつもりだったけど、さっきみたいなことになったら、黙ってるわけにもいかない」

「助けてもらったのは確かだし」

「そうそう」

「命まではとられなかったろうけど」

「どうかな。あのスーツの女、姉さんのことかなり嫌ってたよ。女は恐いからね。話を訊くだけ訊いて、姉さんのこと殺したかもしれない。運が悪けりゃそうなったかも」

「恩に着せるわね。でもその通りかも。あなたたちがあそこにいて運がよかった」

「それが姉さん」

「あたし？」

「めちゃくちゃ運が強い」

私はタカシを見つめた。

「自分が運が強いなんて思ったこともなかった」

タカシは笑った。

「運が強い人ほどそうなんだよね。自分はふつうか、むしろ人より運がないって思ってる。自分の人生、考えてよ。運がふつうだったら、これまで何十回も死んでるよ」

私も笑った。

「否定できない」

「でしょ。姉さんの強いところは、自分の運を過信しないこと」

「ほめてるの？」

「客観的な意見です。自分は運が強いからって努力しない奴は、必ず落とし穴にはまる。姉さんにはそれがない」

「あんたの言葉を聞いてたら、勇気がわいてきた」

本音だった。タカシの言葉は素直に入ってくる。

タカシは嬉しそうに頷いた。

「よかった」

「由乃をさらったグループのメンバーが割れた。中にひとり、在日韓国人でプッシャーの元締めがいる。そいつの親戚が情報院のエージェントで由乃の監視をしていた」

「名前は？」

「日本名は川平春男。福岡の出身だけど、プッシャーになったのは東海地区。名古屋とか岐阜とか、その辺らしい」

「テイさん」

タカシがいうと、テイはふりかえった。

「その男は覚せい剤を売っていましたか」

「たぶん」

テイは携帯電話をとりだした。

「失礼します」

といって私たちのテーブルを離れ、店をでていった。

私はタカシを見た。

「ほら、日本に入ってきてるシャブって、北や中国で作ってるのがほとんどじゃん。そっちのコネはあるだろうからさ」

タカシがいった。

「追われているのじゃなかったの？」

「それは俺が帳消しにした。金《カネ》でかたづいた」

タカシは掌をひらひらと動かした。

私は笑いをかみ殺した。

「何だよ」

「金で解決できるようになったなんて、成長したわね。昔のあんただったら、ガチで何とかしようとした」

「姉さんのやりかたを学んだんだよ。金で解決できるなら、まず金で。次は相手の弱みを握って。それで駄目なら――」

「駄目なら？」

テイが戻ってきたので、聞きそびれた。

「わかりました。その男は、北から密輸した覚せい剤をさばいていました。その男に覚せい剤を卸していた密輸業者は、星稜会を破門になった水野《みずの》という男です。知っています」

「その水野をテイさんが知ってるってこと？」

タカシが訊くとテイは頷いた。

「はい。星稜会は覚せい剤禁止で、さばいていたのがバレた水野は破門になりました。わざと破門になったんです。そうすれば、堂々と覚せい剤を売れる。星稜会でも、下のほうの組は上納金を稼ぐために覚せい剤を扱います。水野はそういう組とビジネスをするために、あいだに川平をはさみました。そうしないと星稜会の本部に消される」

「賢いね。その水野はどこにいるの」

タカシがいった。

「今、捜してもらっています。住んでいるのは赤坂のタワーマンションで、毎日、新宿や六本木のキャバクラで飲んでいるそうです」

「大儲けしてるってことね」

私はいった。テイは頷いた。

「去年、水野が北から入れた覚せい剤は末端価格で四十億円ぶんだったそうです」

「一割ハネても四億か。悪くないよね」

タカシがいった。

「でも長つづきはしない。同じ密輸ルートを使っていれば、いずれつかまるし、新しいルートを開拓するのは、金と時間がかかる」

「そんな先のことまで考える奴なら、タワマンなんて住んで毎晩キャバクラで豪遊しないよ」

テイの手の中で携帯が振動した。耳にあて、母国語で答えたテイが携帯をおろした。

「今、新宿の『セレニティ』というキャバクラにいるそうです」

タカシが顔をしかめた。

「マジか。けっこう気に入ってる店なんだけど」

「あんたまだ新宿のキャバクラなんていっているの？」

私はいった。

「だって銀座とかつまんないんだもの。それに知ってるゼネコンとか不動産会社の社長とかいて気を使うじゃん。こっちは若造だからペコペコしなきゃなんないし。姉さんのやりかたにペコペコはなかったもん」

「うるさい。新宿にいくわよ」

私は立ち上がった。

23

「セレニティ」は歌舞伎町の区役所通りに面したビルの二フロアを使う大型店だった。

入口に立っていた黒服はタカシの姿を見るとすっ飛んできた。

「いらっしゃいませ！　西岡様。三名様でいらっしゃいますか」

「個室空いてる？」

「ＶＩＰでしたら、ふた部屋、今空いておりますが」

「両方とって」

「両方、でございますか」

「片方で密談するから」

「承知いたしました。とりあえず広いほうのお部屋にご案内いたします。指名はいかがいたしましょう」

「イクミちゃんいるの？」

「出勤しております」

「エリカは？」

「おります」

「その二人。あとは任せる」

「承知いたしました」

銀座や六本木では見ない広さの店だった。店内にあるエスカレーターで上の階に動くと、個室ばかりが並ぶフロアになっている。

「この店、女の子いったい何人いるの？」

案内しているボーイに訊ねた。

「在籍が二百名ちょっとで、出勤は百五十人ほどでございます」

ボーイが答えると、

「たぶん東京で一番でかいよ」

とタカシがいった。

「確かにこれだけ大きな店なら、顔がさす心配もないわね」

「でしょ。個室も数あるから、空いてないってこともない」

その個室には巨大な応接セットとカラオケの大型モニター、バスルームまでついていた。

「こちらのお部屋とお隣りの七号室をお使い下さい」

ボーイがいった。

「とりあえず、ベルエポックもってきて。あと――」

タカシはテイをふりかえった。

「コカコーラ下さい」

「承知いたしました」

ボーイがでていくと、入れちがいに二十そこその娘が三人入ってきた。

「いらっしゃいませ！」

「タカシさーん。久しぶりー！」

三人とも胸か太股か、その両方が露わになるようなドレスを着ていて、かなり美人だ。

私に気づくと急におしとやかになり、

「いらっしゃいませ」

と頭を下げる。

「気を使わないで」

「この人は俺の保護者、片想いの相手、人生の先生」

「何それ、すごい。タカシさんの先生ってことですか」

大きな瞳をくりくりと動かし、乳房の谷間を見せつける娘がいった。

「片想いっていったよ、今」

超ミニスカートから長い脚をだした娘がつづいた。おそらくモデルもしている。

二人とも、目と鼻を整形していた。もうひとりは初めてつくらしく、控えめにしていた。

「そうだよ、イクミ。ずっと惚れてるんだ、この人に」

「やめなさい。それより――」

私はテイを見た。テイは携帯を操作している。

「ここにくるまで見た？」

「いえ。どうも個室にいるみたいです」

シャンペンが届いた。歓声があがり、ボーイの注いだシャンペングラスが配られた。テイはコーラだ。

「エリカです。よろしくお願いします」

胸を見せつける娘がいって、グラスをさしだした。頭の回転がよさそうな目をしている。

「よろしく。水原よ」

「わかりました。二号室です」

テイがいった。タカシは頷き、

「とりあえず乾杯しよう」

とグラスを掲げた。

「今日はどういう集まり？」

イクミが訊ねた。

「俺が道で姉さんを見つけて、ナンパしたんだよ。つきあってって」

「え？　初対面てこと？」

「ちがうよ。偶然会ったんでしょ」

エリカがいった。

「そう。十番で飯食ってたら、姉さんがいた」

「ひとりだったんですか。こんなにきれいなのに」

「連れがいたけど、邪魔だから追い払った」

「ひどーい。いいんですか、お姉さん」

「タカシのほうがお金持だから乗りかえた。あなたたちも、貧乏人とはつきあわないでしょう」

「そんなことないですよ。好きだったら」

「本当か、イクミ。じゃ俺、会社やめてイクミに食わしてもらう」

「いいよ。そのかわりワンルームで暮らして、毎日あたしにご飯作ってよね」

「料理できない」

「じゃクビ」

爆笑が起きた。テイがひっそりと個室をでていった。

「教えて下さい、お姉さん」

エリカがいった。まっすぐ私の目を見つめてくる。

「お金持だっていう男の人はいっぱい、います。嘘つきもいれば、本当のお金持もいて。でもお金持って、かわった人が多いじゃないですか。タカシさんみたいな人ってめったにいないし。どうすれば、いいお金持と出会えますか」

「そんなのわかるわけないでしょう」

私は笑った。

「いえ、お姉さんは知っているような気がします」

おや、と思ってエリカの顔を見直した。二十一か二だろうが、痛い目にあった経験があるようだ。私は息を吸い、いった。

「その人の今日明日じゃなくて、未来を見なさい。五年後十年後、何をしているのか。今と同じように遊んでいるか、落ちぶれているか、遊びをかえ、別の何かをしているか。あなたがいいと思う未来を生きていそうな人を選ぶことね」

部屋の中が静かになった。

「わたしは落ちぶれた人がいいかも。そうなったらわたしだけを見てくれるでしょう」

「あなたの好きな人はモテ過ぎる？」

目でタカシを示し、私は訊ねた。

「はい」

私は首をふった。

「モテ過ぎる男は駄目。落ちぶれて相手にされなくなったって、ひとりの相手でおさまることはない。ずっと相手を探すし、そういう駄目な男が好きだっていう女もいる」

「俺じゃないよね」

タカシがいった。

「あんたは落ちぶれない。けれどひとりだけで満足することもない。女はそれを我慢するか、他の男と並行してつきあうことね」

「わかりました」

エリカが頷いた。タカシの携帯が鳴った。

画面をのぞき、タカシがいった。

「姉さん、七号室でテイさんが待ってるって」

立ち上がり、

「皆んなここを動くなよ。俺と姉さんは十分だけ、七号室で密談する。エッチするわけじゃない」

告げると、えーという声が上がった。

「エッチ、嫌だ」

イクミが泣きそうな顔でいった。

「だからしないって。カラオケでも歌って待ってろよ」

七号室に入った。今までいた部屋よりひと回り小さな個室の中央に坊主頭で太い金鎖をさげた男が正座していた。

かたわらにテイが立っている。

「水野さん?」

タカシがかがみこんだ。男はひっといって顔をおおった。

「勘弁して下さい」

「大丈夫、大丈夫。話をしたらすぐ帰すから。俺ら、どこかの組ってわけじゃない」

いってタカシはテイを見た。

「ひとりだったの、この人」

「ボディガード二人いました。トイレで寝ています」

「殺してないよね」

「大丈夫です」

「水野さん、テイさんのことを知ってるの?」

「はい、知ってます」

「そうか。じゃあ話は早い」

タカシは私を見た。

「この姉さんの質問に答えてくれる？　とぼけたり嘘をついたら、テイさんと二人きりにする。殺さないでっていって。わかるよね。殺さないけど――」

「わかってます、わかってます」

水野は泣きそうな顔でいった。両腕にびっしりとタトゥが入り、ふだんは強面《こわもて》で売っているにちがいない。

「川平春男を知ってるわね。今どこにいる？」

私はいった。

「知ってます。今、今ですか？　どこにいるか……さあ。本当です。ひと月くらい会ってないので」

「携帯の番号を教えて」

水野ははいているカーゴパンツから携帯をとりだした。操作し、画面を私につきだした。

電話番号が三つでている。

「これ全部、川平？」

「はい」

私はそれを自分の携帯で写した。

「これからいう名前に心当たりがあったら教えてくれる？　畑岡みずき」

「知りません」

「大貫総一」

「川平の連れで、大貫って人がいます」

「どんな奴？」

「背が高くて陰気な感じで、川平はソーイチさん、て呼んでます。前にいっしょに釣りにいきました」

「釣り？」

「川平はクルーザーもってて、三河湾とかでよく釣りをしてるんです」

「クルーザー？」

「ソーイチさんて人が船舶免許もってるらしくいつも操船してました」

「大きな船なの？」

「あの、船のこととかはわかんないですけど、名古屋から東京まで船でいったことあるっていってました」

「船のオーナーは川平なのね」

水野は頷いた。

「どんなクルーザー？　漁船タイプ？」

タカシが訊ねた。

「でかいエンジンが二ついた、モーターボートです」

高速のでるパワーボートだ。

「クスリの取引に使ってるのね」

水野は黙った。

「答えようよ」

タカシがいった。水野は小さく頷いた。

「海保の船でも追いつけないって、ソーイチさんはいってました」

「船の名前は?」

「『ゴールデンボール』」

タカシが吹きだした。

「うける」

私は携帯を手に個室をでた。湯浅を呼びだす。応答はなく留守番電話になった。

「川平の携帯の番号がわかった。メールで送るから所在を確認して」

吹きこみ、メールで三つの電話番号を送った。

個室に戻った。

「河上トオルという名に心当たりある?」

水野の目がかわった。

「何回か会ったことあります。ソーイチさんが船に連れてきました。クソ生意気な野郎で――」

水野は黙った。私はうながした。

「野郎で?」

「野郎です」

「シメようとした?」

タカシが訊いた。水野は無言だ。

「シメようとして逆にやられちゃったとか」

タカシが水野のかたわらにしゃがんで訊ねた。水野は低い声で答えた。

「油断してたんです」

「あなた、けっこう強そうじゃん。それでもやられちゃうくらい、やるんだ」

水野は無言だ。

「大貫と河上の携帯の番号、知ってる？」

私は訊ねた。

「ソーイチさんのはわかります」

水野は床においていた携帯を操作した。こちらの番号はひとつだった。私は写し、湯浅にメールした。

「川平、大貫、河上、この三人が今どこにいるか知っていそうな人間に心当たりない？　口が軽くなくて、三人が信用していそうな人物」

メールを終えると訊ねた。

「わかりません」

「答が早い。もっと考えて」

私はいった。水野は私を上目づかいでにらんだ。

「恨んでもいい。今は本当のことを話して。あんたのために。話せば話すほど、あんたが喋ったという秘密は守られる」

水野は目を伏せた。低い声でいった。

「浅草に『プレイ』ってスナックがあります。そこのママと川平はできてます」

「ママの名前は？」

「忘れました。一度連れていかれただけなんで。東京にくると川平は必ず『プレイ』に顔をだします」

「いくつくらいのママなの？」

「四十ちょい」

畑岡みずきではない。

「浅草のどのあたりかわかる？」

「西浅草です」

私は携帯で検索した。西浅草三丁目に「Ｐｒａｙ」というスナックがあった。

「かわった名だな」

のぞきこんだタカシがいった。

「そうなの？」

「ＬのＰｌａｙならわかるけど、Ｒだと祈るとか請い願うって意味だ」

「ここ？」

私は画面を水野に向けた。水野は無言で頷いた。

「ありがとう。充分よ」

私はいってテイを見た。

「先にでて下さい」

テイがいった。水野が怯えた表情になった。

「ち、ちょっと——」

タカシがテイにいった。

「駄目だよ、殺しちゃ」

「大丈夫です。共通の知り合いの話をするだけです」

タカシは頷いた。

「いこう、姉さん」

二人で七号室をでた。

「いろいろありがとう。助かった」

元いた個室の前で立ち止まり、私はいった。

「え、これで終わり？」

私は頷いた。

「あんたは楽しみなさい」

「浅草にいくんでしょ」

「いくけど、あんたまでつきあう義理はない」

「冷たいな」

私は個室の扉を目で示した。

「女の子たちが待ってる」

「あいつらなら別にいいよ」

「水商売の子だから泣かせても大丈夫だと思ってるなら、考えをかえることね。思わぬところで足をすくわれるわよ」

タカシは真顔になった。

「そうなの？」

「坊々《ぼんぼん》で遊んでいるうちならいいけど、今のあんたは会社を背負っている。いくら独身でも、やりすぎないほうがいい。あんたはともかく、社員の肩身が狭くなる」

「わかったよ。今日はあいつらにサービスする」

タカシは息を吐いた。

「じゃあね」

タカシは手を振った。

「何かあったらいつでも連絡して」

私は頷いた。手を振り返し、キャバクラの店内を抜けて、区役所通りにでた。

いっしょにいたらタカシにどんどん甘えてしまう。それは避けたかった。利害関係でつながった仲なら、いつかは返せる。が、タカシはちがう。感情で返す他なく、あっさりとそうしてしまいそうな自分が不安だ。

タクシーに手を上げ、「プレイ」の住所を告げた。カーナビゲーションにセットしてもらう。

星川の携帯を呼びだした。

「どうなった?」

でるなり星川は訊ねた。

「いろいろあって、今、川平の東京の女がやってる、西浅草のスナックに向かってる。あんたは?」

「帰る気になれないから、彼氏ん家《ち》にいた」

「じゃあいいわ。仲よくしてなさい」

「いいの、お土産届けにきただけだから。そっちに向かう。住所をメールで送って」

確か星川の彼氏の家は月島だ。新宿より浅草に近い。

「わかった」

星川には甘えられる。「プレイ」の住所を送った。メールが返ってきた。

『あんたは面《メン》が割れてるから、あたしがひとりでようすを探る。どこか近くで待機して』

了解と返して、タクシーのシートに背中を預けた。

24

タクシーが国際通りに入ったところで星川からメールがきた。

『今ついた。入ってようすを探る』

「プレイ」は小さな雑居ビルの三階にあった。

五階だてで、一階と二階にホルモン焼き屋が入り、三階が「プレイ」で四階が別のスナックのようだ。

建物の前を通りすぎたところでタクシーを降りた。

あたりは飲食店が多く、ぽつんぽつんと民家が混じっている。

『ついた。近くにいる』

星川にメールし、少し離れた場所に立った。

メールがきた。湯浅からだ。

『四つの携帯番号、位置情報が入るのは明日になります。申しわけありません』

『それでいい。川平はエンジンが二基ついたパワーボートをもっているらしい。操船は大貫がしている。船名はゴールデンボール』

『調べます。今どちらですか』

『西浅草。川平の東京の女がやっているというスナックがわかったので、探ってる』

「プレイ」の名と住所を送った。

『所轄の生安から、営業許可の情報をとります』

『よろしく』

携帯から顔を上げると、今いる路地にグレイのハイエースが入ってきた。

運転手はひと目でわかるやくざ者だ。

新宿や浅草にはいまだにこれみよがしのやくざがいるようだ。銀座や六本木をうろつく連中は、皆サラリーマンのようないでたちで、これみよがしなのは半グレくらいだ。

ハイエースのドアが開き、三人の男が降りると、私を見つめた。

「あれだ」

「まちがいない」

いいあうと、私に歩み寄ってきた。先頭の男はスーツを着ているが、今どき見ないシャークスキンだ。年は三十そこそこだろう。

「すみません。水原さんですね」

眉が細く、切れ長の目は、気が小さいくせにキレると手がつけられなくなるタイプだ。血を見るまでおさまらない。

私は無言で男たちを見返した。見覚えのある顔はない。

「申しわけないんですが、俺らにつきあってもらえませんかね」

「何なの？」

「話は車の中で」

シャークスキンはハイエースを指さした。

「何をいってるの。車に乗ったら最後、どこに連れていかれて何をされるかわからない」

私は丸腰だ。

「大丈夫です。手荒なことはしません」

「何者、あんたたち」

私はいって、ハイエースのナンバープレートを見た。足立だ。

「おい、こっちは下手にでてるんだ。あんまり強がるなよ」

シャークスキンのかたわらにいるTシャツにキャップをかぶったラッパーのようないでたちのチンピラがいった。

「大声だそうか。すぐ人がくる」

「こいつ」

ラッパーがカーゴパンツのポケットに手をつっこんだ。シャークスキンが止めた。

「よせ。お願いしますよ、すぐすむ話なんで」

私を見ていった。

「すぐすむ話なら、ここですれば」

「立ち話できるようなことじゃないんで」

「まず、自分の名前とか、どこの者だとかいうのが筋じゃない?」

「やかましい!　このアマ。顔はつるぞ、こらあ」

三人めの、どこからどう見てもチンピラでしかないアロハシャツが叫んだ。

「名前も所属もいえないようなチンピラが遠吠えしてもね」

私は思いきり蔑《さげす》むようにいってやった。

「何だとぉ、手前、つっこんでよがり泣きさすぞ」

シャークスキンは止めなかった。私はシャークスキンの目を見た。

「正体を明せない理由があるわけ？」

「俺らがどこの人間だろうと、受けた仕事は受けた仕事なんで」

嫌な流れだった。こいつらは組の名を告げれば、私が圧をかけてくると知っている。組のシノギとしてではなく、私をさらう仕事を請け負ったのだ。

「ちょっと、何騒いでるのよ。せっかくいい気分になってるのに台無しじゃない」

おかま声がいった。星川だった。いつのまにか「プレイ」をでてきたようだ。

「何だ、こら。あっちいけ」

ラッパーが追い払うように手を振った。

「一一〇番しよっか。道のまん中でやくざ者が女の人にからんでるって」

星川が携帯を掲げた。シャークスキンが向き直った。

「おい」

上着の前を開いて見せた。匕首《あいくち》を呑んでいる。

「怪我したくないだろ。かかわりあいになるな」

私は呆れた。こいつらとんでもなく頭が悪い。道で押し問答したあげく、無駄にすごむ。

名古屋で私をさらった矢代たちのほうがはるかに手際がよく、仕事ができた。ただ星和会という所属がわかったので、殺されずにすんだ。

所属をいわないのは、矢代の一件でこりた依頼者の入れ知恵だろう。

「ねえ、何なの、こいつら。あんた、こんな田舎やくざに知り合いいた？」

星川がいい、ラッパーがキレた。

「殺す！」

カーゴパンツの中からケースに入ったナイフを抜いた。

「はいはい」

星川が拳銃を抜くと、その鼻先につきつけた。

「やったんさい。頭ぶち抜くよ」

ラッパーは固まった。

「本物か、とか馬鹿なこといわないのよ。無駄撃ちはしないから」

三人は後退った。星川が私を見た。

「どうする？」

「車の中で話そうか。訊きたいことがあるから」

ハイエースの車内に入り、三人から得物をとりあげた。シャークスキンが匕首、ラッパーがナイフ、アロハシャツに至っては千枚通しだった。

三人を奥の座席に並んですわらせ、私は千枚通しを手にした。

「あんたタコ焼きでも焼いてたの」

アロハシャツはうつむいた。銃を向けられたのは初めてのようだ。目が泳いでいる。

その顎の下に千枚通しをつきつけた。

「勘弁してやって下さい。そいつはまだ駆けだしなんで」

シャークスキンがいった。

「だろうね。あんたの名は？」

私はシャークスキンに訊ねた。

「石崎《いしざき》です」

「組はどこ？」

「あの、組は関係ないんで——」

私は千枚通しをシャークスキンの耳たぶに刺した。ぎゃっとシャークスキンは叫んだ。

「次は目を抉《えぐ》る」

「せ、千石会《せんごくかい》す」

「千石会？」

聞いたことのない名だった。

「このあたりの組なの？」

石崎は頷いた。私は星川を見た。

「知ってる？」

「まったく聞いたことない。どこかの系列なの？」

石崎は首をふった。

「組員は何人いる？」

「十三人です」

「少なっ」

石崎はきっとなった。

「十三人でも浅草をシマにテキ屋稼業でがんばってるんす！」

「そのテキ屋がなんであたしをさらおうとしたわけ？」

「それはいろいろあって――」

「御託はいいからさっさと吐いて」

「短期間で金儲けができる。仕事は女をひとりさらうだけだって……」

「どこからきた仕事？」

「闇サイトです。勘弁して下さい。組の台所がキツくて、ガソリン代も払えなかったんです」

「雇われた条件をいって」

「姐さんをさらって縛って、荒川の河川敷に転がしておいたら二百万」

「それは簡単な仕事だわ」

星川があきれたようにいった。

「あたしが浅草のここにいることがどうしてわかったの？」

「雇い主からメールがきました。西浅草の『プレイ』ってスナックに現われる筈だからさらえって」

私と星川は顔を見合わせた。

「嫌な感じ」

星川がつぶやいた。真顔だった。

「雇い主の名は？」

「タカイです」

由乃とひきかえに二兆ウォンを手に入れろといっておいて、こんなドチンピラを使って私をさらおうとした理由がわからない。

「あたしをさらったらどうすることになってるの？」

「荒川に向かい、メールをしろと」

「メールしな」

「え？」

「さらったってメールするの」

石崎は瞬きした。私は千枚通しをその頬に軽く刺した。

「痛《い》てて、勘弁して下さい。メールしますから」

石崎は上着から携帯をだし、操作した。間をおかず返信がきた。

『打ち合わせた場所に転がしておけ。確認できたら金を送る』

とあった。

のぞきこんでいた星川がいった。

「あんたたちさ、こんなんで金を払ってもらえるって本気で信じてたわけ？」

「仕度金がでたんです。一人十万。だからまちがいないだろうって」

「そう。荒川に向かって」

私はいった。ラッパーが運転席にすわり、ハイエースを発進させた。

「あの、俺ら殺されるんすか」

アロハシャツが口走った。涙目になっている。

「黙っとけ」

石崎がいった。

「こととしだいによってはね。あんたたち、まちがった相手にケンカ売ったから。それで命を落とす人間はいくらでもいる」

星川がいった。そして私の耳もとに口を寄せた。

「誰が、あんたが西浅草にくるって知らせたわけ?」

「木崎のアルファードにGPSをつけたのと同じ人間じゃない」

「GPSはチャンスがあれば誰でもつけられるけど、今日のこれはちがう」

私は頷いた。私が西浅草に向かうと知っていたのはタカシとテイ、水野くらいだ。その三人のうちの誰かが知らせたのだとすれば、水野くらいしかいない。

星川の表情は真剣だった。

「すごく嫌な感じがする」

「いちおう訊くけど、あたしと西浅草で待ちあわせたことを誰かに話した?」

星川は暗い顔で頷いた。

「彼氏にね」

「どこまで話してるの?」

「ほとんど全部。知りたがるから」

私は宙を見つめ、息を吐いた。

「ちがうよ、きっと」

「そっちの人間で、西浅草のことを知ってるのは誰?」

「タカシとタカシの連れ。スナックのことを吐かせた売人。湯浅」

「その売人が知らせた可能性はある?」

「ないとはいえない。タカシとタカシの連れに関してはありえない」

「畜生」

星川はつぶやいた。

「タカイをつかまえて吐かせなきゃ」

三十分ほどでハイエースは荒川の河川敷に到着した。鐘《かね》ヶ淵《ふち》の駅の近くだ。緑地を見おろす土手沿いの道にラッパーはハイエースを止めた。

「ここのどこにあたしを転がしておくことになってるの」

私は石崎に訊ねた。

「下にあるサッカーゴールのところです」

「馬鹿じゃないの。いくら夜でも散歩とかジョギングしてる人がいるのに、あんなところに縛られた女がいたら、すぐ一一〇番されるに決まっているでしょ」

星川がいった。

「でも依頼人はそうしろって」

石崎は口ごもった。星川は私を見た。

「本気で殺すつもりなら、タカイは別の場所にあんたを連れてこさせるわよ。こいつらを使ったのは、ただの威しかうちらの足止めが狙いだったのじゃない？」

もうひとつある。が、それはいいたくなかった。

「ここ、ずっと止めてるとうるさいんです。パトがしょっちゅう回ってるんで」

ラッパーがおずおずといった。

「そんなところに縛った女をひきずっていけると思ったわけ？」

「ほうりだしてすぐ逃げるつもりでしたから」

石崎はうつむいた。

「わかった。車を降りな。あんたら全員」

パトカーがきて職質をかけられたら面倒なことになるのは、私たちも同じだ。

「そしたら車、もっていかれちゃいます」

ベソをかいたラッパーの頭に星川が銃をつきつけた。

「命もってかれるのと、どっちがいい？」

私が最初に車を降り、石崎、アロハシャツ、ラッパーとつづいて、最後に星川が降りた。

星川がハイエースのスライドドアを閉めようとしたとき、アロハシャツが駆けだした。言葉にならない叫びをあげ土手を全速で逃げていく。

「あっ、馬鹿」

石崎がいった。

「大丈夫よ。子供殺したら寝覚めが悪いもの。あれはもう戻ってこないわね」

「どうせ見習いです」

吐きすてるように石崎がいった。

「ただでさえ少ない組員が減っちゃったってわけだ」

土手に作られた階段を降り、緑地に立った。

犬を散歩させたり、土手沿いを走っている人間がいる。

星川が顎をしゃくった。

「サッカーゴールのところにいって、すわんな。あたしらはこっちにいる。土手の上から狙い撃ちされたらたまんないから」

石崎とラッパーは顔を見合わせた。

「タカイが現われなかったら、今日のところは勘弁してあげる。浅草の千石会にはいずれ挨拶《あいさつ》にいく」

　私はいった。

「組は関係ないんで！　落とし前つけるなら俺ひとりにして下さい。ヤッパ貸してくれたら、今ここでエンコ詰めてもいいんで」

　石崎がいった。

「あんたいくつ？」

「二十四です」

「一銭にもならない指なんかいらない。サッカーゴールのところにすわって！」

　石崎とラッパーはサッカーゴールのかたわらにすわりこんだ。

「タカイは現われると思う？」

　私は寄ってくる蚊をふり払いながら訊ねた。

　恐しい数の蚊が飛びかっていて、石崎とラッパーも平手でパチンパチンと音をたてている。星川は叫んだ。

「じっとしてな！　くるわけない」

　二人はうなだれた。

「だよね。いこう」

「あいつらは？」

「死ぬほど蚊に食われりゃいい」

25

鐘ヶ淵の駅でタクシーを拾い西浅草に戻ると、「プレイ」の看板の明りは消えていた。扉には鍵がかかっている。

「きっちり時間稼ぎ、された」

星川が息を吐いた。

「つまりそれだけ、『プレイ』には触ってほしくないってことでしょう」

国際通りにでて、私たちは開いているパブに入った。喉が渇いていた。

「それで、どんな店だった？」

「ワケありな感じのママひとりがやってる店。あたしがのぞいたときは、お爺ちゃんの客が二人、カラオケで盛りあがっていた」

「ワケありってのは？」

「元が水商売ってより風俗って感じの女。四十くらいで、妙に愛想がない。水商売を長くやってきたなら、とりあえずドア開けた人間には愛想よくするでしょう。何しにきたって顔でにらんできたからね。お面《めん》はまあ、並みの上かな」

私の携帯が鳴った。「非通知」の着信だ。

「はい」

「フユコだな」

ボイスチェンジャーを通した声がいった。

『『プレイ』を調べられたら、よほど困ることがあるみたいね」

私はいった。星川が目を細めた。タカイは私の問いには答えず、いった。

「なぜお前らが浅草にいるとわかったと思う？」

「そんなのどうでもいいわ。どうせまたＧＰＳか何かを使ったのでしょう」

「お前に本当の仲間などいないってことだ。人を踏み台にして生きてきたお前には当然の話だ」

「子供をさらって人を脅すような人間が、生き方を語るんじゃないよ。由乃は無事なんでしょうね。由乃と話させなさい」

「売り物に傷はつけない。泣いてばかりいるが」

「嘘をつきなさい。あの子が簡単に泣くわけない」

「お前のせいでこんな目にあっているのがくやしいのさ」

「あの子に何を話したの⁈」

一瞬、我を忘れた。

「そいつは想像に任せるよ」

私は息を吸いこんだ。タカイのペースにのせられかけていた。

「いっておくけど、あんたらの名前、白央会に知らせてもいいんだよ。川平春男、大貫総一、河上トオル。わかるよね。地の果てまで逃げたってケジメとらされるからね」

タカイは黙った。

「由乃と話をさせな」

私はくりかえした。

「二兆ウォンが先だ」

「由乃がいなかったら金は絶対に手に入らない。永久に弁護士の管理下におかれる」

弁護士という言葉をわざと使った。タカイは食いつかなかった。

「それを何とかするのがお前の仕事だ」

「馬鹿じゃないの。本田雪乃が今どんな状態だかわかっているでしょう。病院の監視係から情報がいっている筈よ」

「そんなことは関係ない」

「由乃を電話にだして。そうしなかったら一切動かない」

電話は切れた。

「話せそう？」

やりとりを聞いていた星川がいった。

「わからない。でも金は弁護士が管理してるといっても、タカイは反応しなかった」

「すでに情報をもっているか、本当のところは二兆ウォンに興味がないか、どっちかね。あたしらの動きがなぜわかったのか、何かいった？」

私は星川の目を見た。

「いわない」

「ＧＰＳじゃないよ。あんたもあたしもタクシーで動いている。ＧＰＳをつけているとしたら、あんたのもちものしかない。でも盗聴でもしない限り、『プレイ』のことまでは知りようがない」

星川は深刻な表情でいった。

「そんなの気にしてもしょうがない――」

私がいいかけると、

「駄目」

と首をふった。

「気にするよ。彼から情報が伝わったのかもしれないのだから」

それはまずまちがいない。「お前に本当の仲間などいない」という言葉は、私と星川を仲違いさせるためだ。

仲違いなどしない。だが星川が傷つくのも避けたい。

「今はそんなこと考えても始まらない。こっちも向こうの情報をつかんでいると教えたら、黙っていたからね」

私はいった。星川は無言になった。

携帯が鳴った。非通知だった。

「はい」

「ごめんなさい。迷惑かけて」

由乃がいった。私は言葉に詰まった。ようやく、

「馬鹿なこといわないの。これはあたしの趣味なんだから。それより何かされてない？　指一本でもあんたに触れたら、どれほど後悔してもし足りないような目にあわせてやるから」

「わたしは大丈夫です。何もありません」

電話がとりあげられる気配があった。

「納得したか」

タカイの声がいった。

「あんたの狙いは金じゃない。あたしを苦しめることでしょ。だったら由乃とあたしを交換した

ら？」

「殺すだけじゃ足りないんだよ。お前のせいでどれだけ人が苦しんだかを味わわせてやりたいんだ」

私は息を吸いこんだ。

「あんたの兄さんは、自分がそうしたくてあたしを島抜けさせ、島の番人になった。兄さんのおかげで今のあたしがあるのは確かだけど、それをあんたに恨まれる筋合いはない」

私と喋っているのは畑岡みずきだ。大貫や川平、河上に、私への恨みはない。

「今になっていいわけか」

「事実をいっているだけ。ちなみにあんたの兄さんが今どこにいるか知ってる？」

タカイは黙った。

「あたしは知ってる。自分が望んだ場所にいる」

死んだとはいわなかった。畑岡みずきが逆上して由乃を傷つけるのは避けたい。

「お前が殺したに決まっている」

やがてタカイはいった。

「あたしは島にいってない。兄さんのほうからあたしに会いにきたのよ。何もかもが嫌になって、日本を逃げだす手伝いをあたしがしてあげていたらどうする？」

「嘘だ。生きていたら、必ず連絡がある」

「そう？　彼がそんなに妹想いだとは知らなかった。いっしょにいるあいだ、あんたの話なんてこれっぽっちも聞かなかった」

「ふざけるな」

「好き勝手したあげく会社を左前にした父親を、村野は嫌っていた。その父親が作った腹ちがいの妹に、同情は感じていたかもしれないけれど、愛情はなかった。兄さんをいい人に思いたいあんたの気持はわかるけど、現実はちがう」

　タカイは黙っている。

「村野があたしとずっといたせいで、父親の会社が潰れたのは事実。そのことであたしを恨むのはかまわない。でも無関係な由乃を巻き添えにするのはまちがっている」

「無関係じゃない。お前の子なんだから」

「それは大貫のヨタ話よ。あたしは楠田に確認した。由乃はまちがいなく本田雪乃の娘。大貫と話をさせな。奴が嘘をついたと証明するから」

「そうやってまた男をだます気だろう。お前は男をだまし利用して生きのびてきた」

「あんたの人生だって、さしてかわりないでしょう。あたしが自分の意志で島にいたと思ってるの？　十四のときに売られたのよ。血のつながった祖母の手でね。あんただって、島から逃げだすためなら何でもしたでしょ。それともあんたは、好きで島にいったわけ？」

「うるさい」

　私は気づいた。畑岡みずきの頭の中には私への復讐しかない。だが大貫や川平、河上の目的は金だ。

　私たちを「プレイ」に近づけたくなかった理由はそれにある。

「プレイ」のママを通じて川平が私とつながり、二兆ウォンが容易には手に入らないこと、さらには由乃が死ねば永久に失われるのを知られたくなかったにちがいない。

　由乃を殺すという脅しは私に対する切り札にはなっても、金を手に入れる役には立たない。そのことが私の口から川平や大貫、河上に伝わるのを畑岡みずきは恐れたのだ。

「横山《よこやま》って男の話を訊いてみな」

「誰、それ?」

「あんたのそばにいる人間に訊けばわかる」

「あとで訊いておく。二兆ウォンが欲しいなら、由乃には指一本、触れるな」

私は告げ、自分から電話を切った。

「強気にでたわね」

星川がいった。

「タカイの正体は畑岡みずきでまちがいない。あいつの頭の中にはあたしへの復讐しかないけど、川平や大貫、河上の目的は二兆ウォンよ。由乃を殺せばその金は手に入らなくなる。でもそのことを三人に知られたくない」

「それは由乃ちゃんを殺すつもりがあるからってこと?」

星川は眉をひそめた。

「追いつめられたらそうするかもしれない」

「ふざけるな」

星川はつぶやいた。

「でも今のところ由乃は無事。それがわかっただけでも収穫よ」

「あんたの動きを売った奴のことは何かいってた?」

「何もいわなかった」

彼の名が横山だというのを、前に星川から聞いたことがあった。横山がどこで畑岡みずきたちとつながったのかはわからないが、それは大きな問題ではない。

「彼を問いつめるつもり？」

星川は暗い顔で考えていたが、

「今、そんな暇ないでしょ」

とつぶやいた。

私は湯浅にメールを打った。

『『プレイ』のこと、わかった？』

やや間をおいて返信がきた。

『たった今、情報が届いたところです。届けによると経営者の名前は浜野香《はまのかおり》。八年ほど前に覚せい剤取締法違反での逮捕歴がありますが服役はしていません。管内の飲み屋に詳しい刑事をさし向けますか』

『お願い。浜野香について知りたい』

『今どちらです？』

『浅草国際通りにあるアイリッシュパブに星川といる』

『お待ち下さい』

アイリッシュパブは国際通りに面したビルの一階にあった。格子ガラスから外が見える。

十分ほどするとアイリッシュパブの前にパトカーが止まった。助手席からひと昔前のゴルフウェアのようないでたちの男が降りてきた。襟の大きなポロシャツに裾の広がったパンツをはき太いベルトを締めている。日焼けしていて、髪をオールバックに固めていた。

「すごいのがきたよ」

その男がアイリッシュパブの扉をくぐるのを見て星川がいった。

携帯にメールが届いた。

『浅草署の生活安全課に勤務する工藤《くどう》という刑事がいきます』

男はパブに入ってくると店内を見回した。寄ってきたボーイを蠅《はえ》でも追うように、手でふり払う。

男の目が窓ぎわのテーブルにすわる私と星川で止まった。まっすぐ近づいてくる。

「工藤さん？」

私はいった。

「水原さんか」

男が訊き返した。マッチョを気どっているが、セックスは受け身でむしろマゾっ気がある。狭い額と寄った目は、自分の考え方に固執するタイプだ。

「すわって下さい。お忙しいところをすみません」

「当直で暇をもてあましてた。そこにお偉いさんから電話があって、おかまと女のコンビに会いにいけといわれた。おっと、気を悪くしないでくれ」

星川を見ていった。

「一応いっておくけど工事ずみで、戸籍上も女だから」

星川はやんわりと返した。

「へえ」

工藤の顔が露骨に崩れた。

「玉の皮を使って穴を作るってのは本当なのかい？」

「保健衛生の授業はあとにして、浜野香について教えて。しゃぶの逮捕歴があるみたいね」

私はいった。工藤はつまらなそうにこちらを見た。

「あ、好きなものを頼んで」

ボーイが寄ってきたのでつけ加えた。

「生ビール、ジョッキで」

勤務中にもかかわらず、工藤は平然といった。

星川があきれたように目を回した。

「浜野香は元ソープ嬢だ。薄野、金津園《かなづえん》、堀之内と渡り歩いて、最後が吉原。あがったのがしゃぶでパクられた八年前で、その翌年に『プレイ』を開いた」

工藤がいった。

「ずいぶん詳しいじゃない。お友だち?」

「『プレイ』の開店資金をだしたのが、東海地区で手広くやってるって噂のある男だったんで、少し調べたんだ」

「どこから入った噂?」

「お姐さん、そいつはいえねえよ。職業上の秘密でね」

工藤はにやりと笑い、届けられたジョッキを掲げた。

「いただきます」

勤務時間中に酒を奢られるのは問題ではないと思っているようだ。日頃の不品行のせいでクビが危うく、上に恩を売るチャンスと見てここにきたのだろう。

「内偵をかけたのなら、客筋も知ってるでしょ」

星川がいうと、工藤は見直した。

「業界に詳しいねえ。叩けばホコリのでる身なのかい」

「残念でした。元同業よ」

工藤の目がみひらかれた。

「勘弁してくれ。本当かよ」

星川が頷くと、下卑《げび》た顔になった。

「同僚とか後輩、いっぱい食ったんだろうな」

「食べたわよ。今もたまに会ってるお偉いさんもいる。あんたの話、してみるね」

「威そうってのかよ」

工藤の表情がかわった。

「あんたしだいってこと。協力する気があるなら、喋って」

私はいった。

ジョッキのビールを工藤はひと息で半分空けた。

「情報のでどころは地元の組だ。水揚げしたソープ嬢に店をやらせたいんで不動産屋を紹介してくれとネタの卸し元から頼まれたっていう」

「つまりその組はしゃぶを扱ってるわけね」

星川がいうと、

「今どき扱ってねえ組なんかねえよ」

工藤は吐きだした。

「卸し元の名前は？」

「川平」

「調べて何かわかった？」

「川平は東京にくるとひと晩は浜野香のマンションに泊まる」

「どこなの？」

「国際通りに面したタワマンだ。スナックの売り上げじゃ借りられねえ」

「川平が家賃をだしてやってるってこと？」

「かもしれん」

「マンションの名前と部屋番号を」

私はいった。

「そこまでいわせてビール一杯かよ」

工藤は頰をふくらました。

「何が欲しいの？」

「いわせんなよ」

工藤はテーブルにおいた左手の指先をこすり合わせた。私は財布から五万円を抜くと、テーブルの下でさしだした。素早くつかみとった工藤が、

「タワーレジデンスの２０１１だ」

といって立ち上がった。

「このくらいでいいか」

立ったままジョッキに残ったビールを飲み干した。

「何かあったら署に連絡する」

「署にはいねえよ」

手を振り、パブをでていった。

「本当のクズだ」

吐き捨てるように星川がいった。

「なんであんな奴に金払ったの。締め上げたって聞ける話なのに」

私をにらんだ。機嫌が悪い。

「ああいうのは金ですませたほうがいい。下手に恨まれると、あとが面倒」

「わかるけどさ」

星川は息を吐いた。

黒ビールを飲み、頭を巡らせた。

「どうする？　川平のとこ、踏みこむ？」

星川が訊ねた。

「踏みこんでも、畑岡みずきを押さえられなかったらかえってややこしいことになる。川平や大貫は金目当てだけど、畑岡みずきはあたしへの復讐が目的。こじれると由乃が危ない」

私は答えた。たとえマンションに川平がいたとしても、殺すならともかく口を割らせるには手間がかかる。

「あたしにやらせて」

星川がいった。

「どうやるの？」

「さっき店をのぞいたでしょ。明日早い時間にいって浜野香を押さえる。手伝いの子とか客がいなければ、出勤直後をつかまえて香の身柄と引き換えに、川平から情報をとる」

「強攻策ってわけね」

「タワマン借りてやってるくらいだから、それなりにかわいがっているでしょう。汚いやり方だけど、由乃ちゃんのことを考えたらかまってられない」

もうひとつある。恋人がかかわっていないかを星川は確かめたいのだ。

やめさせたかった。が、やめろといっても星川はやるだろう。最悪、ひとりで確かめようとする。そんな危険をおかさせたくなかった。

「わかった。明日いっしょにやろう」

星川は私を見た。私が気づいたことに気づいた。頷き、低い声でいった。

「お願い」

26

星川をひとりにしたくなくて麻布に泊めた。

何度も泊まっているので専用のパジャマもある。ひとりになりたくなかったのだろう、今夜は泊まりなよというと、素直に頷いた。

帰ってきたのは午前三時近くだった。

「何か飲む？」

と訊くと首をふった。

「悪酔いしそうだからやめとく。それより睡眠薬があったらちょうだい」

「わかった」

睡眠薬を渡し、ベッドに入った。おそらく睡眠薬を飲んでも眠れないだろう。

横山は星川に久しぶりにできた恋人だった。どこで知り合いどう落としたのかは知らない。だがつきあいだしてからの星川は幸せそうだった。

その横山に裏切られた痛みは相当大きいにちがいない。

星川と横山がつきあいだしたのは、由乃の件にかかわる前からだ。したがってスパイが目的で星川に近づいたわけではない。

私のことを調べ、星川を知り、横山を利用しようと考えた者がいたのだ。

畑岡みずきにちがいない。私と星川を仲違いさせ、追いこもうとした。

腹が立つと同時に憐れみを感じた。みずきには信じあえる仲間がいない。川平、大貫、河上は金で釣った。だからこそ自分がいない場所で私が川平に会うのを恐れた。

私への復讐に執念をもつのも、それがみずきの生き甲斐になっているからだ。

無関係な人間を巻きこみ苦しめることに何のためらいもない。私を苦しめるためだけに由乃を傷つけ、殺すかもしれない。

そう考えると、私が眠れなくなった。だが負けないと心を決めた。

眠れなくなるのも、みずきに復讐されたのと同じだ。

絶対負けない、意地でも眠ってみせる。

明け方、うとうととした。


ベーコンの焼ける音と匂いに目が覚めた。ベーコンの買いおきはなかった筈だ。寝室をでていくと、星川がキッチンで料理をしていた。

ベーコンにスクランブルエッグ、グリーンサラダにパンケーキができている。アニメキャラのエプロンをしていた。

「ダサいエプロン」

私がいうと、

「これしかなかったの。眠剤飲もうと思ってたけど、結局買いだしいって、料理することにした」

星川はいった。歩いて十分ほどの場所に二十四時間営業のスーパーマーケットがある。

「時間があるからシチューも作った。夜にでも食べてよ」

ガスレンジにのった寸胴を星川は示した。

「何シチュー?」

「トマトシチュー。トマトが安く売ってたから、牛スネ肉と煮た」

「ワインに合いそう」

「顔洗ってきなよ」

「こんなに食べられない」

「バターとメープルシロップたっぷりかけたパンケーキ食べたくない?」

「ダイエットの苦労を無駄にする気?」

「人生は破壊と創造だよ」

いった星川のセリフが涙声に聞こえ、私は顔をそむけた。

「トイレいく」

顔を洗い、食卓についた。二人して無言で食べた。

確かに食欲がなくてもバターとメープルシロップをふんだんにかけたパンケーキは胃におさま

る。ベーコンとスクランブルエッグはそうでもない。

サラダとパンケーキを食べ、濃いコーヒーを飲んだ。

携帯が鳴った。金村だった。

「おはようございます」

「おはよう。きのうはありがとう」

「あのあと、テイが降りていくと、うちのソネと『ギサ』の人間が路上に倒れていました」

「あたしをさらおうとしたのだけど、白馬の騎士が現われてね。やっつけてくれた」

「ご迷惑をおかけしました。ソネには辞めてもらうことにしました」

「それを伝えに電話をしてきたの？」

「いえ。テイの恋人について、本人の前ではいえなかった話があります。昨夜のうちに知らせようと思ったのですが、倒れていたソネと『ギサ』の人間の件で遅くなってしまったので……」

「どんな話？」

「テイの恋人は、吉原の『カプリ』という店にいました。『カプリ』の経営者はイという在日韓国人です。イに当たったところ、アズサとレイという同僚とテイの恋人は仲よくしていたそうです。二人とももう『カプリ』にはいないのですが、アズサは浅草でスナックをやっていて、テイの恋人とレイもその店にはいっているようです。スナックの名は『プレイ』です。お役に立ちますか」

「ありがとう。そのレイという女が畑岡みずきかもしれない。住所や携帯の番号がわかるかな」

「テイにいって調べさせます」

「よろしく」

「とんでもない。『ギサ』がご迷惑をおかけしたことをお詫びします。白馬の騎士というのは湯浅さんですか」

私は笑った。

「もっと頼りになる人」

テイという名を使っていたと教えようかと思ったが、混乱が起きそうなのでいわずにおいた。

電話を切り、星川に話した。

「レイが畑岡みずきなら、テイの恋人から由乃とあんたがかかわってることを聞いたんだ。アズサっていうのが浜野香で」

星川がいった。

「そうだろうね。テイから尹家詐欺事件のことを聞いた川平が由乃をさらえば金になると踏んで、仲間に加わった」

「テイは由乃の情報をとるためにたらしこまれたのだと思う?」

暗い顔で星川がいった。自分と重ね合わせている。

「恋人を川平に紹介されたといっていたから、その可能性はある」

星川は息を吐いた。

「あんたの彼氏はちがうよ。知りあったのはずっと前でしょ」

私はいった。

「去年かな」

「だったらかかわったとしても最近の話。おそらくあたしのことを調べてあんたを知り、そこから彼氏に近づいた」

星川はぼんやりとした表情になった。

「なんでそんな真似したわけ？　金にはそんなに興味のない子なのに」

「弱みを握られ威されたのかもしれない」

「他人にどう思われるかなんて気にしない。じゃなかったら、あたしとなんかつきあわない」

「じゃあ何か別の理由」

「ぶっ殺してやる」

星川はつぶやいた。それが彼氏なのか、畑岡みずきなのかがわからず、私は黙っていた。

「洗うね」

使った食器を手に私は立ち上がった。「プレイ」に浜野香が現われるであろう夕方まで、どうやって星川を止めおくかを考えていた。

時間がありすぎる。彼氏のところにいくか、浜野香のマンションに乗りこむといいだすかもしれない。

私が皿を洗い、星川が拭いた。

「彼のとこ、いこうかな。先に会って、どんな手を使われたのかを確かめたい」

星川がつぶやいた。

「情報を流したのが彼氏ってまだ決まったわけじゃない。それにシラを切られたら、あんたキレて何するかわからない」

そっちが本音だった。

「じゃいっしょにいく？」

星川は不気味な顔になって私を見た。

「川平に吐かせてからでいいのじゃない。それに彼氏はテイの恋人とはちがう。元から情報のためにあんたに近づいたわけじゃない。責めるのはあとにしな」

星川は息を吐いた。

「責められないと思う。責めるくらいなら殺しちゃうかもしれない」

星川は私とはちがう。人を殺して、死ぬべき人間だったのだと思いきることはできない。まして一度は惚れた男にそうはなれないだろう。

「畑岡みずきはさ、あんたとあたしを仲間割れさそうとして、彼氏を引きこんだんだよ」

私はいった。

「そうだと思う。あんたに今、恋人はいない。だからあたしの恋人に近づいた。あたしや由乃を不幸にすることで、あんたへの復讐になると考えた」

星川がいい、私を見た。

「あやまらないでよ。あやまられたらあんたを許せなくなる」

「あやまるわけないでしょ。畑岡みずきを生かしておけないと思ってるだけ」

私はいった。あやまれば星川を傷つけるだけだ。

「馬鹿な女だよね。魔女を敵に回すなんて」

星川はつぶやいた。

「それとも畑岡みずきもあんたみたいになりたいのかね」

「あいつはなれない。それは寝る前に思った。あいつには、あんたや由乃、浄景尼みたいな人がいない。ひとりぼっちで、あたしへの憎しみが唯一の存在証明」

私がいうと星川は息を吐いた。

「タカシだって昔はあんたを恨んでた。それが今はあんたになついてる。そうはならないのかな」

「男は忘れっぽい。女は忘れない」

「あたしはどっち？」

星川が私を見た。真剣な表情だった。

あんたが決めること、とふだんの私ならいった。だがいえなかった。

「そこは男で」

答えると、

「馬鹿」

と星川はいった。

昼過ぎ、湯浅から電話があった。

「今どちらです？」

「麻布よ」

「すぐ近くにおります。これからうかがってよろしいでしょうか」

「いいけど、あたしも星川も今、機嫌が悪いの。覚悟してきなさい」

星川は無言だ。することもなく、二人でテレビを見ていた。

湯浅がくると星川がコーヒーをいれた。

「浅草署の人間は役に立ちましたか」

「そこそこね。警視庁にもまだあんなクズがいるんだ」

私はいった。

「大きな声ではいえませんが、何かあったときのスケープゴート用に飼われているのだと思います。本人は知りませんが」

湯浅が答えると、コーヒーカップをおきながら星川がいった。

「あれじゃあ、何か起こすのは本人になるよ」

「今の署長はキャリアなんです。クビを飛ばしてもいい署長が異動してくるまで、監察は我慢しているのだと思います」

湯浅が答えると、星川は首をふった。

「まだそんなことやってるの。かわんないわね」

「キャリア組を守らないなんてことになったら、あらゆる役所が機能しなくなります。守られているエリートだと思うからこそ連中は滅私奉公するんです」

「まるで自分はキャリアじゃないみたいないい方ね」

「私はちがいます。庶民《しよみん》です」

心外そうに湯浅はいった。私は訊ねた。

「それで何がわかった？」

「四つの携帯のうち、ふたつが昨晩、東京台東区の基地局に信号を送っていました」

「どのふたつ？」

湯浅が番号をいった。川平の三台のうちのひとつと大貫の携帯だった。

「台東区のどこ？」

「西浅草三丁目近辺です」

「プレイ」や浜野香のマンションのあたりだ。

「やっぱり東京にいるね」

星川がいった。湯浅が私を見た。

「由乃は東京に連れてこられてる。『プレイ』のママが住んでいるのも西浅草三丁目よ」

私はいった。

「あとの二台はこの二日間、名古屋市内にあります」

湯浅がいった。

「つまりこの二日のあいだに由乃ちゃんが東京に連れてこられたってことね」

星川がいって、私の隣に腰をおろした。

「浅草近辺なのでしょうか」

「可能性はあるわね」

「西浅草三丁目付近に絞りこんでなら、防犯カメラの映像を調べることができます」

湯浅がいった。

星川が私を見た。私は訊ねた。

「どれくらい時間がかかる？」

「二、三日は必要です。事件化すれば、もっと短時間で可能ですが」

事件にするのはマズい。追いつめられると畑岡みずきは何をするかわからない。

「事件化しないで」

私はいった。湯浅は頷いた。

「わかりました。手配します」

「船のほうは何かわかった？」

「海保が目をつけているパワーボートのリストの中に『ゴールデンボール』はありました。愛知県蒲郡《がまごおり》のマリーナの所属ですが、現在そこにいません。海保を動かせば、所在地を調べられます。ただそうすると、捜していることが相手に伝わるかもしれません」

「それは駄目」

私は首をふった。

「まず由乃を助けだす。由乃が向こうにおさえられている間は、無理ができない」

「犯人の目的が二兆ウォンなら、由乃さんには手をださないと思いますが」

湯浅がいった。

「金が目的なのは、川平と大貫、それに河上で、畑岡みずきはあたしに復讐したいだけ。だから追いつめられたら、由乃に手をだすかもしれない」

「グループにリーダーはいるのですか」

「今のところ畑岡みずきね」

「だとすると、畑岡みずきがあくまでも水原さんへの復讐にこだわれば、仲間割れが起きる可能性もありますね」

湯浅が私を見つめた。

「そうか。その手があった」

私はいった。

「どういうこと？　あたし頭が働かないから、ちゃんと説明して」

星川が私と湯浅を見比べた。

「あいつらを仲間割れさせる。金のほしい川平たちにしてみれば、白央会にまで追われて一円にもならないなんてことになったら我慢できない。グループは分解する。グループにとっての切り札は由乃だから、分解したら奪い合いになる」

私はいった。

「それはわかるけどさ、どうやって仲間割れさせるわけ?」

「方法はあるよ」

私はいった。

27

星川は一度「プレイ」をのぞいたから顔が割れている。私が最初に乗りこむことにした。

「プレイ」に近いコインパーキングに止めたアルファードで、浜野香が出勤してくるのを待った。きのうの今日で、もし浜野香が店に現われなければ住居のタワーマンションに押しかけるつもりでいた。が、扉に臨時休業の貼り紙はなく、常連客でもっているような下町のスナックが断わりなく休業することはないだろうと私は踏んでいた。

午後五時過ぎ、明るい茶髪で、ショートパンツにTシャツといういでたちのむっちりした体つきの女が、買い物バッグを手に現われた。あたりを気にしながら歩いてきて、「プレイ」の扉の前に立った。鍵を開け、中に入る。

「いってくる」

星川と木崎に告げ、私はアルファードを降りた。

「プレイ」の前に立つと、掃除機をかける音が内側から聞こえてきた。

扉を引いた。鍵はかかっていなかった。

「まだ早いよ。開店は六時だから」

こちらに背を向け、掃除機をかけながら女がいった。テーブルがふたつ、カウンターが四席ほどの店だ。壁に固定されたカラオケ用の液晶画面から夕方のニュースが流れている。

私がうしろ手に扉を閉めると女がふりかえった。

「誰？」

私を見て眉をひそめた。

「レイから聞いてない？」

私はいった。

女は掃除機のスイッチを切った。

「レイって誰よ」

いいながらカウンターにおいた携帯を見た。

「畑岡みずき。畑岡みずきが殺したいほど恨んでいる人間よ」

「何いってんの。ぜんぜんわかんないんだけど」

女は顔をしかめた。

「だったら川平さんを呼んでくれてもいいわよ。水原が大事な話をしにきたって」

女は黙って私を見つめた。とぼけるか相手をするか、迷っているようだ。

「浜野香さんでしょ。あなたの商売を邪魔する気はないの。ただあなたの彼氏が一円にもならないことのために十三の女の子を痛めつけるのをやめてほしいだけ」

「はあ？」

香はいってカウンターによりかかり、ショートパンツのポケットから加熱式のタバコをとりだした。

「川平さんにあたしから直接伝えてもいいけど、二兆ウォンなんて金はなかった。尹家詐欺事件の被害者たちが金額をおおげさにいっていただけで、実際は一兆ウォンどころか、十億ウォンがせいぜいで、それも本田やその仲間が使ってしまって、ほとんど残っていない。畑岡みずきは、あたしに二兆ウォンを探せといったけど、そんな金はどこにもないの」

香はポカンと口を開けた。

「嘘でしょ」

とぼけきれなくなったようだ。

「『カプリ』であなたやレイといっしょに働いていた女の子がつきあっている、韓国国家情報院の男に訊いてみるといい。二兆ウォンなんて実在しないって教えてくれるから」

香の顔がこわばった。

「どうしてそんなこと知ってるの」

「川平さんから聞いてない？　それとも川平さんも畑岡みずきに教わってないのかしら。この件に関しては、白央会だけじゃなくて、韓国の情報機関や日本の警察も裏で動いている。このあたりのチンピラやくざなんかじゃ太刀打ちできないのよ。知ってるわよね、千石会っていう地元の組の坊やが殺されかけたのは。何ていったっけ、石崎くんか」

「何なの、それ。まるでわからないんだけど」

「だったら川平さんに連絡したら？　畑岡みずきは駄目よ。二兆ウォンの話を吹きこんだ張本人なんだから」

香は携帯に目を注いだ。

「考えてみて。わざわざお金が存在しないってことを教えにきたのは何のためだと思う?」

「何のため?」

香が私を見た。

「ただ働きにならない手がある」

香は首を傾げた。

「あんたが払うってこと?」

「まさか。あたしにそんな金があるわけない。払うのは由乃の母親よ。本田雪乃」

「癌で死にかけてるって聞いたけど?」

私は頷いた。

「保険金がある」

「そっか。癌保険は全額、先におりるものね」

年寄りの常連客が多いからなのか、香は合点したようにいった。

「本田陽一が遺した金も多少はあるから、二兆ウォンとはいわないまでも、一千万円くらいはだせる」

「一千万」

あきれたように香はいった。

「少な過ぎでしょ。娘の身代金だよ」

「あなた、由乃に会った?」

私は訊ねた。香の表情が険しくなった。

「なんでそんなこと訊くの」

「会ってたらわかると思うけど、母親と由乃はうまくいってないのよ。由乃が反抗的で」

「確かにかわいげはなかったね」

香がいったので、この瞬間、威してどこにいるのか吐かそうかと考えた。が、無理はできない。失敗したら、確実に由乃が傷つく。

「そうなのよ。だから本田雪乃も、自分の治療費を削ってまでは払う気はない。でも一千万でカタがつくなら、これ以上大ごとにならない」

「大ごとって?」

「韓国の兵隊に殺される。『ギサ』という民間軍事会社が動いているの。傭兵ね。戦争のプロで、日本国内でも平気で人を殺している」

「威かさないでよ」

香は笑った。が、私が笑わなかったので真顔になった。

「元『カプリ』の子の彼氏に訊けば『ギサ』のことはわかる。白央会だってまだ動いているし」

「九州の極道は、東京じゃ何もできないっていうじゃない」

「それはシノギの話でしょ。由乃をさらわれ、組長のメンツは丸潰れよ。手引きした運転手は母親まで拷問にかけられている」

香は息を吐いた。

「やっぱり」

「運転手を知ってるの?」

「そんな話、したくない」

「しないのはあなたの勝手だけど、白央会はここにもくるわよ」

「あんたが知らせるわけ？」

香は鋭い目になった。

「そんなことはしない。あたしは穏便にカタをつけたいだけ。由乃が帰ってくれば、白央会だってこれ以上危ない真似はしない。警察に目をつけられたくないだろうから。川平さんにあなたから話して」

カウンターにおかれた香の携帯を私は示した。

香は掌をＴシャツの裾《すそ》でふいた。カウンターに歩みよる。

「名前、もう一度教えて」

「水原」

香は携帯を手にすると、カウンターの端のハネ戸を開け、中に入った。携帯を操作し、私に背を向けてしゃがんだ。会話が私に聞こえないように、小声で話しだす。

私は待った。

香が立ち上がった。

「馬鹿じゃないかって怒ってる。一千万と二兆ウォンじゃ二万倍もちがうだろうって。そんな端《はし》た金でカタがつくわけない」

「一円も入らないで殺されるよりマシじゃない？　あたしが話そうか」

香は携帯に問いかけ、私にさしだした。

「どうやってそこをつきとめた？」

川平がいきなり訊ねた。

「由乃の指がなくなってもいいのか」

「いっておくけど、あたしひとりじゃもうどうにもならないことになっている。韓国国家情報院やその指示をうけた『ギサ』って傭兵が動いてる。でも二兆ウォンはどこにもない。実際にはそんな被害はでてなくて、皆が大げさにいっていただけ」

「ふざけるな。そんなわけないだろうが」

「畑岡みずきや大貫総一に何を吹きこまれたか知らないけれど、実際に韓国にいって訊いてみたら。尹家詐欺事件のことなんて、今は誰も覚えてない。嘘だと思うなら、由乃を監視してた、あんたをチュンナムヒョンと呼んでいる子に確認してごらんなさい」

「お前、そんなことまで――」

川平は絶句した。

「だからいってるでしょう。あんたは簡単な金儲けのつもりでいたかもしれないけれど、メンツを潰されたのは白央会だけじゃない。国家情報院だって本気よ。傭兵を動かしているのもその証拠」

「お前の携帯の番号を教えろ」

私は番号を告げた。

「こっちから連絡する。あんたはその店をでろ。香は何も関係ないんだ」

「関係ないじゃすまないわよ。白央会がここをつきとめるのも時間の問題だから」

「わかったからそこをでていけ」

「一時間以内に電話がこなかったら、またくる」

私は告げて、携帯を香に返した。

「あたし。はい、はい。わかった」

香はいって、携帯をおろした。

「お邪魔したわね。掃除に戻って」

私は告げて、「プレイ」をでていった。アルファードに戻る。

「どうだった?」

星川が訊ねた。

「川平と話せた」

「うまくいきそう?」

「まあ、待ちましょう」

金村には「プレイ」を訪ねる前に連絡を入れ、テイに口裏を合わせるよう頼んであった。

「プレイ」の扉が開いた。香が手にしていた紙きれを扉に貼りつけ、早足でその場を離れた。店を閉めろと川平に命じられたのだろう。

川平が私の言葉を信じ始めている証拠だ。

「うまくいくかも」

私はつぶやいた。

携帯が鳴った。湯浅からだ。

「十分前に浜野香の携帯からかけた番号がわかりました。固定電話で、東上野の『ジンセン商事』という貿易会社が所有する番号です。『ジンセン商事』は、韓国から食品などを輸入しています。住所は――」

湯浅が読みあげた住所を私がくり返すと、星川がメモした。

「それから台東区西浅草三丁目付近の防犯カメラに、本田由乃らしい娘が写った映像はありませんでした」

「そこまで間抜けじゃないか」

私はいって電話を切った。

「東上野に参りますか」

木崎が訊ね、私は頷いた。浅草からは十五分足らずで到着した。

「ジンセン商事」は焼肉屋やビジネスホテルがたち並ぶ一角にある雑居ビルの二階に入っていた。

ビルの出入口が見える場所に木崎はアルファードを止めた。

「乗りこむ？」

星川が腰から抜いたマカロフの装弾を確認しながらいった。

「まだ。向こうのでかたを見てから」

「防犯カメラのこと、いってた？」

「由乃らしい子は写っていなかった」

「そうか。浜野香に預けているかと思ったけど、そんなに甘くないか」

「由乃は畑岡みずきの命綱になる。他人には預けない」

「それを引きはがすのは簡単じゃないわね」

携帯が鳴った。非通知からの着信だった。

「はい、水原」

「川平だ。金の話は嘘じゃないようだな。それに『ギサ』って連中のことも聞いた」

「危ない奴だといってなかった？」

「脳ミソのない戦争屋だそうだ」

「これであたしのいうことを信じる気になった？」

「俺は信用してもいいが、みずきが信じるかどうか」

「みずきはあたしに仕返しできれば金のことはどうでもいいと思っている」

間が空いた。

「かもしれないな」

川平がいった。

「あたしは逃げも隠れもしていない。みずきがそうしたいなら、サシで決着つけてもいい。死にかけている母親のところに十三歳の娘を返してやって」

「金はどうなる？」

「娘を返すなら母親は払う」

「返しても、死なれちまったらそれきりだ。前金でもらいたいね」

「先に五百、由乃を返したら五百」

「それでいい」

私は川平に聞こえないように息を吐いた。

「由乃はそこにいるの？」

「いや」

「誰といるわけ？」

「そいつはいえない。お前が俺をとばして交渉したらそれきりだ」

「それじゃ前金は渡せない。五百を猫ばばして、あんたが消えるかもしれない」

「たった五百で、俺が飛ぶかよ」

「一円も入らないうちに消されるかもしれないしね」

「何だと」

「本当は由乃がどこにいるか知らないのじゃないの。それで五百だけでも欲しがっている」

「娘はソーイチといる」

「河上トオルはどっち？　あんた？　それとも大貫といるの？」

「向こうだ。あいつらは俺を信用してない。元手をだしてやったのは俺なのによ」

畑岡みずき、大貫総一、河上トオルの三人には、島で暮らしていたという〝絆〟がある。

「当然でしょ。三人は同じ島にいた」

「お前もそこにいたのだろう」

「いたけど、かかわってはいない」

「みずきは、お前のせいで父親と兄貴が死んだといってる」

昔話の相手をしてやることにした。川平を抱きこむためだ。

「兄さんについては、恨まれてもしかたがないところはある。だけど父親は関係ない」

「あいつはとことんお前を恨んでるぜ」

「でもなぜ今なの？　みずきが島を離れたのはずっと昔でしょ」

「トオルがみずきの働いている風呂屋に偶然きて、それをきっかけに三人で会ったのだとよ。そのときに総一が昔いた病院で赤ん坊をとりかえた話をした。奴はそれがいつか金になると踏んで、ずっとあたためていたんだ」

「なるほどね」

私は感情を殺していった。

「本当なの？　その話」

「そいつは俺にはわからない。が、その赤ん坊が今どこにいるかを調べていくうちにお前のことがわかって、みずきの目の色がかわった。百回殺しても飽き足らない女だっていいだしてな」

「それで由乃をさらったわけ？」

「由乃の親父が尹家詐欺事件の犯人だったってのも総一が知っていた。お前に仕返しができて金も手に入るチャンスだって、三人は考えたんだ。だが動く元手がない。そこでトオルが俺のところに話をもってきた。ちょうど俺も従弟《いとこ》から由乃のことを聞いたばかりだった」

「タイミングがよかったわけね」

「そういうわけだ」

一拍おき、私は訊ねた。

「横山ってのは、誰が連れてきたの？」

「総一だよ。ネットゲームのオフ会で知り合ったといってた。お前のことを調べているうちに、星川っていったっけ、お前の連れが総一の知り合いとつきあってるってのがわかってな。みずきがたらしこんだ。今までたいした女とやってこなかったんだろ。元ソープのみずきにかかっちゃいちころだったらしい」

「そう」

私は短く答えた。星川には聞かせたくない。

「平井はどうやって仲間につけたの」

「平井？」

「白央会の運転手」

「奴か」

つぶやき、川平は黙った。その沈黙で気づいた。もう生きていない。

「殺したの?」

「お袋がさらわれたって聞いて、おかしくなった。もともとは中洲のソープでボーイをやっていたときにみずきと知り合ったらしい。由乃を運ぶ仕事は、みずきにいわれて志願した。少しトロいんだが、車の運転はうまいって、組うちでは評判だったらしい。ソープにつとめだした頃、同僚からいじめにあってたのをみずきが助けてやって以来、なついてた」

　みずきにもそんな時代があったのか。

「ソープをクビになって、先輩のヒキで白央会に入り、何でもはいはいっていうことを聞くんで、組じゃかわいがられてたらしい。由乃の件では、みずきの頼みと組を裏切るのとの板ばさみになって苦しんでた。だが、母親がさらわれたんで、由乃を帰してやれといって暴れた。それで……」

「あんたが殺したの」

「総一だ。あいつはちょっと、ふつうじゃない。死んだとわかっても三十分以上蹴ってやがった」

「あんたも同じ目にあうかもね」

「そこまで小僧じゃねえ。殺《や》られる前に殺るだけだ」

「金が手に入らないなんてことになったら、どうなるかしら。人殺しまでして分けるには、一千万は少なすぎる」

「お前がだせよ。お前のガキなんだ」

「そんなヨタ話、まるで信じてないから。たとえ本当だとしても、今さら情なんて湧かない」

「ずいぶん冷たいじゃないか」

「かわいげがあればちがったろうけど、こまっしゃくれてて憎たらしいだけだったからね。それでも面倒をみるよう頼まれてた以上、知らん顔はできない。一千万で手を打つかどうか相談してみて」

「奴らが納得するわけない。特にみずきはお前を潰すことで頭がいっぱいだ」

「じゃあどうする？　一千万もあきらめて、ずっと白央会から逃げ回る？　白央会には、いつでもあんたたちの情報を渡せる。白央会の会長はメンツを潰されたっていうんで、草の根を分けても探しだすし、つかまったら楽には死なせてもらえない」

「お前、俺に裏切らせようとしてるな」

川平が濁った声でいった。

「あんたじゃなくたってかまわない。一千万と引きかえに由乃を渡すなら。みずき以外だったら、誰でもそうするのじゃない？」

「由乃を渡して金をもらっても、白央会に密告《さ》さないって保証はないだろう」

「十三の娘をさらって脅しているような奴らには、どんな保証もない。二兆ウォンだろうと一千万だろうと、死んだら一銭も使えない。由乃を探しているのは白央会だけじゃない。あんたたちのことを、どれだけヤバい奴らが追っかけていると思う。あたしがあんたなら、少しでも長く生きられる道を探す」

川平は黙りこんだ。私は待った。

「とにかく前金、用意しろ。話はそれからだ」

「用意できたら、あんたに連絡すればいいの？」

「ああ」

答えて、川平は自分の番号を告げた。

私は復唱し、電話を切った。

「横山のこと、何だって?」

星川が平静を装った声で訊ねた。

「ネットゲームのオフ会で大貫総一が知り合ったらしい」

「金なの?」

「わからない」

「みずきにたらしこまれた? 遊んでない子だからね。元ソープ嬢にかかったらいちころでしょう」

まるで会話が聞こえていたかのようだった。

「恨んでもしかたがないよ」

私はいった。

「わかってる。そういう子だから、あたしを受け入れてくれた。みずきはぶち殺すけどね」

星川は静かにいった。

「邪魔はしない」

私は答えた。

28

三十分ほどすると、「ジンセン商事」の入ったビルから男がひとりでてきた。大柄でスポーツウェアの上下を着ている。ビルの前のコインパーキングに止まるレクサスに歩みよった。名古屋ナンバーだった。

私は川平に教わった携帯番号を呼びだした。

男はあたりを見回し、レクサスに乗りこんだ。料金の精算はすましていない。

「はい」

川平が答えた。

「金が用意できた」

私は告げた。

「早いな」

「ぼやぼやしてると、韓国の連中にあんたたちが消される。どこにもっていけばいい?」

「少し考えさせろ」

「いいわ。決めたら電話して」

電話を切った。レクサスから男が降りた。

コインパーキングの精算機に向かう。私は外に立っていた星川に合図した。

私はアルファードを降りた。精算機に金を入れていた男の背中に星川が拳銃をあてがった。

「急にふりむかないでね。弾みで撃たれるかも」

私は男のかたわらに立ち、いった。男が私を見た。

「お前、どうして――」

「いったでしょう。あんたたちのことは、たくさんの人間が追いかけている」

星川がスポーツウェアを探り、ヒップポケットから携帯とバタフライナイフを抜いた。

「なつかしい。そういう世代なんだ」

川平の顔の前でくるくると回し、組み立ててみせた。川平の顔が無表情になった。

「一千万てのはガセネタか」

「とは限らない。あんたしだいよ」

私はいって、アルファードを目で示した。

「あれに乗って」

アルファードの後部席に川平をすわらせ、麻布台に向かった。暴れないように、星川が銃を向けている。

「いっとくが、今、由乃がどこにいるかなんて俺は知らない。俺と連絡がつかないとなったら、由乃の指が飛ぶ。総一は大喜びで由乃をいたぶるぞ」

「拷問されると思ってる？」

私はいった。

「ちがうのかよ」

「そういうの、趣味じゃない」

「必要ならあたしがやるけどね」

星川がバタフライナイフを左手でもてあそび、いった。

「横山ってのとつきあっていたのはお前か」

川平はじっと星川を見た。

「よけいなことを喋ると死ぬよ」

私は警告した。川平は星川から目をそらした。

「何よ」

星川がいった。

「何でもねえ」

「何を思ったかいいなさいよ」

星川が川平の首すじにナイフをあてがった。

私は息を吸いこんだ。返事によっては、この場で星川は川平を殺すかもしれない。

そうなっても責めないと決心した。

「早く」

星川がうながした。川平が口を開いた。

「昔、俺をかわいがってくれた柳ヶ瀬のおかまがいた。チンピラだった俺に服を買ってくれたり、小遣いをくれた。あんたは似てる」

「その人はどうしてる?」

「死んだよ。やめろっていったのに、中国人が売ってた混ぜものだらけのシャブに手をだして」

「シャブ中だったの?」

私は訊いた。

「年をとると、若い男には相手にされなくなるし、若いときの手術やホルモン剤がたたってひどい更年期障害みたいになるらしい。それがつらくてクスリに走る。そのときは地元の商売を仕切ってた元締めがアゲられて、品薄でな。粗悪品に決まってるからやめておけっていったのに、我慢できねえつって打って、心臓発作だ。まあ、長生きはできなかったろうが」

私は星川を見た。星川がナイフをひっこめた。

「それで自分がシャブ屋になったわけ？」

「ちゃんとしたネタを売れば、粗悪品を買う奴はいなくなる」

「立派な考えだけど、表彰状はもらえないわね」

私はいった。

アルファードが止まった。私の事務所の近所だった。

「ここで待ってて」

私はいってアルファードを降り、事務所に入った。金庫には、常に一千万の現金がおいてある。五百万をだし封筒に入れて、アルファードに戻った。

「適当に走って」

木崎にささやき、川平の前にすわった。封筒をさしだした。

「前金」

川平は目をみひらき、封筒をのぞきこんだ。

「数えたかったら、数えていい」

私はいった。川平は帯封のかかった札束をだし、パラパラとめくった。

現金には他のものにはない説得力がある。命と引きかえるにはとても及ばない額であっても、いざ手にすると欲が湧くのだ。五百万ていどの金であっても、触れば返すのが惜しくなる。

「確かにある」

「やる？」

封筒に戻した五百万を、川平の手は握りしめていた。

「みずきを説得するのは無理だ。総一もヤバい。トオルなら抱きこめるかもしれない」

「誰を説得しようがしまいが、あんたの勝手よ。由乃を連れてこられるの？」

「まず、どこにいるのかを確かめないと」

「本当に居場所を知らないわけ？」

星川が訊いた。

「由乃は船に乗ってる。俺のクルーザーだ。ふだんは蒲郡のマリーナにおいてあるが、今はこっちに乗ってきている」

「なるほど。さらったパーキングエリアからまっすぐ南に降りれば蒲郡だ」

星川がいうと、川平は頷いた。

「高速道路や鉄道を探されるのはわかっていたからな。クルーザーに乗せた」

「関東まではきたということね」

「台風とかがきて海が荒れると動けなくなる。だから早いうちにこっちへもってきた」

「どこで上陸したの」

星川が訊ねた。

「沼津で一度燃料《あぶら》を入れて、知り合いがいる湘南のマリーナに向かった。そこのマンションで一泊したあと、食いものと燃料を仕入れてでてった筈だ。今はどこか波のない湾内にアンカー打って、浮かんでるだろう」

季節は夏で、内海ならずっと同じ場所にクルーザーが浮かんでいても怪しまれない。

「海の上なら逃げだせないし、周りの目も気にならない」

星川がいうと川平は頷いた。

「誰が描いた絵図なの？」

私は訊いた。

「俺とみずきだ」

「あんたが船に残らなかったわけは？」

「俺は船酔いするタチなんだ。走ってるあいだはいいんだが、止まると駄目だ。トローリングは平気でも、船釣りになるととたんに酔う」

「内海でアンカー打ってても？」

川平は首をふった。

「医者にまでいって調べた。三半規管に問題があるらしい。だから陸で連絡係をやることにした」

「由乃と三人は船の上？」

「たぶんな。食料をしこたま積んでるから、十日やそこらはずっと海にいられる。台風とかがくれば別だが。今のところ、そういう予報もない」

「連絡はとれるの？」

「携帯がつながる。問題は、トオルとだけ話すのは難しいってことだ。狭い船の上じゃ、トオルの携帯を鳴らしても、みずきや総一にも聞こえる」

「船を陸につけさせればいいのね」

私はいった。

「できるのかよ、そんなこと」

「海上保安庁に目をつけられたら移動するしかなくなる」

星川がいった。

「確かにそうだが――」

いいかけ、川平は目をみひらいた。

「できるのかよ、そんなことが」

「いったでしょ。あんたが考える以上の大ごとになってるのよ。『ジンセン商事』にあんたがいたことをすぐにつきとめたのも、なぜだと思う」

私がいうと、川平は目をぎゅっとつむった。

「くそ。そういうことか。下手打ったら、パクられるくらいじゃすまないってことだな」

「そういうわけ」

「海保に目をつけられたら、どうすることになってる?」

星川が訊ねた。

「いったんどこかの港に逃げて、そこで由乃をオカに上げる。そういうときは俺が迎えにいく手筈になってる」

「どこの港とかは決めてないの?」

「船の具合が悪くなったといえば、漁港でもどこでも、とめさせてくれる。だから最寄りの港に逃げるだろう」

「そうすると、どこの港に入るかは、そのときに連絡がくるわけね」

川平は頷いた。

「巡視船が入ってこないようなところを探す筈だ。ただ由乃をオカに上げるとなると、みずきも必ずくっついてくるだろうな」

「それは問題ない。こちらで何とかする」

星川がいった。川平は星川を見た。

「何とかするって――」

「一千万、あんたひとりのものになるかも」

私はいった。川平は黙りこんだ。

「近くの駅につけて」

私は木崎に命じた。


田町駅で川平をおろすと湯浅に電話をした。

由乃が川平のクルーザーに乗せられていることを話し、海上保安庁に探させるよう頼んだ。

「ただし追いつめないで。目をつけられていると思わせるだけでいい。追いつめられたら、みずきは由乃を殺す」

「けっこうハードルが高いですね。探しても臨検はしない、と」

「見られてると思わせるだけでいい。たぶん同じところにずっと浮かんでいる筈だから」

「場所は神奈川沖のどこか、ということでしょうか。せめて東京湾なのか相模湾なのかがわかるといいのですが」

「川平は湘南にあるマリーナで燃料と食料を補給したようなことをいっていた」

「となると相模湾ですが、内海となると三浦半島西側のどこかということになりますね。それならあまり時間をかけずに見つけられると思います」

「よろしく頼むわ」

「またご連絡します」

電話を切った私は星川と顔を見合わせた。

「うまくいくといいね」

星川が低い声でいった。

「すべては、由乃を無事とり返してからよ。由乃さえ帰ってきたら、何だってできる」

私はいった。

「みずきはあたしに任せてね」

星川は頷き、いった。

「横山はどうするの」

「一度話すよ。大丈夫、あの子を痛めつけたりはしない。何が起こってるのか、何も考えないで、軽い気持で協力したに決まってる」

そんな風には露ほどにも思っていないとわかる口調だった。

「ゲームか何かのつもりだったのだろうね」

私はいった。

「そうね。でもゲームとちがうのは、人が本当に死んでるってこと」

星川は小さく頷いた。

「あんたの仕事を知ってるの?」

私は訊ねた。

「コンサル会社の調査員だっていった。まちがってないでしょう。昔、警察にいたことも話した」

「そう」

私の携帯が鳴った。楠田だった。雪乃の容態が急変したのだろうか。

「はい」

「楠田です」

「雪乃さんに何か」

「いえ、そうではなく、雪乃があなたと話をしたがっているのです」

楠田はいった。

「あたしとですか」

「はい。それも二人だけで話したい、と。理由はわかりませんが、もしかすると今回の悪化が原因かもしれません。長い時間話ができるほどの体力はありませんが、次に悪くなったら駄目だと本人は考えたようです」

「そんな状態であたしと何を話したいのでしょう」

私は探りを入れた。

「さあ、それは何とも」

「お金の話なら、楠田さんですよね」

「それも何とも。妹は私を百パーセント信頼してはいないと思うので」

「いつうかがえばよろしいのでしょう」

「急ですが、今からというのは可能でしょうか。今日はだいぶ体調がいいようなので。これがひと晩たつと、どうなるのかわからないのです」

私は時計を見た。午後七時半を回っている。

「今から清瀬に向かうとなると九時近くになります」

「水原さんさえよろしければ、私はかまいません。こちらの病院とホテルのどちらかにいるだけの毎日ですから」

「わかりました。向かいます」

29

以前訪ねたときのようにマスクをつけ、二階の「ラウンジA」で待った。前回と異なり、隣に楠田がいる。

案内されてほどなく、車椅子に乗せられた雪乃が現われた。車椅子を押すワンピースの女はすぐに「ラウンジA」から退出した。

雪乃の顔色はまっ白だった。が、目には前より光がある。もしかすると熱のせいかもしれない。

「無理をお願いして、水原さんにきていただいた」

三人になると楠田がいった。雪乃は無言で私を見た。

「きのう、由乃ちゃんと電話で話しました。怪我をしているようすはありませんでした」

私はいった。雪乃は小さく頷いた。何もいわない。

「由乃ちゃんをさらった犯人の名もわかりました」

雪乃が瞬きした。

「主犯は畑岡みずきという女です。福岡出身で、風俗で働いていました。その下に大貫総一、これは楠田産婦人科病院の婦長だった看護師の息子で、本人も短期間ですが働いていたことがあります。それから河上トオル、この男は元やくざで大貫総一の知り合いです。さらに活動資金をだした川平春男という、クスリの密売人の元締めがいます」

私は言葉を切った。雪乃は楠田を見た。

「お願いした通り、二人にして」

「わかった」

楠田は頷き、私を見た。

「下におります。もし雪乃の具合が悪くなったら、外にいる者を呼んで下さい」

私は頷いた。楠田が部屋をでていった。

「あたしと話したければ、お渡しした名刺の番号にいつでも連絡を下さればよかったのに」

二人きりになると、私はいった。

「わかってた。でも兄をやきもきさせたかった」

雪乃は答えた。

「やきもき、ですか」

「死ぬほどお金のことを知りたいのに、痩せ我慢している。わたしがあなたと二人で話したら、もっとやきもきするでしょう。本当はそのドアに耳をくっつけてでも盗み聞きしたいくせに」

私は黙った。雪乃は口もとを歪めた。

「自分には関係ない。そう思ってる?」

私は息を吸い、いった。

「畑岡みずきはあたしに恨みをもっています。それを晴らしたくて由乃ちゃんをさらいました」

「どんな恨みなの？」

「あたしのせいで兄と父親が破滅した」

雪乃は私を見返した。

「二人とも死んだ？」

私は頷いた。

「兄が死んだことについては、あたしに責任があります」

「ふうん」

感情のこもっていない声だった。

「他の連中は？　やっぱりあなたを恨んでいるの？」

「大貫総一は、畑岡みずきと深いつながりがあるようです。あとの二人はお金が目的です」

「お金……」

雪乃はいった。

「使えもしないお金をなぜわたしが隠しているか、不思議に思っているでしょう」

「由乃ちゃんを守るために必要だったのではありませんか。どこにあるかわかってしまえば、いろいろな人間が群がってくる」

「そうね」

答えて雪乃は目を閉じた。そのまま眠ってしまったのではないかと思うほど黙っていた。やがて目を閉じたまま訊ねた。

「由乃、かわいい？」

「ものすごく」

私は答えた。

「じゃあ、わたしがいなくなったあと、あの子の面倒をみられる?」

「由乃ちゃんが望むなら」

目を開けた。

「お金がなくても?」

その目を見返した。

「あの子のものを、たとえ一円でももらおうとは思いません」

「お金はないのよ」

雪乃はおかしそうにいった。

「兄には内緒よ。二兆ウォンなんてお金はもともとなかった。被害にあった人は皆、金額をおおげさにいっただけだった。でもいくらかは本田は遺してくれた。わたしが死んで初めて、兄はその額を知る。がっかりするでしょうね」

私が川平についた嘘は、あながちまちがっていなかったのかもしれない。だがそういって私を試しているだけという可能性もある。

「うまくいけば、由乃ちゃんをもうすぐとり返せます」

「お礼をしなきゃ」

「あなたからもらおうとは思っていない。もちろん由乃ちゃんからも」

「じゃあ誰からもらうの?」

「強いていえば、自分です。あたしはあたしの気持のために動いています。由乃ちゃんは、あたしへの復讐に巻きこまれたようなものです」

興味を失ったように雪乃の目がそれた。

「だから本当は、由乃ちゃんに恨まれてもしかたがない。でもそうなったら――つらい」

鼻声になりそうなのを耐えた。

「子供が好きなの？」

雪乃が訊ねた。私は首をふった。

「むしろ嫌いです。由乃ちゃんは特別です」

「そうね。確かにあの子は特別。前に会ったとき、あの子の体には日の当たる場所を歩けない人間の血が流れてるといったけど、あの子は誰からも好かれる」

「そういう子です。思いやりがあって強い。自分から弱音は決していわない」

雪乃は微笑んだ。

「誰に似たのかしら」

「ご両親では？」

雪乃の表情に変化はなかった。

「環境ね。環境があの子を強くした」

「だとしても、人生を一番楽しんでいいときです。もっと楽しませてあげたい」

雪乃の顔に血の色がさした。

「あなたにできるの？」

「由乃ちゃんがしたいと思うことは、できる限りかなえてあげたい」

雪乃は私に目を戻した。

「あなたみたいな人に、そんな風に思わせるなんて、たいした子ね」

私は無言で首をふった。由乃についてこれ以上喋ったら、泣いてしまいそうな気がしていた。それは絶対に駄目だ。由乃が帰ってきたとき、雪乃がつらく当たる理由になるかもしれない。

「あたしは自分のことしか考えないで生きてきました。利用できない人間は必要ない。そう思わなければ、あるときまで生きのびられなかったからです。そういう意味では、あなたのいう通りです」

自分の話にすりかえた。雪乃は微笑んだ。

「由乃はね、強くて賢いの。わたしは弱くて愚か。二人は正反対。だから由乃につらく当たったわけじゃない。思ってるでしょう。わたしが由乃に厳しいと」

「由乃ちゃんはひと言もそんなことはいいません」

「周りを味方につけるのがうまい子だから」

私の目が鋭くなるのに気づいた。

「怒った？」

「別に。親子のことは、親子にしかわかりません」

雪乃の表情がかわった。笑みが消え、冷ややかにいった。

「わたしたちが親子でいられる時間はすごく短い。あの子が小学校に入ってすぐ、わたしは病気になった。父親ともほとんどいっしょにいられなかった子よ。だからわたしの思い出もあまり作らないでおこうと思った。親のことなんてあまり思いだしたくない、大人になったらそういう人間になってほしい。親なんかいなくても立派に生きていける。親の思い出なんて、嫌なことばかり。そのほうがいいでしょう」

「嫌われるように仕向けたいのですか」

「だってつらいでしょ。わたしが死んだあと、ずっと泣いていてほしくない。ああ、さっぱりした、むしろそう感じてほしい」

私は首をふった。

「由乃ちゃんはそうならない」

「あなたが優しくすればするほど、わたしから気持が離れるかもしれないでしょ」

「あたしとあなたとはちがう。あなたは母親だけど、あたしは他人。あの子の中の母親はあなただけで、それをあの子はすごく大切に思っている」

「だからいってるんじゃない！　わたしがお金をださなければあの子はひどい目にあう。そうしたらよけい思うでしょ。娘より金を大切にする最低の母親だって。死んでも寂しくない。むしろ早く死ねって」

私は強く首をふった。

「どんなことをしたって、あの子はそんな風に考えない」

雪乃は天井を見上げた。白い首は恐しく細い。

「それが困るの。どんなにつらく当たっても、あの子は泣かない、怒らない。どうすればいいの」

「その気持を伝えればいい」

「駄目！　やさしくなんかできない。わたしはあの子に憎まれるの。憎まれて忘れられたいの」

反った雪乃の顎の先から涙が滴《したた》った。私は目をそらした。

「でも、あの子がすごく傷つけられたらどうしようとも思う。ありったけのお金を渡したら、返してくれるの？」

「前もいったように、それはわかりません。畑岡みずきの目的は、お金ではなくあたしへの復讐です。他の犯人は満足しても、みずきはあたしを傷つけるためだけに由乃ちゃんを道具にするかもしれない」

「なぜ由乃なの？」

私は目をみひらいた。初めてその理由を、雪乃が訊ねた。

「わかりません。本当に申しわけないと思います。あたしに復讐したいなら、いくらでもすればいい」

雪乃が視線を下げた。私を見た。

「だからね」

私は黙っていた。

「あなたは平気。復讐は恐くない。自分に何があっても乗り超えられる。あなたに何をしても傷つかない。だから由乃を傷つける。由乃が傷ついたら、あなたも傷つくでしょ。道具といったのは、そういうことね」

私は奥歯をかみしめた。うつむいた。

「そうです。そうなるのは絶対に許せない」

我慢の限界だった。涙がこぼれた。

「誰のために泣いてるの」

抑揚のない声で雪乃が訊ねた。私は無言で首をふった。由乃のために泣く資格などないと、自分でもわかっていた。

「今からいう数字、覚えて」

不意に雪乃がいい、私は顔を上げた。

「三〇一六五一」

「三〇一六五一？」

私は訊き返した。

「まだある。八〇〇一二七四」

「メモしても？」

雪乃は頷いた。私は携帯をだした。「三〇一六五一八〇〇一二七四」、十三桁の数字を打ちこんだ。

「大久保にある辺見《へんみ》法律事務所。それはメモしないで」

「大久保の辺見法律事務所」

私がくり返すと、雪乃は頷いた。

「そこにいき、『機械を使わせて下さい』という」

「『機械を使わせて下さい』」

「そう。すると、番号を打ちこむ機械がでてくる。そこに三〇一六五一八〇〇一二七四と打ちこむ。振込み先を訊かれる」

私は息を吸いこんだ。本田陽一の遺産の話を雪乃はしている。

「どこと答えるのです？」

「好きな口座を答えればいい。数字を打ちこむ人間にしか指示はだせない。わたしはいけない。お金を払わなければならないなら、あなたがして」

私を信じたわけではない。楠田を頼れないのだ。

「そうせざるをえなくなったら、します」

「あなたに任せる。由乃を助けられるのはあなたしかいないから」

雪乃の声は虚《うつ》ろだった。

「何があっても、どんなことをしても、助けます」

私はいった。

30

雪乃が車椅子のボタンを押し、「ラウンジA」をでていくのを私は見送った。

雪乃の本心を由乃に教えてやりたいと強く思った。泣いて喜ぶ。そしてその母を失う未来にまた泣く。

一階に降りた。楠田が所在なげにたたずんでいる。

「いかがでしたか」

楠田は私を見つめた。

「由乃ちゃんへの気持にもらい泣きしてしまいました」

楠田はわずかに目を広げた。

「何としても由乃ちゃんを助けてほしいと頼まれました」

「すると、お金を払うというのですか」

「もしどうしてもそうしなければならなくなったら、あたしから直接電話で伝えることになりました」

楠田は眉をひそめた。

「雪乃の具合によってはそれは……」

私は頷いた。

「そのときのことは考えてあるようです。何も教えてはくれませんでしたが」

「なるほど」

聞きとれるかどうかという低い声で楠田は答えた。

「血はつながっていても信頼を得るというのは、難しいものですな」

「それだけつらい目にあってこられたのでしょう」

私はいった。雪乃が楠田を信頼しない理由は、私にもわからない。

「雪乃は、私よりもあなたを信用している」

「あたしが由乃ちゃんをかわいがっているからかもしれません」

「確かに私は由乃に接するのが得意ではない。由乃もまた、私には心を許していないように感じます」

「年頃もあると思います。理由もなく、男性を嫌う時期です」

楠田は黙っている。私は訊ねた。

「白央会の人間はどうしました？」

「声をかけませんでした。ずっとついて回られるのも困りますし。犯人について手がかりがあったのですか」

楠田は私を見た。私は楠田を見返した。

「由乃ちゃんが生まれたとき、婦長の息子の大貫は楠田産婦人科病院に勤務していましたか」

私は楠田の目を見つめた。

「生まれたとき……。十三年前ですか。いた、かもしれません。医師でも看護師でもない採用だったので、はっきりとは覚えていません」

「由乃ちゃんの父親のことを知って、仲間に教えたようです」

「父親のことが発覚したときはもういなかったと思いますが、マスコミが殺到したんで知ったのでしょうな。母親はまだいましたし」

楠田は答えた。表情はまるでかわらない。

「大貫のことはまだ白央会にはいわないで下さい。やくざに追いこまれたら、何が起きるかわからないので」

「承知しました。由乃はとり返せるのでしょうか」

楠田は私を見返した。

「警察関係を含め、さまざまな方面に協力をお願いしていますから、必ずとり返します」

「警察方面ですか」

楠田が訊き返した。

「事件化せずに協力を頼めるルートがあったので」

「それは……心強い」

「韓国の機関も動いています。由乃ちゃんの行方がわからなくなったのに気づいて」

「韓国の？　警察ですか」

「国家情報院と半官半民の警備会社です」

「それは――」

楠田は目をみひらいた。

「由乃の父親が理由なんですね」

私は頷いた。楠田は黙って考えていた。やがていった。

「金を渡せば、すべて解決するのでしょうか」

私は無言で楠田を見つめた。

「由乃が戻ってくると思いますか」

「何ともいえません。由乃ちゃんをさらった犯人の中に、あたしに個人的な恨みを抱いている者がいて、由乃ちゃんを傷つけることで恨みを晴らそうと考えるかもしれません」

「水原さんに恨みを？」

楠田は私を見返した。

「その人物の家族を破滅させたと思っています」

楠田は息を吸いこんだ。

「なぜ知ったのでしょう？」

「なぜ、とは？」

「水原さんと由乃の関係を。水原さんは昔から由乃を知っていたわけではないのに」

「たぶん京都に由乃ちゃんを連れていったのが理由です。あたしに復讐しようとしていて、たまたまいっしょにいる由乃ちゃんのことを知った。それであたしを苦しめるために、由乃ちゃんをさらった」

それだけではない。みずきは大貫から楠田産婦人科病院での〝すり替え〟の話を聞き、由乃についても調べさせていたのだ。

「あなたを苦しめるため、ですか？」

楠田はくり返した。私はその目を見て頷いた。

「はい。雪乃さんにも訊かれたのですが、それ以外の理由は思いあたりません」

楠田は無言だ。

「あたしと由乃ちゃんが仲よしなのを、京都に向かう道中で見たのだと思います」

ふと浄景尼のことを考えた。あの人はすり替えを知っていたのだろうか。そんな筈はない。知ったとすれば、目の前のこの楠田から聞いたことになる。楠田がそうする理由などない。

楠田はもう一度深呼吸をした。

「すると、お金を渡しても由乃が無傷で帰ってくる保証はない、といわれるのですか」

それを知りたいのでしょう、という言葉を呑みこんだ。

「その通りですが、金が渡ることで仲間割れが起きる可能性はあります」

「仲間割れ？」

「金だけが欲しい犯人は、十三歳の女の子を傷つけたり殺すのにかかわりたくないでしょうから」

「そういう犯人もいる、ということですか」

私は頷いた。

「そこまでわかっているなら、とり返すまであと少し、と思えるのですが」

「もちろんです。ただ無闇に追いつめれば、由乃ちゃんが傷つけられるかもしれない。それは何としても避けなければいけません」

「なるほど」

「場合によっては金を渡すフリをする、という方法もあります」

「雪乃はそれに納得したのですか」

「はい。あたしから雪乃さんに直接電話をするのはそうなったときです」

「もしそういうことになれば、形式上でもお金を動かすことになる、と？」

楠田の問いに頷いた。

「雪乃は同意したのですね」

「雪乃さんは、何よりも由乃ちゃんを大切に思っています」

「でしょうな」

楠田は低い声で答えた。そのまま黙っていた。

「失礼します」

私はいって、その場を離れた。

31

駐車場に止めた車に乗りこむと、星川の携帯を呼んだ。

「はい」

返事があったのでほっとした。

「今どこ？」

「横山ん家《ち》」

「話したの？」

「ううん。いないから入って、ちょっと調べてみた」

「何かあった？」

「GPS発信装置の空き箱と説明書。馬鹿だよね、捨てないでとってあるなんて」

「木崎の車についてた奴?」

「たぶんね」

「どうするの。帰ってくるのを待つ?」

「そのつもり。畑岡みずきの居場所を知ってるかもしれないし」

「あたしもいこうか」

「大丈夫だよ。殺すかもって心配してるんでしょ」

星川が笑ったので少しほっとした。

「正直、自分でもわからない。横山の顔見たら、かっとなるかもしれない」

「やめなよ。殺したら、あんた絶対後悔する」

私はいった。

「わかってる。でもずっとふたりでいた場所にひとりでいるって苦しい」

「だったらでなさいよ。そこにいたって何も解決しない。証拠はもう見つけたのだから」

自分でも気づくほどあせった口調になっていた。

「そっちはどうだったの?」

答えず、星川は訊ねた。

「雪乃は、考えてたよりはるかに由乃のことを思ってた。あたしに金をおろす方法を教えた」

「どういうこと?」

「由乃を助けるのに必要なら、あたしが金をおろす」

「二兆ウォン?」

「そこまではないらしい。あたしが川平についた嘘と同じようなことをいってた。被害金額は大げさだった」

「あんたに教えるほど、雪乃は楠田を信用してないってこと？」

「そう」

「由乃ちゃんを自分の子だと信じている？」

「たぶん」

星川は黙った。やがていった。

「そんなことってある？　自分の子じゃないって、大きくなるうちにわかりそうなものじゃない？」

「あたしに訊かないで。雪乃は、由乃に自分の思い出を残したくないといった。親なんかいなくても立派に生きていける、そう思ってほしいって」

「なぜ？」

「いっしょにいられないから。自分が死んだあと、ずっと泣いていてほしくない」

「それ、悲しすぎる」

「自分は由乃に憎まれたい。憎まれて忘れられたいって泣きながらいった」

「ヤバい。泣きそう」

「由乃にとっての母親は雪乃だよ。あたしなんて絶対かわれない」

いいながら涙がこぼれた。まだ泣くのか、自分にあきれる自分がいる。

鼻をすする音がして、星川がいった。

「今日、横山詰めるの、やめる。ＧＰＳの空き箱だけテーブルにおいとく」

「そうしな」

「あんたはどうするの？」

「麻布に帰る」

「了解。明日、連絡いれる」

通話を終え、時計を見た。午後十時を回っている。寺の朝は早い。浄景尼はもう寝ているだろうと思ったが、かけずにはいられなかった。

案の定、呼びだしに応えはなかった。切ろうとしたとき、

「はい」

息を切らせた返事があった。

「水原です。もうおやすみでしたね。ごめんなさい」

「ちゃう。ご不浄いっとったんや。この歳になるとな、寝つくまでに何度も何度もいかなあかん。冷たいもん飲み過ぎた」

浄景尼はいらだちのこもった声でいった。

「庵主さまでも思い通りにいかないことがあるんですね」

「何や、それ。皮肉かいな。あんたもあと三十年もすれば、ようわかるよ。生老病死からは誰も逃れられへん」

その言葉を聞き、生まれるのも苦しみのうちに数えられているのだと改めて気づいた。

生まれてきたことを由乃は後悔しているだろうか。もししているとすれば、それは私の責任だ。

「あの子はまだ見つからんの？」

黙っていると浄景尼が訊ねた。

「はい」

由乃がさらわれたことを私は知らせていない。楠田が知らせたのかもしれない。楠田でなくても、地獄耳の人だ。どこからか入ったのだろう。

「やったんはわかったんか」

「はい。あたしに恨みをもった女の仕業でした」

「あんたに？　あんたがそこまであの子をかわいがっていると、その女は知っててやった、いうんか」

「そうです」

「人を苦しめるために別の人間を傷つけるんは、あかん。そんなしょうもないことしたら、地獄に落ちる」

「庵主さまは、あたしと由乃ちゃんのことを何かご存じですか」

「あんたに預ける、決めたのはわたしやけど、それ以外のことは何も知らん」

「では京都に連れていくようおっしゃったのは、偶然ですか」

「もちろんや。あんた以外、思いつかんかった。十三の子を無事に届けてくれるんは」

「そうですか。夜分、失礼しました」

「待ちや。何かあるんか」

浄景尼の声が鋭くなった。

「実は――」

話す他ない。楠田産婦人科病院ですり替え、、、があったかもしれないという話をした。

「真実かどうかはわかりません。ですが、由乃ちゃんをさらったグループのリーダー格の女は、それを信じているようです」

「あんた、その女に何をした？」

「腹ちがいの兄を殺しました。客として知り合い、あたしの島抜けを助けたのですが、その後島の番人になって連れ戻しにきました」

「因果やな」

浄景尼はつぶやいた。

「母親は死にかけてる。もし帰ってきたらどうする？　あんたが面倒みるんか」

「そのつもりです。ただし親子かもしれないことはいいません」

「なんで？」

「あたしにそれをいう資格はありません。生まない選択をした人間ですから」

間が空き、

「そうか。そうやな」

と浄景尼は答えた。胸を抉られるような痛みを感じた。私は目を閉じ、深呼吸した。

村野を含め何人もの人間を、この手で殺した。正確な数など覚えていない。死んで当然の相手だと思い、殺したあとは忘れると決めてきた。

お腹に宿っていた村野の子を堕ろすと決めたときは、後悔どころではなかった。生きのびるため、それ以外の選択肢はないと信じていた。

もし由乃がそのときの子なら、私はあんなにいい子を殺すと決めたのだ。その事実が今、私の前にある。

たとえ理由が何であろうと、あの子を生かす選択をした楠田に私は感謝すべきだった。

あんなにすばらしい子が、生まれ、育つ機会を私は奪おうとした。それを止めたのは楠田だ。

「その畑岡っちゅう女にとっては、自分の姪を殺そうとした人間、てわけや」

浄景尼の言葉がつき刺さった。

「それは……その通りです」

「生きものの命を無闇に奪うのは、仏《ほとけ》の教えに反することや。偉そうにいえた義理やないが、あんたもあたしといっしょで、昔に仕返しされてるなあ。けどな、昔に仕返しされる、いうんは、生きられたからこそや。生きのびられんかった者《もん》の人生はそこで終わる。生きのびたくない、思う人間は別やが、たいていの者は、どんなクソ悪党であっても自分だけは生きのびたいと思うもんや。仏もそれは大切なことや、いうてはる。生きることは苦しみやが、生きなかったら何にもない。幼子ならともかく、生きようという努力を放棄した人間が死んでも浄土にいけるわけがない。あたしもあんたも、今さら浄土へいきたい思う資格などこれっぽっちもあらへんけど、生きようという努力をするんは、まちがったことやない」

「でもそのために由乃ちゃんを殺そうとしました」

「けど殺されんかった。それこそ仏のなせる業や。今、あんたがせなあかんのは、あの子を守ることや」

「はい」

「あたしも、そんな因果があんたとあの子にあるとは夢にも思わなんだ。けどこうなったんは、お導きかもしれんで」

その瞬間、視界がひらけたような気がした。

私の島抜けを助け、その後番人となって私を連れ戻しにきた村野と私の子が由乃だというなら、父親を殺し、あの子も一度は殺そうとした私に、過去が決着を求めているのだ。まさに因果だ。私の生きてきたこと、してきたことが、由乃を畑岡みずきを引き寄せた。起こるべくして起きた。

「おっしゃる通りです」

私はいった。

「あんたはあんたにできることを精一杯やることや」

「はい」

「昔は若い衆にようたもんや。死んだら葬式はあんじょうあげたるからね、と。けど、あんたはまだ死んだらいかんよ。今の母親がおらんようになったら、あの子をみていかなあかん」

「もちろんそのつもりです」

「声に元気が戻ったようや。ああ、またご不浄いきたなった。嫌や、嫌や」

そういって浄景尼は電話を切った。

32

翌日の夕方、湯浅から電話があった。

「今日の十三時頃、それらしい船を海保《かいほ》が発見しました。三浦半島の西岸、和田長浜の海水浴場の沖合いに停泊しているパワーボートを見つけた巡視艇が接近しようとしたところ、錨《いかり》を上げて、走り去ったそうです。巡視艇は無線で呼びかけましたが、応答はありませんでした」

「どっちへ逃げたの?」

「南だそうです。そこから進路を西にとったか東にとったかは不明です。相模湾、東京湾にあるマリーナ、漁港にそれらしい船が入港したら知らせるよう手配はしました。ですが、マリーナはともかく小さな漁港に夜間、短時間停泊しているのを発見するのは難しいと思います」

漁港で由乃さえ降ろしてしまえば、海上保安庁を恐れる必要はなくなる。川平に迎えにこさせればよい。

「川平から連絡がくるかもしれない。陸に上がったら、川平たちと合流するだろうから」

私はいった。

「西浅草三丁目のマンションに監視をつけますか」

「それは駄目。由乃のそばにはみずきもいる。監視に気づいたら何をするかわからない」

みずきはともかく川平はクスリの密売人の元締めだ。警察の監視には人一倍敏感だろう。

「じゃあ、どうしますか」

「川平からの連絡を待つ」

「承知しました」

電話を切った。リビングには星川がいた。晩ご飯を食べようと私が誘ったのだ。昨夜浄景尼と話したときのことを告げたかった。

あのあと三十分ほど横山の部屋で待ったが帰ってこなかった、と星川はいった。携帯はずっと留守電になっていて、それは珍しいことではなく、用件を吹きこめば折り返しかかってくるのだという。

吹きこんだのかを訊くと、星川は首をふった。

「何ていっていいかわからない。帰って、テーブルにおいた空き箱を見たら気づくと思うから」

「すぐに電話してくると思う？」

「恐がって、すぐにはかけてこない。そのほうがいい。あたしも落ちつく時間が欲しいし」

星川を見つめた。ずっと眠れていないとわかる。

「そんな目で見ないで。きたない顔してるってわかってるのだから」

星川は顔をそむけた。私はいった。

「何食べる？」

「さっぱりしたものがいい。おそばとか」

東麻布に蕎麦懐石の店がある。電話をすると、七時に予約がとれた。

携帯が鳴ったのは六時過ぎだった。川平からだ。

「川平」

星川にいって、私はスピーカーホンで受けた。

「水原よ」

「もう一千万、用意できねえか」

川平はいきなりいった。

「今さら値上げする気？」

「トオルを抱きこめそうなんだ。奴にも一千万渡せば、何とかできる」

「居場所がわかったの？」

「じき陸に上がる」

「手付けの五百なら用意できる」

「それをよこして、残りは千だ。できるのか？」

川平は訊ねた。

「できる」

私は答え、訊ねた。

「どこで上陸するの？」

「暗くなったら人がいないような漁港だが、釣り人がけっこういるんで、いいところを探しているみたいだ」

「釣り人？」

「アジとかを釣る奴が多いんだ、夏は」

「漁港にいるの？」

「そこらじゅうの港にいる」

いらだったように川平はいった。

「マリーナとちがって漁港は入りやすいからな。子供連れとかが、夕涼みがてら釣りにくるんだ。だからこの時期は、釣り人のいない漁港のほうが少ない。いないのは立ち禁になってるか、まるで釣れない港だが、船を入れてみるまで、どうかはわからない」

「すると漁港から漁港を回っているってこと？」

「らしい」

「せめてどこの県か、わからない？　神奈川か千葉か」

「神奈川だろうが千葉だろうが、海の上を動くぶんにはたいしたちがいはない」

そうだった。陸路とちがい、海上は東西に少し走るだけで県がかわる。

「お金はいつ必要なの？」

「今夜中だ。俺に預けてくれたら、トオルに渡す」

「あんたがそれをもって逃げないという保証はあるの？」

「そんなものあるわけない。けどたかだか一千万で、いろんな奴に追いかけ回されるのはごめんだ。由乃を渡せば、話をつけてくれるのだろう？」

「約束する」

「だったら金を用意して待機していてくれ。夜中を過ぎちまうかもしれないが、必ず連絡する」

「わかった」

電話を切り、星川と蕎麦懐石の店にいった。二人とも食欲はなかった。といって、運転があるかもしれないので、酒も飲めない。刺し身と天ぷらを少しつまみ、ノンアルコールビールを飲んでいると携帯が鳴った。金村からだ。

個室にいたので、その場で応えた。

「はい」

「金村です。ギサが急に動きだしました。まず清瀬の、本田雪乃がいる病院に監視網をしいています。それと水原さん、あなたの事務所周辺にも多数が配置されるようです」

「なぜ？」

「国家情報院で尹家詐欺事件を担当している者に情報がもたらされたようです」

「誰がもってきた情報なの？」

「被害金を回収したら謝礼をもらうという条件をつけた人物です。正体は現在、調査中です」

「本田雪乃やあたしにギサは何かしかけてくる？」

「情報院がギサを動かした目的は、被害金の回収です。水原さんに心当たりはありますか」

「まだ、ない」

私は答えた。

「まだ、とは?」

金村は訊ねた。私は息を吸いこんだ。金村を百パーセントは信用できないが、ここは嘘をつくより真実を告げたほうがいい。

「由乃をとり戻すのに必要なら、金を動かす方法があることを雪乃から教わった」

金村は黙った。どんな方法だとすぐに訊かない賢さはもっている。

やがて訊ねた。

「その方法は、知った者すべてが実行することが可能ですか」

「わからない。雪乃が何らかの措置をして、あたし以外の人間にはできないようにしているかもしれない」

あのナンバーと「機械を使わせて下さい」という言葉を知る者なら、おそらく誰にでも金を動かすことは可能だろう。が、それを金村に話す気はなかった。

「水原さんが本田雪乃からそれを教わったことを知っている者が情報提供者です」

「そうね」

「心当たりはありますか」

清瀬の病院関係者である可能性がごくわずかにあるが、楠田でまちがいないだろう。

「ある」

「誰です?」

「あなたの調査を待つ。結果が一致したら教える」

「了解です。今は事務所ですか」

「外出中」

「自宅に戻られるときは注意をして下さい。ギサが強硬な手段に訴える可能性はゼロではありません」

「もしあたしがつかまったら、あなたは助けられる？」

「それは難しいと思います。ですが湯浅さんに知らせることはできます」

「わかった。もしあたしと連絡がとれなくなったらそうして。いろいろありがとう」

告げて、電話を切った。

「何？」

星川が訊ねた。

「ギサが動いた。清瀬とあたしの家を張っているそうよ」

「なんで今なの？」

「国家情報院にタレコミがあったらしい。被害金を回収したら謝礼をもらう、という条件で」

「楠田？」

星川は私を見つめた。

「おそらく。雪乃が死ぬ前にあたしが金を動かすことを警戒したのだと思う」

「やっと尻尾をだしたか」

星川はつぶやいた。

「由乃ちゃんをとり返すためにせよ、そうでないにせよ、金が消えるのを指をくわえて見ているわけにはいかないってわけね」

「たぶんね」

私は答え、ぬるくなったノンアルコールビールで喉を湿らせた。

楠田にもいいぶんはあるだろう。ここまでしてやったのに、一銭も分けないつもりかと。

由乃がいなければ、肩をもってやってもいい考えだ。そもそも楠田が、この世に本田由乃という娘を生みだした。

その点だけでも私は楠田に感謝すべきだ。あんなにすばらしい子を、私は抹殺しようとしたのだ。

由乃がいい子であればあるほど、自分を責める気持は強くなる。

「ギサはあんたをさらう気？」

「考えてるかもしれない」

「マズいな。あたし、丸腰だよ」

湯浅か、タカシか。タカシには社会的立場がある。

「あたし、先にでていい？　あんたんちいって道具とってくる」

星川が訊ねた。私は頷いた。星川が立ち上がった。

「湯浅に電話する。あいつが何とかしてくれるかもしれない。だから無茶はしないで」

私は星川の目を見て告げた。

33

星川が個室をでていくと、湯浅の携帯を呼びだした。つながらず、留守電になった。何も吹き

湧く。

こまずに切った。

蕎麦がでてきた。急に食欲が湧いた。不思議だった。追いつめられていると感じると、食欲が湧く。

星川のぶんまで蕎麦を平らげてしまった。

蕎麦湯をもらい、蕎麦汁を割って飲んだ。だしのきいた蕎麦湯が心を落ちつけた。

まずは足の確保だ。木崎の携帯を呼びだした。

木崎がでると、アルファード以外の車で迎えにくるよう頼んだ。アルファードは知られている。

「車種は何がよろしいでしょうか」

「頑丈な奴。少しくらいぶつけられても平気なような」

「わかりました。少しお時間をいただいてよろしいでしょうか」

「どれくらい？」

「一時間ほどで参ります」

「了解」

電話を切るとすぐに着信があった。星川だ。

「ごめん、あんたのぶんの蕎麦まで食べちゃった」

「いいわよ、そんなの。みっちりいるよ。車二台に、八人くらい。女もいる」

「背が高くて、ちょっときつめの美人？」

「そう」

ソネだ。

「道具はとった？」

「とったけど、拳銃二挺じゃ頼りない」

「とりあえずこっちに戻ってきて」

「あたしのぶんの蕎麦がないのに？」

「追加で頼んであげるわよ」

「わかった」

ほっとした。今の星川は、自分ひとりでギサを何とかしようとしかねない。

木崎の携帯を再び呼んだ。

「はい」

「ゴルフバッグ、もってきて」

「承知いたしました」

十五分ほどで星川が戻ってきた。

「なんかお腹すいてきた」

「あんたも？」

私はいって、追加の蕎麦を注文した。

「どういうんだろうね。ヤバくなるとお腹がすくって」

星川はいった。私は首をふった。

湯浅なら、さしずめ生存本能のなせる業《わざ》ですとでもいうだろう。

星川はテーブルにおかれた七味、一味の容器と箸箱、グラスを使って、ギサの配置を説明した。

建物の表と裏に車が各一台、人間は外に八人。かたまらず、分散して張り込んでいる。

「あんたのことは見つからなかったの？」

「訪ねてきたけど会えなかったフリをした。下で携帯何度もかける真似して。ガン見してたから、知り合いだとはわかってると思う。それくらいは調べるよね」

答えて、星川はバッグからマカロフを一挺とりだし、私に渡した。弾丸を確かめ、遊底を引いて薬室に装塡した状態で安全装置をかけた。オートマチックは、こうしておかないといざというときに発砲できない。その点ではリボルバーのほうが早撃ちに勝るが、かさばるし弾数も少ない。

バッグにしまい、星川を見た。星川はジーンズのベルトに差した。

「このほうが早く抜ける」

「木崎を呼んだ。散弾銃をもってきてくれる」

「そりゃいいや。こういうときは長モノがあったほうが威しにもなるし」

「あたしも一度戻らなけりゃならない。トオルに渡す五百を金庫からださないと」

「それ、どうなの」

追加の蕎麦が届いた。星川が平らげるのを待った。

抹茶と練り羊羹《ようかん》がデザートにでた。食べ終えたところで携帯が鳴った。木崎が到着したのだ。

勘定をすませ店の外にでると、ハマーが止まっていた。アメリカの軍用車をベースに作られたSUVだ。

「ごついのできたわね」

星川がいって、私たちは乗りこんだ。トランクルームにゴルフバッグがある。

「散弾銃はこの中？」

星川が訊いた。木崎が答えた。

「はい。十二番径の上下二連です。弾はバッグのポケットに二十発ほど入っています」

「ハリウッド映画みたいにポンプ式ショットガンてわけにはいかないわね」

星川は肩をすくめた。

「扱えるの？」

私は訊ねた。

「トラップ射撃は少しやったことがある。十二番径の散弾銃なんて、十メートル以内でなきゃたいして殺傷力がない。熊とかを撃つスラッグ弾なら別だけど」

「スラッグ弾も二発ですが、中にございます」

木崎がいった。星川が無言で目をみひらいた。

「まずはどちらに参りますか」

木崎の問いに答えようとしたとき、携帯が鳴った。川平だ。

「金は用意できたか」

「用意はできてるけど、ひとつ問題がある。お金をおいた事務所の周りを、韓国のエージェントが囲んでいて、とりにいけばつかまる可能性があるの」

「何とかしろよ。トオルから連絡がきたんだ」

「どこなの？」

「金の用意が先だ」

「わかった。どこの県かだけ、教えて。神奈川なの、千葉なの？」

「千葉だ」

「内房？　外房？」

少し間があき、

「内房だ。金をもって、アクアラインを渡ったところで電話しろ。具体的な場所を教える」

「わかった」

私は電話を切り、湯浅の携帯を呼びだした。今度も留守電だった。

「川平の船は、内房にある漁港に入って由乃を上陸させる。どこの港かはあとにならないとわからない」

吹きこんで切った。星川と木崎に川平の話をすると、

「事務所に寄らずに何とかならない？」

星川が訊ねた。

「手ぶらでいくのはマズい。だまされたと思ってトオルがみずきを煽《あお》るかもしれない」

「五百万どこかで都合つけるとか」

それも考えていた。無条件で五百万を用意してくれる高利貸しの何人かに心当たりはある。が、新宿と池袋で、麻布ほどは近くない。

「一一〇番するというのはいかがでしょうか」

木崎がいった。

「警察官がいれば無茶はできないのでは？」

「通報があって最初にくるのは、所轄の地域課の制服よ。パトカーや自転車でのこのこやってきて、職質かけるのが関の山。下手すれば怪我するか殺される。それに警察官がいたら、こっちも無茶ができない」

星川がいった。木崎は頷いた。

「どうしましょうか」

新宿の高利貸しの携帯を呼びだした。以前、命を助けてやった趙《ちょう》という中国人だ。

「水原さん、ごぶさたしてます」

明るい声で趙が答えた。事務所は新宿だが、最近自宅を南青山のタワーマンションに買ったらしい。

「頼みがある。五百、アクアラインの海ほたるまでもってきてくれる？」

「いつ？」

「今すぐ」

「わかりました。僕は動けませんが、奥さんにもっていかせます」

「結婚したの？」

「はい、去年です。あ、お祝いはいいです」

「あげるわよ。六百で返す。どう？」

「了解しました。僕の奥さんは、赤のマセラティ、乗っていきます」

「海ほたるの駐車場で見つける」

「了解しました。水原さんの携帯の番号、教えておきます」

「よろしく」

電話を切ると、

「海ほたるですね」

木崎がいった。

「お願い」

海ほたるはアクアラインの途中にあるパーキングエリアだ。

ハマーは芝公園から首都高に上がった。三十分足らずで海ほたるに到着した。小型車用パーキングの入口に近い場所に止め、趙の妻を待った。こちらのほうが早く着いた筈だ。

十五分ほど待つと、赤のマセラティがすべりこんできた。黄色のドライビンググラスをかけた金髪の女が運転している。

「あれだ」

マセラティが目の前を通り過ぎた。木崎がハマーを発進させ、マセラティの近くで止めた。

私はハマーを降りた。マセラティの運転席にいるのは、まだ十代にしか見えないような娘だった。プラチナブロンドに近いほど、髪の色を抜いている。

私が近づいていくと、ドライビンググラスの奥のきつい目をこちらに向けた。

私は助手席のドアを指さした。マセラティの運転席の窓が下りた。

「趙さん？」

私は問いかけた。娘は答えず、いった。

「あんたの名前」

近くで見ても、せいぜい二十《はたち》そこそこだ。口のききかたも見かけ通りだ。

「水原」

私は小娘の目をにらみ、答えた。私に見えない位置で、小娘が何かを操作した。

私の携帯が振動音をたてた。私はバッグから着信している携帯をだし、小娘にかざした。

振動音が止まった。

小娘が小さく頷き、私はマセラティの助手席に乗りこんだ。きつい香水が匂った。小娘はジーンズ地のミニスカートにチューブトップを着けている。後部シートに皮ジャンとヴィトンのバッグがあった。

小娘は体をねじり、細い体の割に発達した胸を私に見せつけながらバッグを手にした。

「返済はいつか、訊いてこいって」

私を見ずにいった。

「来週」

「オッケー。遅れたら、一週につき五パーの利子ね」

ヴィトンから大判の封筒をだし、私に渡した。

「確認させてもらう。悪いけど、あんたは趙本人じゃないから」

いって私は封筒を開いた。帯封のかかった百万の束が五つ入っていた。

小娘は答えず、バッグからペンと借用証をとりだし、私につきつけた。

「サイン」

私は借用証を見た。日付も入り、すでに六百万という数字が打たれていた。

サインをして、

「旦那の仕事を手伝う気があるなら、もう少し愛想よくしたら」

といって返した。

小娘はフンと鼻を鳴らした。

「ていねいにお話しさせていただいても、つけあがる方ばかりですのよ」

「そんな喋りかたもできるんだ」

「趙がよろしく、とのことでした。水原さんには大きな借りがあったけれど、これで返せたかもしれないと申しておりました」

小娘は私をにらみながらいった。

「だとしたら、趙の命ってずいぶん安いわね。そういっといて」

「伝えておきます」

「ご苦労さん」

私が助手席のドアを開くと、中国語で死老太婆《スーラオタイポー》とつぶやいた。クソババアという意味だ。

「あんたもいずれなる」

私はいって、マセラティのドアを閉めた。小娘は私をにらみつけ、エンジンを何度も空ぶかしすると、タイヤを鳴らして走りさった。

それを見送った私は川平の携帯を呼びだした。

「金は用意した。どこにいけばいい？」

「金谷《かなや》漁港だ。フェリーが入るでかい港の南にある漁港だ。南側の堤防に船を止めて、迎えがくるのを待ってる」

「あんたはどこにいる？」

「館山道の富津《ふっつ》金谷インター降りたところだ。金をまず受けとる」

「わかった」

ハマーに戻ると、ゴルフバッグがトランクから後部席の床に移動していた。

「邪魔だけど我慢して。いざってときにすぐに使えなけりゃ意味ないでしょ」

星川がいった。私は頷き、木崎に行先を告げた。

ハマーが海ほたるをでて海上を走り始めると、星川がゴルフバッグを開いた。上下にふたつ銃口の並んだ散弾銃をとりだす。ボールなどを入れるポケットを開くと、白い半透明の弾をひっぱりだした。

星川は銃を操作して、銃身をふたつに折った。上下に並んだ薬室に弾を押しこむ。

「バードショットかと思ったら、バックショットのトリプルオーバックじゃない。これならけっこう威力がある。スラッグほどじゃないけど」

「どうちがうの？」

「バードショットは鳥撃ち用の弾で、小さい鉛玉が何十個も入ってる。バックショットはもうちょっと大きい鹿撃ちなんかに使う弾で、トリプルオーバックは、六個、大きめの鉛玉が入ってる。スラッグ弾は、熊やイノシシを撃つ一発弾で、至近距離で撃たれたらまず助からない。猟銃を知ってる者なら、スラッグ弾を向けられたらすぐ逃げだす」

星川はいって、弾をこめた散弾銃を足もとにおき、その上に空のゴルフバッグをのせた。ゴルフバッグに戻すと、簡単には抜きだせないからだろう。

「畑岡みずきの顔をスラッグ弾で吹きとばしてやったら、気持がいいだろうね」

冗談めかして星川はいったが、目は真剣だった。

「止めない」

私は答えた。星川はフンと鼻を鳴らした。

アクアラインを渡ったハマーは木更津ジャンクションから館山自動車道を南に進んだ。

富津金谷インターまで三キロという道標が見えた。

「インターを降りたところにレクサスが止まってる。そのうしろにつけて」

私は木崎に指示した。

ハザードを点したレクサスが見えた。木崎はうしろにハマーを止めた。私と星川はハマーを降りた。星川は腰のマカロフをいつでも抜けるようにしている。

レクサスの運転席に川平が、助手席に浜野香がいた。

運転席の窓を川平がおろした。

「うしろに乗せて。それともこっちの車にくる？」

私がいうと川平はハマーをふりかえった。

「仲間がいるのか」

「金を確かめなくていいの？」

「うしろに乗ってくれ」

私と星川はレクサスの後部座席に乗りこんだ。星川がマカロフを抜いた。運転席のヘッドレストに銃口をあてがう。

「馬鹿なこと、考えないでね」

私は小娘から受けとった封筒を川平にさしだした。

「数えて」

川平はそれを浜野香に押しつけた。

「数えろ」

香は無言で私をにらんでいたが、封筒を開いた。帯封がかかった五束を、指でパラパラとめくり、

「ある」

とだけいった。川平は受けとり、封筒を太股の下に押しこんだ。

「それで？」

私は訊ねた。川平は香を示した。

「こいつが由乃を預かることになってる。港まで迎えにいって、俺たちが東京に連れていく」

「みずきたちは？」

「わからない。船に残るのじゃないのか」

「大貫や河上も？」

「知らねえよ、そこまでは」

「由乃はみずきの命綱だよ。あんたらにあっさり預けるとは思えない」

「じゃあついてくるだろ。あいつらが決めることまでわからねえっての」

私はバッグからマカロフを抜き、香の顔に向けた。

「ち、ちょっと――」

香がのけぞった。

「一千万もっていっておいて、わからないですむと思ってるの？　この女殺して、あたしが助手席に乗っていこうか」

「手前――」

川平は私をにらみつけた。私はその目をまっすぐ見返した。

「どうすりゃいい」

やがて川平がいった。

「とにかく由乃を無事こっちに渡して。かすり傷ひとつでも負わせたら、あんたら皆殺しにする」

「みずきがついてくるっていったら？」

私は香を見た。

「あんた、車の運転はできる？」

香は無言で頷いた。私は川平に目を移した。

「車を二台用意したといいな。船にいる四人全員を乗せるには一台じゃ足りないからって」

川平はハマーをふりかえった。

「あれか」

「そう。この車にみずきと由乃を乗せ、残りの連中はハマーに乗せる。あんたがハマーを運転し、この車を彼女に運転させる、というの」

「あんたらはどこにいる?」

「車で彼女と待っている。裏切ったら、金も彼女も失くす」

堤防までついていくわけにはいかない。私たちに気づけば、みずきは何をするかわからない。

「由乃を無事渡したら、残金は払う。ここから消えていい。河上と相談して」

川平は考えていた。

「向こうについてからじゃそんな暇ない。今電話していいか」

「くる前からこそこそ話してたら、疑われない? 話がついているなら、いうことを聞かせなさいよ」

星川がいった。

「わかったよ」

「じゃ、うしろの車に乗りな」

「待てよ。あんたらが裏切らないって保証はどこにある?」

「ここまできて裏切るくらいなら、今この場であんたたちを殺し、漁港にいく」

川平は香を見た。

「大丈夫か」

香は息を吐いた。

「しょうがないじゃん。もともとしかけたのはあんたたちなんでしょ」

「腹がすわってるわね」

私はいった。香は私をにらんだ。

「あんたの顔、覚えておくから。浅草で会ったらただですまさない」

「仲よしになれそうね」

私は答え、川平をうながした。

「うしろの車に移って」

星川がレクサスに残り、私は川平をハマーに乗せた。私は木崎に告げた。

「レクサスの先を走って、金谷漁港の手前で止めて」

「承知いたしました」

木崎がハマーを発進させると、川平のヒップポケットで携帯が音をたてた。

「トオルだ」

ひっぱりだし、川平がいった。

「ちょうどいいじゃない。段どりがつけられる」

川平は携帯を耳にあてた。

「今、富津金谷のインターを降りたところだ。車をもう一台用意するので手間どった。四人全員乗っけるにはレクサスじゃ無理だからよ。香にレクサス運転させて、俺がハマーで向かってる。お前が港の外まで迎えにこい。今、横に誰かいるか?」

返事を聞き、川平はいった。

「例の件だが、話がついてお前のぶんの手付もここにある。由乃を無事渡したら、残りの五百だ。車に乗るとき、お前はソーイチと、俺が用意したハマーに乗れ。みずきもできりゃハマーに乗せたいが無理だろ？　わかった。みずきと由乃が、香のレクサスだ。あとはそっちについてからだ」

電話を切り、川平は私を見た。

「陸《おか》に上がるってんで、みずきはピリピリしてる。由乃の腕を握って離さないらしい。何かあったらすぐに殺す気だ」

それはお互いさまだ。みずきを生かしておくつもりは、私もまったくない。生かしておけば何年か後、刑務所をでて必ずしかけてくる。そのときは問答無用で、私や私にとって大切な人間の命を奪う筈だ。

ハマーは南北に東京湾沿いを走る国道127号線に入った。カーナビゲーションによると金谷漁港までほんの数キロだ。

金谷フェリー港の入口を過ぎ、小さな橋を渡ると、右手に漁港が広がっていた。南北にのびた堤防に漁船が並んでいる。

「止めて」

私は告げ、木崎はハマーを止めた。

船揚げ場と、周辺に止まった車が見えた。

渡った橋のつけ根から長い堤防が南に向かってのび、それよりやや短い堤防が、船揚げ場の先にある魚市場らしき建物の向こうから北に向かってのびている。

船揚げ場と魚市場周辺に釣り人らしき何人もの姿があった。

「釣り人がいるわね」

「結局いないところが見つからなかったみたいだ。船は、魚市場の先の堤防についてる」

川平がいった。

釣り人がいるのは好都合だ。子供の悲鳴は人を呼ぶ。無闇な真似がしにくくなる。

が、それはあくまでも大貫や河上にとってであって、みずきはかまわないだろう。

「船の連中は道具をもってるの？」

私は川平に訊ねた。

「みずきとソーイチが拳銃をもってる」

私はうしろをふりかえった。レクサスはハマーの手前で止まっていた。

「ここで降りて、歩いていって」

私はいった。

「おいおい、南の堤防まではまだけっこうあるぜ」

ハマーが止まったのは、五百メートル近い長さがある金谷漁港の、ほぼ中央部だった。私は前方の魚市場を指さした。

「あっちは明るいから釣り人も多いし、車もたくさん止まっている。目立ちたくなかったら、ここに止めるでしょ」

ハマーが止まったのは、港から離れるように国道がカーブを描いている位置だった。常夜灯の光もあまり届かない。

川平は前方を見ていたが、

「わかった」

といって座席から立った。

「あんたのことはずっと見ている。妙な真似はしないでね。後悔したくないでしょう」

「何度もいうな」

川平は唸ると、ハマーを降りた。魚市場の方角に向け、国道沿いを歩いていく。

「これを」

木崎がグローブボックスから小型の双眼鏡をとりだした。

私は助手席にすわり、目にあてた。

携帯が鳴った。湯浅だ。私はイヤフォンマイクに切り換え、川平の背中を追った。

「すみません。抜けられない会議につかまっていました」

「内房の金谷漁港。川平を抱きこんで、上陸する由乃をこれから助ける」

川平の背中が見にくくなった。南の堤防はそこから百メートル以上先だ。私はハマーを降りた。

道のカーブにそって暗がりを移動し、川平の背中が見える位置に移動した。

南側の堤防のつけ根に男が立っている。常夜灯の光を金髪が反射した。ずんぐりとした体つきで、Tシャツの袖から刺青の入った腕がのぞいている。川平に双眼鏡を戻した。

川平が手を上げた。

「管轄の署にパトカーをださせますか」

湯浅が訊ねた。

「由乃を確保するまでは何もしないで」

「相手は武器をもっているのでしょうか」

「拳銃が二挺」

「地域課には無理ですね」

湯浅がいったので、星川の言葉を思いだした。

「無理よ。とにかく待って。それとギサが、雪乃の病院とあたしの家に配置されている。楠田が情報院に知らせた」

「え、今になってですか」

「話すと長い。切る」

私はいって電話を切った。川平と河上が立ち話をし、川平がハマーを指さしている。私の位置からでは、堤防のどこかに停泊している「ゴールデンボール」までは見えなかった。

安全を確認したと河上が知らせれば、みずきは由乃を連れ、船を降りてくるだろう。車に乗りこむときがチャンスだ。由乃の前でみずきを撃ちたくないが、最悪の場合、そうせざるをえない。

封筒を受けとった河上が携帯を耳にあてるのが見えた。川平の説得は成功したようだ。失敗したのなら、河上は電話をせずに船に戻り、すぐに逃げだす筈だ。

私はハマーに駆け戻った。車を降りて隠れるよう木崎に命じ、レクサスに歩みよった。

「どう？」

「うまくいきそう。みずきは私に任せて。あんたにはハマーに乗る連中を頼む」

「了解」

答えて、星川はレクサスを降りた。私は助手席にすわる浜野香にいった。

「巻き添えにしたくない。どこかにいきなさい」

「はあ？」

浜野香は私を見た。

「みずきもあたしも銃をもってる。あたしは無闇には撃たないけれど、みずきはどうするかわからない」

浜野香は目をみひらき、私を見つめた。

「誘拐の共犯にされてもいいの？」

浜野香はレクサスのドアに手をかけた。星川がハマーに乗りこみ、後部シートに隠れるのを私は見ていた。

「本当は、残りのお金を払う気ないでしょう」

レクサスを降りた浜野香がいった。

「払う気はある。でも、川平たちが受けとれるとは思えない」

「じゃ、あたしに払って」

「二人分？」

浜野香は頷いた。

「お店に届けて。ちゃんと渡るようにする」

私は浜野香を見つめた。浜野香は私をまっすぐ見返した。

「わかった。お金はいずれ届ける」

「約束よ」

告げて、浜野香は身をひるがえした。国道を北の方角に駆けていった。

生き残るのはいつも女だ。そして生き残った者しか分け前を受けとれない。

私はレクサスのうしろに回った。トランクの陰にいつでも隠れられるようにして、みずきたちを待った。

34

やがて国道沿いを歩いてくる集団が見えた。川平が先頭だ。うしろに金髪の河上、フードをかぶった小柄な女と由乃が並んでいる。女は由乃の腕を左手でつかみ、右手はパーカーのポケットにさしこんでいた。

最後尾に背の高い男がいた。背を丸めて歩き、しきりにあたりを見回している。長髪をうなじで縛り、この暑いのにロングコートを羽織っていた。大貫だろう。

ハマーの手前で全員が立ち止まった。

私はレクサスのトランクの陰から由乃を観察した。たった数日なのに痩せていた。見てわかるような怪我を負っているようすはない。

「ハマーにソーイチとトオルを乗せる。あんたはレクサスだ」

川平がいうのが聞こえた。

「いいけど、誰が運転するの?」

「香だ。中にいないか?」

失敗した。香を逃がすのが早すぎた。みずきが外からレクサスをのぞき、

「いないよ、香」

といった。

「どっか飲みものでも買いにいったんだろ。電話してみるわ。お前ら、ハマーに乗ってろ。中は

クーラーが効いてるから」

　携帯電話をとりだし、川平がいった。

「ちょっとおかしくない？　香を連れてこなけりゃ、レクサス一台ですんだじゃない」

　みずきがいった。

「何だよ、五人で一台じゃ窮屈だろうと思って用意してやったのに」

　みずきがあたりを見回した。私は頭を下げた。

「何か気に入らない。金がかかると文句ばかりいってるくせに」

「俺は乗るよ。暑いの、嫌だから」

　河上らしき声がいった。

「待って。ソーイチ、中に誰かいないか確かめて。罠かもしれない」

「馬鹿いってんじゃねえぞ！　だいたい――」

　川平の声が途切れた。銃を向けられたのだとわかった。

「黙れ。ソーイチ、調べて」

　コートの男がハマーに歩みよった。ポケットからトカレフを抜きだした。

　私はマカロフの安全装置を外した。ハマーのドアをコートの男が大きく開いた。

　上半身をさしこんだ男が固まった。後部席に散弾銃をかまえている星川がいる筈だ。

「みずき！」

　コートの男がうしろをふりかえった。私は立ち上がった。マカロフをかまえ、

「銃捨てな！」

　と叫んだ。が、みずきはいきなり私に向け発砲した。レクサスのフロントグラスに穴が開いた。

コートの男はさがりながらトカレフをハマーの車内に向けた。ハマーの車内でぱっと光が走り、くぐもった銃声が轟《とどろ》いた。男は両手を広げて倒れこんだ。

「殺すよ！」

みずきが由乃の首を抱えこみ、銃口を頭にあてがった。

「あんたも死ぬ」

私はみずきにマカロフを向け、いった。みずきの表情はかわらなかった。

「だから何？」

本気だ。緊張はしているが、てんぱってはいない。

「お姉さん――」

由乃がいった瞬間、

「うるさい」

みずきが銃で由乃の顔を殴った。目がくらむほどの怒りで、私は撃ちそうになった。

由乃は手で顔をおさえた。鼻から血が滴った。みずきは由乃の後頭部に銃口をあてがった。

「やるのか？　やるのかい」

由乃の後頭部を銃口で激しく小突いた。由乃の首ががくがくと人形のように揺れた。

「こいよ。ここで決着つけてやるよ、このガキとあんた殺して、兄さんのとこにいく」

「その子は関係ないでしょう」

ハマーから降りてきた星川がいった。みずきはろくに狙いもつけず、そちらに向けて発砲した。

ハマーのサイドミラーから破片が飛んだ。練習したのだろう。慣れた手つきだ。

「ソーイチ、ソーイチ！」

みずきが叫んだ。あおむけに転がった男は身動きしない。

「裏切ったね」

みずきは川平にトカレフを向けた。

「そうじゃない。聞けよ――」

いいかけた川平を撃った。川平は地面に膝をついた。レクサスに一発、星川に一発、そして川平に一発。トカレフはマガジンに八発の弾丸が入る。残るのは五発だ。

川平は腹を押さえ、信じられないようにみずきを見つめた。みずきは無言でその顔を撃った。

由乃が言葉にならない叫びを上げた。

「うるさいっつってんだろう」

みずきは由乃の頭にトカレフの銃把を叩きつけた。由乃の膝が崩れかけたのを無理に立たせる。

「トオル！」

立ちすくんでいた金髪の男が身じろぎした。

「そいつから銃、とりな」

みずきは私に顎をしゃくった。

「な、何？」

「銃をとれってんだよ！」

みずきが金切り声を上げた。冷静さを失いかけている。

「金が欲しくないの」

私は金髪の男――トオルにいった。

「か、金？」

トオルは訊き返した。

「川平にいわれてあんたのぶんも用意した。あの女のいうことを聞いてたら、一円も入らないよ」

「何いってんだよ、お前。俺のぶんて何だ？」

トオルは目をみひらいた。裏切る計画があったのをみずきに知られれば撃たれると思ったのだろう。私に近づくと、

「よこせ！」

と手をさしだした。

「馬鹿いわないで」

私はマカロフを男の顔に向けた。

「あの女に撃たれるのとあたしに撃たれるのと、どっちがいい？」

「水原」

みずきが妙に静かな声で呼んだ。私が目を向けた瞬間、由乃の顔を撃った。

右耳から血が飛び、由乃が悲鳴を上げた。

「由乃！」

私は叫んだ。ハマーの反対側をじりじりと回りこんでいた星川が凍りついた。

「やめて！　由乃を撃つな」

トオルが私の手からマカロフをもぎとった。

「貸して」

由乃を撃ったことで少し冷静になったのか、みずきが落ちついた声でトオルに手をさしだした。

「由乃、大丈夫？」

由乃は右の耳を押さえ、泣きじゃくっている。大量の血が首すじを伝っていた。

「撃つ相手がちがうだろう！」

私はみずきをにらみつけた。

「ちがわないよ。あんたら親子は両方殺す」

みずきは冷ややかにいった。

「待てよ、みずき」

マカロフを手にしたトオルがいった。

「お前はそれでいいだろうが、遺産はどうなるんだ？」

「遺産？」

訊き返したみずきに、トオルは由乃を示した。

「そいつの親父の遺産だ。それがあるから手伝ったのじゃねえかよ」

「あんた、裏切るの」

みずきはトオルをにらんだ。

「裏切ってるのはお前のほうだろう。遺産があるっていうから、俺らはつきあったんだ。一円にもならないのじゃ話がちがう」

「遺産はある。二兆ウォン」

私はいった。

「黙れ！」

みずきがトカレフを私に向けた。

「落ちつけよっ」

トオルが怒鳴った。マカロフをみずきに向ける。

「お前はこいつを殺して気がすんでも、こっちはそうはいかねえんだ」

私は由乃を見ていた。上半身が血に染まっている。両手で右耳を押さえ、今にも倒れそうだが、襟首《えりくび》をつかんだみずきがそれを許さない。由乃の視線をとらえようとした。が、うつむき、出血と痛みのせいで朦朧《もうろう》としているようだ。

「おい。金はどこにあるんだ」

トオルがいった。マカロフを私の顔に向けた。

私はトオルを見返した。

「その子の母親が知ってる。でもその子を殺したら、絶対に喋らない」

「母親はどこだ」

「清瀬の病院。末期癌なのよ」

私はトオルを見つめた。粗暴だが馬鹿ではない。自分の得にならないことは決してしないタイプだ。

「みずき、ガキを車に乗せろ」

トオルはいってレクサスに顎をしゃくった。

「何する気?」

みずきは眉をひそめた。

「決まってるだろう。金をもらいにいくんだよ。それまでそのガキは殺すな」

みずきは私をにらみ、考えていた。

「金をもらってから殺しゃいいだろうが。見境いなくぶっぱなしてないで、頭を使えや」

トオルはいった。

「清瀬の病院てどこよ」

みずきが口を開いた。

「あたしが知ってる」

私はいった。

「じゃお前、運転しろ」

トオルは私を見た。

「駄目だ、こいつは今殺す！」

みずきは再び私にトカレフを握った手をのばした。

「お姉さん殺したら、どこにもいかないっ」

由乃が叫んだ。

「うるさい――」

みずきが由乃の襟首をつかんで揺さぶった。血が飛び散った。

「いい加減にしろ！」

トオルが怒鳴った。マカロフをみずきに向けている。

「ヒステリー起こしてるんじゃねえぞ。金が入らなかったら、お前を殺す」

みずきは目をみひらいた。由乃を引き寄せ、訊ねた。

「病院に金はあるの？」

「知らない。お金のことはお母さんしか知らない」

由乃は首をふった。

「乗れや」

トオルは私にいって、レクサスに顎をしゃくった。みずきが由乃をつきとばした。

「乗んな」

そして星川をふりかえった。

「ついてきたら二人とも殺す。警察に知らせても殺す。わかってるな」

星川は無言で私を見た。私は小さく頷き、レクサスの運転席に乗りこんだ。

35

後部席に由乃とみずき、助手席にトオルを乗せて発進した。

ルームミラーで由乃を見た。まっ青で、よほど痛いのだろう、唇を嚙み涙を流している。

「傷に何かあてて」

私はいった。

「うるせえ」

トオルがわき腹にマカロフを押しつけた。

「まだ子供なのよ。出血多量で何かあってもいいの」

由乃を恐がらせたくはなかったが、私はいった。

「死んでもかまわない」

みずきがいった。

「母親は長く生きられない上に、誰よりもその子のことを思っている。その子が死んだら、何をしたって金のことは喋らない」

トオルが舌打ちし、うしろをふり返った。

「それ使えや」

運転席の背もたれを示した。ティッシュボックスがあったようだ。みずきが何枚もひきだし、由乃に押しつけた。由乃は耳にあてた。

ルームミラーで由乃の目をとらえた。涙目で由乃は私を見返した。けんめいに痛みに耐えている。私が小さく頷くと、由乃は頷き返した。愛しさに胸が痛くなった。初めて、他人のために胸が痛くなった。

「歩けるのか、母親は」

やがてトオルが訊ねた。

「車椅子で動いている」

アクアラインは渋滞していた。夏の夜は午後十時近くまで上り線が渋滞する。

ミラーで何度も由乃を見た。目を閉じているのを見てドキリとした。だが小さな胸は規則正しく動いている。痛みと疲れで意識を失ったようだ。少しでも痛みから逃れてくれることを願った。

ティッシュにおおわれ、傷の程度はわからないが、出血は少しおさまってきたようだ。

「なんでこんなに混んでるの」

みずきが吐きだした。

「夏はいつもこうだ」

トオルが答えた。

「あんた、知ってるの。東京のこと」

「船で何度もきてるからよ。夏はプレジャーボートが多いから、目立たなくていいんだ。ブツを運ぶのに」

トオルは答えた。

「そういうこと」

「川平さん殺《や》っちまって、金が手に入らなかったらそれこそドン詰まりだ」

「あいつは裏切ったんだよ。この女にいいくるめられたんだ。男を次から次にだます、悪魔みたいな女だ」

由乃が隣にいるあいだは何もいわない。絶対に殺す。たとえ喉笛を噛みちぎってでも殺してやる。

ようやくアクアラインの渋滞を抜け、大井ジャンクションを経て、首都高速中央環状線に上った。熊野町ジャンクションで池袋線に入り、さらに関越道方面に進路をとる。

所沢インターチェンジで関越道を降り、病院に到着したのは午前零時近くだった。

レクサスにカーナビゲーションはついているが、使わなかった。病院の名を打ちこめば、私の運転は必要ないとみずきがいいだすかもしれなかったからだ。

深夜でも駐車場は閉鎖されておらず、十台近い車が止まっているのが見えた。

少し前から由乃は意識をとり戻していた。

「ここか」

トオルが訊ね、私は頷いた。

「面会は原則、何時でもできる。ただし肉親に限られる」

駐車場の入口を通り過ぎ、少し離れた場所の路肩にレクサスを止めた。

「由乃を連れてなら入れるけれど、この傷を見たら、まちがいなく騒ぎになる」

私はいった。

「他に身内はいないのか」

「母親の兄さんがいる。近くのホテルに泊まっているから、呼びだせばすぐにくる」

「あれか。九州白央会とつながってる医者の兄貴か」

トオルの問いに私は頷いた。トオルはみずきを見た。

「死にかけの病人を外に呼びだせないだろうから、こっちがいく以外ないぞ」

「どうするつもり?」

「ガキは連れていけない。兄貴を呼びだす。携帯、知ってるのか」

トオルが私に訊ね、私は頷いた。

携帯をだした。画面に湯浅からの着信表示があった。楠田の番号を表示させると、

「よこせ」

とトオルがいった。私は言葉にしたがった。

「あたしが話す」

みずきが手をさしだした。トオルは無言で携帯を渡した。

みずきは携帯を操作し、耳にあてた。

「もしもし。水原じゃないよ。あんたの姪を預かってる者だけど――」

電話がつながるといった。

「え? 水原も姪もここにいる。ここってのは、病院だよ。そう、その病院。姪を返してほしか

ったら、今すぐ、病院にきてくれるかい。警察も極道もなしで。どっちかでもいるのを見たら、姪は死ぬ。嘘じゃないってのを、水原に証明させるから――」

いって、みずきは携帯を私にさしだした。

「もしもし、水原です」

楠田が訊いた。

「仲間割れはどうなったのですか」

冷静だ。由乃に対する脅迫を恐がってはいない。

「起きて、二人死にました。由乃ちゃんは耳を撃たれて大怪我をしています」

「警察関係はどうなっているのでしょう」

「それなりに動いていると思いますが、由乃ちゃんを人質にとられているあいだは――」

「無茶はできない、と」

「はい。犯人は雪乃さんと話したがっています。目的はお金です」

「金？　なるほど。雪乃から金を引きだそうというのですね」

「そうです。でも雪乃さんに面会するには、由乃ちゃんか楠田さんがいっしょでないと難しい。由乃ちゃんは怪我をしていて動けません」

「だから私にでてこいというのですか」

「はい」

間が空いた。

「わかりました。今からそちらに参ります」

やがて楠田が答え、私はそっと息を吐いた。

「駐車場で、名古屋ナンバーのレクサスを捜して下さい。その車内にいます」

私は告げて、携帯をみずきに戻した。

「もしもし、わかった？　どれくらいでこられる？　十五分ね。それ以上過ぎたら、姪のもう片方の耳もなくなるから」

いって、携帯をレクサスの窓から投げ捨てた。ガシャンという音とともに破片が飛び散った。

「おい――」

トオルがいいかけ、言葉を呑みこんだ。みずきは腕時計をのぞき、

「あと十分、このあたりを走り回りな。パトがくるかどうか、見極めるから」

私に告げた。

私はレクサスを発進させた。病院の周辺は住宅地で、西武線の駅からも少し離れている。

楠田は警察に通報しないだろう。白央会にも知らせない筈だ。

病院には「ギサ」が張りこんでいる。「ギサ」は、必要ならみずきやトオルを狙撃し、由乃を救出する。

「ギサ」がどのていどの人員を病院に配置しているのかはわからないが、駐車場にそれらしい車輛はなかった。

楠田から連絡をうけた「ギサ」はどう動くだろうか。

まずは状況を把握しようとする。それまでは発砲など、強硬な手段には訴えない筈だ。

発砲すれば、日本の警察も駆けつける。警察の到着前に事態の収拾をはからねばならず、そのためにも状況の把握は必要だ。

清瀬の駅前も通った。

「静かだな」

トオルがいった。

「おかしいと思わない？　伯父さんはなんで警察に連絡しないんだよ。ふつうならするだろう」

みずきはいった。

「金が欲しいからよ」

私はいった。

「なるほど。それで赤ん坊をとりかえたわけか」

私ははっとしてミラーの由乃を見た。由乃は再び朦朧とした表情になっていた。

「警察に連絡したら、なんで金が手に入らなくなるんだ？」

トオルが訊ねた。

「詐欺で得たお金だから。見つかったら、韓国の被害者に返還しなければならなくなる」

私は答えた。

「欲の皮がつっぱった奴ばかりなんだよ」

みずきがいった。

「お前だって金は欲しいだろうが」

トオルがいった。

「別に。あたしはこれで刑務所入ったってかまわない。この女とこの女の娘さえ殺せりゃ」

由乃の目はぼんやりしている。

「おい、金が入るまではガキは絶対殺すな」

トオルの表情が真剣になった。

「うるさいな。わかってるよ。だけど、何かあったら、この女は殺す」

みずきは私に顎をしゃくった。トオルは無言だった。

「あんた、本当に何も知らないの」

みずきが由乃をつついた。由乃がはっとしたように目をみひらいた。

「何度もいいましたけど知りません。お母さんは何も教えてくれないんです」

船の中で何度も訊かれていたのだろう。苦しげに由乃は答えた。

「お母さん？」

みずきがいったのでミラーを見た。みずきの口もとが皮肉げにゆがんでいる。今にも、由乃の母親はちがうといいだしそうだ。

「おい、前！」

トオルが叫んだ。赤信号で横断歩道につっこみかけていて、私は急ブレーキを踏んだ。歩行者がとびのいた。高校生くらいの少年だ。

レクサスは急停止した。由乃とみずきがシートから投げだされ、声を上げた。

危なかった。トオルが叫ばなければ、少年をはねていたろう。

「どこ見てんだよ！」

みずきが怒声を上げた。

「大丈夫？」

私は由乃をふりかえった。

「大丈夫です」

「おい、まさかわざと事故ろうってんじゃないだろうな。そんな真似したら、お巡《まわ》りくる前に、お前ら二人とも撃つからな」

トオルがいった。

「今のは本当の不注意よ。病院に戻っていい？」

信号が青になり、レクサスを発進させた私は訊ねた。

「そろそろ十分か。安全運転で戻れ。あと、サツがきてないか確かめるから、ゆっくり走れ。みずき、お前も見張れ」

「わかってる」

「パトはもちろん、面パトにも気をつけろ。たいていグレイとか白の地味なセダンだ」

トオルは周囲を見回した。それらしい車は止まっていなかった。

「駐車場に入っていい？」

私は訊ねた。

「もう一周だ。もう一周して何もなけりゃ入っていい」

トオルは答えた。病院の敷地を回りこむように、私はレクサスを走らせた。

「大丈夫みたいだな。よし、入れ」

病院の駐車場に入った。さっきと車の数はかわらなかった。増えても減ってもいないし、中に人が乗った車もいない。

「どこに止めるの？」

「少し離れた場所だ」

トオルがいい、私は言葉にしたがった。病院の駐車場は、ざっと四、五十台は止められる広さがあり、水銀灯も立っている。車の中や陰に人がいれば気づける明るさだ。

シフトをパーキングにいれた。

「ライト消せ」

トオルがいった。駐車場内や出入口に目を配っている。

「あそこにいるんだね、あんたのお母さんは」

病院の建物を見つめ、みずきがいった。

「はい」

由乃が低い声で答えた。

「たいしたタマだよね。まあ二兆ウォンじゃ当然だろうけど」

由乃は答えない。

「あれか?」

トオルがいった。タクシーが一台、駐車場に入ってきた。空車ではない。

駐車場内をゆっくり走り、私たちの乗るレクサスの近くで停止した。「支払」のランプが点り、後部席から楠田が降りたった。

「奴がそうか」

「そう」

トオルの問いに私は答えた。トオルが助手席を降りた。楠田に歩み寄り、言葉をかけ、連れて戻ってきた。

レクサスの後部席のドアを開けた。

「みずき、詰めろ」

みずきがシートの中央に移り、楠田が空いたスペースに乗りこんだ。点ったルームランプで由乃を見ている。

トオルは助手席に戻った。ドアを閉じ、ルームランプが消えた。

「本当に警察にも極道にも知らせてないだろうな」

トオルは体をねじり、楠田に訊ねた。楠田は無言で頷いた。

「金はどこにあるの？」

みずきが訊いた。楠田は私を見た。私は黙っていた。

「私は知らない。知っているのは妹だけだ」

「ふざけたこといってんなよ！　じゃ誰がここの入院費とか払ってんだよ」

トオルが叫んだ。

「私だ。妹の入院費用、由乃の学費、すべて私が負担してきた」

楠田は抑揚のない口調で答えた。そして由乃を見た。

「傷を見せなさい」

由乃が耳にあてていたティッシュペーパーを外した。右の耳朶《みみたぶ》が半分なくなっていた。

「これは痛むな。だが命は大丈夫だ。整形すれば、形も戻る」

楠田はいった。由乃は小さく頷いた。

「金が手に入らなかったら、この子もあんたも死ぬ」

みずきがいった。楠田はみずきを見返した。

「そうなれば、あんたたちも生きてはいられん。いいのかね、それで」

「なんで生きていられないいんだよ」

トオルが訊ねた。

「つかまって死刑になるってこと?」

みずきがつづけた。

「ちがう。あんたたちは気づいていないだろうが、この病院を軍隊が見張っている。狙撃手もいて、もし何かあればすぐに撃たれるだろう」

「はあ?　軍隊って何だよ。自衛隊がきてるってのか」

トオルがあきれたようにいった。

「ちがう。韓国の軍隊だ。正確には半官半民の警備会社だが、訓練もうけ実戦の経験もある。詐欺で奪われた金を回収するよう命じられている」

「何だ、それ」

トオルが吐きだした。

「試してみるかね」

「どう試すってんだ?」

楠田は私を見た。

「『ギサ』を呼んだんですね」

私はいった。

「他に選択肢はなかった。雪乃は私ではなくあなたを選んだ。彼らと取引する以外、私に道はなくなった」

「何をわけのわからないことといってんだよ!」

みずきが叫んだ。

「この車はスナイパーに狙われているってことよ。妙な真似したら、すぐに撃たれる」

私はいった。

「なに話を合わせてんのよ。映画じゃあるまいし――」

「左のサイドミラーを撃って下さい」

楠田がいった。次の瞬間、左のサイドミラーが吹き飛び、レクサスが小さく揺れた。トオルが体を縮めた。

「嘘だろ！」

不意にみずきが由乃を抱えこんだ。頭をおさえられた由乃が悲鳴をあげた。

「撃ってみなよ。あたしといっしょにこの子も死ぬ」

シートに由乃の体を押しつけ、みずきはいった。

「マイクをつけているんですね」

私は楠田にいった。楠田は頷いた。

「十五分かかるといったのはそのせいだ」

「おい、エンジンかけろ」

トオルが私に銃をつきつけた。私はレクサスのエンジンをかけた。

窓のないバンが駐車場の入口に現われた。入口をくぐると出入路を塞ぐように止まる。

「マジか」

トオルがつぶやいた。

「由乃が死んでもかまわないと連中は思っている。由乃がいなくなれば、遺産は宙に浮く。雪乃の死後、それを回収するだけだ。つまりあんたたちの威しは彼らに通用しない」

楠田はいった。

「自分が死んでもいいのかよ」

トオルは体を低くしながらいった。

「水原さん――」

楠田がいった。私は無言で楠田をふりかえった。

「雪乃にかわって金を動かせるのはあなただ」

「何だと、どういうことだよ」

トオルがいった。無視して私は答えた。

「雪乃さんに電話をしなければなりません」

金を動かす方法を私がすべて教わったことは、楠田にも話していない。

「してやって下さい。この人たちも、いくらか手に入れば、手を引くでしょう」

「いくらかじゃねえよ！　二兆ウォンだ」

トオルがいった。私はトオルを見た。

「二兆ウォンといえば二千億円以上よ。もし現金で渡されたら、運べる？」

「一億ずつでどうだ？　ウォンではなく円で」

楠田が訊ねた。

「一億だと――」

「命が助かって一億よ。悪い話じゃない」

私がいうと、

「やめろ！　この女のいうことは信じられない」

みずきがシートに由乃を押しつけたまま叫んだ。

「だったらどうしろってんだよ。このままじゃどうにもならねえぞ」

「私が金をだすように雪乃を説得しよう。由乃のためなら、雪乃は払う」

楠田がいった。

「自分の娘でもないのに？」

みずきがいい返した。楠田はみずきを見た。

「雪乃は知らない。何があったのかを知っているのは、婦長だった大貫と私だけだ」

「電話をかけます」

それ以上のやりとりを由乃に聞かせたくなくて私はいった。

「携帯を貸して下さい。私のは失くしてしまったので」

楠田が上着の内側から携帯をとりだし、操作し耳にあてた。

「電話で話せるのかよ」

トオルが私を見た。

「体調がよければ」

私は答えた。

「あ、私だ。寝ていたか？　そうか。実は今、由乃といっしょに病院の駐車場にいる。いや、事情があって、すぐには上がれない。そうだ。由乃をさらった人間もいっしょだ。彼らに金を払わなければならない。水原さんもここにいる」

雪乃の話を聞き、私に携帯をさしだした。

「あなたと話すそうだ」

私は息を吸い、携帯を受けとった。

「水原です」

「無事なんですか」

雪乃が訊ねた。小さいが、明瞭な声だ。

「耳に怪我をしています。楠田さんの話では命は大丈夫だそうです」

「返してくれるの？　由乃を」

「お金を払えば」

「いくら欲しがっている？」

「二人いて、ひとり一億」

雪乃は黙り、やがていった。

「由乃に会いたい」

私は考えをめぐらせた。「ギサ」は病院の内部にまでは入ってこられないだろう。病院内では、みずきのいう通りにしなければならなくなる。

「連れていきますか。病院は警察に通報すると思いますが」

「そうね。警察がくるわね」

間があいた。やがて雪乃が訊ねた。

「駐車場にいるのね」

「はい」

「わたしがいく。少しかかるけれど待っていて。由乃の無事を確認したら、お金の話をする。それまでは何もいわないで」

「わかりました」

私は通話を終えた。楠田に告げた。

「雪乃さんがここにくるそうです。由乃さんの無事を確認したいから、と」

「こられるのかよ」

驚いたようにトオルがいった。

「車椅子を使うのだろう」

楠田がいった。

「待ちなよ。母親がでてきてどうするんだ？」

みずきが訊ねた。

「由乃ちゃんの無事を確かめたら、お金の話をするそうよ」

「冗談じゃない。由乃を見せたら、その場で撃たれるかもしれないだろう」

「雪乃はここを軍隊が見張っていることは知らない」

楠田がいった。

「だとしてもだよ。あんたが撃たせないって保証はない。でてくるのなら、金ももってこいって」

みずきは答えた。私はいった。

「この病院に金があるわけじゃない。どこかに預けてあるようなことを雪乃さんはいっていた。由乃ちゃんを返せば、金を動かす方法を教えてくれる筈」

「そんなのダメに決まってるだろう。由乃を返したとたん、ハチの巣にされる」

トオルがいった。

「じゃあどうするの？　由乃ちゃんを返さない限り金は手に入らない」

私はいった。

「お前が金をとってこい」

トオルがいったとたん、

「馬鹿いってんじゃないよ！　この女が信用できるわけないだろ。金もって逃げるに決まってる」

みずきが叫んだ。

「逃げたらガキが死ぬんだ。それはしないだろう」

「この女はするね。自分が生きのびるためなら、誰だって何だって踏み台にするような女だよ。そうだろ？」

みずきは目をぎらつかせ、私をにらんだ。

「だったら、あんたたちのどちらかが金をとりにいく？　相手が裏切らないって信じられる？」

私はいい返した。トオルが息を吸いこんだ。

「いくなら俺しかいない。みずきはこの場を動かねえだろう」

「それでトンズラかい？　金を手に入れたら戻ってこないに決まってる」

みずきがいった。

「お前は仕返しがしたかったのだろう。金なんか二の次じゃねえのかよ」

「あたしを裏切ったら、絶対許さない」

「お母さん！」

不意に由乃が叫んだ。

病院の出入口に、車椅子に乗った雪乃の姿があった。制服の女が車椅子を押している。

「お母さん――」

レクサスのドアハンドルに手をかけた由乃をみずきがおさえつけた。

「動くんじゃない」

由乃は泣き声の混じった叫びを上げた。

「私が連れてこよう。病院の者にこの状況を見せないほうがいい」

楠田がいい、レクサスのドアを開けた。

駐車場を、雪乃に向け歩きだす。制服の女にふた言み言話しかけると、車椅子の背にとりついた。

雪乃を押し、レクサスに近づいてくる。

照明のせいもあるかもしれないが、雪乃の顔色は悪かった。肩で息をしているように見える。

「お母さん、具合悪そう」

由乃がつぶやいた。

「あなたの顔を見れば、少しは元気になる」

私はいった。

楠田を見た。楠田は無表情に車椅子を押し、レクサスのかたわらまでくると止まった。

みずきがレクサスの後部ウインドウをおろした。由乃の首をつかみ、頭にトカレフを押しつけた。

「見えるかい?」

雪乃が車椅子を自ら動かし、レクサスに近づけた。

「由乃」

「お母さん――」

二人はレクサスの窓ごしに見つめあった。

「金は？」

みずきがいった。

「由乃を渡して。そうしたら教える」

雪乃がいった。

「駄目だね。金とひきかえだ。ここにないのかい？」

「ない。法律事務所を通して預けてある」

「どこの事務所だ」

「水原さんが知っている」

「何だと？」

トオルが私の首をつかんだ。銃口を私の額に押しつけた。

「お前、知っててとぼけてたのかよ」

「知っていたけど動かせない。暗証番号を入れた携帯を捨てられた」

「何でいわなかった？」

「いったら、あたしたちを無事に解放した？」

「手前《てめえ》――」

「だからいったろう。この女を信用するなって」

みずきが吐きだした。

「法律事務所に連絡した。水原さんと由乃がいけば、お金は動かせる」

雪乃がいった。

「はあ？　なんで二人なんだよ。水原ひとりじゃ駄目なのかよ」

「あたしがそうしてくれといった。由乃ちゃんが無事に戻ってくるように」

私はいった。真実だった。

「ラウンジＡ」で辺見法律事務所のことと「機械を使わせて下さい」という合言葉、そして十三桁の暗証番号を聞いたとき、雪乃に手配を頼んでいた。

私ひとりで金を動かすことはしない。由乃を連れてきた場合だけ、「機械を使える」という条件にかえたのだ。

それを告げたとき、雪乃は私を見つめ、ぽつりといった。

「初めて信用できる人に会えた」

「お金のこともそうでしょうけど、由乃ちゃんが傷つかないことを一番に考えないと」

私は答えた。雪乃は目を閉じ、小さく首をふった。

「赤の他人なのに」

その言葉を聞いたときに、雪乃が何も知らないと気づいた。

「赤の他人ですが、由乃ちゃんのことが大好きなんです」

「お金が欲しいなら、水原さんと由乃をいかせて」

雪乃はみずきに告げた。

「法律事務所ってのはどこなんだ」

トオルが訊ねた。

「大久保。あとは水原さんが知ってる」

いって、つらそうに雪乃は顔を伏せた。

「お母さん――」

由乃が身をのりだそうとすると、

「うるさいよ」

とみずきが押しのけた。

「どこなんだ⁈」

トオルが私の首をつかんだ手に力をこめた。

「大久保の辺見法律事務所。お金を動かすには、十三桁の暗証番号がいる。覚えきれないから携帯にいれておいたら、捨てられた」

「くそっ」

トオルが私の頭をヘッドレストに叩きつけ、一瞬気が遠くなった。

「やめて！」

由乃が叫び、

「うるさいっ」

みずきが由乃を叩いた。

「大丈夫、大丈夫よ」

私はいった。みずきもトオルも、素人同然だ。私がこれまで相手にしてきたやくざや外国マフィアとはちがい、感情で行動する。だから頭に血が昇れば、何をするかわからない。

同様に、私自身も目の前で由乃を傷つけられ、動揺していた。由乃が心配で、いつものようには計算が働かない。

目を閉じ、けんめいに頭を動かした。

「お姉さん――」

由乃が私の手をつかんだ。汗ばんでいる。その感触が力をもたらした。

私は目を開いた。

「あたしと由乃ちゃんでお金をとりにいく。でもその前に暗証番号が必要」

楠田を見た。

「申しわけありませんが車を降りて下さい」

楠田は眉をひそめた。今この場で暗証番号を雪乃に訊けば、それは楠田がつけたマイクを通して「ギサ」に伝わる。

トオルはわかっていないようだが、

「降りろ」

と楠田に銃を向けた。

「かわりに雪乃さんを乗せて」

私はいった。

「なるほどな。それがいい」

トオルが頷いた。

「信用できない」

みずきがいった。

「この女のいう通りにしたら、どうなるかわからないよ」

「そうかもしれねえが、ここにずっといるのかよ。スナイパーに狙われているんだぞ」

トオルがみずきをにらんだ。みずきが楠田をさした。

「こいつを降ろしたら、ハチの巣にされるかもしれないじゃない」

楠田をにらみ、

「どうなの？」

と訊ねた。

「私が撃てというまでは撃たない」

楠田が答えた。私は楠田を見た。

「二億渡しても、まだお金は残ります」

楠田も説得しなければならない。この場の者の生殺与奪権を誰よりも握っているのが楠田だ。

楠田を車から降ろせば、みずきのいう通り狙撃が始まる可能性はある。

「いっておくけど、この女は殺すよ」

みずきがいった。

「だったら何も協力しない！」

由乃が叫んだ。みずきをにらみつけ、

「お姉さんを殺すんだったら、お金は絶対おろさない」

といった。

「この――」

「由乃、落ちつきなさい」

楠田がいった。

「そうよ、落ちついて。今は、自分とお母さんのことだけ考えて」

私はいった。

「お母さん？」

みずきが口もとを歪めた。

「お母さんていうのはね――」

「金が欲しいなら、その口を閉じてな」

私はいった。

「はあ？」

みずきがトカレフを私に向けた。

「やめろ、馬鹿っ」

トオルがマカロフでそれを払った。みずきのトカレフが暴発し、レクサスの屋根をぶち抜いた。

由乃が悲鳴をあげた。

「ヤバい」

トオルが首をすくめた。が、その暴発で、みずきも我にかえった。

「いくらこの女が憎いからって、お前いい加減にしろよ」

トオルがにらみつけた。

「わかったよ」

みずきが顔をそむけた。

「まったくよ、ここで撃たれたら何にもならないだろう」

いって、トオルは楠田に顎をしゃくった。

「降りろ。それで出口塞いでる車をどかさせろ」

「私のいう通りには動かない」

楠田が答えると、トオルは大声をだした。

「おい、この車を狙ってる奴、聞こえているんだろう。バンをどかせ。さもないと、こいつが死ぬ」

楠田の口もとが皮肉げにゆがんだ。

「彼らは私の命など、どうでもいい。金を回収することしか考えていない」

「俺らが二億受けとったら、あとはやるよ。それでどうだ」

トオルはいって、みずきを見た。みずきはふてくされたように黙っている。

あたりは静かだった。雪乃も車椅子の上から無言で見守っている。

「ついてきたかったら、ついてくりゃいいだろう！　大久保の、辺見法律事務所ってところに俺らはいく」

トオルが叫んだ。

「動いた！」

みずきが小さく叫んだ。バンが動き、駐車場の出入口を開けた。

「おい、車に乗れ」

トオルが雪乃に顎をしゃくった。

「ひとりじゃ無理よ」

私はいって、楠田を見た。

不快げな表情を浮かべている。初めて感情を見せた。

雪乃がいなければ持久戦も可能だったろう。が、この場でずっとは、雪乃の体がもたない。

「ギサ」が強攻策にでれば、必ず死人がでる。まず、私。そして由乃も巻き添えをくう。

いくら優秀な狙撃手でも、乗用車に乗る五人のうちの特定の人間だけを狙い撃つのは、かなり難しい筈だ。

「私もいこう」

楠田がいった。

「由乃は小さいし、雪乃を連れていくのなら、医者がいたほうがいい」

一瞬の沈黙のあと、

「わかった。妹を乗せろ」

トオルが頷いた。冷静さをとり戻し始めている。

楠田がレクサスを降りると同時に、トオルとみずきが身を低くした。

狙撃手がどこにいるかはわからないが、高い位置からでは、前部席にいる私かトオルしか狙えない。

私をまず撃ち、レクサスを動けなくするという方法があることに気づき、背中が冷たくなった。

が、狙撃はなく、楠田が雪乃を車椅子から立ち上がらせ、レクサスの後部席に乗りこませた。

「お母さん！」

由乃がしがみついた。雪乃は無言でその体を抱きしめた。

楠田がそのあとから乗り、ドアを閉めた。

運転席に私、助手席にトオル、後部席にみずき、由乃、雪乃、楠田が並んでいる。

「車、だせ」

トオルが体を低くしたままいった。私はレクサスを発進させた。

36

駐車場をでて、一般道に合流した。車の数が減っている。

「高速使う？　下道いく？」

私は訊ねた。

うしろを気にしていたトオルが、

「高速だ」と答えた。

辺見法律事務所の位置は、雪乃から聞いたときに調べてあった。新大久保駅に近い、雑居ビルにある。

外環自動車道から首都高速に乗り、山手トンネルを抜けた。さすがに高速道路の渋滞はおさまっている。

「ついてくる車、あるか」

途中、トオルが訊ねた。

「それらしいのが、何台かいる」

私は答えた。

「何台だ？」

「わからない。二、三台？」

実際はもっといた。レクサスは五、六台の車にはさまれて走っているようなものだった。「ギサ」だけではないことを願った。星川と湯浅も動いている筈だ。

後部席の雪乃と由乃は無言で手を握りあっている。ルームミラーでそれを確認し、胸が痛くなった。

新宿出口で首都高速を降りた。青梅街道に抜けて、小滝橋通りを左折する。北新宿百人町の信号の手前から道が混み始めた。

「あとどれくらいだ?」

トオルが訊いた。

「一キロもない。着いたらどうするの」

私はいった。

「お前と由乃を連れて俺が上がる。みずきは残って、この二人を見張れ。金がおろせなかったら、母親が死ぬ」

「これからいくのは銀行じゃない。お金はおろせない」

雪乃がいった。

「何だと?　どういうことだ」

「機械はお金を動かすためにある。暗証番号を入れたら、移したい口座の番号と金額を入力する」

苦しげに雪乃が答えた。

「いくら入ってるんだ?」

トオルが訊ねた。

「欲しいのは二億でしょう」

私はいった。

「馬鹿野郎。もって歩くわけじゃないんだ。十億でも二十億でも平気だろう」

トオルは体をねじり、雪乃を見た。

「いくら入ってるんだよ」

雪乃は黙っている。

「答えんだよ」

みずきが雪乃を揺すった。

「やめて！」

由乃がかばうと、トカレフを向けた。

「もう片方の耳もふっとばしてやろうか」

「百二十億」

雪乃がいった。

「何つった？」

トオルが訊き返した。信じられないような顔をしている。

「百二十億」

「マジか」

トオルとみずきは顔を見合わせた。みずきの目の色もかわっている。いい傾向だ。私を殺せるなら死ぬのも恐くないと思っていたのが、百億を超える金が入るかもしれないと知り、命が惜しくなる筈だ。

楠田が息を吐いた。

「そんなにあったか」

「あなたにも分けるつもりだった。由乃が二十になったら。それだけのことをしてくれたら」

抑揚のない口調で、雪乃がいった。

「それだけのことはした」

楠田がいった。

信号で止まり、私はかたわらを見た。見覚えのあるプリウスが斜めうしろにいた。湯浅の車だ。

助手席に星川がいる。

右横にはバンがいた。助手席からソネがにらんでいる。

突然おかしくなった。まるでパレードだ。

このレクサスを囲んで、何台もの車が大久保に向かっている。

「何を笑ってるんだ」

トオルが気づいた。

「お金を手に入れたあとのことを考えておいたほうがいいわよ」

「はあ?」

「『ギサ』の連中がぴったりついてきている。たとえ百二十億、自分の口座に振りこんだところで、殺されたら一円も使えない」

トオルは私の肩ごしにバンを見た。

「こいつがこっちにいりゃ手をだしてこないさ」

トオルが楠田をさした。

「勘ちがいしているようね。楠田さんは連中のリーダーじゃない。人質にはならない」

トオルの表情がかわった。

「そうなのか?」

楠田をにらんだ。

「彼らが欲しいのは、韓国から奪われた被害金だ。私の協力に対する報酬は約束したが、守ってはくれない」

「この車の中での話は筒抜けになってる。もし百二十億すべてを、あんたが自分の口座に移したら、決してあんたを見逃さない」

「ハッタリに決まってる」

みずきがいった。

「左のミラー吹っ飛ばしたのは誰?『ギサ』よ。金を全部奪ったら、今度はあんたたちが標的にされる」

「じゃあどうしろっていうんだ」

トオルが訊ねた。

「いった通り、二億だけで我慢することね。残りは、楠田さんに任せる」

「馬鹿いうな。百二十億あるのに、たった二億で手が打てるかっての。おい!」

トオルは後部席に身を乗りだした。

「あんた、交渉しろ」

「何を交渉するんだ?」

楠田はトオルを見返した。ルームミラーで見る、その表情は落ちついている。何かまだ隠しているカードがある、と思った。

「ひとり十億。二十億で手を打つ。百億はそっちに渡す」

「駄目。ひとり三十億。二人で六十億で、向こうと折半」

みずきがいった。

「お前、向こうがそんなの呑むわけないだろう」

「わからないじゃない。連絡できるんだろ、あんた。訊いてみなよ」

「由乃のぶんを残して」

雪乃がいった。つらそうに目を閉じている。

「はあ？　あんたらの取りぶんなんてあるわけないだろう。自分の立場がわかってるのかい」

みずきがいった。楠田が首をふった。

「暗証番号がなければ金は動かせない。知っているのは雪乃だけだ」

「お金なんていらない」

由乃が涙声でいった。

「黙ってなさい」

雪乃が目を開け、由乃を見た。

「番号いわなけりゃ、ガキが死ぬ。わかってんの？」

「由乃に手をだしたら、絶対に教えない」

「泣けるね。自分のガキでもないくせに」

みずきがいった。雪乃が目を開いた。

「知らないのかい。あたしはソーイチから聞いてんだ。ソーイチのおっ母《か》さんは、この子が生まれた病院で婦長をやってた。あんたのガキは死産だったんだよ。そのとき、腹の子をおろしにきていたのがこの女だ。そこでこの女のガキとすりかえたんだ。この院長様があんたの旦那の金欲しさに」

「全部嘘よ。大貫にあんたはだまされていた。雪乃さんは死産でもなかったし、あたしは子供をおろしたことなんかない」

もしみずきが話したら、いおうと考えていた言葉を口にした。

「嘘であるもんか。なんでそんな嘘をソーイチやソーイチのおっ母さんがつくんだよ」

「金欲しさに決まってる。着いたよ！」

私はいった。辺見法律事務所が入った雑居ビルの下にちょうど到着した。

「辺見法律事務所はこのビルの四階。『ギサ』と交渉するなら、早く交渉したほうがいい。さもないと、この車を降りたとたん撃たれる」

「人の話を邪魔すんじゃないよ！」

みずきが金切り声で叫んだ。

「黙れ、みずき」

トオルがいった。

「誰のガキだろうと、もう関係ねえ。いいか、生きのびて金を手に入れられるかどうかがすべてなんだよ」

バンがレクサスの十メートルほど先の路上に駐車スペースを見つけ、止まった。

「由乃ちゃんのぶん、『ギサ』のぶん、そしてあんたら二人のぶん。楠田さんに交渉してもらいな」

私はいった。あたりは韓国料理や雑貨を扱う店が多く、新宿歌舞伎町も近い。この時間でも、歩道を多くの人間がいきかっている。

「エンジンは切るなよ」

トオルがいった。私は頷いた。プリウスがかたわらを走り過ぎた。

楠田が携帯をとりだした。操作し、耳にあてる。

「話は聞こえていたと思います。彼らのとりぶんについて交渉をしたいのですが――」

相手の言葉に耳を傾けた。

「はい、はい。ですが――」

楠田は話を遮られたのか黙った。

「わかりました。そう、交渉してみます。え？　はい。そうですか」

携帯をおろした。

「何だって？」

トオルが訊ねた。

「二億円だけ、別口座に移すのは承諾する。それ以外は一切、動かさせない。金額の入力を見届けるため、向こうの人間が法律事務所まで同行する。交渉は一切ない。この条件を呑まないようなら実力行使にでるそうだ」

楠田が答えた。

「ふざけんな。ガキが死んで金が手に入らなくなってもいいのか」

「長いあいだ実在するかどうかわからなかった遺産の存在を、韓国国家情報院は確認した。たとえここにいる全員が死亡したとしても、韓国政府は日本政府に外交手段を用いて、被害金の返還を要求できる」

「はあ？　何いってんだ」

「この場でのやりとりがすべて遺産の存在を裏づける証拠になるっていう意味よ。全部録音されている」

私はいった。

「そういうことだ」

楠田は低い声でいった。

「あいつら？」

みずきがいった。レクサスの前に男女が立った。女はソネで、男は見るからに軍人といった体つきをしている。男がこちらを見ながら、右の手首を口もとにもっていった。無線で連絡をとりあっているようだ。

ソネと目が合った。怒りや憎しみはない。好きなときに殺せると考えているからだ。

「降りなさい」

ソネが運転席の窓を指先で叩いた。

「どうするの。ひとり一億で手を打つ？　それともここで殺される？」

私はいった。二億を送金しても、百十八億が残る。そこから楠田に報奨金が支払われる。一割として、十二億近い。

「冗談じゃねえぞ。本当に一億ぽっちしか払わねえ気かよ」

トオルが吠えた。

「もともとは誰のものでもないお金。由乃のためにあの人が遺した」

雪乃がいった。

「だからいってんだろ。このガキはあんたらの子じゃないって。ほら、説明してやんなよ」

みずきがトカレフを楠田に向けた。

レクサスの中が静かになった。

「伯父さん――」

由乃がつぶやいた。

「由乃はわたしの子。母親にはわかる。この子はまちがいなく、わたしが生んだ」

雪乃は首をふった。みずきは鼻を鳴らした。

「死にかけが何いってんだ。伯父さん、教えてやりな」

私はクラクションボタンを押した。フォンが鳴り、ぎょっとしたように、ソネと連れの男が銃を抜いた。

窓ごしにこちらに向ける。通行人がそれに気づき、立ち止まった。

「何すんだ。おい、撃つなっ」

トオルが叫んだ。ソネがトオルをフロントグラスごしに狙ったからだった。

「車を降りなさい！」

ソネがいった。もうひとりの男はレクサスの横に回り、みずきを狙った。狙いながらも、手首のマイクに話しかけている。

「降りるよ。くるなら二人ともきな」

私はいって、運転席のドアを開いた。もしみずきが私を撃てば、男はみずきを撃つ。それが狙いだ。

が、みずきは撃たなかった。

「あたしがいく。あんたは残って」

みずきがトオルにいった。

「馬鹿いえ。お前が――」

「どちらかは残らなけりゃ、暗証番号をこの女から聞けないだろう」

「今聞けよ。メモしてもっていきゃいいだろう」

「降りなさい！」

ソネが再びいった。

「待って」

私はソネに告げた。

「暗証番号いえよ」

トオルが雪乃をにらんだ。雪乃の顔は土色だった。

「いい？　二〇一六五一――」

私ははっとした。すべては覚えていないが、確か頭の六桁は三〇一六五一だった。雪乃は嘘の暗証番号を口にしている。

トオルが携帯に番号を打ちこんだ。

「八〇〇一二七四」

「確認するぞ。二〇一六五一八〇〇一二七四だな」

私は雪乃の目をとらえた。雪乃は私の目を見返し、

「そう」

といった。私は小さく頷いた。

「よしいくぞ。みずき、ガキを連れてこい」

トオルがいって助手席を降りた。

「いくよ」

みずきがレクサスを降り、由乃の腕をひっぱった。

運転席を降りた私に、ソネがすっと近よった。銃を握った右手を上着の内側に隠している。

私は辺見法律事務所の入ったビルを見上げ、あたりを見回した。湯浅がヤンニョムチキンの店の行列に並んでいる。星川の姿は見えない。

みずきが先頭でビルの玄関をくぐった。かなり古い造りで、テナントには会計事務所や韓国系企業も入っているらしく、一階の案内板にはハングルが表示されていた。

辺見法律事務所は四階だ。玄関を入って右手にエレベータホールがある。

ソネの連れの男がみずきのかたわらに立った。

「あっちいけ。くっつくんじゃないよ」

みずきがいった。男は表情もかえず、エレベータのボタンを押した。

「落ちつけよ」

トオルがいった。エレベータの扉が開き、みずきと由乃、「ギサ」の男、私、ソネ、トオルの順で乗りこんだ。六人乗るといっぱいだ。

「暑苦しいんだよ!」

みずきが男をにらみつけた。誰も何もいわない。私はみずきを見た。怒鳴り散らすことで落ちつこうとしている。緊張の限界がきているようだ。それに比べ、トオルはまだ落ちついている。金のことを考えているからだろう。

四階についた。廊下に沿って、扉が並んでいて、一番手前に辺見法律事務所がある。

みずきが近づこうとするのをトオルが止めた。

「待て」

私に顎をしゃくった。

「ようすを見てこい。妙な真似したら、ガキが死ぬ」

私は由乃を見た。由乃は無言で私を見返した。目に力が戻っている。

「早くっ」

みずきが叫んだ。

私は辺見法律事務所の扉に歩みよった。すりガラスがはまり、金文字で「辺見法律事務所」と書かれている。インターホンはなかった。

扉をノックし、真鍮のノブをつかんだ。鍵はかかっていない。

「お邪魔します」

中は薄暗く、まるで図書館のようだった。壁という壁を書棚が埋めつくし、さらにおかれた書棚と書棚のすきましか動線がない。

天井から吊るされた古い蛍光灯が唯一の光源だった。

書棚と書棚のすきまを進んだ。正面に応接セットと巨大なデスクがあり、デスクの上に緑色の読書灯がおかれている。読書灯の明りの向こうに、白髪をひっつめた女がいた。女は老眼鏡をかけ、手もとの書類に目を落としている。

「どなた？」

書類から目を離すことなく訊ねた。

「水原といいます。本田雪乃さんの代理で参りました」

女が老眼鏡を外した。この暑いのに白いシャツブラウスの上に黒のジャケットを着ている。六十代後半というところだ。

「本田由乃さんは？」

「います」

「連れてきなさい」

他に人間のいる気配はなかった。女は書類に目を戻した。

書棚と書棚のあいだの通路を戻り、扉を開いた。

「中にはひとりしかいない」

私がいうと、ソネが動いた。私を押しのけ、辺見法律事務所の中に入る。あとを追おうとしたトオルを、男が広げた掌で止めた。

「何だよ」

「安全確認します」

男はいった。トオルは目をみひらいた。

「喋れるのかよ」

ソネが扉から顔をだし、男に頷いた。

「いって下さい」

男は一歩退いた。トオル、みずき、由乃が扉をくぐった。私と男があとにつづく。

「せまいな。本ばっかで辛気くせえし」

トオルがつぶやいた。進んでいき、応接セットの前で立ち止まった。自然、一列で並ぶ形になった。

「ずいぶんいるね」

黒ジャケットの女がいった。

「あんたが弁護士の先生か」

トオルが訊ねた。

「辺見だ」

女は頷いた。そして訊ねた。

「本田由乃さんは？」

「ここにいます」

由乃が小さな声で答えた。トオルとみずきの陰で、辺見からは見えなかったようだ。

「こっちにきなさい」

由乃が進みでた。辺見が由乃を見て眉をひそめた。

「その傷はどうしたの？」

「あたしがやったんだよ」

みずきが進みでると、応接セットに腰をおろした。足を組み、膝の上にトカレフをのせた。

辺見は無言でみずきを見た。

「何だよ。文句あんの？」

みずきが辺見をにらみつけた。

「かわいそうな子だ」

「恨むなら、親を恨めっての」

みずきが吐きだした。

「由乃さんじゃないよ。あんたの話だ」

「はあ？」

「いいから。暗証番号いうから、機械だせよ」

トオルがいって、みずきの向かいに腰をおろした。

「その前に本人確認をする」

辺見はいって、すわったまま由乃を手招きした。

「こっちにきなさい」

由乃が私をふりかえった。私は頷いた。

辺見のすわるデスクの横に由乃が立った。

辺見がいい、由乃がすらすらと答えた。辺見はデスクにおいていた老眼鏡をかけた。

「生年月日を」

「左手をだして」

由乃が左手をだした。辺見がつかみ、手首の内側を見た。

「ホクロがふたつある。このホクロは、大人になってもとっちゃダメだからね。あなただと確認する材料になる」

はあっとわざとらしいため息をみずきが吐いた。

由乃は無言で頷いた。

辺見は由乃の手を離し、

「すわんなさい」

と応接セットを示した。由乃は無言でトオルの横にすわった。

辺見が椅子をひいた。デスクの右下にあるひきだしから、小型のラップトップをとりだした。蓋を開き、操作する。ときおり手を止めると、ひきだしからだしたメモを確認した。

時間がかかっている。みずきがトカレフを揺らし、応接セットのテーブルにこつこつと当てた。

「静かに」

辺見がいった。みずきには目をくれず、難しい表情でラップトップを操作している。

みずきが舌打ちした。

「これでいいかね」

やがて辺見がつぶやいた。由乃に目を向け、

「こっちにきなさい」

と呼んだ。由乃は言葉にしたがった。

「暗証番号を打って」

ラップトップを由乃に向けた。

由乃がトオルを見た。トオルは携帯をとりだした。

「いいか、いうぞ――」

トオルが番号を読みあげ、由乃の指がキィボードに触れた。十三桁の番号が終わると、辺見がキィボードを押した。信号音が鳴った。

「番号がちがう」

辺見がいった。

「はあ？　そんなわけねえだろう。お前、ちゃんと押したのかよ」

トオルが由乃をにらんだ。由乃は無言で頷いた。

私はソネを見た。ソネの右手はまだ上着の内側にある。

「あんたが入れな」

みずきがいった。トオルは立ち上がった。

「どけ」

由乃を押しのけ、デスクのかたわらに立つ。

私は由乃の目をとらえ、目配せした。みずきはトオルを見ている。

由乃が私のかたわらにきた。

トオルが携帯を見ながら、キィボードを叩き始めた。私は無言で由乃の手をつかみ、自分のうしろに押しやった。

「——一二七四、と。で、エンターか？」

トオルが辺見に訊いた。

「そう」

トオルの指がエンターキィを押した。再び信号音が鳴った。

「どういうことだよ！」

「番号がちがっている。正しい番号を入れなけりゃ、お金は動かせない」

辺見がいった。

「ふざけんな、こら。何とかしろや」

「できない」

「あの女、偽の番号、教えやがった」

「由乃」

入口から声がした。雪乃が楠田に支えられ、立っていた。

「わたしが正しい番号を入れる。こっちにきなさい、由乃」

「ふざけんなよっ」

みずきが叫んだ。私は由乃をかばい、小声でいった。

「お母さんのとこにいきなさい」

「待てや」

トオルがいった。マカロフをかまえている。

私は体を盾にして由乃をかばった。

「撃ったら、あんたら終わるよ」

ソネと「ギサ」の男も銃をかまえていた。

「雪乃さんに任せれば、この場は収まる」

「そんなもの信じられるか」

みずきが私に狙いをつけた。

「誰かが一発でも撃ったら、本当の数字は教えない」

雪乃がいった。由乃を手招きし、楠田に預けると、書棚で体を支えた。目だけがぎらぎらと光っている。

「しょうがねえ。こっちにこい」

トオルが息を吐いた。

雪乃が進んだ。両手で左右の書棚をつかみ、一歩、一歩、進んだ。

「お母さん――」

つきそおうとした由乃の手をふり払った。

「あっちにいきなさい」

額に汗が浮かび、必死の形相だった。私は途中で雪乃の前に立った。

「あたしの肩につかまって」

雪乃は私の目を見た。

「大丈夫」

近くで見ると、雪乃の体は骨と皮だった。パジャマの上に分厚いガウンを着ている。

私は頷き、道をゆずった。雪乃は歯をくいしばり、そろそろと歩き、応接セットにたどりついた。

「すわる」

誰にともなくいい、ソファに腰をおろすと肩で息をした。

辺見が立ち上がった。ラップトップを応接セットのテーブルにおいた。

「番号を入力し、エンターキィを押して」

雪乃は頷いた。目を閉じ、大きく息を吸いこんだ。番号を思いだすかのように、口の中でつぶやいている。

目を開いた雪乃がキィボードに手をのばした。最初に「3」を押した。

やはりそうだった。

番号を打ち終え、エンターキィに雪乃が触れた瞬間、画面が切りかわった。

「振りこむ口座の番号を」

雪乃がいって、ラップトップをトオルに押しやった。そのままソファに背中を預け、目を閉じる。

「待ちなさい」

ソネがいった。

「わたしが番号と金額を入力します」

「何いってんだ、お前」

みずきがいった。

「そういう約束だ。もし守らなければ、ここをでたとたん、あんたらは撃たれる」

入口に立つ楠田がいった。

トオルとみずきは目を見交した。

「しかたがねえ、いうぞ」

「待ちなよ。あたしの口座番号もあるんだ」

「一回に振り込みできるのは一ヵ所だ。別の口座に振り込むなら、もう一度最初から手続きをしなけりゃならない」

辺見がいった。

「じゃあ一度、俺の口座に――」

「ふざけんな」

トオルとみずきがいい合いを始めた。私の腕に何かが触れた。雪乃だった。見おろすと、ガウンのポケットに右手を入れ、目配せした。

「うるさいね、あんたたち。もう一回やればいいだけのことでしょう」

辺見が怒鳴りつけた。みずきの目が吊り上がった。

「ババア！」

トカレフを辺見につきつけた。それを「ギサ」の男がゆっくり払いのけた。

「やめろ」

みずきはトカレフを男に向けた。ソネがみずきの顔を狙った。

「おいおい、おい！」

トオルが腰を浮かせ、マカロフの銃口を泳がせた。

「どうすんだよ⁈」

「わたしがまず、二億円を残した金額を、韓国銀行に振り込む。そのあとは、あなたたちでやりなさい」

ソネがいった。トオルは一瞬頬をふくらませた。が、

「わかったよ。それでいいな、みずき」

といった。

「気に入らないね、何もかも」

みずきは首をふった。

「ガキみたいなこといってんじゃねえ」

ソネが二人を無視して動いた。ラップトップのキィボードを叩く。みずきはソネをにらみつけたが、手はださなかった。

ラップトップの画面上で数字が動いた。表示されていた十一桁がみるみる減っていく。

2に0が八つついただけになった。

ソネが男を見た。小さく頷く。

「我々はこれで引き揚げる」

男がいった。

「畜生」

画面を見つめ、トオルが小さくつぶやいた。

ソネは薄笑いを浮かべ、私を見た。

「あとはあなたたちでして下さい」

二人は辺見法律事務所をでていった。

「じゃあ、まずこの女を殺す」

みずきが私にトカレフを向けた。

「この人を撃ったら、番号は教えない」

雪乃がかすかな声でいった。私は入口を見た。楠田と由乃の姿はなかった。

安堵した。もう何が起きてもいい。

「金を振りこんでからにしろ」

トオルがいった。みずきはトオルをにらみつけた。それを無視し、トオルは辺見に訊ねた。

「あと二回、操作しなけりゃならないってことだな」

辺見は無言で頷いた。

「じゃあ俺の口座が先でいいな」

トオルはみずきを見た。

「勝手にしな」

ふてくされたようにみずきはいった。拳が白くなるほどトカレフのグリップを握りしめている。トオルがラップトップを雪乃に向けた。雪乃の指がキィボードに触れた。雪乃は瞼を半ば閉じている。由乃を逃がしたことで、雪乃の緊張もゆるんでいるのだ。

信号音が鳴った。全員が息を呑んだ。

「何やってんだよ！」

「ごめんなさい、打ちまちがえた」

雪乃がいった。

「はあ？　さっきはちゃんと打ってたろうが」

「体力の限界なのよ。あたしが手伝う」

私はいって雪乃のかたわらにしゃがんだ。キィボードに手をのせ、

「番号をいって」

と告げた。雪乃のガウンのポケットを見た。

手術用のメスが入っていた。

「お願い」

雪乃がいってガウンのポケットに右手をさしこんだ。雪乃が小声でつぶやく番号を私は入力した。

エンターキィで画面が切りかわると、ラップトップをトオルに向けた。

「口座番号を」

トオルがラップトップにかがみこんだ。下におろした私の手に硬いものが押しつけられた。私はそれを右手にもち、手首の内側に隠すように握りこんだ。

トオルが口座番号を打ちこんだ。

「これでどうするんだ？」

辺見を見た。

「金額」

辺見がいった。

「待った」

みずきがいって立ち上がった。トオルの肩ごしにラップトップの画面をのぞきこむ。

「一億だ。見てろ」

トオルがいって、1と0を押した。数字が動き、「100，000，000」にかわった。

トオルは荒々しく息を吐いた。口元がゆるんだ。

「やったぜ」

「どきな」

みずきがトオルを押しのけた。私は左手でラップトップを引き寄せようとした。それをみずきがトカレフの銃口で押さえつけた。

「番号はあたしが入れる。やりかたはわかったからね」

雪乃を見やり、

「いいな」

と訊ねた。雪乃が私を見た。私は頷いた。

雪乃が番号を口にした。みずきはトカレフを左手にもちかえ、右手で入力している。

私はトオルを見た。トオルは応接セットにすわり、放心状態だ。

十三桁の入力が終わり、みずきはエンターキィを押した。

画面が切りかわった。その瞬間、みずきは心底嬉しそうな表情を浮かべ、トカレフを右手にもちかえた。

「これで――」

最後までいわせなかった。右手に握ったメスでみずきの喉を横一文字に掻き切った。白い肌に赤い線が走り、そこから血が溢れでた。みずきは大きく目をみひらいた。反射作用でトカレフの引き金にかかった指が動いた。

銃弾が私をかすめた。流れでた血がみずきのパーカーの襟もとを見る見るまっ赤に染めた。

みずきの口が動いた。が、言葉はでず、喉の裂けめでゴボゴボという音がした。

私はみずきのトカレフに手をのばした。

「手前《てめえ》！」

トオルが弾かれたように立ち上がった。

みずきの目が激しく動いた。トカレフを握った手にはまだ力がこもっていて、もぎとれなかった。

「殺す」

トオルがマカロフを私に向けた。みずきと目が合った。

銃声がした。トオルのマカロフではなかった。辺見法律事務所の入口に立った湯浅と星川が並んで拳銃をかまえていた。

一発二発ではない数の銃弾がトオルの背中に浴びせられた。トオルは声もたてずに倒れこんだ。

私は再びみずきを見た。その目にはまだ光が残っていた。トカレフを握る右手にも力がこもっている。私はそれを押さえつけた。みずきが瞬きした。その目をのぞきこんだ。最期に見るのは、生きている私だ。それ以外のものは見せない。

みずきの目頭に涙が浮かびあがった。瞬きとともにそれがこぼれ、同時にみずきの目から光が消えた。

みずきは床に崩れ落ちた。

膝が砕けた。ソファに腰を落とした私の背中に何かが触れた。

雪乃が横向きに倒れていた。私をかすめたトカレフの弾丸は、雪乃に当たっていた。

37

運びこまれた病院で、みずきとトオル、雪乃の死亡が確認された。

雪乃の死は私の責任でもあった。

「あやまってもあやまりきれない。ごめんなさい」

雪乃が横たえられた処置室で、私は由乃に告げた。由乃は無言で首をふった。涙をすべて流しつくしたのか、その目は乾いている。

「お母さんと二人きりにしてもらえますか」

かすれた声でいった。私は湯浅や星川とともに部屋をでた。

「あのクソ女、もう一回殺してやりたい」

星川がつぶやいた。

「地獄にもいけないくらい、くやしがらせてやった」

私はいった。

「そうなの？」

私は頷き、訊ねた。

「『ギサ』の連中は？」

「ソネともうひとりがでてきた途端引きあげていきました。情報院の人間は何人か残ったようですが」

湯浅が答えた。私は病院の廊下を見渡した。楠田の姿が見えなかった。

「楠田はどうしたの？」

「病院まではいっしょにきた筈です」

「どこかで電話をしているのじゃない。これで報奨金が手に入ると思って」

星川がいった。

しばらくして処置室をのぞいた。由乃が雪乃のかたわらに横たわっていて、私はどきりとした。が、気を失っているだけだった。

星川が抱えあげても目をさまさない。

「事情聴取は明日にします。今夜は、連れて帰ってあげて下さい」

湯浅がいい、由乃を麻布に連れて帰った。

私のベッドに寝かせても、由乃は目をさまさなかった。何かの糸が切れたように眠りつづけている。耳の傷の治療も明日にした。

「ひとりで大丈夫？」

星川が訊ねた。私は頷いた。由乃の寝顔から目が離せなかった。

この子が私の本当の子供かどうかは関係ない。今日からこの子の母親は私だ。

星川が帰ると、ベッドのかたわらにおいた椅子にかけ、眠っている由乃をずっと見つめていた。


楠田は消えた。携帯もつながらず、まったく連絡のつかないありさまだった。

雪乃の葬儀は浄寂院でおこなった。由乃の他に、私と星川、湯浅と金村が列席した。

雪乃は墓苑の、本田陽一の隣に葬られた。

由乃は学校の寮に戻り、冬休みがきたら耳の整形手術をうけて、私と京都に墓参りにいくことを約束した。

金村の話では、楠田に支払われた報奨金は、一割には満たない額だったらしい。が、楠田は不満をいうことなく、その金を手に姿を消した。

楠田を責める気は起きなかった。私にとっても、楠田がいないほうが、由乃の今後を考えるのが簡単になる。

京都から戻って一週間後、湯浅から電話がかかってきた。

「いくつかお耳に入れたいことがあります。これからうかがってよろしいでしょうか」

オフィスには星川もいた。

湯浅は事件の報道で、由乃の存在が表にでないよう、かなり骨を折ってくれた。その礼はしなければならない。

「いろいろ感謝してる。何かしてほしいことがあるならいって」

向かいあうと、私はいった。一瞬、驚いたように湯浅は目をみはった。

「本当ですか」

私は頷いた。

「何でもいい。温泉旅行でもいく？　二人で」

星川までもが驚いたように私を見た。

湯浅は動揺した。瞬きし、

「ええと……」

目を泳がせた。

「それは、その、夢みたいな話ですけど」

「でも一回きりよ。ずっとそういう関係になるわけじゃない」

「いや、あの」

宙を見つめた。しばらく考えていたが、訊ねた。

「その権利、いつまでもっていられます？」

「保留するの？」

あきれたように星川がいった。

「なんか、すぐ使うのがもったいなくて」

「いいの？　どんどんお婆ちゃんになるわよ」

真剣な表情で私を見つめた。

「水原さんはいくつになってもきれいです」

私は鼻を鳴らした。

「やっぱりやめた。あんたのそういうところ、本当に信用できない」

「そんな」

湯浅は泣きそうな顔になった。

「で、耳に入れたいことって？」

湯浅は大きなため息をつき、切なげに私を見た。

「河上トオルと畑岡みずきの口座に送金された二億円を回収しました。あくまでも、現場の状況での判断ですが、韓国政府はこの二億円に関しては、返還の権利を放棄したと考えられます」

「日本政府がもっていくの？」

「公に処理すればそういうことになると思いますが、本田陽一の遺産と考えるなら、本田由乃さんに相続する権利が生じます」

「ちょっと」

星川が私を見た。

「やっぱり、温泉いってあげなよ」

湯浅は聞こえなかったフリをしている。

「すぐに移せるの？」

「未成年なので、信託財産という形をとることになります。その場合、後見人は楠田洋祐氏ということになるのですが、連絡がつきません――」

「養子縁組する」

私はいった。

「由乃をあたしの娘にすれば問題ないでしょう？　本人が嫌といえば別だけど。あたしが後見人になって、あの子のお金を預かる」

湯浅は頷いた。

「そうおっしゃるのじゃないかと思っていました。それに関連したことなのですが、治療した際に採取した由乃さんの血液と、警視庁にある水原さんのＤＮＡを照合した結果がでました」

私と星川は無言で湯浅を見つめた。

「結果は？」

星川が訊ねた。湯浅は首をふった。

「鑑識から届いたばかりで、私もまだ見ていません」

ジャケットの内ポケットから封筒をとりだした。

「ちょうだい」

私は手をのばした。受けとり、封筒を見つめた。

たとえ中身に何と記されていようと、私の気持がかわることはない。

デスクの端においた電動シュレッダーにさしこんだ。

「えっ」

湯浅が低く叫んだ。星川は無言で天井を見上げた。

「あの子の本当の母親は雪乃さん。あたしは継母にしかなれない。それでいい。何があっても、あの子には幸せになってもらう」

湯浅は小さく頷いた。

「わかりました」

「心配だね」

星川がつぶやいた。

「何が？」

私は星川を見た。

「魔女が継母なんて。それもすっごい過保護のモンスターマザーになりそうじゃない？」

私は星川をにらんだ。

「あたしという冷静な叔母さんが必要よ」

すました顔で星川はいった。

「うるさい」

シュレッダー内にこぼれ落ちた紙クズを眺めた。

年をとるのが嫌だった。衰え、醜くなっていく自分を見たくない。毎日、そんなことばかり考えていた。

初めて、時が経つのを楽しみにできるものが生まれた。

こんな人生も、悪くない。

かもしれない。

初出　「オール讀物」二〇二〇年一月号〜
二〇二三年十二月号

大沢在昌（おおさわ・ありまさ）
一九五六年、名古屋市生まれ。慶応義塾大学法学部中退。七九年、『感傷の街角』で小説推理新人賞を受賞しデビュー。九一年『新宿鮫』で吉川英治文学新人賞と日本推理作家協会賞を受賞。九四年『新宿鮫　無間人形』で直木賞、二〇〇四年『パンドラ・アイランド』で柴田錬三郎賞、一〇年日本ミステリー文学大賞、一四年『海と月の迷路』で吉川英治文学賞を受賞。二二年に紫綬褒章を受章する。
大沢在昌公式ホームページ
「大極宮」
https://www.osawa-office.co.jp/

魔女《まじょ》の後悔《こうかい》
二〇二四年四月三十日　第一刷発行
著者　大沢在昌《おおさわありまさ》
発行者　花田朋子
発行所　株式会社 文藝春秋
〒一〇二―八〇〇八
東京都千代田区紀尾井町三―二三
電話 〇三・三二六五・一二一一（代表）
印刷所　TOPPAN
製本所　大口製本
組版　萩原印刷

ISBN978-4-16-391833-4